廖久明・著

中國現代文學
史料研究舉隅
——魯迅、郭沫若、高長虹

【序】

從史料工作做起：
重寫中國現代文學史的途徑

　　中國現代文學史需要重寫，這幾乎成了學界共識，但從提出「重寫文學史」後出版的眾多《中國現代文學史》來看，儘管收錄作家範圍更廣，評價更公允，總的說來卻並沒有取得令人滿意的成績。在筆者看來，出現這種現象的根本原因在於：現在還不是寫出一部能夠較為真實地反映中國現代文學發展狀況的文學史的時候！

　　在一些人看來，中國現代文學就那麼三十多年，並且幾乎從有中國現代文學起就有了中國現代文學研究，如此一來，中國現代文學研究已經有九十多年時間了，怎麼可能還時候未到呢？先來回顧一下這九十多年的中國現代文學研究歷程。儘管幾乎在中國現代文學誕生同時便有了中國現代文學研究，但新中國成立前的中國現代文學研究因其與研究對象之間缺乏必要距離而難免產生「不識廬山真面目，只緣身在此山中」的現象。並且，中國現代文學在新中國成立前尚未形成一門獨立學科，對它的研究多是零散性的。新中國成立後，中國現代文學研究立即被納入了意識形態建構之中，1950年5月教育部通過的「高等學校文法兩學院各系課程草案」對「中國新文學史」內容明確規定：「要求用新觀點，新方法，講述自五四

時代到現在的中國新文學的發展史，著重在各階段的文藝思想鬥爭
和其發展狀況，以及散文，詩歌，戲劇，小說等著名作家和作品的
講述」。按照這樣的標準撰寫的中國現代文學史不可能客觀地反映
歷史的真實情況。粉碎「四人幫」後，人們以極大的熱情投入中國
現代文學研究工作。面對資料極端缺乏的現狀，人們在1980年代
前期在中國現代文學資料建設方面做出了卓有成效的工作——現在
使用的很多中國現代文學資料便是在這一時期整理出來的。一則由
於當時人們思想還未完全解放，二則由於時間太短暫，隨著1985年
「方法年」的到來，人們幾乎一窩蜂地去搞理論闡釋，資料整理的
工作幾乎陷於停頓狀態。沒有充分佔有原始材料，這樣研究出來的
結果有說服力嗎？隨著近幾年人們對史料的重視，不少人開始了自
己挖掘原始材料的工作，這些人的研究成果常常給人大吃一驚的感
覺。這一事實告訴我們，應該以全新的眼光系統地整理中國現代文
學資料——散兵遊勇式的資料挖掘不但是一件費時費力的事情，其
作用也非常有限。人們常說，實踐是檢驗真理的唯一標準，筆者就
來談談自己的切身體會吧。

　　就中國現代作家而言，《魯迅全集》至少應該是最全的全集之
一。但是，出於寫作《一群被驚醒的人——狂飆社研究》的需要，
筆者在通讀《莽原》週刊和半月刊時竟然發現有近20則廣告未收入
2005年版《魯迅全集》（不包括12則《正誤》）。在1981年版和
2005年版《魯迅全集》收錄了部分廣告、劉運峰編輯的《魯迅全集
補遺》收錄了30則廣告的情況下，竟然在魯迅主編的、著名而常見
的《莽原》上發現這麼多魯迅佚文，筆者不能不感到驚訝。筆者由
此想到，由於魯迅一生辦了不少刊物，在魯迅主辦的其他刊物上應

該還能發現魯迅佚文。由此可知，哪怕是「尚可挖掘的餘地顯然十分有限」[1]的魯迅佚文仍有挖掘的餘地。

　　與《魯迅全集》相反，《郭沫若全集》「極有可能是世界上最不全的作家『全集』之一」[2]。為了「用具體事實說明重新出版《郭沫若全集》的必要性」，筆者曾經根據中國社會科學出版社1986年版《郭沫若研究資料》中的《郭沫若著譯繫年》提供的篇目，運用電腦查找功能，逐一查找未收入《郭沫若全集》的文章。結果令我驚訝萬分：「單就『繫年』收錄的文章篇目而言，就有1700餘篇文章未收入《郭沫若全集》，若加上已發表卻未收入『繫年』中的文章，再加上郭沫若大量未發表的文字，真不知到底有多少文字未收入《郭沫若全集》。」[3]需要強調的是，這「1700餘篇」僅指已經收入《郭沫若著譯繫年》的文章，遇到那些未收入「繫年」的文章，哪怕筆者已經發現也未將它們統計進去，如：《郭沫若書信集》和《郭沫若致文求堂書簡》共收郭沫若書信838函，但筆者只統計了270餘函，意味著還有560餘函未統計進去。試想想，依據這樣的《郭沫若全集》研究得出的結論到底有多大可信度？

　　筆者研究較多的第三個作家是在中國現代文學史上不那麼受重視的高長虹。儘管高長虹在中國現代文學史上不受重視，筆者在研究他的過程中卻有意外收穫。首先，通過比較高長虹的《幻想與做夢》和魯迅的《野草》筆者得出了這樣的結論：「不管人們如何評價中國現代文學史上『獨語體』散文或象徵主義散文詩的源頭，

---

[1] 陳漱渝：《序》，劉運峰編：《魯迅佚文全集》，群言出版社，2001年。

[2] 魏建：《郭沫若佚作與〈郭沫若全集〉》，《文學評論》，2010年第2期。

[3] 廖久明：《未收入〈郭沫若全集〉的歷史、考古作品目錄》，《郭沫若學刊》，2006年第3期。

儘管稱高長虹為『散文詩集的開先河者』與事實不符，卻完全可以稱他為開創者之一」；通過比較高長虹的《土儀》和魯迅的《朝花夕拾》筆者得出了這樣的結論：「如果《朝花夕拾》開創了現代散文『閒話風』創作潮流與傳統的說法屬實，那麼開創現代散文『閒話風』創作潮流與傳統的系列文章應該是《土儀》而不是《朝花夕拾》。」如果筆者的結論可以成立，那麼普通高等教育「九五」教育部重點教材《中國現代文學三十年》中的以下說法便應該修改：魯迅的《朝花夕拾》、《野草》「開創了現代散文的兩個創作潮流與傳統，即『閒話風』的散文與『獨語體』的散文」[4]。其次，筆者提出了「第二次思想革命」的觀點。筆者在閱讀高長虹作品過程中發現，他在多篇文章中提到1925年的北京出版界有過一次「思想運動」：「去年一年北京的出版界，因為特殊的時局的緣故，思想上引起一個小小的運動，這運動因為藝術的色彩比較多些，所以一般讀者們都難於認識它的真相。從事運動的人呢，大抵自己又都不明說，所以直到現在世間還像沒有什麼也者。但這個運動，雖然沒有那樣普遍，但比《新青年》運動卻深刻得多，它是會慢慢地踏實地表現在事實上呢。其中雖然也不是沒有派別，但當時的精神卻是一致的。就形式上說，可分為《莽原》、《語絲》、《猛進》三派，然而大致都是由思想的自覺而表現為反抗；而所反抗的在大體上又都是同樣的目標」[5]；「去年的出版界是有過一次運動的，大致由對外而轉為對內，由反章而轉為反現代評論社，對內與對外，

---

[4] 錢理群、溫儒敏、吳福輝：《中國現代文學三十年（修訂本）》，北京大學出版社，1998年，第50頁。

[5] 高長虹：《走到出版界·今昔》，《高長虹全集》第2卷，中央編譯出版社，2010年，第128-129頁。

是號稱全國一致的，然而在我們好談思想的看起來，卻是反章，尤其是反現代評論社的意義深且遠。這不但是被壓迫者反壓迫者的運動，而是同情於被壓迫者反同情於壓迫者的運動，是士人中的不闊氣的士人反闊氣的士人的運動，是藝術與思想反士宦的運動，是真實反虛偽的運動，是人反非人的運動」[6]；「大家想來知道當時引人注意的週刊可以說有四個，即：《莽原》、《語絲》、《猛進》、《現代評論》。《莽原》是最後出版的，暫且不說。最先，那三個週刊並沒有顯明的界限，如《語絲》第二期有胡適的文字，第三期有徐志摩的文字，《現代評論》有張定璜的《魯迅先生》一文，孫伏園又在《京副》說這三種刊物是姊妹週刊，都是例證。徐旭生給魯迅的信說，思想革命也以《語絲》、《現代評論》、《猛進》三種列舉，而辦文學思想的月刊又商之於胡適之。雖然內部的同異是有的，然大體上卻仍然是虛與委蛇。最先對於當時的刊物提出抗議的人卻仍然是狂飆社的人物，我們攻擊胡適，攻擊周作人，而漠視《現代評論》與《猛進》。我們同魯迅談話時也時常說《語絲》不好，周作人無聊，錢玄同沒有思想，非攻擊不可。魯迅是贊成我們的意見的。而魯迅也在那時才提出思想革命的問題」[7]……看了這些文字後再來看胡適、魯迅等人1925年前後的文章、書信，筆者驚訝地發現，1925年前後，面對「『反革命』的空氣濃厚透頂」的社會現實，胡適、魯迅等人都不約而同地提出了將《新青年》未竟的使命繼續下去的主張：「我想，我們今後的事業，在於擴充《努力》

[6] 高長虹：《走到出版界‧舊事重提》，《高長虹全集》第2卷，中央編譯出版社，2010年，第158頁。

[7] 高長虹：《走到出版界‧1925，北京出版界形勢指掌圖》，《高長虹全集》第2卷，中央編譯出版社，2010年，第199頁。

使他直接《新青年》三年前未竟的使命，再下二十年不絕的努力，在思想文藝上給中國政治基礎建築一個可靠的基地」[8]；「我想，現在的辦法，首先還得用那幾年以前《新青年》上已經說過的『思想革命』。還是這一句話，雖然未免可悲，但我以為除此沒有別的法」[9]。很遺憾的是，這次思想革命開始不久五卅慘案便發生了，人們的注意力再次由思想革命（「啟蒙」）轉向了嚴酷的現實（「救亡」），「救亡」就這樣再次壓倒了「啟蒙」。儘管人們對「救亡」與「啟蒙」的關係有較大爭議，但是就五卅慘案與「第二次思想革命」而言，筆者認為這是無可爭議的事實。

　　總之，寫文學史確實應該抓大放小，否則便是一種「『博覽旁搜』，以量取勝」[10]。不過，寫文學史應該先研究再篩選，而不應該先篩選再研究，只有在對所有對象進行充分研究的前提下才能知道哪些該抓、哪些該放。若反其道而行之，完全可能因為不瞭解而放棄那些本該抓住的內容，卻讓那些本該放棄的內容濫竽其間。並且，結構主義告訴我們，「現實的本質並不單獨地存在於某種時空之中，而總是表現於此物與它物間的關係之中。」[11]就是為了研究重要作家和重大現象，也應該將其與相關作家和現象聯繫起來，只有這樣才能真正理解重要作家的重要性和重大現象的意義所在。這一切，都離不開史料工作。

---

[8] 胡適：《胡適文存二集・與一涵等四位的信》，季羨林主編：《胡適全集》第2卷，安徽教育出版社，2003年，第513頁。

[9] 魯迅：《華蓋集・通訊》，《魯迅全集》第3卷，人民文學出版社，2005年，第22頁。

[10] 黃子平、陳平原、錢理群：《二十世紀中國文學三人談》，人民文學出版社，1988年，第27頁。

[11] 美・沃野：《結構主義及其方法論》，《學術研究》，1996年第12期。

目次

史實研究

思想研究

救亡再次壓倒啟蒙

——五卅運動與「第二次思想革命」的夭折

　　1986年，李澤厚在《走向未來》創刊號上發表了《救亡與啟蒙的雙重變奏》，把五四運動與新文化運動的關係概括為「啟蒙與救亡的相互促進」，把整個二十世紀的中國歷史概括為「救亡壓倒啟蒙」[1]，這一觀點在獲得一片喝彩聲同時也漸漸遭到一些人質疑。2002年，李楊在《書屋》第5期上發表了《「救亡壓倒啟蒙」——對八十年代一種歷史「元敘事」的解構分析》：「通過對『救亡』與『啟蒙』、『傳統』與『現代』這一二元對立的解構，嘗試提供另一種理論解釋，即二十世紀中國歷史中出現的『救亡』與『革命』，不但不是『啟蒙』的對立面，反而是『啟蒙』這一現代性生長的一個不可替代的環節；不但沒有『中斷』中國的現代進程，反而是一種以『反現代』的方式表達的現代性。」[2]一則筆者才疏學淺無法進行「理論闡釋」，二則筆者認為事實勝於雄辯，所以本文不擬就「救亡」與「啟蒙」的關係進行「理論解釋」，僅以五卅運動為例說明「救亡」是如何壓倒「啟蒙」的。

---

[1] 李澤厚：《救亡與啟蒙的雙重變奏》，《中國現代思想史論》，生活・讀書・新知三聯書店，2008年，第1-39頁。

[2] 李楊：《「救亡壓倒啟蒙？」——對八十年代一種歷史「元敘事」的解構分析》，《書屋》，2002年第5期。

一、《新青年》分裂後的中國思想文化界

　　1921年初，《新青年》最終分裂。與五四時期的其他刊物相比，《新青年》有一個顯著特點：「從大體上看來，《新青年》到底是一個文化批判的刊物，而新青年社的主要人物也大多數是文化批判者，或以文化批判者的立場發表他們對於文學的議論。」《新青年》分裂後，文學社團雖然大量湧現：「從民國十一年（一九二二）到十四年（一九二五），先後成立的文學社團及刊物，不下一百餘」，但這些文學社團培養的是「大群有希望的青年作家」[3]，而不是「文化批判者」，所以《新青年》的分裂標誌著轟轟烈烈的思想啟蒙告一段落。

　　在《新青年》分裂同時，文學研究會於1921年1月正式成立。文學研究會的宗旨包括：「研究介紹世界文學整理中國舊文學創造新文學」[4]。1923年，鄭振鐸接編《小說月報》後，在「整理國故與新文學運動」的欄目中發表了《新文學之建設與國故之新研究》，同時發表了顧頡剛、王伯祥、余祥森、嚴既澄、玄珠的文章，這些文章「大概都是偏於主張國故的整理對於新文學運動很有利益一方面的論調」[5]，鄭振鐸特別強調「要重新估定或發現中國文學的價值，把金石從瓦堆中搜找出來，把傳統的灰塵從光潤的鏡子上拂下去。」[6]

---

[3] 茅盾：《中國文論三集·〈中國新文學大系·小說一集〉導言》，《茅盾全集》第20卷，人民文學出版社，1990年，第453-461頁。

[4] 編者：《文學研究會簡章》，《小說月報》第12卷第1號（1921年1月10日）。

[5] 西諦：《發端》，《小說月報》第14卷第1號（1923年1月10日）。

[6] 鄭振鐸：《新文學之建設與國故之新研究》，《小說月報》第14卷第1號（1923年1月10日）。

至此，文學研究會的作家在從事創作、翻譯的同時，逐漸兼顧到中國古典文學的整理與研究。鄭振鐸在提倡整理國故的同時，還與研究系的張君勱、張東蓀等人商議，「創辦一份以宣傳唯心史觀為宗旨的雜誌，企圖通過對唯心史觀的宣傳，廣結同志，為日後組黨作好準備」[7]。1923年1月，以整理國故為宗旨的《國學季刊》出刊，胡適在發刊《宣言》中提出，要「用歷史的眼光來擴大國學研究的範圍」[8]。

1925年5月，初期創造社「圓鼎三腳」[9]的郭沫若（另兩隻「腳」是郁達夫、成仿吾）一如既往地在《創造週報》上為孔子高唱讚歌：「我們崇拜孔子。……我們所見的孔子，是兼有康德與歌德那樣的偉大的天才，圓滿的人格，永遠有生命的巨人。他把自己的個性發展到了極度——在深度如在廣度。」[10]

在新文化派中的一些人提倡「整理國故」、為孔子高唱讚歌的同時，文化保守主義者和復古派卻大力提倡東方文化並對新文化運動進行攻擊。梁啟超發出了西方「科學萬能的大夢」已經破產的驚呼[11]。梁漱溟認為西洋文化「走到今日，病痛百出，今世人都想拋棄它」，「世界未來文化就是中國文化的復興」[12]。張君勱認為「科學

[7] 鄭大華：《張君勱傳》，中華書局，1997年，第177頁。
[8] 胡適：《胡適文存二集·〈國學季刊〉發刊宣言》，季羨林主編：《胡適全集》第2卷，安徽教育出版社，2003年，第9頁。
[9] 郭沫若：《學生時代·創造十年》，《郭沫若全集》文學編第12卷，人民文學出版社，1992年，第213頁。
[10] 郭沫若：《中國文化之傳統精神》，王錦厚、伍加倫、肖斌如編：《郭沫若佚文集》上冊，四川大學出版社，1988年，第100頁。
[11] 梁啟超：《歐遊心影錄（節選）》，夏曉虹編：《梁啟超文選》上冊，中國廣播電視出版社，1992年，第410頁。
[12] 梁漱溟：《東西文化及其哲學（節選）》，黃克劍、王欣編：《梁漱溟集》，群言出版社，1993年，第191-192頁。

無論如何發達，而人生觀問題之解決，決非科學所能為力，惟賴諸人類之自身而已」[13]。學衡派在《評提倡新文化者》（梅光迪）、《評〈嘗試集〉》（胡先驌）、《論新文化運動》（吳宓）等文章中對新文化運動發起攻擊。甲寅派的章士釗在《評新文化運動》中否認文化有新舊優劣之別，以此否定新文化運動存在的依據和意義。

《新青年》分裂後的中國思想文化界，可用魯迅給《猛進》主編徐旭生的一段話來表述：「看看報章上的論壇，『反革命』的空氣濃厚透頂了，滿車的『祖傳』，『老例』，『國粹』等等，都想來堆在道路上，將所有的人家完全活埋下去。『強聒不舍』，也許是一個藥方罷，但據我所見，則有些人們——甚至於竟是青年——的論調，簡直和『戊戌政變』時候的反對改革者的論調一模一樣。你想，二十七年了，還是這樣，豈不可怕。」[14]

面對「『反革命』的空氣濃厚透頂」的局面，原新青年同人聯合後來者開始了同異互現的「第二次思想革命」。

二、同異互現的「第二次思想革命」

（一）《語絲》與「第二次思想革命」

《語絲》創刊雖然起因於一偶然事件，實際上卻是新月社爭奪陣地的結果：「《晨報副刊》雖然是中國報紙中最早致力於新

---

[13] 張君勱：《人生觀》，黃克劍、吳小龍編：《張君勱集》，群言出版社，1993年，第114頁。
[14] 魯迅：《華蓋集·通訊》，《魯迅全集》第3卷，人民文學出版社，2005年，第22頁。

文化運動的一個副刊，而《晨報》本身卻是研究系的機關刊物。它的增出副刊，容彙新流，只是為了招徠視聽，裝潢門面而已。特別是胡適同新從歐洲留學回國的徐志摩、陳西瀅等於1923年成立新月社後，就擠進《晨報副刊》這塊地盤，佔據門戶，另立營壘，醞釀著文化戰線上的一場新的鬥爭。一九二四年初，《晨報》當局、某大律師的兒子劉勉己從歐洲留學回來，與新月社氣類相似，遂相勾結，取代了蒲伯英成為《晨報》的代總編輯後，就想把孫伏園拉下編輯椅子，把魯迅等人從《晨報副刊》上排擠出去。但由於魯迅等人的作品深受讀者歡迎，影響較大，又礙於孫伏園的人際關係，《晨報》當局不無顧忌，所以，箭在弦上，引而未發。等到一九二四年十月，劉勉己蠻橫無理地抽掉魯迅（署名『某生者』）的《我的失戀》詩稿的所謂『抽稿事件』發生，孫伏園為了表示抗議，憤而辭去編輯職務，魯迅等人也相率退出，《晨報副刊》遂為新月社所佔據。為了另闢戰線，建立陣地，在魯迅的支持和領導下，孫伏園另邀了周作人、錢玄同、林語堂、劉半農、川島、顧頡剛、淦女士等十六人，作為長期撰稿人，創辦了《語絲》，並於一九二四年十一月十七日出版了創刊號。」[15]故魯迅說「抽稿事件」發生前，「伏園的椅子頗有不穩之勢」[16]。考察一下《語絲》撰稿人不難看出，他們多是像魯迅一樣，在《新青年》分裂後，「落得一個作家的頭銜，依然在沙漠中走來走去」而「在散漫的刊物上做文字」的人[17]。在周作人代擬的《發刊辭》中，交代了《語絲》的辦

[15] 張梁：《評「語絲派——」兼談周作人》，《徐州師範學院學報》，1980年第3期。
[16] 魯迅：《三閒集·我和〈語絲〉的始終》，《魯迅全集》第4卷，人民文學出版社，2005年，第169頁。
[17] 魯迅：《南腔北調集·〈自選集〉自序》，《魯迅全集》第4卷，人民文學出版

刊宗旨：「我們並沒有什麼主義要宣傳，對於政治經濟問題也沒有什麼興趣，我們所想做的只是想衝破一點中國的生活和思想界的昏濁停滯的空氣。我們個人的思想儘自不同，但對於一切專斷與卑劣之反抗則沒有差異。我們這個週刊的主張是提倡自由思想，獨立判斷，和美的生活。」[18]

後人在總結《語絲》的主要內容時，曾將其歸納為以下幾點：一、「『語絲派』的主要成員大都是五四新文化運動的參加者。對於瀰漫於思想文化界的復古倒退的惡濁空氣加以掃蕩，就成為語絲派鬥爭的主要目標」；二、「『語絲派』的另一個鬥爭矛頭是針對帝國主義，特別是日本帝國主義的」；三、「『語絲派』的另外一條重要戰線是和『現代評論派』的鬥爭」；四、三一八慘案發生後，「『語絲派』的成員對於軍閥政府的殘酷野蠻，一致予以抨擊和揭露，對於慘案的犧牲者也表示了深切的同情和悼念」；五、「『四一二』以後，『語絲派』的主要鬥爭矛頭是針對蔣介石反動派的」；六、「《語絲》從一九二七年底遷至上海復刊並由魯迅接編後，它的主要鬥爭鋒芒指向了國民黨反動統治，成了第二次國內革命戰爭時期的文化戰線上的一個重要陣地」。[19]任何歸納都不可能包羅萬象，但從歸納的幾類來看，「對於瀰漫於思想文化界的復古倒退的惡濁空氣加以掃蕩」，當為語絲同人創辦刊物的主要目標。

社，2005年，第469頁。
[18]《發刊辭》，《語絲》第1期（1924年11月17日）。
[19] 張梁：《評「語絲派——」兼談周作人》，《徐州師範學院學報》，1980年第3期。

（二）《現代評論》與「第二次思想革命」

　　《新青年》分裂後，胡適在提倡「整理國故」的同時，與人一起成立「努力會」，出版《努力週報》，提倡「好政府主義」。1923年10月21日，《努力週報》停刊，胡適承認：「我們談政治的人，到此地步，真可謂止了壁了。」[20]在《努力週報》停刊前的10月9日，胡適在給友人的信中如此寫道：「《新青年》的使命在於文學革命與思想革命。這個使命不幸中斷了，直到今日。倘使《新青年》繼續至今，六年不斷的作文學思想革命的事業，影響定然不小了。／我想，我們今後的事業，在於擴充《努力》使他直接《新青年》三年前未竟的使命，再下二十年不絕的努力，在思想文藝上給中國政治基礎建築一個可靠的基地。」[21]1924年9月9日，胡適致信《晨報副刊》記者，說出了自己擬辦《努力月刊》的原因：「今日政治方面需要一個獨立正直的輿論機關，那是不消說的了。即從思想方面看來，一邊是復古的思想，一邊是頌揚拳匪的混沌思想，都有徹底批評的必要。」[22]遺憾的是，由於種種原因，該月刊最終未能辦成。

　　在《努力週報》停刊不久，胡適於1923年與人成立了新月社。胡適的《努力月刊》雖未辦成，他的辦刊思想卻在《現代評論》上

[20] 胡適：《胡適文存二集・〈國學季刊〉發刊宣言》，季羨林主編：《胡適全集》第2卷，安徽教育出版社，2003年，第510頁。

[21] 胡適：《胡適文存二集・與一涵等四位的信》，季羨林主編：《胡適全集》第2卷，安徽教育出版社，2003年，第513頁。

[22] 胡適：《書信（1907-1928）・致〈晨報〉副刊》，季羨林主編：《胡適全集》第23卷，安徽教育出版社，2003年，第382頁。

得到一定程度的體現：「儘管胡適沒有直接參與《現代評論》的組織和編輯工作，但他在《現代評論》上發表過文章，更重要的是，他與『現代評論派』有著必然的精神聯繫，他與『現代評論派』的觀點同出於一個精神母胎。我們可以這麼說，胡適是中國現代文化史上自由主義的代言人」，「胡適在與『現代評論派』的聯繫中，始終貫穿著一條精神紐帶，這就是他們共同信奉的自由主義精神」[23]。

《現代評論》創刊於1924年12月13日，主要撰稿人有王世傑、陳源、高一涵、唐有壬、胡適、楊振聲、陶孟和等，多為留學英美的自由主義分子。《現代評論》的《本刊啟事》交代了辦刊宗旨：「本刊內容，包涵關於政治、經濟、法律、文藝、哲學、教育、科學各種文字。本刊的精神是獨立的，不主附和；本刊的態度是研究的，不尚攻訐；本刊的言論是趨重實際問題，不尚空談。」[24]刊物命名「現代評論」，「意即採取旁觀的評論時政態度，此中顯露出資產階級自由主義色彩」[25]，「歐美派知識份子在政治上抱有自由主義的態度，希望藉啟蒙的手段，培養一種自由、平等、民主的意識，以建立一個歐美式的法制社會；在文化上，他們主張把中國的固有文明與近代西方新文明結合起來，擺脫傳統的思想模式以適應世界變化；在價值取向上，他們企圖堅持獨立的知識份子人格，以自由者的身份參與現實政治，追求獨立、公正、客觀」[26]。

---

[23] 倪邦文：《「現代評論派」的團體構成》，《新文學史料》，1995年第3期。
[24] 《本刊啟事》，《現代評論》第1卷第1期（1924年12月13日）。
[25] 黃喬：《追本溯源：重探現代評論派》，《中國文學研究》，1991年第4期。
[26] 倪邦文：《「現代評論派」的團體構成》，《新文學史料》，1995年第3期。

（三）《語絲》與《現代評論》的異同

　　由於語絲派與現代評論派在女師大事件、五卅慘案、三一八慘案等問題上進行過針鋒相對的鬥爭，一些人常把它們視作兩個完全敵對的團體，這實際上是一種誤解。以胡適為首的現代評論派，「尊重個性，思想開放，主張相容、多元的風格，當然可以破除封建一統的迷信狀態，同時也可維護個人主義的人生觀，對抗左翼文化思想的壓力」[27]。在「破除封建一統的迷信狀態」方面，現代評論派與語絲派無疑是一致的。「該刊在一些重大的事件中也表現出資產階級政治上的兩面性：既有主持正義，揭露帝國主義、軍閥政府罪行，支持進步學生的言論，也有散布污蔑學生、為封建軍閥開脫罪責的流言；既對群眾的反帝反軍閥鬥爭有所同情，又站在章士釗一邊，攻擊支持學生的魯迅。週刊撰稿人政治態度本來不同，加上他們辦刊用稿又採取自由主義的寬容並包姿態和開放的平等精神，就勢必同時出現觀點對立的文章。」[28]現代評論派在一些重大事件上表現出「兩面性」，其進步的一面當然與語絲派基本一致；就是其反動的一面，也與反動軍閥、帝國主義者及其走狗有所不同：他們中的多數言論，很大程度上是站在自由主義立場上提出了不合時宜的看法，並不是成心反動。況且，這些「重大事件」的發生，是創辦《現代評論》時不知道的。將《語絲》和《現代評論》與當時其他文學社團的刊物比較一下不難發現，它們與那些發表文學創作的

[27] 吳福輝：《現代文化移植的困厄及歷史命運──論胡適與〈現代評論〉與〈新月〉派》，《文藝爭鳴》，1992年第3期。
[28] 黃裔：《追本溯源：重探現代評論派》，《中國文學研究》，1991年第4期。

刊物有很大不同，卻與《新青年》存在著更多相似的地方：以發表
評論文字、進行思想革命為主。

　　由於女師大事件、五卅慘案、三一八慘案等事件的發生，語絲
派與現代評論派之間的鬥爭越來越激烈，似乎到了水火不相容的地
步。但這種鬥爭，只要是在思想界內部進行，不但不會削弱「第二
次思想革命」的力度，反而有利於擴大其影響並豐富其內容：「凡
有一人的主張，得了贊和，是促其前進的，得了反對，是促其奮鬥
的，獨有叫喊於生人中，而生人並無反應，既非贊同，也無反對，
如置身毫無邊際的荒原，無可措手的了，這是怎樣的悲哀呵」[29]。任
何一種東西（包括思想），在沒有其他東西作為參照物的時候，其
前途是危險的：長期發展下去，自身缺乏活力，又沒有其他資源可
供吸收，最終的命運只可能是滅亡。所以，新青年派分裂為現代評
論派和語絲派是必然的，也是必需的。在「打倒孔家店」和「文學
革命」這兩項任務基本完成後，沒有了強大敵人的新青年派必然分
裂。新青年派分裂為現代評論派和語絲派有利於鞏固《新青年》時
期的成果——這一任務主要由語絲派來繼續，有利於為啟蒙提供新
的內容——這一任務主要由現代評論派來擔任，並且有利於這兩派
在鬥爭中取長補短。

（四）呈燎原之勢的「第二次思想革命」

　　1925年3月6日，政論性週刊《猛進》創刊。魯迅收到《猛進》
第1期後，在給主編徐旭生的信中也提出了「思想革命」的主張：

---

[29] 魯迅：《吶喊·自序》，《魯迅全集》第1卷，人民文學出版社，2005年，第439頁。

「我想，現在的辦法，首先還得用那幾年以前《新青年》上已經說過的『思想革命』。還是這一句話，雖然未免可悲，但我以為除此沒有別的法。」徐旭生在回信中如此寫道：「『思想革命』，誠哉是現在最重要不過的事情，但是我總覺得《語絲》，《現代評論》和我們的《猛進》，就是合起來，還負不起這樣的使命。我有兩種希望：第一希望大家集合起來，辦一個專講文學思想的月刊。裏面的內容，水平線並無庸過高，破壞者居其六七，介紹新者居其三四。⋯⋯第二我希望有一種通俗的小日報。」魯迅在回信中如此寫道：「有一個專講文學思想的月刊，確是極好的事，字數的多少，倒不算什麼問題。第一為難的卻是撰人，假使還是這幾個人，結果即還是一種增大的某週刊或合訂的各週刊之類。況且撰人一多，則因為希圖保持內容的較為一致起見，即不免有互相牽就之處，很容易變為和平中正，吞吞吐吐的東西，而無聊之狀於是乎可掬。現在的各種小週刊，雖然量小力微，卻是小集團或單身的短兵戰，在黑暗中，時見匕首的閃光，使同類知道也還有誰在襲擊古老堅固的堡壘，較之看見浩大而灰色的軍容，或者反可以會心一笑。」[30]從魯迅和徐旭生的信件可以看出，他們都承認《語絲》和《現代評論》進行的是思想革命的工作，而魯迅看見的更多是不同，徐旭生看見的更多是相同——由此也可看出，《語絲》和《現代評論》確實是「同異互現」。

鑑於刊物只用老作家的稿子，早在1924年5月30日魯迅就曾對許欽文說：「我總想自己辦點刊物。只有幾個老作家總是不夠的。不

---

[30] 魯迅：《華蓋集·通訊》，《魯迅全集》第3卷，人民文學出版社，2005年，第23-25頁。

讓新作家起來，這怎麼行！我培養了些人，也就白費心思了。」[31]在邵飄萍將《京報》副刊《圖畫週刊》停刊，約請魯迅編輯時，魯迅立即於11日「夜買酒並邀長虹、培良、有麟共飲，大醉」[32]，商議創辦《莽原》週刊；4月24日，《莽原》週刊創刊。在說到自己辦《莽原》週刊原因時，魯迅說：「中國現今文壇（？）的狀況，實在不佳，但究竟做詩及小說者尚有人。最缺少的是『文明批評』和『社會批評』，我之以《莽原》起哄，大半也就為了想由此引些新的這一種批評者來，雖在割去敝舌之後，也還有人說話，繼續撕去舊社會的假面。」[33]

「第二次思想革命」不但在當時的新文化運動中心北京轟轟烈烈地展開（以上刊物所在地當時均在北京），甚至在其他地方也有了類似要求。1924年9月1日，高長虹在山西太原創辦了《狂飆月刊》。該月刊剛出一期，高長虹就將其交給高沐鴻、藉雨農等，隻身到了北京，於1924年11月9日創辦《狂飆》週刊。在《〈狂飆〉週刊宣言》中，高長虹發出了「打倒障礙或者被障礙打倒」[34]的誓言。當時出版界的熱鬧情況可用時人的一段話來表述：「這年來自《語絲》、《現代評論》、《猛進》三刊出後，國內短期出版物驟然風起雲湧，熱鬧不可一世。」[35]

---

[31] 許欽文：《來今雨軒》，《〈魯迅日記〉中的我》，浙江人民出版社，1979年，第34頁。

[32] 魯迅：《日記（1912-1926）》：《魯迅全集》第15卷，人民文學出版社，2005年，第560頁。

[33] 魯迅：《書信（1904～1926）‧250428致許廣平》，《魯迅全集》第11卷，人民文學出版社，2005年，第486頁。

[34] 高長虹：《〈狂飆〉週刊宣言》，《高長虹全集》第3卷，中央編譯出版社，2010年，第41頁。

[35] 伏園：《一年來國內定期出版界略述補》，中國社會科學院文學研究所魯迅研究

　　儘管「科學」、「民主」是五四新文化運動的兩面旗幟，但就是「提倡白話文反對舊道德的啟蒙方面」也表現為「某種科學主義的追求」[36]。據統計，《新青年》上「民主」「只是『科學』出現頻度的四分之一強」，其他刊物如《新潮》、《每週評論》、《少年中國》上的情況也與此大體相似[37]，所以，「『五四』新文化運動也是一個科學話語共同體的運動」[38]。「第二次思想革命」的著眼點則由「科學」轉向了「民主」。方敏在分析「『五四』後三十年民主思想的發展和演變」[39]時，將1922─1931年間出現的「民主」歸納為新三民主義、新民主主義和資產階級改良主義三種類型說明：在當時的中國，「民主」是國民黨、共產黨和中間勢力的共同訴求。這次思想革命若能堅持下去，「二十世紀中國人在科技和經濟發展方面取得了舉世矚目的成就，然而民主和人權的進步一直步履維艱」[40]的情況也許不會如此嚴重。遺憾的是，五卅慘案發生了，六年後，九一八事變又發生了，中國人不得不一次又一次地將主要精力由「啟蒙」轉向「救亡」。

室編：《1913-1983魯迅研究學術論著資料彙編》第1卷，中國文聯出版公司，1985年，第119頁。

[36] 李澤厚：《中國現代思想史論》，生活・讀書・新知三聯書店，2008年，第48頁。

[37] 金觀濤、劉青峰：《〈新青年〉民主觀念的演變》，《二十一世紀》雙月刊（香港），1999年12月號。

[38] 汪暉：《現代中國思想的興起》，生活・讀書・新知三聯書店，2004年，第1208頁。

[39] 方敏：《「五四」後三十年民主思想研究》，商務印書館，2004年，第39-74頁。

[40] 金觀濤、劉青峰：《〈新青年〉民主觀念的演變》，《二十一世紀》雙月刊（香港），1999年12月號。

三、五卅運動與「第二次思想革命」的夭折

　　1925年5月14日，上海日商內外棉紗廠工人為抗議資方無理開除工人舉行罷工。次日，日本資本家槍殺工人顧正紅（共產黨員），激起上海各界人民公憤。30日，上海學生、工人3000餘人在租界進行宣傳，聲援工人，號召收回租界，英巡捕開槍射擊，當場死4人，重傷後死9人，傷者不計其數。當天晚上，工人、學生、商界等團體連夜開會，商議對策。第二天，繼續到租界示威、宣傳、鼓動全上海人民實現「三罷」──罷課、罷工、罷市。6月1日，屠殺者又一次製造了六一血案，當天晚上，中共中央召開會議，提議成立工商學聯合會。6月4日，上海工商學聯合會正式成立。以後，上海的「三罷」鬥爭便在工商學聯合會領導下進行。

　　當上海工人階級英勇反帝時，省港罷工工人於7月3日正式成立了「省港罷工委員會」，公開領導香港和廣州沙面工人的罷工鬥爭，「在罷工工人和農民的幫助下，廣東革命政府舉行第二次東征和南征，打敗了帝國主義所支持的封建軍閥──陳炯明、鄧本殷，統一了廣東革命根據地。全國各地不少領袖轉移到廣東，加強了廣東革命根據地的領導；上海、湖南等地工人，也紛紛到廣東參軍，決心和廣東工農群眾一起參加北伐戰爭，拿起武器摧毀帝國主義統治中國的牆腳──北洋軍閥政權。廣東彙聚了各地的革命力量，迅速成為全國大革命風暴的中心。從廣州開始的北伐戰爭正在積極準備著。」[41]

---

[41] 傅道慧：《五卅運動》，復旦大學出版社，1985年，第275頁。

　　五卅慘案發生後，馮玉祥以多種形式支持人民反帝愛國運動，在其駐軍的河南省，「全省共有一百零八縣，全部投入五卅反帝運動」[42]。五卅運動後，「各帝國主義勾結起來，採取聯合行動。不同派系的軍閥相互妥協，形成反赤大同盟。他們把同情革命的馮玉祥宣傳為『赤化』人物，視國民軍為『赤化』武裝」[43]。為「討赤」進入北京的張作霖，1926年4月26日殺死了當時炙手可熱的《京報》記者邵飄萍——郭松齡倒戈時，邵飄萍曾幫郭罵張作霖，「邵被殺後，北京空氣極為緊張，很多報刊都紛紛自動停刊，以免遭殃。原來民國初年軍閥時代，新聞卻是相當有自由的，軍閥們雖然蠻不講理，可是對新聞批評大體還能容忍。直到奉軍入京後，形勢才為之一變，邵飄萍被槍斃後，人人為之自危」[44]。「連衛道的新聞記者，圓穩的大學校長也住進六國飯店，講公理的大報也摘去招牌，學校的號房也不賣《現代評論》：大有『大火昆岡，玉石俱焚』之概了。」[45]語絲派的林語堂、顧頡剛、魯迅、孫伏園、川島等先後離開北京去了廈門。

　　張作霖殺記者，畢竟屬個別軍閥行為。北伐戰爭勝利後，國民黨統一了中國，結束了軍閥割據的局面，同時也結束了思想界一度出現的繁榮局面：「大多數軍閥是守舊的，和傳統的社會準則是很協調的。自相矛盾的是，他們所促成的不統一和混戰卻為思想的多樣化和對傳統觀念的攻擊提供了大量機會，使之盛極一時。中央政

---

[42] 傅道慧：《五卅運動》，復旦大學出版社，1985年，第129-130頁。
[43] 郭緒印、陳興唐：《愛國將軍馮玉祥》，河南人民出版社，1991年，第103-105頁。
[44] 丁中江：《北洋軍閥史話》第4集，中國友誼出版社，1992年，第385頁。
[45] 魯迅：《華蓋集續編・無花的薔薇之三》，《魯迅全集》第3卷，人民文學出版社，2005年，第305頁。

府和各省的軍閥都不能有效地控制大學、期刊、出版業和中國智力生活方面的其他機構。在這些年代裏，中國知識份子對中國可能以什麼方式實現現代化和增強實力進行了極其激烈的討論，這在一定程度上是對軍閥主義弊端的反應。共產黨於1921年建立和國民黨於1924年改組，在一定程度上是基於思想的繁榮。因此，一方面，軍閥時代是20世紀政治團結和國家實力的低點；另一方面，這些年代也是思想和文學成就的高峰。在一定程度上作為對軍閥的反應，從這個動亂而血腥的時代湧現出了終於導致中國重新統一和恢復青春的思想和社會運動。」[46]

北伐戰爭期間，在五卅運動中得到鍛煉的上海工人進行了三次暴動，「因為工人運動的高漲，引起民族資產階級的驚恐；同時因為帝國主義者對於民族資產階級的壓制和利誘，因此民族資產階級決然退出革命戰線，因此而有上海四一二與廣東四一五慘案發生。」[47]接下來便是5月21日長沙的馬夜事變和7月15日武漢的汪精衛的分共會議，至此，國共合作徹底破裂。第一次大革命失敗後，中國共產黨人並沒有被國民黨的屠殺所嚇倒，連續發動了三次大的起義：1927年8月1日的南昌起義、9月9日的秋收起義、12月11日的廣州起義，開始了武裝反抗國民黨的新時期。中國大部分知識份子也逐漸演化成兩大陣營：以魯迅為代表的左翼傾向共產黨，以胡適為代表的右翼傾向國民黨。在中國建立一個什麼樣的國家（救亡）成為第一要務，思想革命（啟蒙）則被擠到一個不為人注意的角落：救亡——更準確地說是政治事件，就這樣一次又一次地壓倒了啟蒙！

---

[46] （美）費正清編：《劍橋中華民國史》上冊，中國社會科學出版社，1993年，第356-357頁。

[47] 華崗：《中國大革命史：1925-1927》，文史資料出版社，1982年，第229頁。

五卅慘案發生後的魯迅

　　就字面意思而言，魯迅在五卅慘案發生後寫的文章很容易讓人誤會，但想想中國當時的現狀和魯迅的良苦用心，不得不承認這些文字是最深沉的愛國表現。

　　從給許廣平的信可以知道，魯迅1925年6月2日就看見了與五卅慘案有關的報導：「今見上海印捕擊殺學生，而路透電則云，『若干人不省人事』，可謂異曲同工……」[1]，但魯迅這天寫的文章是《我的「籍」和「系」》，6月5日寫的是《咬文嚼字（三）》，這兩篇文章都與女師大事件有關。6月11日，魯迅終於寫與五卅慘案有關的文章了——《忽然想到（十）》。在這篇文章中，因英國人蕭伯納、法國人巴比塞（其母為英國人）等列名於「大表同情於中國的《致中國國民宣言》」，魯迅便認為「英國究竟有真的文明人存在」，「英國人的品性，我們可學的地方還多著」，並且要中國人「無須遲疑，只是試練自己，自求生存，對誰也不壞惡意的幹下去」。[2]在6月16日作的《雜憶》中，魯迅以自己留學日本時所看見的反滿行為的結果大潑當時被激動起來的中國人的冷水：「不獨英雄式的名號而已，便是悲壯淋漓的詩文，也不過是紙片上的東西，

---

[1] 魯迅：《書信（1904-1926）‧250602致許廣平》，《魯迅全集》第11卷，人民文學出版社，2005年，第495頁。

[2] 魯迅：《華蓋集‧忽然想到（十）》，《魯迅全集》第3卷，人民文學出版社，2005年，第95-96頁。

於後來的武昌起義怕沒有什麼大關係」，並揭中國人的短：「我覺得中國人所蘊蓄的怨憤已經夠多了，自然是受強者的蹂躪所致的。但他們卻不很向強者反抗，而反在弱者身上發洩，兵和匪不相爭，無槍的百姓卻並受兵匪之苦，就是最便的證據。」[3]在6月18日作的《忽然想到（十一）》中，魯迅在繼續潑冷水和揭短的同時，甚至要中國人「將華夏傳統的所有小巧的玩藝兒全都放掉，倒去屈尊學學槍擊我們的洋鬼子，這才可望有新的希望的萌芽」[4]。在7月8日作的《補白》中，魯迅甚至為外國人開脫責任：「外人不足責，而本國的別的灰冷的民眾，有權者，袖手旁觀者，也都於事後來嘲笑，實在是無恥而且昏庸！」[5]

在群情激憤的當時，魯迅這樣的文字很明顯是不合時宜的，但魯迅這樣寫，自有他的道理。首先，是過去的經歷和現在的事實告訴他，在當時的中國鼓舞民氣是沒有多大正面作用的──不但沒有多大正面作用，甚至可能有負面作用：「這也是現在極普通的事情，此國將與彼國為敵的時候，總得先用了手段，煽起國民的敵愾心來，使他們一同去扞禦或攻擊。但有一個必要條件，就是：國民是勇敢的。因為勇敢，這才能勇往直前，肉搏強敵，以報仇雪恨。假使是怯弱的人民，則即使如何鼓舞，也不會有面臨強敵的決心；然而引起的憤火卻在，仍不能不尋一個發洩的地方，這地方，就是眼見得比他們更弱的人民，無論是同胞或是異族。」[6]一些人在鼓舞民

[3] 魯迅：《墳‧雜憶》，《魯迅全集》第1卷，人民文學出版社，2005年，第234-238頁。

[4] 魯迅：《華蓋集‧忽然想到（十一）》，《魯迅全集》第3卷，人民文學出版社，2005年，第102頁。

[5] 魯迅：《華蓋集‧補白》，《魯迅全集》第3卷，人民文學出版社，2005年，第113頁。

[6] 魯迅：《墳‧雜憶》，《魯迅全集》第1卷，人民文學出版社，2005年，第237-238頁。

氣時卻幹著損人利己的事情：「一是日夜偏注於表面的宣傳，鄙棄他事；二是對同類太操切，稍有不合，便呼之為國賊，為洋奴；三是有許多巧人，反利用機會，來獵取自己目前的利益。」[7]在6月3日和6月5日聲援上海人民反帝鬥爭的示威遊行中，一些北京學生竟然在天安門集會時因爭做主席而相打：「上海風潮起後，瞬的『以脫』的波動傳到北京來了；萬人空巷的監視之下，排著隊遊行，高喊著不易索解的無濟於事的口號，自從兩點多鍾在第三院出發，直至六點多鍾到了天安門才算一小結束。這會要國民大會，席地而坐以休憩的『它們』，忽的被指揮的揮起來，意思是這個危急存亡，不顧性命的時候，還不振作起精神來，一致對外嗎！？對的，骨碌的個個筆直的立正起來！哈哈！起來看耍把戲呢！說是甚麼北大，師大的人爭做主席，爭做總指揮，臺下兩派吶喊起來助威勢，且叫打者，眼看舞臺上開幕肉博〔搏〕了！我們氣憤的高聲喝住，這不是爭做主席的時候，這是什麼情形，還競爭各自雄長，然而眾寡不敵，鬧的只管鬧，氣的只管氣，這種情形，記得前些時天安門開什麼大會，也是如此，這真算『古已有之』不圖更見於今日。」[8]面對這樣的中國人，還能去鼓舞他們的「民氣」嗎？

其次，正因為如此，魯迅非常強調思想革命的重要性。魯迅認為，在「激發自己的國民，使他們發些火花，聊以應景之外」，「還須設法注入深沉的勇氣」，「還須竭力啟發明白的理性」，「而且還得偏重於勇氣和理性，從此繼續地訓練許多年。這聲音，

[7] 魯迅：《華蓋集·忽然想到（十）》，《魯迅全集》第3卷，人民文學出版社，2005年，第97頁。
[8] 景宋：《景宋六月五日》，《魯迅景宋通信集》，湖南人民出版社，1984年，第73頁。

自然斷乎不及大叫宣戰殺賊的大而閎，但我以為卻是更緊要而更艱難偉大的工作」[9]。在6月23日作的《補白》中，魯迅強調了「立人」的重要性：「現在的強弱之分固然在有無槍炮，但尤其是在拿槍炮的人。假使這國民是卑怯的，即縱有槍炮，也只能殺戮無槍炮者，倘敵手也有，勝敗便在不可知之數了。這時候才見真強弱。」[10]在7月22日作的《論睜了眼看》中，魯迅將對「瞞和騙」的國民性的批判與五卅慘案聯繫了起來：「中國人的不敢正視各方面，用瞞和騙，造出奇妙的逃路來，而自以為正路。在這路上，就證明著國民性的怯弱，懶惰，而又巧滑。一天一天的滿足著，即一天一天的墮落著，但卻又覺得日見其光榮。在事實上，亡國一次，即添加幾個殉難的忠臣，後來每不想光復舊物，而只去讚美那幾個忠臣；遭劫一次，即造成一群不辱的烈女，事過之後，也每每不思懲凶，自衛，卻只顧歌詠那一群烈女。彷彿亡國遭劫的事，反而給中國人發揮『兩間正氣』的機會，增高價值，即在此一舉，應該一任其至，不足憂悲似的。自然，此上也無可為，因為我們已經藉死人獲得最上的光榮了。滬漢烈士的追悼會中，活的人們在一塊很可景仰的高大的木主下互相打罵，也就是和我們的先輩走著同一的路。」[11]

其三，魯迅認為：「不以實力為根本的民氣，結果也只能以固有而不假外求的天靈蓋自豪，也就是以自暴自棄當作得勝」[12]，所以魯迅反對「民氣論」而主張「民力論」：「可惜中國歷來就獨多民

[9] 魯迅：《墳‧雜憶》，《魯迅全集》第1卷，人民文學出版社，2005年，第237-238頁。

[10] 魯迅：《華蓋集‧補白》，《魯迅全集》第3卷，人民文學出版社，2005年，第107頁。

[11] 魯迅：《墳‧論睜了眼看》，《魯迅全集》第1卷，人民文學出版社，2005年，第254頁。

[12] 魯迅：《華蓋集‧補白》，《魯迅全集》第3卷，人民文學出版社，2005年，第108頁。

氣論者，到現在還如此。如果長此不改，『再而衰，三而竭』，將來會連辯誣的精力也沒有了。所以在不得已而空手鼓舞民氣時，尤必須同時設法增長國民的實力，還要永遠這樣的幹下去。」[13]

其四，魯迅提倡韌性的戰鬥：「譬如自己要擇定一種口號——例如不買英日貨——來履行，與其不飲不食的履行七日或痛苦流涕的履行一月，倒不如也看書也履行至五年，或者也看戲也履行至十年，或者也尋異性朋友也履行至五十年，或者也講情話也履行至一百年。記得韓非子曾經教人以競馬的要妙，其一是『不恥最後』。即使慢，弛而不息，縱令落後，縱令失敗，但一定可以達到他所向的目標。」[14]

五卅慘案過去快九十年了，現在重讀魯迅這些文章，覺得它們仍然那麼鮮活。歷史事實告訴我們，為了不讓五卅慘案這類事件在中國再度發生，中國人一方面要發展「民力」，另一方面還得在「立人」上下功夫，並且都得持之以恆！

---

[13] 魯迅：《華蓋集・忽然想到（十）》，《魯迅全集》第3卷，人民文學出版社，2005年，第96頁。

[14] 魯迅：《華蓋集・補白》，《魯迅全集》第3卷，人民文學出版社，2005年，第113-114頁。

魯迅的進化論思想何以「轟毀」

在研究界，已知有七人認為高魯衝突對魯迅的進化論思想造成了影響：一、高魯衝突「這場鬥爭的風雨繼續沖刷著魯迅的進化論思想影響」[1]；二、「魯迅和高長虹之流的鬥爭，沖刷著他進化論思想的『偏頗』」[2]；三、「魯迅與高長虹的論戰給魯迅先生思想的發展變化以深刻的影響。青年內部的分化及墮落，開始沖刷他進化論思想的『偏頗』」[3]；四、「正是高長虹促使魯迅實行這種『戰略轉變』的，不僅對於青年取分析的態度，不一律看待，而且要對他們在實際行動上也『不客氣了』。這是對於『青年必勝於老年』的進化論公式的否定，這是對於進化論思想的轟毀的正式發動，預示著新的思想的躍進」[4]；五、由於高長虹的攻擊，「魯迅在五四時期所自覺選擇的以『進化論』為基礎的『發展自我與犧牲自我互相制約與補充』的倫理模式，受到了嚴重挑戰」[5]；六、「由於1926年下半年他與魯迅的那一場著名的衝突，它在魯迅的生活、思想和創作上都留下了深淺不同的印記，如魯迅植根於進化論的關於青年的看法就由此而得以深化」[6]；七、「實際上，即使高魯之間產生了『誤

---

[1] 曾慶瑞：《魯迅評傳》，四川人民出版社，1981年，第472頁。

[2] 林志浩：《魯迅傳》，北京出版社，1981年，第209頁。

[3] 武俊和：《高長虹的悲劇——魯迅與高長虹論戰的前前後後》，《夜讀》，1982年第2期。

[4] 彭定安：《論魯迅與高長虹》，《晉陽學刊》，1986年第6期。

[5] 錢理群：《從高長虹與二周論爭中看到的……》，《魯迅研究月刊》，1990年第5期。

[6] 高遠東：《自由與權威的失衡——高長虹與魯迅衝突的思想原因一解》，《魯迅研

會』，他們的思考也是嚴肅的。通過這次思考，魯迅完成了他從進化論到階級鬥爭觀點的轉變」[7]⋯⋯由於這些研究成果多屬順便提及，缺乏必要的說服力，所以並沒有成為共識被人們普遍接受或寫進文學史中：「蔣介石發動『四‧一二』反共政策，廣州也發生『四‧一五』對共產黨人和革命青年的大逮捕、大屠殺。魯迅營救中山大學被捕學生的努力，遭國民黨右派的拒絕，魯迅憤而辭去中山大學的一切職務，三次退回中山大學的聘書[8]。殘酷的階級鬥爭的現實，促使魯迅思想發生從進化論到階級論、從革命民主主義到共產主義的質的飛躍。」[9]這是只知其一不知其二！本文擬具體呈現高魯衝突對魯迅進化論思想影響的過程，但願能部分還原歷史的本來面目。

一、1924：「有青年肯來訪問我，很使我喜歡」[10]

「1923年，是魯迅兩個創作高峰間的沉默的一年。」[11]但就在這年年底──1923年12月26日和次年年頭──1924年1月17日，魯迅分別作了一次演講，將這兩次演講比較一下不難看出，這時的魯迅正

究月刊》，1990年第5期。

[7] 言行：《造神的祭品──高長虹冤案探秘》，中國文史出版社，2003年，第348頁。

[8] 魯迅離開中山大學的原因，筆者認為下列說法更符合實際：「顧頡剛的到來，是最直接的促使魯迅很快作出辭職反應的導火線。」（李運摶：《魯迅辭職由於顧頡剛嗎？》，《廣東魯迅研究》，1999年第3期）

[9] 吳宏聰、范伯群主編：《中國現代文學史》，武漢大學出版社，2002年，第75頁。

[10] 魯迅：《書信（1904-1926）‧240924致李秉中》，《魯迅全集》第11卷，人民文學出版社，2005年，第452頁。

[11] 汪衛東：《魯迅的又一個「原點」──1923年的魯迅》，《文學評論》，2005年第1期。

在「彷徨」中尋找出路。《娜拉走後怎樣》表達了魯迅對啟蒙的懷疑：「人生最苦痛的是夢醒了無路可以走。做夢的人是幸福的；倘沒有看出可走的路，最要緊的是不要去驚醒他。」[12]《未有天才之前》卻說明了民眾對天才出現的重要性：「在要求天才的產生之前，應該先要求可以使天才生長的民眾。」[13]一方面對啟蒙的價值持懷疑態度，另一方面卻為天才出現而提倡泥土精神，這一矛盾表明，儘管魯迅對啟蒙的價值持懷疑態度，但是仍然願意為啟蒙培養人才。

魯迅作了這兩次講演後，1924年的2、3月份以極快的速度開始了《彷徨》的創作：2月7日作《祝福》，2月16日作《在酒樓上》，2月18日作《幸福的家庭》，2月28日作《長明燈》，3月18日作《示眾》，3月22日作《肥皂》。由此可知，1924年的魯迅不再沉默。

1924年，魯迅自己不再沉默的同時，還將目光轉向了青年。1923年10月，孫伏園（紹興老鄉兼學生、朋友）來信告訴魯迅，章廷謙（紹興老鄉，與魯迅早有交往）準備帶他的女朋友孫斐君拜訪魯迅，魯迅卻在24日的回信中以「定例」為由拒絕：「記得我已曾將定例聲明，即一者不再與新認識的人往還，二者不再與陌生人認識。」[14]1924年9月24日，魯迅卻在給李秉中的信中如此寫道：「我恐怕是以不好見客出名的。但也不盡然，我所怕見的是談不來的生客，熟識的不在內，因為我可以不必裝出陪客的態度。我這裏的客並不多，我喜歡寂寞，又憎惡寂寞，所以有青年肯來訪問我，很使

---

[12] 魯迅：《墳‧娜拉走後怎樣》，《魯迅全集》第1卷，人民文學出版社，2005年，第166頁。

[13] 魯迅：《墳‧未有天才之前》，《魯迅全集》第1卷，人民文學出版社，2005年，第174頁。

[14] 魯迅：《書信（1904-1926）‧231024致孫伏園》，《魯迅全集》第11卷，人民文學出版社，2005年，第436頁。

我喜歡。」[15]將這兩封信比較一下不難看出，1923年希望自己「消聲匿跡」的魯迅，1924年卻歡迎青年「訪問」自己。

種種跡象表明，經過1921年《新青年》解體、1923年兄弟失和的魯迅，1924年將注意的目光由同輩轉向了青年，開始了將「青年必勝於老人」的進化論思想用之於實踐的階段。

二、1925：「待到戰士養成了，於是再決勝負」[16]

1924年9月底，太原《狂飆》月刊才出一期，高長虹就將其交給高沐鴻、籍雨農等，隻身到了北京。高長虹到北京後，送了兩份《狂飆》月刊給孫伏園，孫將其中一份給了周作人，這應該是高長虹自己的意思。一方面，高長虹當時對魯迅的印象並不怎麼好：「我看了《吶喊》，認為是很消極的作品，精神上得不到很多鼓勵。朋友們關於他的傳說，給我的印象也不很好」；另一方面，高長虹對周作人的評價卻非常高：「周作人在當時的北京是唯一的批評家」。[17]遺憾的是，周作人看了《狂飆》月刊後「沒有說什麼」[18]。儘管孫伏園沒有把《狂飆》月刊送給魯迅，魯迅卻在一次

[15] 魯迅：《書信（1904-1926）‧240924致李秉中》，《魯迅全集》第11卷，人民文學出版社，2005年，第452頁。

[16] 魯迅：《華蓋集‧通訊》，《魯迅全集》第3卷，人民文學出版社，2005年，第23頁。

[17] 高長虹：《一點回憶──關於魯迅和我》，《高長虹全集》第4卷，中央編譯出版社，2010年，第351-355頁。

[18] 高長虹：《走到出版界‧1925，北京出版界形形勢勢指掌圖》，《高長虹全集》第2卷，中央編譯出版社，2010年，第193頁。

宴會上主動問起高長虹,並認為《狂飆》「是好的」。從孫伏園處得知這一消息並看見魯迅發表在《語絲》第3期上的《秋夜》後,高長虹便在12月10日的晚上,「帶了幾份《狂飆》,初次去拜訪魯迅」。這次拜訪給高長虹留下了很好的印象:「這次魯迅的精神特別奮發,態度特別誠懇,言談特別坦率,雖思想不同,然使我想像到亞拉籍夫與綏惠略夫會面時情形之彷彿。我走時,魯迅謂我可常來談談,我問以何時在家而去。」[19]

高長虹與魯迅認識後,陸陸續續把自己的朋友介紹給魯迅認識:1924年12月20日,「午後雲五、長虹、高歌來」;1925年2月8日,「午後長虹、春臺、閭宗臨來」;4月17日,「夜長虹同常燕生來」;4月28日,「夜向[尚]鉞、長虹來」(《魯迅日記》……)在狂飆社作家群陸續來到魯迅身邊的同時,安徽作家群也漸漸來到魯迅身邊:1924年12月26日,「晚收李霽野信」;1925年3月22日,「目寒、霽野來」;3月26日,「得霽野信並蓼南文稿」,此「蓼南」即韋叢蕪;4月27日,「夜目寒、靜衣(當為靜農——引者)來,即以欽文小說各一本贈之」;5月9日,「上午目寒、叢蕪來」;5月17日,「午後……魯彥、靜農、素園、霽野來」(《魯迅日記》……)除這兩個作家群外,當時魯迅周圍還團結了大量其他青年:孫伏園、許欽文、荊有麟、章廷謙、李遇安等。由於篇幅限制,僅舉一例說明此時的魯迅對青年是多麼熱情:「煙,酒,茶三種習慣,魯迅都有,而且很深。到魯迅那裏的朋友,一去就會碰見一隻蓋碗茶的。我同培良,那時也正是喜歡喝酒的時候,所以在他那裏喝酒,是很尋常的事,有時候也土耳其牌,埃及牌地買起很闊

[19] 高長虹:《走到出版界·1925,北京出版界形勢指掌圖》,《高長虹全集》第2卷,中央編譯出版社,2010年,第195頁。

的金嘴香煙來。我勸他買便宜的國產香煙，他說：『還不差乎這一點！』」[20]正因為如此，魯迅才會對高長虹後來攻擊自己痛心疾首。

1925年3月6日，政論性週刊《猛進》創刊，魯迅12日在給主編徐旭生的信中指出當時中國的現狀為「『反改革』的空氣濃厚透頂」後，提出了再次進行「思想革命」的主張：「我想，現在的辦法，首先還得用那幾年以前《新青年》上已經說過的『思想革命』。還是這一句話，雖然未免可悲，但我以為除此沒有別的法。」但同時，魯迅認為進行「思想革命」的時候還不到，現在的任務是「準備『思想革命』戰士」，「待到戰士養成了，於是再決勝負」。[21]

一直到4月8日，魯迅還在給許廣平的信中說：「我現在還在尋有反抗和攻擊的筆的人們，再多幾個，就來『試他一試』……」[22]就在這時，一個意外的機會使魯迅倉促上馬了：邵飄萍將《京報》副刊《圖畫週刊》停刊，約請魯迅編輯。鑑於刊物只用老作家的稿子，早在1924年5月30日魯迅就曾對許欽文說：「我總想自己辦點刊物。只有幾個老作家總是不夠的。不讓新作家起來，這怎麼行！我培養了些人，也就白費心思了。」[23]所以魯迅知道邵飄萍的意見後「很贊成」，並於「第二天晚上」——4月11日，「夜買酒並邀高長虹、培良、有麟共飲，大醉」（《魯迅日記》），籌備出版《莽原》；4月24日，《莽原》週刊創刊。

[20] 高長虹：《一點回憶——關於魯迅和我》，《高長虹全集》第4卷，中央編譯出版社，2010年，第361頁。

[21] 魯迅：《華蓋集·通訊》，《魯迅全集》第3卷，人民文學出版社，2005年，第23頁。

[22] 魯迅：《書信（1904-1926）·250408致許廣平》，《魯迅全集》第11卷，人民文學出版社，2005年，第452頁。

[23] 許欽文：《來今雨軒》，《〈魯迅日記〉中的我》，浙江人民出版社，1979年，第34頁。

三、1926：「雖是什麼青年，我也不再留情面」[24]

　　由於莽原社主要由狂飆社成員和安徽作家群構成，而狂飆社成員以創作為主，安徽作家群以翻譯為主，就像當時的創作界與翻譯界經常發生衝突一樣，莽原社成立初期，安徽作家群成員就「已在魯迅前攻擊過我同高歌」[25]。《莽原》創辦不久，由於高長虹「無論有何私事，無論大風潦雨，我沒有一個禮拜不趕編輯前一日送稿子去」[26]，加上高長虹沒有固定的生活來源，魯迅決定每月給高「十元八元錢」，安徽作家群為此一段時間不再來稿。「稿費問題」剛剛過去，更嚴重的「民副事件」又發生了——此事件使高長虹連呼「此真令我歎中國民族之心死也」。高長虹為韋素園做《民報》副刊編輯出過力，並且受了委屈，韋素園擔任編輯後卻拿高長虹的稿子「掉尾巴」[27]，甚至將高長虹「那篇比較最滿意的散文詩《黑的條紋》都也在末了安排了」，使得高長虹「不得不在《莽原》週刊上重行發表」[28]……面對莽原社的內部矛盾，由於「《京報》要停止副刊以外

[24] 魯迅：《書信（1904-1926）·261120致許廣平》，《魯迅全集》第11卷，人民文學出版社，2005年，第621頁。

[25] 高長虹：《走到出版界·1925，北京出版界形勢指掌圖》，《高長虹全集》第2卷，中央編譯出版社，2010年，第203頁。

[26] 高長虹：《走到出版界·給魯迅先生》，《高長虹全集》第2卷，中央編譯出版社，2010年，第160頁。

[27] 高長虹：《走到出版界·1925，北京出版界形勢指掌圖》，《高長虹全集》第2卷，中央編譯出版社，2010年，第202-204頁。

[28] 高長虹：《時代的先驅·批評工作的開始》，《高長虹全集》第1卷，中央編譯出

的小幅」[29]而於1925年年底改組時，魯迅決定將「《莽原》半月刊交給未名社印行並想叫我擔任編輯」[30]，高長虹則以「不特無以應付外界，亦無以應付自己；不特無以應付素園諸君，亦無以應付日夕過從之好友鍾吾」為由「畏難而退」。在這種情況下，魯迅只得自任編輯而將發行權交給高長虹認為「眼明中正，公私雙關，總算一個最合適」的李霽野。1926年8月，魯迅離開北京前往廈門時，由於李霽野已於5月因母親病重回家，韋叢蕪生病，臺靜農不在北京，《莽原》只得由韋素園維持，「將來則屬之霽野」。[31]9月中旬，韋素園、韋叢蕪與從老家回到北京的李霽野商量後決定，將高歌的《剃刀》、向培良的《冬天》退回。向培良「憤怒而悽苦」地將這一情況告訴了遠在上海的高長虹，高長虹在10月17日出版的上海《狂飆》週刊上發表了《給魯迅先生》和《給韋素園先生》，潛伏已久的矛盾由此爆發。

遠在廈門的魯迅看見高長虹的《通訊二則》後，明白高長虹的公開信主要是針對韋素園的，並認為「他們真是吃得閒空」[32]，加上不知道其中的底細曲折，所以決定置之不理。在高長虹要魯迅出來「說話」的同時，韋素園、李霽野、韋叢蕪卻不斷寫信催稿。魯迅

版社，2010年，第501頁。

[29] 魯迅：《且介亭雜文二集·〈中國新文學大系〉小說二集序》，《魯迅全集》第6卷，人民文學出版社，2005年，第258頁。

[30] 高長虹：《一點回憶──關於魯迅和我》，《高長虹全集》第4卷，中央編譯出版社，2010年，第364頁。

[31] 高長虹：《走到出版界·給魯迅先生》，《高長虹全集》第2卷，中央編譯出版社，2010年，第159-160頁。

[32] 魯迅：《書信（1904-1926）·261023致許廣平》，《魯迅全集》第11卷，人民文學出版社，2005年，第588頁。

在這種情況下「實在有些憤怒了」：「長虹因為他們壓下（壓下而已）了投稿，和我理論，而他們則時時來信，說沒有稿子，催我作文。我才知道犧牲一部分給人，是不夠的，總非將你磨消完結，不肯放手。我實在有些憤怒了，我想至二十四期止，便將《莽原》停刊，沒有了刊物，看他們再爭奪什麼。」[33]

正在魯迅對高長虹和韋素園等都不滿的時候，高長虹在11月7日出版的《狂飆》週刊第5期上發表《1925，北京出版界形勢指掌圖》，對魯迅進行惡毒攻擊。魯迅看見後越發憤怒了。他在11月15日給許廣平的信中如此寫道：「我先前為北京的少爺們當差，耗去生命不少，自己是知道的。……不過先前利用過我的人，知道現已不能再利用，開始攻擊了。長虹在《狂飆》第五期上盡力攻擊，自稱見過我不下百回，知道得很清楚，並捏造了許多會話（如說我罵郭沫若之類）。其意蓋在推倒《莽原》，一方面則推廣《狂飆》銷路，其實還是利用，不過方法不同。他們專想利用我，我是知道的，但不料他看出活著他不能吸血了，就要殺了煮吃，有如此惡毒。」[34]

在高長虹攻擊魯迅的同時，「培良要我在廈門或廣州尋地方，尚鉞要將小說編入《烏合叢書》去，並謂前係誤罵，後當停止，附寄未發表的罵我之文稿，請看畢燒掉云。」[35]為此，魯迅實在是「憤怒」了：「我想，我先前種種不客氣，大抵施之於同輩及地位相同

---

[33] 魯迅：《書信（1904-1926）‧261028致許廣平》，《魯迅全集》第11卷，人民文學出版社，2005年，第590頁。

[34] 魯迅：《書信（1904-1926）‧261115致許廣平》，《魯迅全集》第11卷，人民文學出版社，2005年，第614-615頁。

[35] 魯迅：《兩地書‧九五》，《魯迅全集》第11卷，人民文學出版社，2005年，第251頁。

者，至於對少爺們，則照例退讓，或者自甘犧牲一點。不料他們竟以為可欺，或糾纏，或責罵，反弄得不可開交。現在是方針要改變了，都置之不理」；「我先前何嘗不出於自願，在生活的路上，將血一滴一滴地滴過去，以飼別人，雖自覺漸漸瘦弱，也以為快活。而現在呢，人們笑我瘦了，除掉那一個人之外（按：當指許廣平）。連飲過我的血的人，也都在嘲笑我的瘦了，這實在使我憤怒」。[36]

由於「月亮詩」[37]的發表，魯迅的憤怒更是到了無以復加的程度，先後作《〈走到出版界〉的「戰略」》、《新的世故》、《奔月》等。1927年1月11日，魯迅在告訴許廣平與「月亮詩」有關的「流言」時，非常明顯地表達了對「青年」的極端厭惡之情：「這是你知道的，我這三四年來，怎樣地為學生，為青年拼命，並無一點壞心思，只要可給與的便給與。然而男的呢，他們互相嫉妒，爭起來了，一方面不滿足，就想打殺我，給那方面也無所得。看見我有女生在坐，他們便造謠。這些流言，無論事之有無，他們是在所必造的，除非我和女人不見面。他們貌作新思想，其實都是暴君酷吏，偵探，小人。倘使顧忌他們，他們更要得步進步。我蔑視他們了。」[38]

從上面的引文可以看出，經過高魯衝突，「青年必勝於老人」的進化論思想在魯迅心目中已經搖搖欲墜。

---

[36] 魯迅：《書信（1904-1926）·261216致許廣平》，《魯迅全集》第11卷，人民文學出版社，2005年，第655-657頁。

[37] 「月亮詩」即高長虹在上海《狂飆》週刊第7期上發表的《給——》的第2首，收入同名集子時為第28首，為敘述方便，人們通常簡稱為「月亮詩」。

[38] 魯迅：《書信（1927-1933）·270111致許廣平》，《魯迅全集》第12卷，人民文學出版社，2005年，第11頁。

四、1927：「我的思路因此轟毀」[39]

　　1927年1月16日，魯迅「午發廈門」；18日到達廣州，「晚訪廣平」；19日「晨伏園、廣平來訪，助為移入中山大學」；20、22、23、24日，魯迅接連看了四場電影（《魯迅日記》）。這段時間，魯迅「每日吃館子，看電影，星期日則遠足旅行，如是者十餘日，豪興才稍疲」[40]。也許從許廣平口中知道高長虹對許並沒有採取什麼越軌行動，同時又得到愛情滋潤的魯迅對高長虹再也沒有原來那樣痛恨，所以將注意力再次放在了「思想革命」上。2月16日、29日，魯迅兩次往香港青年會演講《無聲的中國》和《老調子已經唱完》，認為是古文將中國變得「無聲」的，並宣稱中國的「老調子已經唱完」。就在魯迅重新開始「思想革命」，並在《慶祝滬寧克復的那一邊》為北伐戰爭的勝利歡欣鼓舞時，蔣介石在上海發動了四一二政變，接著廣州發生了四一五政變。四一五政變發生後，魯迅「目睹了同是青年，而分成兩大陣營，或則投書告密，或則助官捕人的事實」，魯迅相信「青年必勝於老年」的進化論思想「因此轟毀」。

　　魯迅4月21日離開中山大學，9月27日離開廣州前往上海。在這五個多月裏，魯迅只寫了10篇文章，依次為：《野草·題辭》（4月26日）、《〈朝花夕拾〉小引》（5月1日）、《小約翰·引言》

---

[39] 魯迅：《三閒集·序言》，《魯迅全集》第4卷，人民文學出版社，2005年，第5頁。
[40] 許壽裳：《亡友魯迅印象記》，《摯友的懷念》，河北教育出版社，2000年，第41頁。

（5月26日）、《「朝花夕拾」後記》（7月11日）、《〈遊仙窟〉序言》（7月7日）、《稗邊小綴》（8月22—24日）、《答有恆先生》（9月4日）、《唐宋傳奇集·序例》（9月10日）、《可惡罪》（9月14日）、《小雜感》（9月24日），還作了《讀書雜談》（7月16日）、《魏晉風度及文章與藥及酒之關係》（7月23、26日）的講演，剩下的時間便「逃到一間西曬的樓上，滿身痱子，有如荔枝，兢兢業業，一聲不響」[41]地編輯文稿、「書苑折枝」[42]、整理抄寫小說目錄[43]、翻譯鶴見祐輔的文章等。這時的魯迅有時間寫作卻很少寫作的原因便是：「現在倘再發那些四平八穩的『救救孩子』似的議論，連我自己聽去，也覺得空空洞洞了。」[44]

9月27日，魯迅偕許廣平離開廣州，前往上海；11月9日，「鄭伯奇、蔣光慈、段可情來」（《魯迅日記》），「商談聯合作戰事宜」：「魯迅對創造社的倡議不僅欣然表示贊同，並且慨然提出，不必另辦刊物，可以把《創造週報》恢復起來，使之成為共同戰鬥的園地。於是，在1927年12月3日《時事新報》和1928年元旦初版發行的《創造月刊》第一卷第八期上，分別刊登了《〈創造週刊〉復活了》的預告和《創造週報》優待定戶的啟事。由魯迅、麥克昂（郭沫若的變名）、蔣光慈等領銜署名，公開宣告『不甘心任憑我

---

[41] 魯迅：《而已集·革「首領」》，《魯迅全集》第3卷，人民文學出版社，2005年，第492頁。

[42] 1927年9月1日至10月16日的上海《北新》週刊上發表了魯迅的三篇《書苑折枝》，後收入《集外集拾遺補編》。

[43] 1927年8月27日、9月3日的《語絲》週刊上，發表了魯迅的《關於小說目錄兩件》，後收入《集外集拾遺補編》。

[44] 魯迅：《而已集·答有恆先生》，《魯迅全集》第3卷，人民文學出版社，2005年，第476-477頁。

們的文藝界長此消沉』，說『我們的文學革命已經告了一個段落，我們今天要根據新的理論，發揚新的精神，努力新的創作，建設新的批評。』[45]儘管與創造社聯合的計畫破產了，創造社成員對魯迅的圍攻卻使魯迅在「革命文學」的道路上越走越遠：「我有一件事要感謝創造社的，是他們『擠』我看了幾種科學底文藝論，明白了先前的文學史家們說了一大堆，還是糾纏不清的疑問。並且因此譯了一本蒲力汗諾夫的《藝術論》，以救正我——還因我而及於別人——的只信進化論的偏頗。」[46]

高度評價四一五政變對魯迅進化論思想的影響毫不過分，但把它視為唯一原因卻不合事實。魯迅在《三閒集・序言》中很清楚地寫道：一、「對於青年，我敬重之不暇，往往給我十刀，我只還他一箭」；二、「我在廣東，就目睹了同是青年，而分成兩大陣營，或則投書告密，或則助官捕人的事實」。[47]四一五政變發生後，並沒有青年給魯迅「十刀」，給他「十刀」的只是在這之前的高長虹。所以導致魯迅進化論思想「轟毀」的原因有兩個：一、高長虹在此之前對他的攻擊——還應包括讓魯迅失望的莽原社內部衝突；二、四一五政變發生後的事實。這兩者之間的關係是：高魯衝突已使魯迅的進化論思想搖搖欲墜，四一五政變發生後的事實則使搖搖欲墜的進化論思想轟然倒塌。魯迅後來翻譯普列漢諾夫的《藝術論》則進一步「救正」了他「只信進化論的偏頗」。至此，進化論已從魯迅思想中基本消失。儘管魯迅後來仍然盡力幫助青年：「我十年以

---

[45] 黃淳浩：《創造社：別求新聲於異邦》，社會科學文獻出版社，1995年，第106頁。
[46] 魯迅：《三閒集・序言》，《魯迅全集》第4卷，人民文學出版社，2005年，第6頁。
[47] 魯迅：《三閒集・序言》，《魯迅全集》第4卷，人民文學出版社，2005年，第5頁。

來，幫未名社，幫狂飆社，幫朝花社，而無不或失敗，或受欺，但願有英俊出於中國之心，終於未死，所以此次又應青年之邀，除自由同盟外，又加入左翼作家聯盟」[48]，已是魯迅「雖九死其尤未悔」的偉大精神的表現，而不是進化論思想在起作用。

---

[48] 魯迅：《書信（1927-1933）‧300327致章廷謙》，《魯迅全集》第12卷，人民文學出版社，2005年，第226頁。

作品研究

高長虹，「獨語體」、「閒話風」散文潮流的開創者之一

　　魯迅的《朝花夕拾》、《野草》「開創了現代散文的兩個創作潮流與傳統，即『閒話風』的散文與『獨語體』的散文」[1]，這種說法出現在普通高等教育「九五」教育部重點教材《中國現代文學三十年》中。由於該教材被廣泛使用，所以在學術界產生了深遠影響，直到21世紀仍然有人將它寫進中國現代文學史教材中：「《野草》和《朝花夕拾》以『獨語體』和『閒談體』兩種體式，超越了五四時期啟蒙式的散文，開創了現代漢語散文的兩大創作潮流，對現代漢語散文的發展產生了深遠影響。」[2]將魯迅這兩部作品與高長虹相關作品比較一下便會發現，該說法值得商榷。

一、魯迅《野草》與高長虹《幻想與做夢》比較

　　首先比較一下內容和風格。人們對魯迅的《野草》已經非常熟悉，故筆者僅簡單介紹一下人們對它的評價而不介紹其具體內容：

---

[1] 錢理群、溫儒敏、吳福輝：《中國現代文學三十年（修訂本）》，北京大學出版社，1998年，第50頁。

[2] 曹萬生主編：《中國現代漢語文學文學史（第二版）》，中國人民大學出版社，2010年，第96頁。

「『獨語』是以藝術的精心創造為其存在前提的，它要求徹底擺脫傳統的寫實的摹寫，最大限度地發揮創造者的藝術想像力，借助於聯想、象徵、變形……，以及神話、傳說、傳統意象……，創造出一個全新的藝術世界。於是，在《野草》裏，魯迅的筆下，湧出了夢的朦朧、沉重與奇詭，鬼魂的陰森與神秘；奇幻的場景，荒誕的情節；不可確定的模糊意念，難以理喻的反常感覺；瑰麗、冷豔的色彩，奇突的想像，濃郁的詩情……。」[3]

現在逐一介紹高長虹的《幻想與做夢》。《從地獄到天堂》描寫了一個夢境：「在長久的孤獨的奮鬥之後，我終於失敗了」，在「向沒有人跡的地方逃走」過程中，遇到了「銜著毒針的怒罵，放著冷箭的嘲笑，迸著暴雷的驚喊」，最後「倒在一塊略為平滑的岩石上睡了，甜美地睡著——一直到我醒來的時候」。[4]《兩種武器》通過與朋友的對話，表達了不成功便成仁的決心：「我本來便決定十年之內要造兩種武器：理想的大炮和一支手槍，如大炮造不成時，我便用手槍毀滅了我這個沒能力的廢物。」[5]《親愛的》用詩一般的語言記錄了一個美麗的夢：在丁香樹下看見了夢寐以求的意中人——「她的顏色，像蛋黃那樣的黃，又像萍草那樣的綠，卻又像水銀那樣的白」，「我還沒有趕得及辨清楚那是樹影搖動的時候，我已看見你伏在我的懷中。我們一句話都沒有說，但是，一切宇宙

[3] 錢理群、溫儒敏、吳福輝：《中國現代文學三十年（修訂本）》，北京大學出版社，1998年，第53-54頁。

[4] 高長虹：《心的探險·幻想與做夢·從地獄到天堂》，《高長虹全集》第1卷，中央編譯出版社，2010年，第73-74頁。

[5] 高長虹：《心的探險·幻想與做夢·兩種武器》，《高長虹全集》第1卷，中央編譯出版社，2010年，第74-75頁。

間所能夠有的甜蜜的話，都在我們倆的心兒裏來往地迸流著。」[6]
《我是很幸福的》為「我」在「一個女子的心裏攪起一些波浪」而
感到「幸福」：「她的心的確是在很熬燙地懊惱著，她在想著關於
我的過去的錯誤的認識。一個男子，能引起女子對於他的注意，是
一生中不可多得的奇跡，尤其在孤獨的傲慢的我。」[7]《美人和英
雄》寫了一個夢，夢見「我」和小學同學在服侍一個「面目可憎」
的主人和一個「漂亮」的女子時，女子突然倒在地上，「變成一條
蚰蜒」，最後「只剩下一灘水的痕跡」。於是，「我」與同學立即
一起捉拿這主人，卻讓他跑掉了。[8]《得到她的消息之後》寫得到她
的消息之後，「連夢都不能夠幫助我了」：「我」竟然夢見「她被
做了妓女」，「又像變成一個囚犯」。[9]《母雞的壯史》寫「我」
已沒有興趣研究人類的歷史，故轉而研究動物的歷史。文章讚美母
雞，認為由於母雞比公雞的境遇更慘，所以，「雞的革命運動，
時常是由他們中的女性所發起的」。[10]《我的死的幾種推測》寫了
「我」推測的十種死法。[11]《生命在什麼地方》寫「我」曾在家庭、

---

[6] 高長虹：《心的探險·幻想與做夢·親愛的》，《高長虹全集》第1卷，中央編譯
出版社，2010年，第75-76頁。

[7] 高長虹：《心的探險·幻想與做夢·我是很幸福的》，《高長虹全集》第1卷，中
央編譯出版社，2010年，第76-77頁。

[8] 高長虹：《心的探險·幻想與做夢·美人和英雄》，《高長虹全集》第1卷，中央
編譯出版社，2010年，第77-78頁。

[9] 高長虹：《心的探險·幻想與做夢·得到她的消息之後》，《高長虹全集》第1
卷，中央編譯出版社，2010年，第78-79頁。

[10] 高長虹：《心的探險·幻想與做夢·母雞的壯史》，《高長虹全集》第1卷，中央
編譯出版社，2010年，第79頁。

[11] 高長虹：《心的探險·幻想與做夢·我的死的幾種推測》，《高長虹全集》第1
卷，中央編譯出版社，2010年，第79-81頁。

朋友處尋找「生命」，結果卻是「女子，人類，都給我以同樣的拒絕」。最後，作者終於在偶然中找到了「生命」：在一塊很小的石頭下，「一隻快死的小蟲」，仍然在頑強地鳴叫著。[12]《婦女的三部曲》寫婦女的命運：結婚前人見人愛，結婚後滿足於自己嫁給了一個好男人，死後被烏鴉所追逐。[13]《一個沒要緊的問題》寫「我」與「一個鄉村的少婦」生活的情景，文中的少婦是一個沒有主見的女人。[14]《我和鬼的問答》通過與鬼的問答，寫「我」願做乞丐——因「乞丐是最節儉的掠奪者」、願愛妓女——因妓女「永遠不能夠得到愛情」，願與鬼做朋友——鬼卻哭著跑開了。[15]《一封長信》寫自己在閱讀三個月前所寫長信時已經無法回憶起當時的情景。[16]《安慰》寫小孩阿寶在外面受了欺侮，本希望回家後從媽媽那兒得到安慰，沒想到媽媽也正希望從阿寶這兒得到安慰。[17]《迷離》寫夢中「我」與一個醜陋、矮小的女子擁抱，卻被屋外的腳步聲驚開。[18]《噩夢》寫「我」原以為「闖進了未來的黃金時代」，結果卻是一

---

[12] 高長虹：《心的探險·幻想與做夢·生命在什麼地方》，《高長虹全集》第1卷，中央編譯出版社，2010年，第81-82頁。

[13] 高長虹：《心的探險·幻想與做夢·婦女的三部曲》，《高長虹全集》第1卷，中央編譯出版社，2010年，第82-83頁。

[14] 高長虹：《心的探險·幻想與做夢·一個沒要緊的問題》，《高長虹全集》第1卷，中央編譯出版社，2010年，第83頁。

[15] 高長虹：《心的探險·幻想與做夢·我與鬼的問答》，《高長虹全集》第1卷，中央編譯出版社，2010年，第84頁。

[16] 高長虹：《心的探險·幻想與做夢·一封長信》，《高長虹全集》第1卷，中央編譯出版社，2010年，第84-85頁。

[17] 高長虹：《心的探險·幻想與做夢·安慰》，《高長虹全集》第1卷，中央編譯出版社，2010年，第85-86頁。

[18] 高長虹：《心的探險·幻想與做夢·迷離》，《高長虹全集》第1卷，中央編譯出版社，2010年，第86-88頁。

個「惡夢」：「我在夢中，比醒時，看見了更真實的世界。／在我的夢中，一切都是惡，都是醜，都是虛偽。」[19]

通過以上介紹可以發現，《幻想與做夢》和《野草》確實存在不少相同的地方：它們都描寫了大量夢境、場景都非常奇幻、情節都非常荒誕、想像都非常奇突、詩情都非常濃郁……正因為如此，魯迅與高長虹初次見面時都非常佩服對方的類似作品：「我初次同魯迅見面的時候，我正在老《狂飆》週刊上發表《幻想與做夢》，他在《語絲》上發表他的《野草》。他說：『《幻想與做夢》光明多了！』但我以為《野草》是深刻。」[20]

其次來比較一下寫作、發表、結集出版情況。魯迅的《野草》共24篇（含《題辭》）：第一篇《秋夜》寫於1924年9月15日，同年12月1日發表在《語絲》第3期上；最後一篇《一覺》寫於1926年4月10日，同年4月19日發表在《語絲》第75期上；1927年4月26日魯迅寫上《題辭》並將《野草》交由北新書局於同年7月出版。高長虹的《幻想與做夢》共16篇：第一篇《從地獄到天堂》發表在北京《狂飆》週刊第1期，該期出版時間是1924年11月9日；最後一篇《噩夢》發表在北京《狂飆》週刊第13期，該期出版時間是1925年2月22日；《幻想與做夢》收入1926年6月出版的《心的探險》。

通過比較《野草》和《幻想與做夢》的寫作、發表、結集出版情況可以知道，魯迅先於高長虹一個月左右時間寫作《野草》，高長虹先於魯迅22天發表《幻想與做夢》中的文章，並先於《野草》

---

[19] 高長虹：《心的探險·幻想與做夢·噩夢》，《高長虹全集》第1卷，中央編譯出版社，2010年，第88頁。

[20] 高長虹：《走到出版界·寫給〈彷徨〉》，《高長虹全集》第2卷，中央編譯出版社，2010年，第149頁。

13個月將其收入《心的探險》出版。由此可知,如果將《野草》看做「獨語體」散文開創者的話,那麼高長虹的《幻想與做夢》至少可以與魯迅的《野草》平分秋色:儘管最早寫作「獨語體」散文的人是魯迅,但是最先與讀者見面的「獨語體」散文是高長虹的《幻想與做夢》,最先結集出版的「獨語體」散文也是高長虹的《幻想與做夢》。

　　不過,人們早已對中國現代文學史上最早的「獨語體」散文即象徵主義散文詩創作提出了另外看法:「中國現代文學的30年中,同樣可以找到這樣一條象徵主義散文詩創作的線索。周作人在1919年創作的《小河》堪稱是現代作家對散文詩的最早嘗試,在序中作者自稱他的《小河》與波德賴爾的象徵主義散文詩有著相似之處。同一年魯迅創作了一組《自言自語》,其中的《古城》和《火的冰》都具有濃重的象徵色彩。他後來創作的散文詩集《野草》基本上在這組《自言自語》中就已奠定了雛形,《野草》中的《死火》則直接可以在《火的冰》中找到最初的創作動機。穆木天寫於1922年的《復活日》則是20年代初較為成熟的一首散文詩,具有王爾德的唯美主義的影子。許地山在這個時期創作的《空山靈雨》中的相當一部分散文詩則蘊含著象徵性的哲理。深受魯迅影響的高長虹幾乎在《野草》寫作的同期創作了《心的探險》;稍晚,林語堂則有模仿尼采的《查拉圖斯特拉如是說》的箴言體散文詩《薩天師語錄》在《語絲》上刊載。這一系列作品標誌著散文詩已從20年代初零星的嘗試轉入一種集中的創作,同時也代表了20年代散文詩創作的真正實績。」[21]

---

[21] 吳曉東:《象徵主義與中國現代文學》,安徽教育出版社,2000年,第258頁。

　　根據現有資料可以知道，高長虹異常喜歡周作人的《小河》：「《新青年》雜誌所發表過的詩，以周作人之《小河》為最好，可以說是《新青年》時期的代表作品之一，其他，《掃雪的人》諸篇，也還好，以其中具有人類的感情故也」[22]；「《小河》一詩，仍然是那個時期的一篇代表作品，我前幾天也已說到了」[23]；「當你做《小河》的時候，你是冷靜的，而且也是熱狂的。唉，《小河》的作者呵，你的生命遺失在那裏去了？我如何能不可憐你呢」[24]；「當你寫《小河》的時候，你想沒有想過：如其你不因《小河》而受人們的恭維時，則將不再寫詩呢」[25]……不過，筆者更願意像高長虹一樣把《小河》看作一首詩而不是散文詩，畢竟，它是分行排列的。筆者沒有看見高長虹看過《復活日》和《空山靈雨》的任何資料，所以他寫作《幻想與做夢》是否受到它們影響只好存疑。

　　就高長虹與魯迅的關係而言，筆者可以肯定前者沒有受到後者影響。首先，魯迅的《自言自語》1919年8、9月發表在北京出版的《國民公報》上，直到1981年版《魯迅全集》出版時才收入《集外集拾遺補編》。高長虹1918-1922年春都在山西盂縣青城鎮西溝村，加上《國民公報》晚清時為「立憲派喉舌」，民國年間為進步黨的

按：穆木天的《復活日》寫於1921年9月14日，1922年12月發表在《創造》季刊第1卷第3期上。

[22] 高長虹：《走到出版界·瑣記兩則》，《高長虹全集》第2卷，中央編譯出版社，2010年，第243-244頁。

[23] 高長虹：《走到出版界·晴天的話》，《高長虹全集》第2卷，中央編譯出版社，2010年，第247頁。

[24] 高長虹：《走到出版界·寄到八道灣》，《高長虹全集》第2卷，中央編譯出版社，2010年，第289頁。

[25] 高長虹：《走到出版界·答周作人》，《高長虹全集》第2卷，中央編譯出版社，2010年，第310頁。在這篇書信體文章中，高長虹直接稱周作人為「《小河》的作者」。

「機關報」[26]，喜歡看《新青年》的高長虹對該日報不會感興趣，所以他看見《自言自語》的可能性極小。其次，根據高長虹拜訪魯迅的原因可以知道，在他開始發表《幻想與做夢》時，不但沒有看見過《自言自語》，而且沒有看見過《野草》中的任何一篇文章。高長虹1924年9月底從太原來到北京後，希望結識的是周作人而不是魯迅：「我看了《呐喊》，認為是很消極的作品，精神上得不到很多鼓勵。朋友們關於他的傳說，給我的印象也不很好」；「直到《語絲》初出版的時候，魯迅被人的理解還是在周作人之次」。[27]高長虹後來去拜訪魯迅，是因為他意外得到了正在「尋找破壞者」的魯迅賞識：「十一、二月之間吧，《京副》出世，我又見了伏園，但不過隨便談談，因我此時已無稿可賣了。我問起關於《狂飆》週刊的輿論。他說：『魯迅曾問過長虹何人，那日請客，在座人很多，有麟也在。大家問《狂飆》如何，他說，據他看是好的』。我從此便證實我那一個推想，因魯迅，郁達夫已都讚賞《狂飆》也。當時的《狂飆》是沒有多少人看的，我們當時的無經驗的心實私自欣慰，以為此兩人必將給我們一些幫助，而《狂飆》亦從此可行得去也。」高長虹在這種情況下仍然沒有立即去拜訪魯迅，一直到看見魯迅的《秋夜》後才於12月10日初次拜訪魯迅：「當我在《語絲》第三期看見《野草》第一篇《秋夜》的時候，我既驚異而又幻想，驚異者，以魯迅向來沒有過這樣文字也。幻想者，此入於心的歷史，無從證實，置之不談。自我從伏園處得到消息，於是魯迅之對於《狂飆》，我已確知之矣。在一個大風的晚上我帶了幾份《狂

---

[26] 張朋園：《梁啟超與國民政治》，吉林出版集團有限責任公司，2007年，第241頁。
[27] 高長虹：《一點回憶——關於魯迅和我》，《高長虹全集》第4卷，中央編譯出版社，2010年，第351-355頁。

飆》，初次去訪魯迅。」[28] 上引文字告訴我們，儘管魯迅11月30日就對人說《狂飆》「是好的」：「與孫伏園同邀王品青、荆有麟、王捷三在中興樓午飯」[29]，高長虹卻直到看見魯迅發表在《語絲》第3期（12月1日）上的《秋夜》後才於12月10日前去拜訪。其三，沒有受魯迅影響的高長虹卻寫出了類似的「獨語體」散文的原因是：他們都受尼采的《查拉圖斯特拉如是說》的影響。魯迅1918年用文言節譯過尼采的《察羅堵斯特羅如是說》的序言，1920年再次用白話將這篇序言全部翻譯出來並刊登在《新潮》第2卷第5期上；高長虹1924年11月7日在給狂飆社成員籍雨農的信中如此寫道：「關於《反抗之歌》的計畫，我曾同你約略說過一些。現在因為要在《狂飆》週刊上發表，我便把他改成了《狂飆之歌》。將來大概可有一百餘首，每首大概二十餘段，我要在這篇長詩中表現我的全部思想和精神，我希望他成功一部中國的《查拉圖斯屈拉這樣說》。」[30] 魯迅曾如此評價高長虹發表在北京《狂飆》週刊上的作品：「擬尼采樣的彼此都不能解的格言式的文章」[31]，看看相關文章可以知道，這一評價主要針對《幻想與做夢》。魯迅的《野草》實際上同樣如此：「魯迅的散文詩集《野草》以更高的表現形式，繼承了尼采的超人的『渺茫』和尼采獨特的寫作風格。」[32]

---

[28] 高長虹：《走到出版界·1925，北京出版界形勢指掌圖》，《高長虹全集》第2卷，中央編譯出版社，2010年，第193-195頁。

[29] 魯迅：《日記（1912-1926）》，《魯迅全集》第15卷，人民文學出版社，2005年，第537頁。

[30] 高長虹：《致籍雨農》，《高長虹全集》第3卷，中央編譯出版社，2010年，第26頁。

[31] 魯迅：《且介亭雜文二集·〈中國新文學大系〉小說二集序》，《魯迅全集》第6卷，人民文學出版社，2005年，第260頁。

[32] 殷克琪：《尼采與中國現代文學》，南京大學出版社，2000年，第73頁。

　　在人們看來，除《自言自語》和《野草》外，魯迅一生還創作
了以下「散文詩」：「後來收在《華蓋集》與其『續編』的《論辯
的靈魂》、《犧牲謨》、《戰士與蒼蠅》、《無花的薔薇》，收在
《準風月談》中的《夜頌》，收在《且介亭雜文末編》的《半夏小
集》等等。」[33]高長虹《心的探險》收錄的53篇文章中，除《土儀》
（內收11篇「閒話體」散文）、《人類的脊背》（話劇）、《徘
徊》（內收4首詩歌）、《跋：留贈讀者》（詩歌）外，其餘35篇文
章都可看作「獨語體」散文。也就是說，單就《心的探險》收錄的
文章而言，高長虹創作的「獨語體」散文就比《野草》多11篇。除
《心的探險》外，《光與熱》收錄的以下文章也可看作「獨語體」
散文：《黃昏》（內收8篇文章）、《草書紀年》（內收40篇文章，
1929年7月作為《兒童叢書之一》由北京狂飆出版部單獨印行）。另
外，高長虹身前沒有入集的以下作品也可看作「獨語體」散文：《三
個死的客人》（《小說月報》第15卷第1期）、《狂飆之歌‧序言》
（北京《狂飆》週刊第2期）、《從下面來的消息十條》（北京《狂
飆》週刊第8期）、《我的悲哀》（北京《狂飆》週刊第10期）、
《沸騰》（《京報副刊》1925年5月28日）、《ASR的一頁》（《莽
原》週刊第19期）、《A，A，A……》（《莽原》週刊第26期）
等。也就是說，高長虹傳世的「獨語體」散文數量遠遠超過魯迅。

　　現在看看高長虹「獨語體」散文在當時的影響。魯迅稱讚《狂
飆》的時間是1924年11月30日，由此可知魯迅稱讚的《狂飆》是北
京《狂飆》週刊而非太原《狂飆》月刊：一、沒人送太原《狂飆》

---

[33] 程光煒、吳曉東等主編：《中國現代文學史》，中國人民大學出版社，2000年，第
　　69-70頁。

月刊給魯迅；二、根據刊載文章可以知道，魯迅不會對太原《狂飆》月刊感興趣——高長虹在上面發表的《美的頌歌》、《恆山心影》、《離魂曲》全為用文言寫作的情詩，只會對北京《狂飆》週刊感興趣。北京《狂飆》週刊前3期的出版時間分別是11月9日、11月16日、11月23日，高長虹在這3期《狂飆》週刊上發表的作品有：《徘徊》、《風——心》、《幻想與做夢》（內含《從地獄到天堂》、《兩種武器》兩篇文章）、《通訊一則》——以上第一期，《狂飆之歌·序言》、《幻想與做夢》（內含《親愛的》、《我是很幸福的》、《美人和英雄》、《得到她的消息之後》四篇文章）、《雨的哀歌》、《給——》——以上第二期，《狂飆之歌·青年》、《幻想與做夢》（內含《母雞的壯史》一篇文章）——以上第三期。注意一下這3期文章便會發現，高長虹以《心的探險》為總題在上面發表了7篇文章，由此可知，魯迅不但看見過這些文章並且對它們很欣賞。魯迅在將高長虹到北京後創作、發表的作品作為《烏合叢書》之四收入《心的探險》時，將《幻想與做夢》排在最前面；《野草》最後一篇文章《一覺》中的「歷來積壓在我這裏的青年作者的文稿」便包括高長虹的《心的探險》：「因為或一種原因，我開手編校那歷來積壓在我這裏的青年作者的文稿了；我要全都給一個清理。我照作品的年月看下去，這些不肯塗脂抹粉的青年們的魂靈便依次屹立在我眼前。他們是綽約的，是純真的，——阿，然而他們苦惱了，呻吟了，憤怒，而且終於粗暴了，我的可愛的青年們」[34]；《心的探險》出版後，魯迅不但親擬廣告詞還將其刊登在自己主編的《莽原》半月刊第13期（1926年7月10日）上：「長虹的作品，文

---

[34] 魯迅：《野草·一覺》，《魯迅全集》第2卷，人民文學出版社，2005年，第228頁。

字是短峭的，含義是精刻的，精神是對於現社會的反抗。此集為魯迅所選定。都是作者的代表作品，其特色尤為顯著」[35]……以上事實告訴我們，魯迅非常喜愛《心的探險》，尤其喜愛《幻想與做夢》——根據收錄文章可以知道，以上廣告尤其適合對《幻想與做夢》、《ESPERANTO的福音》、《創傷》等文章的評價。據報導，《草書紀年》甚至產生了國際影響：「東京某日國際作家舉行談話會，一俄人朗誦《草書紀年》一篇，某老哲學家跳起狂呼道：『Genius！Genius！』《草書紀年》已譯有日、俄、國際語三種文字云。」[36]

現在再來看高長虹「獨語體」散文在新時期以後的影響。單就16篇《幻想與做夢》而言，《曠野的聲音：莽原社作品選》（湯逸中選編，華東師範大學出版社，1996年9月）收錄了《從地獄到天堂》、《親愛的》、《我和鬼的問答》、《噩夢》4篇文章，前兩篇文章還被收入《山西文學大系第6卷·現代文學》上卷（王世傑、王春林、許並生編選，山西人民出版社，2005年1月），《從地獄到天堂》還被收入以下12種選本：《六十年散文詩選》（孫玉石、李光明編選，江西人民出版社，1985年2月）、《中國現代散文詩選》（俞元桂主編，四川文藝出版社，1986年4月）、《現當代抒情散文詩選講》（秦兆基、茅宗祥編著，江蘇教育出版社，1991年9月）、《中外散文詩鑑賞大觀·中國現、當代卷》（敏岐主編，灕江出版社，1992年4月）、《名家散文詩學生讀本》（張品興、夏小飛、李成忠主編，華夏出版社，1993年3月）、《新編中國現代文學

---

[35] 該廣告未收入《魯迅全集》，但據筆者考證屬於魯迅佚文，詳見《談談魯迅時期的〈莽原〉廣告》（廖久明，《魯迅研究月刊》，2008年第4期）
[36] 《狂飆的國際進出——長虹在地球上行動，火力場的火力》，《文藝新聞》第3號（1931年3月30日）。

作品選》上冊（朱文華、許道明主編，復旦大學出版社，1996年12月）、《大作家小作文》（鄭桂華等選評，上海教育出版社，1997年6月）、《二十世紀中國散文詩大觀》上冊（陳容、張品興編，同心出版社，1998年8月）、《中外散文詩經典作品評賞》（張吉武、秦兆基主編，陝西人民教育出版社，1999年7月）、《品味憂鬱——悲情散文詩精品》（楊旭恆、鄭千山主編，雲南人民文學出版社，2003年7月）、《夢》（王宇平編選，人民文學出版社，2007年12月）、《中國散文詩90年（1918-2007）》上冊（王幅明主編，河南文藝出版社，2008年1月）。

綜上所述，不管人們如何評價中國現代文學史上「獨語體」散文或象徵主義散文詩的源頭，儘管稱高長虹為「散文詩集的開先河者」[37]與事實不符，卻完全可以稱他為開創者之一。

二、魯迅《朝花夕拾》與高長虹《土儀》比較

首先來比較一下內容和寫作方法。人們對魯迅的《朝花夕拾》已經非常熟悉，故筆者仍然僅簡單介紹一下人們對它的評價而不介紹其具體內容：「《朝花夕拾》其實就是對這樣的童年『談閒天』的追憶與模擬。」[38]

筆者現在逐一介紹高長虹的《土儀》。《一個失勢的女英雄》寫「我」回到家鄉後看到的「一個失勢的女英雄」：少年時代看見

---

[37] 薛林榮：《散文詩集的開先河者》，《人民政協報》，2007年6月21日。
[38] 錢理群、溫儒敏、吳福輝：《中國現代文學三十年（修訂本）》，北京大學出版社，1998年，第50頁。

的「議論風生」的胖大婦人，現在卻成了一個任人嘲笑的乞丐。[39]
《鬼的侵入》寫一個女人夢見死去的嬌子叫自己到陰間去，該嬌子
反對該女人和她的男人結婚。[40]《我家的門樓》寫高長虹家門樓的
際遇：由於一個異人曾說他家門樓很好，將來會出一個貴人，所以
在他家所有房子都得到翻修的情況下，門樓卻依然如故。[41]《孩子
的智慧》寫孩子對母親說的天真而充滿智慧的話。[42]《一封未寄的
信》是寫給二弟高歌的信，信中的「我」「很鎮靜」，並且「很滿
足」，「更加真確地看見我自己了，我將要開始我的生活的另一個
新頁」。[43]《孩子們的世界》寫純潔、無畏的孩子們在屬於自己的
世界自由自在地玩耍，「然而，當他們的母親出現時，孩子們便立
刻變成了成人，立刻陷落在下面的世界中」，「他們從威嚇而學到
了畏縮，卑怯，從鞭撻而學到報復與殺戮，從威嚇與鞭撻的逃避而
學到了狡詐與竊盜」。[44]《悲劇第三幕》中的「悲劇」指父母包辦
的婚姻悲劇，二弟高歌和自己上演了前兩幕，現在又輪到三弟高遠
征。[45]《正院的掌故》回憶曾經在高長虹家正院住過的一位叫「血

[39] 高長虹：《心的探險・土儀・一個失勢的女英雄》，《高長虹全集》第1卷，中央編譯出版社，2010年，第113-114頁。

[40] 高長虹：《心的探險・土儀・鬼的侵入》，《高長虹全集》第1卷，中央編譯出版社，2010年，第114-115頁。

[41] 高長虹：《心的探險・土儀・我家的門樓》，《高長虹全集》第1卷，中央編譯出版社，2010年，第115-116頁。

[42] 高長虹：《心的探險・土儀・孩子的智慧》，《高長虹全集》第1卷，中央編譯出版社，2010年，第116-117頁。

[43] 高長虹：《心的探險・土儀・一封未寄的信》，《高長虹全集》第1卷，中央編譯出版社，2010年，第117-118頁。

[44] 高長虹：《心的探險・土儀・孩子們的世界》，《高長虹全集》第1卷，中央編譯出版社，2010年，第118-119頁。

[45] 高長虹：《心的探險・土儀・悲劇第三幕》，《高長虹全集》第1卷，中央編譯出

哥」的鐵店夥計，他的言行令年幼的高長虹感到「新奇」，他時常叫高長虹吃飯，經常同孩子們開玩笑、講故事，其中高懷德交帥印的故事給高長虹留下了非常深刻的印象，「直到現在，我還記得，而且還時常對我自己複述」。[46]《架窩問題》寫自己從太原到測石的路上，因天氣很冷，風很大，決定坐架窩回家，以為家裏人會對此說三道四，其結果誰也沒說。[47]《改良》寫自己回家參與的一次「改良」：C爺熱心改良教育，自己看在C爺份上，與二弟大力協助，其他人卻很冷漠。[48]《廚子的運氣》回憶一個運氣不好而又脾氣古怪的廚子：在外面，每到過年，把一切東西都準備好了，只等吃了時，自己卻病了；回到家鄉，又與幫廚家的人發生衝突。[49]《伯父的教訓及其他》寫伯父在自己離家前臨別贈言，伯父希望高長虹能升官發財，不要去賣文章，高長虹一概以「我的鼻子裏沒有聲音地響著：哼！」作答。[50]

看看這12篇文章可以知道，回憶往事的文章有5篇：《一個失勢的女英雄》、《我家的門樓》、《悲劇第三幕》、《正院的掌故》、《廚子的運氣》，它們的內容和寫作方法都與《朝花夕拾》

版社，2010年，第119-120頁。

[46] 高長虹：《心的探險·土儀·正院的掌故》，《高長虹全集》第1卷，中央編譯出版社，2010年，第120-121頁。

[47] 高長虹：《心的探險·土儀·架窩問題》，《高長虹全集》第1卷，中央編譯出版社，2010年，第122-123頁。

[48] 高長虹：《心的探險·土儀·改良》，《高長虹全集》第1卷，中央編譯出版社，2010年，第123-125頁。

[49] 高長虹：《心的探險·土儀·廚子的運氣》，《高長虹全集》第1卷，中央編譯出版社，2010年，第125-127頁。

[50] 高長虹：《心的探險·土儀·伯父的教訓及其他》，《高長虹全集》第1卷，中央編譯出版社，2010年，第127-128頁。

有類似的地方。剩下的7篇主要寫現實生活，儘管內容有所不同，寫作方法卻是一致的：「『閒話風』散文就別具平等、開放的品格，又充滿著一股真率之氣」；「『閒話風』的另一面是『閒』，即所謂『任心閒談』……《朝花夕拾》正是『在紛擾中尋出一點閒靜來』，處處顯示出餘裕、從容的風姿。」[51]

其次來比較一下寫作、發表、結集出版情況。《朝花夕拾》共計12篇文章（含《小引》、《後記》）：第一篇《貓·狗·鼠》寫於1926年2月21日，同年3月10日發表在《莽原》半月刊第5期；最後一篇《范愛農》寫於1926年11月18日，同年12月25日發表在《莽原》半月刊第24期；《小引》寫於1927年5月1日，同年5月25日發表在《莽原》半月刊第10期；《後記》寫於1927年7月21日，同年8月10日發表在《莽原》半月刊第15期；發表時以《舊事重提》為總題，1928年9月作為《未名新集》之一由未名社出版時改題《朝花夕拾》。《土儀》在《京報副刊》發表時共12篇，收入《心的探險》（1926年6月由北新書局出版）時未收最後一篇《伯父的教訓及其他》（1925年4月27日《京報副刊》第131號）[52]，第一篇《一個失勢的女英雄》發表在1925年2月12日出版的《京報副刊》第59號上。通過比較便會發現，《土儀》的寫作、發表比《朝花夕拾》早一年多，結集出版早兩年多。

這是否意味著魯迅寫作《朝花夕拾》受到了高長虹《土儀》影響呢？這種嫌疑實際上是存在的：首先，由於《京報副刊》是「魯

---

[51] 錢理群、溫儒敏、吳福輝：《中國現代文學三十年（修訂本）》，北京大學出版社，1998年，第51-52頁。

[52] 1989年出版《高長虹文集》時作為散篇作品收入下冊，2010年出版《高長虹全集》時收入《土儀》欄。

迅1925年至1926年發表文章的主要陣地之一」[53]，並且此時的魯迅非常看重高長虹，所以他一定看過同樣發表在《京報副刊》上的《土儀》；其次，收錄《土儀》的《心的探險》收入由魯迅編輯出版的《烏合叢書》，該書由魯迅「所選定、校字」[54]，寫作《貓‧狗‧鼠》前後魯迅正在編校《心的探險》。不過看看《自言自語》便會發現，《序》、《我的父親》、《我的兄弟》三篇文章實際上也具有「閒話」風格，《父親的病》更是《我的父親》的擴寫，所以不能說魯迅寫作《朝花夕拾》受到了高長虹《土儀》的影響。

在討論《幻想與做夢》與《野草》的關係時，我們已經知道高長虹1925年前後沒有看過魯迅的《自言自語》，為什麼他現在又寫出了同樣具有「閒話」風格的《土儀》呢？比較一下他們寫作《朝花夕拾》和《土儀》時的心境便會知道其大概。

《朝花夕拾》正文的寫作時間分別為：《狗‧貓‧鼠》（1926年2月21日）、《阿長與山海經》（1926年3月10日）、《〈二十四孝圖〉》（1926年5月10日）、《五猖會》（1926年5月25日）、《無常》（1926年6月23日）、《從百草園到三味書屋》（1926年9月18日）、《父親的病》（1926年10月7日）、《瑣記》（1926年10月8日）、《藤野先生》（1926年10月12日）、《范愛農》（1926年11月18日）。魯迅是這樣介紹自己的寫作情況的：「這十篇就是從記憶中抄出來的，與實際容或有些不同，然而我現在只記得是這樣。文體大概很雜亂，因為是或作或輟，經了九個月之多。環境也不一：前兩篇寫於北京寓所的東壁下；中三篇是流離中所作，地方

[53] 《魯迅年譜》編寫組：《魯迅年譜》上冊，安徽人民出版社，1979年，第236頁。
[54] 魯迅：《三閒集‧魯迅著譯書目》，《魯迅全集》第4卷，人民文學出版社，2005年，第185頁。

是醫院和木匠房；後五篇卻在廈門大學的圖書館的樓上，已經是被學者們擠出集團之後了。」[55]這段文字告訴我們，魯迅是在極其困難的情況下寫作《朝花夕拾》的。實際情況正好相反：前兩篇文章寫於女師大鬥爭取得勝利後、三一八慘案發生前；中三篇寫於「流離」結束後，地方是自己的寓所[56]；後五篇寫於魯迅到廈門後。由於在廈門，此時的魯迅只好對北京發生的事情「暫且不去理會它」：「看上海報，北京已解嚴，不知何故；女師大已被合併為女子學院，師範部的主任是林素園（小研究系），而且於四日武裝接收了，真令人氣憤，但此時無暇管也無法管，只得暫且不去理會它，還有將來呢。」[57]儘管高長虹發表在上海《狂飆》週刊第5期（11月7日）的《1925，北京出版界形勢指掌圖》令魯迅極為氣憤：「長虹在《狂飆》第五期已盡力攻擊，自稱見過我不下百回，知道得很清楚，並捏造了許多會話（如我罵郭沫若之類）」[58]，魯迅卻直到11月19日（《范愛農》完稿後的第二天）才決定：「因為太可惡，昨天竟決定了，雖是什麼青年，我也不再留情面，於是作一啟事（按：《所謂「思想界先驅者」魯迅啟事》），將他利用我名字的事，而對於別人用我名字的事，則加笑罵等情狀，揭露出來，比他的長文要刻毒些」[59]，至此魯迅不再作《朝花夕拾》，而是寫文章還擊高

---

[55] 魯迅：《朝花夕拾·小引》，《魯迅全集》第2卷，人民文學出版社，2005年，第236頁。

[56] 《魯迅日記》：1926年5月2日，「夜回家」；5月6日，「往法國醫院取什物」（魯迅：《魯迅全集》第15卷，人民文學出版社，2005年，第619頁）。

[57] 魯迅：《書信（1904-1926）·260914致許廣平》，《魯迅全集》第11卷，人民文學出版社，2005年，第545頁。

[58] 魯迅：《書信（1904-1926）·261115致許廣平》，《魯迅全集》第11卷，人民文學出版社，2005年，第615頁。

[59] 魯迅：《書信（1904-1926）·261120致許廣平》，《魯迅全集》第11卷，人民文學

長虹：《〈阿Q正傳〉的成因》（1926年12月3日）、《〈走到出版界〉的戰略》（1926年12月22日）、《新的世故》（1926年12月24日）、《奔月》（1926年12月30日）……也就是說，《朝花夕拾》中的10篇文章都寫於魯迅與各色人等鬥爭的間隙期，心境相對平靜。

根據以下一段文字可以知道，高長虹的《土儀》寫於1925年2月8日從老家回到北京後：「這時，我開始來寫《創傷》與《土儀》。這時，郁達夫也已走了。這時，魯迅給與我的印象是一個平凡的人。這時，狂飆社內部發生問題。這時，《狂飆》的銷路逐期遞降。這時，辦日報的老朋友也走了，印刷方面也發生問題。終於，《狂飆》週刊到十七期受了報館的壓迫便停刊了。於是一切都完事大吉。一面，我還在寫我的《創傷》與《土儀》，而且我的《創傷》還添了不少新的材料。」[60]該段文字告訴我們，高長虹也是在極其困難的情況下寫作《土儀》的。實際情況同樣正好相反。首先，此時的高長虹正春風得意：北京《狂飆》週刊雖然出版至第17期（3月22日）停刊，但是，高長虹不但在2月12日－4月22日出版的《京報副刊》上發表了以《土儀》為總題的12篇「閒話風」散文，還在2月23日－4月24日出版的《京報副刊》發表了以《創傷》為總題的12篇「獨語體」散文；高長虹於3月1日在《京報副刊》第75號發表了北京《狂飆》週刊革新後的發刊詞——《〈狂飆〉週刊宣言》（同日以《本刊宣言》發表於北京《狂飆》週刊第14期），發出了「我們要作強者，打倒障礙或者被障礙打倒」[61]的誓言，由此可見高長

出版社，2005年，第621頁。

[60] 高長虹：《走到出版界·1925，北京出版界形勢指掌圖》，《高長虹全集》第2卷，中央編譯出版社，2010年，第197頁。

[61] 高長虹：《〈狂飆〉週刊宣言》，《高長虹全集》第3卷，中央編譯出版社，2010

虹此時的勃勃雄心；3月1日，高長虹的第一本集子《精神與愛的女神》作為《狂飆小叢書》第一種由北京貧民藝術團編輯出版，不但許廣平寫信購買，魯迅也將其送給自己的朋友：「下午……以《山野掇拾》及《精神與愛之女神》各一本贈季市」（3月12日），「上午許詩荃、詩荀來，贈以《苦悶的象徵》、《精神與愛的女神》各一本」（3月22日），「下午欽文來，贈以《精神與愛之女神》一本」（4月6日）；[62]高長虹發表在2月22日的《京報副刊》的《一封未寄的信》也說自己此時「很滿足」：「我很滿足，反正我所希求的已得到了。我從錯誤的，失迷的路上，達到了我的目的地。我從憤激的冒險或毀滅而恢復了健全的心」[63]。其次，高長虹1924年12月底回家前更是對自己前途充滿信心。高長虹12月10日對魯迅的初次拜訪給他留下了非常好的印象：「這次魯迅的精神特別奮發，態度特別誠懇，言談特別坦率，雖思想不同，然使我想像到亞拉籍夫與綏惠略夫會面時情形之彷彿。我走時，魯迅謂我可常來談談，我問以每日何時在家而去。此後大概有三四次會面，魯迅都還是同樣好的態度，我那時以為已走入一新的世界，即向來所沒有看見過的實際世界了」，加上之前郁達夫對《狂飆》的讚美：「當達夫初次同我見面的時候，也說他在魯迅那裏他們也談起《狂飆》，他還為《狂飆》發不平，說狂飆社人如是從外國回來的時，則已成名人了」，此時的高長虹對前途充滿信心：「在那時我曾看見一個很好

年，第41頁。

[62] 魯迅：《日記（1904-1926）》，《魯迅全集》第15卷，人民文學出版社，2005年，第556-559頁。

[63] 高長虹：《心的探險‧土儀‧一封未寄的信》，《高長虹全集》第1卷，中央編譯出版社，2010年，第117頁。

的時代的縮圖，這可以使我想像到未來的那一個時代，我相信那一個
時代是一定要到來，那決不是一個黃金時代，但比過去的時代卻好得
多了」[64]；正因為如此，高長虹回家時甚至坐了架窩，彷彿衣錦還鄉
似的：「大概是因為我受所謂輿論的攻擊太多了的緣故，所以架窩剛
一雇好，我便想到我回去時各方面對我的批評來。母親一見我回家，
一定以為我病了。女人，也許會喜歡的，因此，可以證明我在外面
不像從前那樣窮了。伯父們，一定說，還沒有當了教習便要坐架
窩，總是好花錢，沒指望。村裏的人們，一定會譏笑道，到底人家
闊了。然而這些，也終於是一想便過去了，對於我是簡直沒有關係
的」[65]。由此可知，高長虹寫作《土儀》前後正是他對前途充滿信心
的時候，在這期間他又以「衣錦還鄉」的方式回到了「被趕出來」[66]
兩年多的老家。在這種情況下，家鄉過去與現在的事情當然會引起他
的興趣，於是回到北京後便寫作了《土儀》——《現代漢語詞典》對
「土儀」的解釋是：「〈書〉指用來送人的土產品。」看看以下一段
文字便會知道，他與魯迅寫作《朝花夕拾》的背景十分相似：「我有
一時，曾經屢次憶起兒時在故鄉所吃的蔬果：菱角、羅漢豆、茭白、
香瓜。凡這些，都是極其鮮美可口的；都曾是使我思鄉的蠱惑。後
來，我在久別之後嘗到了，也不過如此；惟獨在記憶上，還有舊來
的意味存留。他們也許要哄騙我一生，使我時時反顧。」[67]

---

[64] 高長虹：《走到出版界・1925，北京出版界形勢指掌圖》，《高長虹全集》第2
卷，中央編譯出版社，2010年，第195-196頁。

[65] 高長虹：《心的探險・土儀・架窩問題》，《高長虹全集》第1卷，中央編譯出版
社，2010年，第122頁。

[66] 高長虹：《心的探險・幻想與做夢・生命在什麼地方》，《高長虹全集》第1卷，
中央編譯出版社，2010年，第82頁。

[67] 魯迅：《朝花夕拾・小引》，《魯迅全集》第2卷，人民文學出版社，2005年，第

　　根據以上分析可以知道，儘管魯迅1919年寫作的《自言自語》中的三篇文章具有「閒話」風格，但由於該組文章以「神飛」為筆名發表在當時影響並不太大的《國民公報》上，所以影響有限；這組文章直到1981年版《魯迅全集》出版時才收入《集外集拾遺補編》，所以產生影響也遲。在魯迅發表有廣泛影響的《朝花夕拾》時，高長虹已於一年多前在有廣泛影響的《京報副刊》發表了12篇《土儀》，並且該組文章比《朝花夕拾》早兩年多收入當時有較大影響的《烏合叢書》第四種《心的探險》。由此可以得出如下結論：如果《朝花夕拾》開創了現代散文「閒話風」創作潮流與傳統的說法屬實，那麼開創現代散文「閒話風」創作潮流與傳統的系列文章應該是《土儀》而不是《朝花夕拾》。

　　人們在說到魯迅與高長虹時，常常說魯迅如何深刻地影響了高長虹，筆者在研究過程中發現情況並非完全如此，由此想到人們念念不忘的「重寫文學史」。很明顯，寫文學史必須有所選擇，不可能將文學史上發生的所有事情都寫進去。不過，正確的做法應該是先研究後選擇──即先對現代文學史上的相關內容進行全面系統研究然後再擇其要者寫入文學史，而不是先選擇後研究。如果不將顛倒了的順序顛倒過來，不管採用何種方法、視角、理論等進行寫作，都不過是用一種偏頗代替另一種偏頗，不可能寫出真正反映歷史進程的《中國現代文學史》。

236頁。

白貓也是貓

——高長虹短篇小說《結婚以後》賞析

在現代文學史上，抨擊包辦婚姻罪惡是常見題材，高長虹的《結婚以後》[1]卻寫出了新意。

一、買到「黑貓」的郭沫若

郭沫若曾用成都人的俗話來形容包辦婚姻：「隔著麻布口袋買貓子，交訂要白的，拿回家去才是黑的。」郭沫若便遇到了這種情況。到他19歲還是「孤家寡人」時，對他向來很遷就的母親突然自作主張把婚事定了：「女家是蘇溪場的張家，和遠房的一位叔母是親戚，是叔母親自做媒。因為門當戶對，叔母又親自看過人，說女子人品好，在讀書，又是天足；所以用不著再得到我的同意便把婚事定了。」叔母甚至說，她的表妹若嫁到郭家，「決不會弱於我家任何一位姑嫂，也決不會使我灰心。」事實卻與叔母的話大相逕庭。

等新娘一下轎，郭沫若在心裏叫了一聲「啊，糟糕！」：「因為那只下了轎門的尊腳才是一朵三寸金蓮！」等郭沫若揭開新娘

---

[1] 高長虹：《實生活·結婚以後》，《高長虹全集》第2卷，中央編譯出版社，2010年，第98-116頁。

頭上的臉帕，又在心裏叫了一聲「活啦，糟糕！」：「我沒有看見甚麼，只看見一對露天的猩猩鼻孔！」通過這兩聲「糟糕」，我們不難想像郭沫若當時那種大失所望的心情。堅持到晚上，郭沫若便倒在他睡慣了的床上，「別人要去鬧房我也不管，我只是死悶地睡著」。後來在母親的勸說下，郭沫若只好「掙持起來」，配合大家的鬧房：「很高興大家的鬧房。自己是自暴自棄地喝得一個大醉」。結婚4天後，郭沫若便找了一個機會溜之大吉。[2]

郭沫若隔著麻布口袋買貓子，交訂要白的，結果卻是黑的，他對這一婚姻不滿是可以理解的。如果買到的是一隻「白貓」，結果又如何呢？高長虹的《結婚以後》會告訴你。

二、買到「白貓」的「他」和「她」

在結婚以前，「他早已聽說過不只一次，她是一個很好看的女孩子，她有重眼，她有酒窩，她有長脖子，她有細條身材，她嬌小，她聰明。他也未嘗沒有想像過她，而且愛她。便在兩三個月以前，他的一個同學在戲臺下無意之間遇見過她的一個半瘋狂性的親戚，聽了關於她的誇張的述說，他們那樣恭維他，嘲笑他，他也不能說沒有過一點得意」。在結婚的頭一天，「他」的婚事引起許多人們的驚異與讚歎，「據差人們傳說，連那個最傲慢的校長都佩服了」；在「他」去向校長請假的時候，「校長的臉也變得比平常和

---

[2] 郭沫若：《少年時代·黑貓》，《郭沫若全集》文學編第11卷，人民文學出版社，1992年，第279-316頁。

氣了許多」。結婚後次日，校長甚至打發差人來賀喜，並送來一副對聯：「合巹杯前不忘向學／銀河雙渡竚看成名」。因為這件事，家人感到非常光榮：「這更給人們證明，這真是一件最美滿的結婚，他們沒有法子不去羨慕，頌揚。」當「他」晚上回來知道此事時，「也現出不可遏抑的笑容，而且心裏也不能說沒有得意」。就是在「他」結婚15天回到學校後，他也希望暑假快點到來，「他有時只想同她住在一塊，其餘的什麼都不要理會」，「他後悔他失卻了他所應該享受的東西，他像一隻迷路的羊，鮮嫩的綠草在它的嘴邊等候著，但它卻忙於在走投無路，它幾乎餓倒在路旁」；「到他入睡的時候，那狐子便變成女子的形相睡在他的旁邊，他接吻她，擁抱她，同她享受那秘密的幸福」。從上面引文可以看出，「他」很幸運，確實買到了一隻「白貓」。那「他」又如何看待這樁婚姻呢？

　　結婚以前，由於「他」不知道世間有離婚這樣的事情，「所以他時常也想，到無可補救的時候，出妻倒是一個最後的補救的方法。這樣久了之後，出妻在他的心裏已被理想化而認為比娶親更重要更合理的信條。同朋友們談起婚事，他常乘機去誇張地宣傳他的出妻主義」。結婚時，家人的焦躁與憤怒感染了他：「他覺得一切都沒有辦法，一切都要失敗了，當他的姐姐拿出新婚的衣服讓他試穿的時候，他覺得他在試穿壽衣呢！」加上新娘因為首飾問題哭著不願出嫁，「他老大地感到不舒服，憤怒在他的臉上無法地活現出來，像要執行他的夫權」。到了晚上，在鬧洞房的時候，他壓抑已久的憤怒終於爆發了：「他把所有的力氣，所有的憤懣立刻都裝在一個聲音裏，對準了那個拉他的女人的臉：『不准你動！』屋裏立刻恢復了昨夜的靜寂，臉們都互相顧盼著，他的嫂子失悔地，很難為情地先走了出去，很快地屋裏便只剩下他同她了。只有憤怒的沉

重的空氣還堆積著而且充滿了全個屋子。」由此可見，「他」對這椿婚姻是多麼不滿。

　　在旁人看來「最美滿」的婚姻，為何「他」卻如此不滿呢？小說中這樣寫道：「第一，他現在並不需要結婚。他還只是十七歲的一個少年，雖然在慣例上已經是最合適的年齡了，但他覺著什麼還都不明白，還得專心再讀幾年書。他平常的主張是，最早也得到中學畢業才結婚的。第二，他需要一個讀書的女子。但是她，一個鄉下的姑娘，在他三四歲的時候他祖父便給他訂了的。他是不喜歡那種小足，他一看那個便可以引起他的一切的憤恨。」一切，都因為這是一椿包辦婚姻。

　　「他」對這椿婚姻如此不滿，那麼「她」呢？在結婚的時候，為了首飾「她」不願出門。對此，「他」大受打擊：「她一點也不為了他而歡喜，一個在別人所碰不到的丈夫，一個卓越的學生。」到晚上睡覺的時候，「當他的腳步開始在門口響的時候，新婦點燃了燈，他進去不說一句話，其實也沒有一句話可說，他們兩個都不約而同地靜候著他睡下，她的臉對準著窗紙，像一個哲學家在從上邊搜尋著什麼玄妙的道理。她總不看他一眼。他也用同樣的態度報復她，不看她，也不同她說話。等到她們所靜候的時間到了，他便面對著牆壁胡思亂想地睡去，她也吹滅了燈，一頭倒在炕腳底的一個枕頭上，穿著衣服，面對著窗。」早上的時候，「她仍然像昨晚那樣地坐著，正像她並沒有移動，而且她也不知道屋裏還有一個人在著。」結婚半月後，「他們現在已有了很深的敵意，他要休她，她也只等候著他休，他們不會再有轉圜的時候了，因為一件事的開頭便弄錯的緣故。」在這篇小說中，高長虹雖然沒有說明「她」如此對待「一個在別人所碰不到的丈夫，一個卓越的學生」的原因，但很明顯，「她」也對這椿包辦婚姻不滿意。

三、《結婚以後》在中國現代文學史上的地位

　　在常見的抨擊包辦婚姻罪惡的作品中，對婚姻不滿的多為一方，而該小說中的雙方都不滿意；並且，人們通常把包辦對象寫得一無是處，而該小說中的雙方都非常優秀，可以說是中國傳統婚姻的理想模式：郎才女貌。但就是這樣一樁在旁人看來「最美滿的結婚」，卻給婚姻雙方都帶來了極大痛苦。所以說，該篇小說粉碎了包辦婚的最後一道防線：表面上「美滿」的包辦婚姻也不美滿。

　　人們在評價高長虹作品時，都高度評價他的詩歌或散文詩，而對他的小說評價不高。董大中先生認為：「高長虹的文學成就，以詩最好，散文次之（也可能有人把兩者的次序倒過來），再次為批評，小說只占第四的位置，最末為劇本。」[3]吳福輝先生認為：「最能表明他的文學價值和精神價值的作品，恐怕是散文詩、詩和雜感批評，然後才是小說。」[4]如果從整體水平看，這樣的評價是正確的，但這並不意味著高長虹沒有創作出成功的小說，《結婚以後》便是其中最突出的例子。

　　《結婚以後》最初在刊物上發表時題為《家庭之下》，高長虹原計劃把它寫成一部長篇小說：「《家庭之下》是一部長篇小說，連續在本刊發表。本想每月發表一次。因為第四期編入的七章，臨印時放不下了，書局又誤把五章只登了一半，所以六七章不得不趕

---

[3] 董大中：《魯迅與高長虹》，河北人民出版社，1999年，第13頁。

[4] 吳福輝：《我讀高長虹的小說》，山西盂縣政協編：《高長虹研究文選》，北嶽文藝出版社，1991年，第189頁。

急在第五期發表。以後，大概仍然是每月發表一次。」[5]正在高長虹創作《家庭之下》時，韋素園退還了同為莽原社成員的向培良、高歌的作品《冬天》、《剃刀》，高長虹知道此事後在上海《狂飆》週刊第2期發表了給魯迅和韋素園的公開信，並在魯迅「擬置之不理」[6]的情況下發表了令魯迅極為憤怒的《1925，北京出版界形勢指掌圖》，魯迅決定「不再彷徨，拳來拳對」[7]。就在高長虹發表《1925，北京出版界形勢指掌圖》這篇文章的《狂飆》週刊第5期上，高長虹還最後一次發表了《家庭之下》，由此可知，高魯衝突爆發是導致《家庭之下》中途夭折的一個重要原因。

可以設想一下，高長虹的《家庭之下》如果能順利完成，是有可能成為中國現代文學史上的一部重要長篇小說的。高長虹要求他的作品是「他的生活的藝術化」[8]，所以凡是描寫自己生活的小說大都寫得較成功。《結婚以後》是高長虹生活的「藝術化」已成學界共識：不但《高長虹文集》的附錄《高長虹年表》引用了《結婚以後》的材料；高長虹外甥閻繼經（筆名言行，已仙逝）先生在編撰《一生落寞，一生輝煌——高長虹評傳》和《高長虹生平與著作年譜》時也引用了其中的材料。除《結婚以後》外，以自己的一段經

---

[5] 高長虹：《走到出版界·關於〈狂飆〉》，《高長虹全集》第2卷，中央編譯出版社，2010年，第230頁。

[6] 魯迅：《書信（1904-1926）·261023致許廣平》，《魯迅全集》第11卷，人民文學出版社，2005年，第587頁。

[7] 魯迅：《書信（1904-1926）·261120致許廣平》，《魯迅全集》第11卷，人民文學出版社，2005年，第621頁。

[8] 高長虹：《每日評論·〈紅心〉是我的〈浮士德〉嗎？》，《高長虹全集》第3卷，中央編譯出版社，2010年，第219頁。

歷為素材寫成的中篇小說《神仙世界》發表後，「見了朋友們，無論舊識與新交，十之七八都談說《神仙世界》」[9]。

　　封建家庭曾給生活其中的人們造成巨大痛苦，我們已從太多作品中看見。高長虹所在家庭便是千千萬萬這種家庭中的一個：「我的弟弟住在家裏，來信說他很痛苦。我同情於他的話，所以我發誓不再回家，我已二十八歲了！」[10]高長虹曾把他兄弟三人的婚姻稱為三幕「悲劇」[11]，他曾如此憤激地詛咒家庭：「給生命以死滅的，把人當做猴子叫他玩那可笑的簡單的把戲的，那便是家庭。這樣惡劣的社會的形式，而能延長數千年之久，而且還被現代的人們像珍奇似的保存著，只此一點，我便佩服人類的愚蠢到十分了！」[12]

　　列夫・托爾斯泰曾說：「幸福的家庭是相似的，不幸的家庭各有各的不幸。」高長虹若能把自己家庭的「不幸」寫出來，是完全有可能成為一部既有共性又有個性的作品的——抨擊封建家庭罪惡是其共性，這不幸因與高長虹及其兄弟的生活密切相關故具有個性。從已寫出的部分看，《結婚以後》的內容有些蕪雜，但蕪雜恰是該小說的特色。去除枝葉，當然能使枝幹更加突出，但同時也失去了樹木的豐富性。從這未加修剪的樹木上，我們也許能得到更加豐富的資訊。正如魯迅所說：「這正如折花者，除盡枝葉，單留花

---

[9] 高長虹：《復濟行》，《高長虹全集》第3卷，中央編譯出版社，2010年，第354頁。

[10] 高長虹：《游離・游離》，《高長虹全集》第2卷，中央編譯出版社，2010年，第396頁。

[11] 高長虹：《心的探險・土儀・悲劇第三幕》，《高長虹全集》第1卷，中央編譯出版社，2010年，第119頁。

[12] 高長虹：《光與熱・睡覺之前》，《高長虹全集》第1卷，中央編譯出版社，2010年，第233頁。

朵，折花固然是折花，然而花枝的活氣卻滅盡了。」[13]魯迅這話雖然是針對刪節的譯本而言，但用之於小說創作也有一定道理。也許正因為如此，《結婚以後》才具有了與眾不同的特點。該小說發表後，遠在巴黎的閻宗臨在給高長虹的信中如此寫道：「你的長篇小說，我還是以未完成的《家庭之下》好的多。你能夠再寫嗎？我實在盼你早日寫成那部。」[14]

在對傳統家庭進行抨擊的作品中，我們經常看見的是《紅樓夢》、《家》、《財主底兒女們》等這些對大家族進行抨擊的作品，而《家庭之下》則是對小戶人家進行抨擊，所以單從選材這個角度說，《家庭之下》的選材是新穎的。高長虹若能把家庭給他們兄弟三人造成的痛苦如實地寫出來，誰能說《家庭之下》不能與巴金的《家》、路翎的《財主底兒女們》三分現代文學史上家族小說的天下呢？儘管長篇小說《家庭之下》未完成，高長虹在收入集子《實生活》時將其改名為《結婚以後》，作為短篇小說，儘管6、7部分有些離題，筆者仍要冒著被人指責為孤陋寡聞、不懂小說的風險大膽斷言：該小說無疑是1920年代最優秀的短篇小說之一，在同類題材中它更是別具一格、名列前茅！

---

[13] 魯迅：《華蓋集·忽然想到》，《魯迅全集》第3卷，人民文學出版社，2005年，第16頁。

[14] 《已燃（閻宗臨）致長虹》，山西盂縣政協編：《高長虹研究文選》，北嶽文藝出版社，1991年，第421頁。

「性的煩悶」對高長虹創作的影響

高長虹說:「在文學作品上,性的煩悶做了大部分的題材……」[1]
這種說法雖與整個文學創作實際不符,卻與高長虹自己的創作實際
相符。

《結婚以後》[2]告訴我們,高長虹是在不情願的情況下與一個
自己不喜歡的女子結婚的:「他覺著什麼還都不明白,還得專心再
讀幾年書」,他希望自己的妻子是一個讀書的女子,「但是她,一
個鄉下的姑娘,在他三四歲的時候他祖父便給他訂了的。他是不喜
歡那種小足,他一看那個便可以引起他的一切的憤恨。」半個月的
「蜜月」過後,他的夢想破滅了:「書上說的是:夫婦之道,舉案
齊眉。事實上卻是:家庭,媳婦,勞作,憾怨,虛榮。他所希望的
都看不見一點影子,他只遇見了一個莊嚴的對敵:各不相犯。」

高長虹的婚姻如此令他失望,所以在遇到自己所喜歡的「讀書
的女子」時,常常情不自禁地愛上她。在愛上一個人的同時,高長
虹常用筆來抒發、表達自己的情感。

---

[1] 高長虹:《時代的先驅·論雜交》,《高長虹全集》第1卷,中央編譯出版社,
2010年,第477頁。
[2] 高長虹:《實生活·結婚以後》,《高長虹全集》第2卷,中央編譯出版社,2010
年,第98-116頁。

一、與石評梅有關的作品

　　1923年9月24日，高長虹在《晨報副刊》上發表了一首詩歌《一剎那的回憶》，這首詩收入《給──》時為第2首，描寫的情景當與1922年初次看見石評梅有關。這次見面的結果是：「她完全地淡漠：他相信他是失敗了」[3]，所以沒有留下更多的詩歌。但從見面一年後高長虹還在回憶初次見面時「一剎那」的情景可以看出，高長虹一看見石評梅便被其迷住了，並且久久不能忘記。

　　1925年3月，高長虹出版了詩集《精神與愛的女神》。言行先生認為，《美的頌歌》「表面上是歌頌美女，實質上是讚賞人世間一切美的事物」；《恆山心影》「表現的是詩人對美的執著堅定、百折不回的追求的心情」；《離魂曲》表現的是「對祖國的羸弱和人民的貧困的無限同情和改變這種情況的堅定決心」；《美的憧憬》「是述說美的追求的艱難與曲折」。正如言行先生所說：「長虹這時期的作品，受中國傳統詩歌風格影響的痕跡很明顯。他對格律詩的興趣似乎不大，他所鍾情的是以《詩經》和《樂府》為代表的民歌體詩，以《離騷》為代表的古代自由體詩」。[4]中國傳統詩歌多有藉香草美人來表達自己理想的特點，所以從這個角度說，言行先生的評

---

[3]　高長虹：《實生活・革命的心》，《高長虹全集》第2卷，中央編譯出版社，2010年，第82頁。

[4]　言行：《一生落寞，一生輝煌──高長虹評傳》，百花文藝出版社，1996年，第78-83頁。

價是有道理的。但結合高長虹經歷和詩歌內容可以看出，高長虹創作這些詩歌的出發點主要是為了他心目中的「女神」——石評梅。

　　1925年3月5日，石評梅戀人高君宇因急性盲腸炎猝發不治而逝；6月1日起，高長虹開始在《語絲》、《莽原》、上海版《狂飆》等刊物上「痛哭流涕的做《給——》的詩」[5]；1927年9月，高長虹的愛情詩集《給——》出版；1928年12月15日，高長虹在《長虹週刊》第10期發表4首《給——》，並在前2首後注明「以上舊作」，在後2首後注明「以上新作」。[6]高長虹為什麼在詩集《給——》出版後又來寫《給——》呢？很可能與石評梅該年9月30日因病去世有關。

　　高君宇死後，高長虹不但在刊物上「痛哭流涕的做《給——》的詩」，還採取了過火行動：「我太對不住她了。我確乎太殘忍，我用毒藥敷在她的新傷上，雖然我並沒有歹意。」為此高長虹付出了很大代價：當他再一次與石評梅相遇時，「你（按：石評梅）搜尋著最鋒銳的字句刺在我（按：高長虹）的傷上」。[7]在這種情況下，高長虹只好藉著為閻宗臨出國籌集資金的機會，離開北京前往太原。

　　短篇小說《生的躍動》除去「他想像著他做家庭教師的情狀」這一虛構部分外，幾乎可看作高長虹1925年11月初離開北京前這段時間生活和思想的實錄。從這篇小說可以看出，高長虹已被「性的煩悶」折磨得有些變態：「如其有一個美的女性，那便是應該立刻

5　魯迅：《書信（1904-1926）·261229致韋素園》，《魯迅全集》第11卷，人民文學出版社，2005年，第667頁。

6　高長虹：《給——·集外同題作品》，《高長虹全集》第1卷，中央編譯出版社，2010年，第343-344頁。

7　高長虹：《游離·游離》，《高長虹全集》第2卷，中央編譯出版社，2010年，第399-406頁。

便這樣吻抱著，纏綿著，沉酣著，生活著，那是應該超出了一切的限制的。」[8]高長虹在想像自己當家庭教師的情景時，特意強調兩個不滿十歲的小孩中「有一個是女的」；並且在與這兩個小孩有關的文字中，只見「妹妹」和「她」，不見「哥哥」和「他」。

11月初，高長虹來到太原，由於戰爭影響，火車不通，只得在太原住下，《游離》便是他在等火車開通的兩個禮拜中寫的小說。小說中的N「夢見一個老朋友，鉛鐵一般的皮膚貼在臉上，我驚得發顫，他常是那樣健壯呢！我想著他的女孩子呢！」[9]文中的「老朋友」形象與石評梅的父親有著驚人的相似的地方，這個「女孩子」很明顯與石評梅有關。

收入短篇小說集《實生活》的《革命的心》中的張燕梅同樣有著石評梅的影子。高長虹是一個對「革命」相當反感的人，現在為什麼寫起《革命的心》來呢？石評梅的戀人高君宇是中國共產黨的早期領導人之一，高君宇死後，石評梅在文章中表達了對革命的嚮往，由此可知，高長虹寫這篇小說很可能是向石評梅表明，他也有一顆「革命的心」。

二、與冰心、吳桂珍有關的作品

1927年10月19日，高長虹在書簡體散文《曙》中如此寫道：

---

[8] 高長虹：《游離·生的躍動》，《高長虹全集》第2卷，中央編譯出版社，2010年，第383頁。

[9] 高長虹：《游離·游離》，《高長虹全集》第2卷，中央編譯出版社，2010年，第395頁。

> 我非常寶愛我今年春夏之交那一段的生活了！我那時，美中不
> 足的只是我反常地窮，而且終於傷損了我的美。我的詩，在那
> 個時候，只是它神出鬼沒，達到所有的限際，演出無窮的變
> 化，而我只時（是），跟定了它。[10]

《獻給自然的女兒·一》[11]的落款為「一九二七，六，二七，上
海」，與「春夏之交」相符；並且從詩歌本身來說，這首詩也真如
高長虹所說：「達到所有的限際，演出無窮的變化」。這首詩共200
節，每節4行，是高長虹一生創作的最長的一首詩。就內容而言，作
者敘述從塘沽回上海在路上的見聞，回憶自己的生活，談自己的理
想，表達「我」對意中人的思念，闡述自己對人生、歷史、國家、
詩歌等的看法。就形式而言，整齊而富於變化：前175節，以錯落
有致的自由詩為主雜以整齊的五言詩；176-184節是長達9節的五言
詩；185-200節又以自由詩為主雜以五言詩。就語言而言，在以白
話為主的基礎上，雜以「清兮濯纓濁濯足」之類的文言和「洋灰筒
筒，豌豆袋袋」一類的口語。並且，不管是詩體的轉換還是語言的
轉換都非常自然，看不出雕琢的痕跡。

到底是什麼原因使高長虹的詩思在這段時間達到如此「神出鬼
沒」的境地呢？可以肯定不是因為事業。在這之前不久，高長虹與
周氏兄弟才大打了一場筆仗，上海《狂飆》週刊又於1927年1月30
日因經濟支絀而停刊。那到底是什麼原因呢？此事當與冰心有關。
冰心1926年7月底回國，9月起在燕京大學任教。高長虹1927年1月

---

[10] 高長虹：《曙》，《高長虹全集》第2卷，中央編譯出版社，2010年，第63頁。
[11] 高長虹：《獻給自然的女兒·一》，《高長虹全集》第1卷，中央編譯出版社，
  2010年，第353-386頁。

為刊物籌款回北京時去找過冰心，這可從高長虹1928年9月10日給冰心寫的情書看出來：「簡直還有人為我擔心——我真感激他們對我的好意——怕我上當。我想，如其怕我上當的時候，我已經上當一年又加一個半年了！」[12]在這首詩中，高長虹這樣寫道：「我也驀然，／想到此去辦週刊，／奇跡新發現，／名之曰自然。／／只望你早來編撰，／別讓我一人當關，／更不要心已應允，啟事袖底藏！」[13]高長虹1928年9月5日在給冰心情書中又提到週刊：「《紅心》，我想他同Outline一般大……都因你現在不肯出來！刊物中最可寶貴的，又是一個週刊被擱淺了。我不願意要月刊。便只有出隔週刊了。……隔週刊，這被隔的自然是你的那一週。」[14]高長虹在籌備刊物期間，甚至準備以《紅心》作為刊物的名稱，但是，「在發稿前幾天，我決然乾脆把他叫做《長虹週刊》了。免得被人說假冒招牌，免得自欺欺人說謊話。」[15]由此可知，高長虹在北京時與冰心商量過合辦刊物事。

也許正因為如此，才使高長虹的詩思在事業受挫的情況下仍然達到了「神出鬼沒」的境地：他開始為冰心創作詩歌。《獻給自然的女兒》這一書名本身也告訴我們，高長虹的這本詩集是獻給冰心的：母愛、童心、大自然是冰心作品的三大主題。知道了高長虹創作《獻給自然的女兒》的心理動機後再來看這本詩集，對這本詩集中所寫的內容就很容易理解了。不久前才與魯迅、周作人等大

---

[12] 高長虹：《情書五則》，《高長虹全集》第3卷，中央編譯出版社，2010年，第231頁。

[13] 高長虹：《獻給自然的女兒·一》，《高長虹全集》第1卷，中央編譯出版社，2010年，第355頁。

[14] 高長虹：《情書五則》，《高長虹全集》第3卷，中央編譯出版社，2010年，第230頁。

[15] 高長虹：《情書三則》，《高長虹全集》第3卷，中央編譯出版社，2010年，第272頁。

打過一場筆戰的高長虹，在這本詩集中卻高唱和平、友愛、大自然：「但我不願東風壓倒西風，／也不願西風壓倒東風，／隨天象而自在轉移，／大家都是風」；「我便是自然，／我包羅萬象，／我的懷裏包著海與天，／波濤震霆兩乳間」；「我願有一個超人的時代，／人類如兄弟，／地球一家，／取消了一切障礙」……這一切，都是因為冰心。

《春天的人們》[16]是高長虹的第一部中篇小說，由29則情書構成。這部小說中的「老人」不再是有著「鉛鐵一般的皮膚」的「老朋友」，而是一個有著很大區別的「心寬體胖的老人」。我們知道，冰心的父親曾經是一艘軍艦的副艦長，創辦過海軍軍官學校，出任過海軍部軍學司長等職，與僅供職於文廟博物館的石評梅的父親當然有著很大不同。在這部小說中，主人公「我」是一個剛剛辭職的大學校長，有著驚人的軍事才識：「有一個朋友，新近做了第八十五軍的軍長，這個朋友自然是同我很要好的，自然是更佩服我的軍事的才識。所以，他請我做參謀長。兩日之內，我接到了他的五封信。他說。如其他再等不見我去時，他便要派人到上海來。」聯繫到冰心父親的經歷不難看出，高長虹寫這篇小說有投其所好之意。

高長虹除了以小說形式給冰心寫情書外，還在他的個人刊物《長虹週刊》第1、4-7期發表了21則情書。由於《長虹週刊》「常常延期，以及文字太單調」[17]，史濟行希望高長虹將《長虹週刊》

---

[16] 高長虹：《春天的人們》，《高長虹全集》第1卷，中央編譯出版社，2010年，第557-593頁。

[17] 《史濟行致長虹》，山西盂縣政協編：《高長虹研究文選》，北嶽文藝出版社，1991年，第413頁。

改為《狂飆週刊》。高長虹的答覆是：「變革週刊的計畫，這是不可能的事。我個人無論如何需要一種個人刊物。我在四五年前，沒有辦任何一種狂飆刊物的時候，我已先想過辦個人刊物。到今日才辦，我已嫌太遲。我常說，我只為了講戀愛，也有辦個人刊物的必要。這一點都不是笑話，至少我自己實在有這樣的需要。你不看，週刊一期到七期不是有情書累累嗎？」[18]由此可見高長虹對與冰心「講戀愛」是多麼重視。

80歲時，冰心在回憶自己的愛情和婚姻時說：「我很早就決定遲婚。那時有許多男青年寫信給我，他們大抵第一封信談社會活動，第二封信談哲學，第三封信就談愛情了。這類信件，一看信封也可以看出的。我一般總是原封不拆，就交給我的父母。他們也往往一笑就擱在桌上。我不喜歡到處交遊，因此甚至有人謠傳我是個麻子。」[19]在這寫信的「許多男青年」中，高長虹應該是其中之一。

《神仙世界》[20]是高長虹的又一部中篇小說，由兩條線索構成：一條線索寫近真（也即李健雄）與原本志同道合的妻子王靜和（也即張淑女）關係的破裂，另一條線索寫李健雄與「神仙世界」的女招待吳桂珍的交往。第一條線索中的王靜和出生於貴族之家，「是近三年來文壇上崛起的第一個女文學家。她的家庭在政治同經濟上都占很高的地位。她性情仁惠，又有非凡的志向。」但是，這樣出生高貴而又才貌雙全的人，偏偏愛上了窮作家近真，「兩口兒合辦書店，印自己著作，自己發售」，寧願做一個「書店的小夥計」。

[18] 高長虹：《復濟行》，《高長虹全集》第3卷，中央編譯出版社，2010年，第355頁。
[19] 肖鳳：《冰心傳》，北京十月文藝出版社，1987年，第191頁。
[20] 高長虹：《神仙世界》，《高長虹全集》第2卷，中央編譯出版社，2010年，第445-483頁。

按高長虹自己的話說，他這樣寫是與冰心「開一點玩笑」：「我現在是想告訴你，我在寫一篇小說。你完全不是我的小說中的主人翁。然而我終免不掉這裏邊同你開一點玩笑。」[21]

第二條線索寫李健雄與吳桂珍的交往。小說中李健雄的所作所為，雖不能與高長虹這段時間的所作所為一一對應，但結合高長虹所寫的《模特兒的故事》可以看出，這條線索所寫事情很大程度上是真實的。在將吳桂珍寫入小說時，甚至連姓名都未加改變：「我在南京遇見幾個朋友，他們都高興談到我的《神仙世界》，他們才都是曾經去過神仙世界呢。有那更熟習的，更知道吳桂珍在上海都是很有名的人物。」[22]

《神仙世界》發表在《長虹週刊》1—4期，與《神仙世界》有關的《模特兒的故事》發表在《長虹週刊》第5、8、9期，高長虹給冰心的情書發表在《長虹週刊》第1、4—7期。從發表文章的刊物和時間可以看出，高長虹與吳桂珍的交往是在給冰心寫情書的過程中發生的。並且從小說內容可以看出，高長虹之所以到「神仙世界」去，很大程度上也是因為冰心：「你知道，我日常的習慣是不逛這些遊藝場的，連聽人談起都覺得討厭。這次我真是破例，我真是太破例了！雖然也許倒因為這個鄙俗的名字觸到了我的心情。我在詩裏也用過這同樣的名字。我在去訪問那個現實的神仙世界！」[23]高長

[21] 高長虹：《情書五則》，《高長虹全集》第3卷，中央編譯出版社，2010年，第231頁。

[22] 高長虹：《模特兒的故事》，《高長虹全集》第3卷，中央編譯出版社，2010年，第287頁。

[23] 高長虹：《神仙世界》，《高長虹全集》第2卷，中央編譯出版社，2010年，第446頁。

虹給冰心寫情書始於1928年8月20日[24]，第一次到「神仙世界」的時間是9月2日[25]。由此可推斷，高長虹在這個時候到「神仙世界」，除了「這幾天書店的生意壞得出軌」[26]外，還與想念冰心有關。

高長虹在給冰心的最後一封情書中說：「我此後將是一個無心的人了！我一定很喜歡是一個無心的人呢！倒要謝你作成我，完了我幾年來的宿願。我此後將只有行，行，行，我此外便沒有其他。《紅心》，我已決定了要動手寫了。我將一半是實錄一半是虛構地寫她。我祝賀她早日生成！這是你作成了她！」[27]

《紅心》[28]是一篇小說，高長虹曾準備把它寫成自己的《浮士德》。這篇小說「構思起於一九二七年的春天，到現在已是一年半了。本想有一年可以寫完。不料到現在還沒有動筆」──由此可知，與冰心開始交往的時候高長虹就準備寫《紅心》。高長虹要求這篇小說的「一字一句而至於全文，而至於全文，我必須，我是必須完全生活過」，由於已經「生活過」的事情不過「十分之一」，所以直到1928年8月5日「連一句都不能動筆」。[29]11月17日，高長虹決定寫這篇小說時實際「生活過」的事情仍然只有那麼多，所以計畫寫成《浮士德》的《紅心》只寫了三千多字。

---

[24] 高長虹：《情書五則》，《高長虹全集》第3卷，中央編譯出版社，2010年，第228頁。

[25] 高長虹：《模特兒的故事》，《高長虹全集》第3卷，中央編譯出版社，2010年，第290頁。

[26] 高長虹：《神仙世界》，《高長虹全集》第2卷，中央編譯出版社，2010年，第446頁。

[27] 高長虹：《情書十則》，《高長虹全集》第3卷，中央編譯出版社，2010年，第330頁。

[28] 高長虹：《青白‧紅心》，《高長虹全集》第2卷，中央編譯出版社，2010年，第372-375頁。

[29] 高長虹：《每日評論‧〈紅心〉是我的〈浮士德〉嗎？》，《高長虹全集》第3卷，中央編譯出版社，2010年，第219頁。

三、「性的煩悶」與作品成就的關係

在評價高長虹以「性的煩悶」為題材的作品時，我們需要根據不同體裁區別對待。

董大中先生在說到高長虹的詩歌成就時說：「讀他的詩覺得如大河奔騰，才思噴湧而來。聞一多的詩，雕琢過多，高長虹則顯得自然天成。戴望舒的詩如女郎吟唱，沉鬱而纏綿，高長虹則顯出一股男子漢氣。徐志摩受英國湖畔派影響，講究意境和情調，也能給人一種在湖畔領略大自然美好風光和橋頭重溫朋友間溫馨情意之感，所寫事物多屬『微觀世界』，高長虹則常常著眼於『宏觀世界』。總之，我以為高長虹的詩，有聞一多的舊學底子，有戴望舒的現代派手法，還有徐志摩的純真的情，而他那像天馬行空、在寥闊無垠的宇宙間神馳的大境界，是那幾個人所沒有的。」[30]通觀高長虹的詩歌作品，董先生的這一評價是有道理的。

高長虹一生共出版了5部詩集：《精神與愛的女神》、《給——》、《獻給自然的女兒》都是愛情詩集；《閃光》內收145首小詩，這些小詩並不具備董先生所說的那些特徵；《延安集》是公認的高長虹藝術水準下降的詩作：陳漱渝先生認為是「標語口號」[31]、戈風先生認為「味淡若水」[32]。所以董先生所高度評價的詩歌主要指

---

[30] 董大中：《魯迅與高長虹》，河北人民出版社，1999年，第13頁。

[31] 陳漱渝：《序二》，董大中：《魯迅與高長虹》，河北人民出版社，1999年。

[32] 戈風：《高長虹的著作》，山西盂縣政協編：《高長虹研究文選》，北嶽文藝出版社，1991年，第27頁。

高長虹的愛情詩歌。所以就「性的煩悶」與詩歌創作的關係而言，高長虹失敗了愛情卻成功了作品。

　　高長虹以「性的煩悶」為題材的小說應分成兩種情況：一、以自己親身經歷為題材；二、寫自己想像中發生的事情。以自己親身經歷為題材的小說，以《結婚以後》和《神仙世界》中的李健雄與吳桂珍的交往這條線索為代表。《結婚以後》雖然是以常見的包辦婚姻為題材，但由於每個人的情況有所不同，所以高長虹在這一常見的題材中寫出了新意：在常見的抨擊包辦婚姻罪惡的作品中，婚姻本身便是罪惡，包辦對象一無是處。但在這篇小說中，婚姻在旁人眼中是「一件最美滿的結婚」；包辦對象也是一個讓人羨慕的美人兒，她不但滿足了「我」的生理需要，還滿足了「我」的虛榮心。儘管如此，這婚姻仍給「我」帶來了極大痛苦。所以說，這篇小說粉碎了包辦婚姻的又一道防線：表面上「美滿」的包辦婚姻也有可能不美滿。「該篇小說儘管存在著缺點，但無疑是一九二零年代最優秀的短篇小說之一，在同類題材中，它更是別具一格、名列前茅！」[33]《神仙世界》中李健雄與吳桂珍的交往這條線索寫得較生動具體。在這條線索中，高長虹作品中終於出現了一個較為生動的人物形象──李健雄，這是一個真正愛上了人的形象：注意她的一言一行，為一時沒有看見她而悵惘，為受到無意識的冷落而憤怒，為她招待了別人而吃醋，為她不惜花大錢打扮自己……並且這篇小說中有不少精彩的細節描寫：「我遞給她手巾把的時候，她已接住了，我故意像還沒有放手，她的手指便立刻移動了一下，便觸到了

[33] 廖久明：《白貓也是貓──高長虹短篇小說〈結婚以後〉解讀》，《名作欣賞》，2007年第4期。

我的手上。我捉住一種形容不出來的奇異的感覺,這是小說家們最喜歡描寫的呢!」「他把錢輕輕地放在她的手心,比肉更為軟綿的一種神奇的感覺代替了聲音從那琴上悠悠地吐出」[34]……這些細節將戀愛中人的心理活動描寫得栩栩如生。就「性的煩悶」與小說創作的關係而言,在這種情況中,高長虹失敗了愛情卻成功了作品。

　　在以自己想像發生的事情為題材的小說中,高長虹的寫作無疑是失敗的。由於《神仙世界》中李健雄與張淑女合辦書店這條線索所寫事情是高長虹想像的,所以人們評價《神仙世界》中的張淑女「像是一個死人」[35]。由29則情書構成的《春天的人們》只見「我」如何,不見「她」如何。並且就「我」而言,也以記錄「我」一天所做的事情為主,從中看不出「我」對意中人的愛有多深──且不說這些以小說形式寫的「情書」,就是高長虹真正的情書發表後也有人批評「這些情書中有一段不像情書」[36]。創作於1928年的《革命的心》是一篇標準的「羅曼蒂克」式的小說。由於高長虹對革命是不熟悉的,所寫的愛情又是沒經歷過的,所以這篇小說不管是從革命還是從愛情角度說都是概念化的。情況怎麼會如此糟糕呢?高長虹要求自己小說的材料「大抵得之實驗」[37],而高長虹這方面的經驗又非常少,所以有關這方面的描寫便變得相當蒼白。就「性的煩悶」與小說創作的關係而言,在這種情況中,高長虹既失敗了愛情又失敗了作品。

---

[34] 高長虹:《神仙世界》,《高長虹全集》第2卷,中央編譯出版社,2010年,第448-455頁。

[35] 高長虹:《情書十則》,《高長虹全集》第3卷,中央編譯出版社,2010年,第330頁。

[36] 高長虹:《情書一則》,《高長虹全集》第3卷,中央編譯出版社,2010年,第293頁。

[37] 高長虹:《通訊四則》,《高長虹全集》第3卷,中央編譯出版社,2010年,第455頁。

　　需要說明的是，「性的煩悶」雖然做了高長虹作品的「大部的題材」，但畢竟也只是「大部」——高長虹的雜文、話劇等便與「性的煩悶」的關係不很密切，就是高長虹的詩歌、小說中也有不少與「性的煩悶」無關的題材。還需要說明的是，在高長虹以「性的煩悶」為題材的文章中，所寫人物雖然大部分都能在現實生活中找到影子，卻不能因此將二者完全等同起來，因為高長虹的作品，「即是極像自傳的描寫，裏邊總有那最反自傳的描寫」[38]。如果簡單地將二者等同起來，一定會鬧出不少笑話。

---

[38] 高長虹：《每日評論‧小說不是自傳》，《高長虹全集》第3卷，中央編譯出版社，2010年，第352頁。

《奔月》人物原型分析
及高魯衝突中的魯迅、許廣平

    《奔月》中的逢蒙是影射高長虹早有定論，后羿是魯迅的自況應當也沒什麼異議，小說中另一重要人物——嫦娥影射誰似乎至今沒人論及。在筆者看來，嫦娥實際上融入了魯迅創作《奔月》時對許廣平的看法。

一、此時魯迅對許廣平產生這種看法的原因

    首先，與魯迅、許廣平、高長虹之間的關係有關。高長虹的《綿袍裏的世界》在《莽原》週刊第1期發表後，許廣平在1925年4月25日給魯迅的信中說該文「也有不少先生的作風在內」[1]；魯迅曾將許廣平的稿子給高長虹看，高長虹看後，「覺得寫得很好，贊成發表出去」，並且「我們都說，女子能有這樣大膽的思想，是很不容易的了」；高長虹的《精神與愛的女神》出版後，許廣平曾寫信購買，並且「前後通了有八九次信」，對許廣平，高長虹曾有過「狂想」；高長虹從荊有麟處得知許廣平「在魯迅家裏的廝

---

[1] 景宋：《景宋四月二十五日》，《魯迅景宋通信集》，湖南人民出版社，1984年，
   第48頁。

熟情形」後，停止了與許廣平的通信……[2]並且，《京報》第432號
（1926年3月8日）發表的高長虹的《游離》中有這樣的語句：「樸
訥，直諒，憤激，這是L的品德。同他相反的是他的夫人S。她是活
潑，機敏，豪放，她是一個更富於男性的女子。我去年見她時，才
只十六歲，但她比我直到現在為止所見過的女子都勇敢。我那時的
心曾這樣惋惜過：唉，一個可愛的人又被L奪去了！而且我那時，
為了他們自己的利益，不得不勸他們早點結婚。我曾經受過人生最
痛苦的刑罰。」[3]從引文可以看出，文中的L、S除年齡外，與魯迅、
許廣平的性格非常相似；並且，1925年1月26日出版的《語絲》第11
期上，魯迅以L‧S‧的筆名發表了總題為《A‧Petöfi的詩》。向以
「多疑」著稱又處於熱戀中的魯迅看見「月亮詩」後，若不將其與
「攻擊說」聯繫起來，反而有違常理。難怪魯迅在1926年12月12日
給許廣平的信中如此寫道：「現在故意要輕視我和罵倒我的人們的
眼前，終於黑的妖魔似的站著L‧S‧兩個字」。[4]

其次，與魯迅當時在戀愛中的處境有關。在魯迅與許廣平的交
往中，儘管許廣平占主動，但許廣平畢竟是自己的學生，比自己小
17歲，自己還「供養」著母親給的「一件禮物」——朱安[5]，所以在
與許廣平交往時，魯迅是非常矛盾的，一方面非常希望，一方面又
非常猶豫，正如他在1929年3月22日給韋素園的信中說：「異性，我

---

[2] 高長虹：《一點回憶——關於魯迅和我》，《高長虹全集》第4卷，中央編譯出版
社，2010年，第363-364頁。

[3] 高長虹：《游離‧游離》，《高長虹全集》第2卷，中央編譯出版社，2010年，第
411頁。

[4] 魯迅：《書信（1904-1926）‧261212致許廣平》，《魯迅全集》第11卷，人民文學
出版社，2005年，第652頁。

[5] 許壽裳：《亡友魯迅印象記》，《摯友的懷念》，河北教育出版社，2000年，第35頁。

是愛的，但我一向不敢，因為我自己明白各種缺點，深恐辱沒了對手。」[6]直到離開廈門到廣州與許廣平相聚的前5天，魯迅才在1927年1月11日給許廣平的信中如此肯定地寫道：「我有時自己慚愧，怕不配愛那一個人；但看看他們的言行思想，便覺得我也並不算壞人，我可以愛。」[7]

其三，與戀愛心理有關。12月3日，魯迅在給許廣平的信中寫道：「今天剛發一信，也許這信要一同寄到罷。你或者初看以為又有什麼要事了，不過是閒談。前回的信，我半夜放在郵筒中；這裏郵筒有兩個，一在所內，五點後就進不去了，夜間便只能投入所外的一個。而近日郵政代辦所裏的夥計是新換的，滿臉呆氣，我覺得他連所外的一個郵筒也未必記得開，我的信不知送往總局否，所以再寫幾句，俟明天上午投到所內的一個郵筒去。」[8]許廣平在收到這兩封信後，在12月7日的回信中諧謔道：「『所外』的信今上午到，『所內』的信下午到，這正和你發信次序相同，不必以傻氣的傻子，當『代辦所裏的夥計』為『呆氣』的呆子，實在半斤八兩，相等也……」[9]常言道，戀愛中的人是傻子，被稱作「第一個，冷靜，第二個，還是冷靜，第三個，還是冷靜」[10]的魯迅，看來也逃不出這一定律。

[6] 魯迅：《書信（1927-1933）‧290322致韋素園》，《魯迅全集》第12卷，人民文學出版社，2005年，第157頁。

[7] 魯迅：《書信（1927-1933）‧270111致許廣平》，《魯迅全集》第12卷，人民文學出版社，2005年，第11頁。

[8] 魯迅：《書信（1904-1926）‧261203致許廣平》，《魯迅全集》第11卷，人民文學出版社，2005年，第641頁。

[9] 景宋：《景宋十二月七日》，《魯迅景宋通信集》，湖南人民出版社，1984年，第267頁。

[10] 張定璜：《魯迅先生》，《現代評論》第1卷第8期（1925年1月31日）。

二、《奔月》中的嫦娥融入了此時魯迅 對許廣平看法的證據

我們知道，魯迅創作《奔月》與高長虹發表的「月亮詩」及因「月亮詩」產生的「流言」有關：「那流言，最初是韋漱園通知我的，說是沉鍾社中人所說，《狂飆》上有一首詩，太陽是自比，我是夜，月是她。」[11]如果魯迅寫作《奔月》時對許廣平沒有不恰當的看法，那麼他將「逢蒙學射於羿，盡羿之道，思天下惟羿為愈己，於是殺羿」（《孟子‧離婁下》）這一故事加以「鋪排」就行了，沒必要將「羿請不死之藥於西王母，姮娥竊以奔月」（《淮南子‧覽冥訓》）這一故事摻和進去。即使因高長虹的詩中有「月亮」所以要摻和進去，也沒必要對嫦娥如此醜化：小說中的嫦娥確實是一個「嬌貴自私的太太」[12]。

再來分析一下魯迅向許廣平報告「流言」的信，這封信很明顯沒有對許廣平說實話。據筆者考證，魯迅1926年11月29日看見高長虹11月21日發表在上海《狂飆》週刊第7期上的「月亮詩」後，就懷疑該詩是在攻擊自己，於是在11月29日、12月1日、12月5日給在上海的周建人連寫3信進行調查，並在12月3日完稿的《〈阿Q正傳〉的成因》中對高長虹進行批判。12月19日，魯迅得到了周建人13日發的信，此信中當有「調查」結果。這封信雖未能保存下來，

[11] 魯迅：《書信（1927-1933）‧270111致許廣平》，《魯迅全集》第12卷，人民文學出版社，2005年，第11頁。

[12] 李何林：《關於〈故事新編〉》，《江淮論壇》，1981年第4期。

根據12月29日魯迅給許廣平的信卻能知其大概:「北京似乎也有流言,和在上海所聞者相似,且說長虹之攻擊我,乃為此。」[13]由此可知,魯迅12月19日就聽說了與「月亮詩」有關的「流言」──並且是自己調查得來的。在得到周建人來信的幾乎同時,高長虹發表在12月12日出版的北京《狂飆》週刊第10期上的《時代的命運》一定會使魯迅認為周建人信中的「流言」是真的。高長虹在該文中說:「我對於魯迅先生曾獻過最大的讓步,不只是思想上,而且是生活上,但這對於他才終於沒有益處,這倒是我最大的遺憾呢!」[14]與「月亮詩」聯繫起來,文中「生活上」的「讓步」很容易讓人這樣認為:高長虹認為自己將許廣平「讓」給了魯迅。由此可以得出結論:魯迅12月22日作《〈走到出版界〉的「戰略」》、24日作《新的世故》,是因為19日從周建人處聽說了與「月亮詩」有關的「流言」,並在《時代的命運》中找到了證據──難怪魯迅在《新的世故》中說高長虹「病根蓋在膽,『以其好吃醋也』」。[15]魯迅1927年1月11日在給許廣平的信裏清清楚楚地寫著「那流言,最初是韋漱園通知我的」,這又作何解釋呢?實際上,同一封信已經做了解釋:「老三不回去了,聽說今年總當回京一次,至遲以暑假為度。

---

[13] 魯迅:《書信(1904-1926)・261229致許廣平》,《魯迅全集》第11卷,人民文學出版社,2005年,第670頁。

[14] 高長虹:《走到出版界・時代的命運》,《高長虹全集》第2卷,中央編譯出版社,2010年,第242頁。

[15] 需要說明的是,在「月亮詩」問題上,魯迅很可能誤會了高長虹。在筆者看來,高長虹在創作「月亮詩」時,「對因『退稿事件』而導致的高魯衝突的爆發是感到遺憾、傷感的,高長虹創作『月亮詩』,只是他深深的失落感的自然流露,與成心攻擊實在是風馬牛不相及」,所以,「『月亮詩』中的『月亮』有可能指許廣平,但『月亮詩』不是攻擊之作。」(廖久明:《高長虹與魯迅及許廣平(修訂本)》,東方出版社,2009年,第172-173頁)

但他不至於散佈流言。」[16]很明顯，這兩處的「流言」應為同一「流言」，即：「《狂飆》上有一首詩，太陽是自比，我是夜，月是他。」再結合12月29日魯迅給許廣平的信便可知道，在魯迅看來，儘管周建人將產生於上海的「流言」告訴了自己，但「散佈」至北京的不是周建人。由此可以斷定，這一「流言」魯迅最初是從周建人處聽說的──並且是自己調查得來的，並非是韋素園「通知」自己的。[17]明明如此，魯迅卻不對許廣平說實話，說明此時的魯迅對許廣平也有所保留。

小說寫嫦娥拋下后羿獨自奔月是因為受不了天天吃烏鴉炸醬麵的生活，看看魯迅與許廣平這段時間的交往可以知道，這實際上隱含著魯迅對他與許廣平戀愛的隱憂。許廣平在說到魯迅離開北京的原因時說：「政治的壓迫，個人生活的出發，驅使著他。尤其是沒有半年可以支持的生活費，一旦遇到打擊，那是很危險的。我們約好：希望在比較清明的情境之下，分頭苦幹兩年，一方面為人，一方面自己也稍可支持，不至於餓著肚皮戰鬥，減低了銳氣。」[18]魯迅從八道灣搬出後，為了購買（耗資800元）並修理（耗資1020元）阜城門內大街宮門口二條19號的房子，不得不向許壽裳、齊壽山各借400元錢，當時，北洋政府面臨財政危機，政府官員常被欠薪，有時候一個月只能領到幾個月前的一半甚至三分之一的薪水[19]，所以直

---

[16] 魯迅：《書信（1927-1933）·270111致許廣平》，《魯迅全集》第12卷，人民文學出版社，2005年，第12頁。

[17] 廖久明：《高長虹與魯迅──從友人到仇人》，《新文學史料》，2008年第3期。

[18] 許廣平：《欣慰的紀念·魯迅和青年們》，《許廣平文集》第2卷，江蘇文藝出版社，1998年，第17頁。許廣平在《關於魯迅的生活·因校對〈三十年集〉而引起的話舊》、《魯迅回憶錄·廈門和廣州》等文章中也有類似回憶。

[19] 魯迅1926年7月21日領到1924年2月的3成薪水99.00元後寫的《記「發薪」》真實地

到魯迅離京前，《魯迅日記》中尚有這樣的記載：1926年7月28日：
「下午訪兼士，收廈門大學薪水四百，旅費百。往公園，還壽山泉
百」；8月7日，「季市來，還以泉百」。到廈門後，魯迅月薪雖然
高達400元，魯迅即將去的中山大學聘書上的月薪卻只有280元[20]，並
且到中山大學後能做多久，也許連魯迅自己都不清楚，搞得不好，
真有可能讓許廣平也過天天吃烏鴉炸醬麵的生活。

　　正因為《奔月》中的嫦娥融入了此時魯迅對許廣平的看法，所
以小說中后羿與嫦娥之間的事情便能從魯迅與許廣平身上找到對應
點。小說極力強調后羿過去的威風與現在的落魄：「他於是回想當
年的食物，熊是只吃四個掌，駝留峰，其餘的就都賞給使女和家將
們。後來大動物射完了，就吃野豬兔山雞；射法又高強，要多少有
多少。『唉，』他不覺歎息，『我的箭法真太巧妙了，竟射得遍地
精光。那時誰料到只剩下烏鴉做菜……。』」[21]這很容易讓人想起女
師大風潮中，魯迅與章士釗、楊蔭榆、陳西瀅等的激烈鬥爭並取得
了勝利，現在魯迅那支犀利的筆卻只能用來對付高長虹。

　　從《奔月》對嫦娥的描寫可以看出，哪怕許廣平像嫦娥對待
后羿一樣對待自己，魯迅在憤怒的同時，也覺得許廣平這樣做是可
以理解的：「羿吃著炸醬麵，自己覺得確也不好吃；偷眼去看嫦
娥，她炸醬是看也不看，只用湯泡了麵，吃了半碗，又放下了。他
覺得她臉上彷彿比往常黃瘦些，生怕她生了病」；「『唉唉，這樣

反映了欠薪情況：到1926年6月止，魯迅欠薪「大約還有九千二百四十元」。
[20] 魯迅：《書信（1904-1926）·261115致許廣平》，《魯迅全集》第11卷，人民文學
出版社，2005年，第615頁。
[21] 魯迅：《故事新編·奔月》，《魯迅全集》第2卷，人民文學出版社，2005年，第
372頁。出自該文的引文不另注。

的人，我就整年地只給她吃烏鴉的炸醬麵⋯⋯。』羿想著，覺得慚愧，兩頰連耳根都熱起來」；就是在嫦娥棄自己而去以後，儘管后羿連發三箭，射得月亮發抖，射完後卻坐下來「歎一口氣」道：「那麼，你們的太太就永遠一個人快樂了。她竟忍心撇了我獨自飛升？莫非覺得我老起來了？」並且說：「不過烏老鴉的炸醬麵確也不好吃，難怪她忍不住⋯⋯」。語言中流露出無限的傷感與理解。所謂「危急時見真情」，在這實際上並不存在的極端情況下，魯迅對許廣平的愛昭然若揭。

三、高魯衝突中的許廣平

那麼，高魯衝突中許廣平的態度又如何呢？看了魯迅10月23日報告「長虹和韋素園又鬧起來」的信後，許廣平10月30日在回信中說：「少爺們的吵嘴，不理也好，因為顧此失彼，兩姑之間為婦，到底是牽入圈套而不討好。」[22]收到魯迅11月9日報告高長虹「遷怒於《未名叢刊》」的信後，許廣平11月16日在回信中說：「你敢說天下間就沒有一個人矢忠盡誠對你嗎？有一個人，你說可以自慰了，你也可以由一個人而推及二三以至無窮了，那你何必天鵝絨呢⋯⋯」[23]由於11月17—21日都未收到魯迅來信，許廣平在21日和22日連寫兩信。在後一封信中，許廣平如此寫道：「少爺們不少吸血

---

[22] 景宋：《景宋十月三十日》，《魯迅景宋通信集》，湖南人民出版社，1984年，第191頁。

[23] 景宋：《景宋十一月十六日》，《魯迅景宋通信集》，湖南人民出版社，1984年，第230-231頁。

的，所以我在北京時，常常為此著急，進言，你非不曉得；可是總願意，寧人負我，毋我負人，故終於吃虧是明知故犯，現在不願再犯，也省些麻煩。」[24]收到魯迅11月20日報告「決定不再彷徨，拳來拳對」的信後，許廣平11月27日在回信中說：「至於長虹的行徑，實在太過了，你是怎樣待他的，盡在人眼中，小憤而且非直接是你和他發生，而如此無理對待，這真可說奇妙不可測的世態人心，你洩憤好了，不要介意，世界不少這類人物。」[25]從這些信件可以看出，在高魯衝突中，許廣平是毫不含糊地站在魯迅一邊的。

---

[24] 景宋：《景宋十一月二十二日》，《魯迅景宋通信集》，湖南人民出版社，1984年，第240頁。

[25] 景宋：《景宋十一月二十七日》，《魯迅景宋通信集》，湖南人民出版社，1984年，第248頁。

也談《鑄劍》寫作的時間、地點及其意義

　　魯迅對《故事新編》評價不高，對《鑄劍》[1]卻另眼相看：「《故事新編》真是『塞責』的東西，除《鑄劍》外，都不免油滑……」[2]加上《鑄劍》的寫作過程相當複雜，因而涉及的內容也很複雜，所以研究的文章不少，爭議也很大。因搞清楚《鑄劍》寫作的時間、地點對理解作品意義重大：「不僅解決了史料的準確性，主要則是看到了魯迅這一段不平凡的生活歷程、思想發展及其戰鬥精神；特別是有助於對作品的主題的深入理解」[3]，所以單《鑄劍》寫作的時間、地點就存在著很大爭議──多數人認為1926年10月在廈門完成了1、2節，1927年4月3日在廣州完成了3、4節。[4]早在1979年，朱正先生就在《鑄劍不是在廈門寫的》中如此寫道：「關於《鑄劍》，

---

[1]　《鑄劍》發表時題為《眉間尺》，1932年收入《自選集》時改題為《鑄劍》，1935年年底收入《故事新編》時仍題為《鑄劍》。為論述方便，除引用文章外一律寫《鑄劍》。

[2]　魯迅：《書信（1936）‧360201致黎烈文》，《魯迅全集》第14卷，人民文學出版社，2005年，第17頁。

[3]　孫昌熙、韓日新：《〈鑄劍〉完篇的時間、地點及其意義》，《吉林師大學報》，1980年第1期。

[4]　主要文章有：《回憶魯迅先生在廈門大學》（俞荻）、《關於〈鑄劍〉的寫作年代及發表時間、刊物》（柯家強）──以上文章見《魯迅在廈門資料彙編第一集》（廈門大學中文系，1976年），《〈鑄劍〉完篇的時間、地點及其意義》（孫昌熙、韓日新，《吉林師大學報》，1980年第1期）等。

看來可以斷定：寫作時間：一九二七年四月三日，而不是一九二六年十月；寫作地點：廣州白雲路白雲樓，而不是廈門的石屋裏；最先發表的刊物乃是《莽原》，而不是《波艇》。」[5]也許因為朱先生考證時依靠的證據主要來源於《鑄劍》以外，所以收有《鑄劍不是在廈門寫的》的《魯迅回憶錄正誤》儘管影響很大[6]，但直到21世紀仍有人認為「《眉間尺》的一、二節是在廈門寫的，三、四節是在廣州寫的」[7]。李允經先生最近更認為：魯迅1935年12月在自編《故事新編》時在《鑄劍》後補記的時間「1926年10月作」「沒有錯，也不會錯」[8]。既然弄清楚《鑄劍》寫作的時間、地點有如此重要意義且

[5] 朱正：《鑄劍不是在廈門寫的》，《魯迅回憶錄正誤》，湖南人民出版社，1979年，第41頁。

[6] 該書出版了4種版本：湖南人民出版社1979年版、人民文學出版社1986年版、浙江人民出版社1999年版、人民文學出版社2006年版。2006年版的《內容簡介》中有這樣的話：「1979年出版後，為學術界所矚目，書中的一些結論被魯迅的傳記作者們普遍接受。胡喬木認為此書可以作為編輯學教材的參考書。」

[7] 聶運偉：《緣起・中止・結局──對〈故事新編〉創作歷程的分析》，《文學評論》，2003年第5期。持類似觀點的文章有：《死亡與新生──〈鑄劍〉的文化原型分析》（申松梅，《現代語文》，2007年第10期）、《〈鑄劍〉：魯迅的愛情宣言與生命宣言》（邱福慶，《龍岩學院學報》，2007年第4期）、《虛無現實中的復仇──淺析〈鑄劍〉中的人物及其思想》（白帆，《滄桑》，2007年第3期）、《〈鑄劍〉的文化解讀》（張兵，《復旦學報》，2005年第2期）、《對「復仇」主題的詩意表達》（曹典戈，《學生閱讀・高中版》，2003年第1期）；《色彩斑斕的小說──讀魯迅小說〈鑄劍〉》（郎偉，《朔方》，2003年第1期）、《魯迅為何偏愛〈鑄劍〉》（袁良駿，《魯迅研究月刊》，2002年第9期）、《放逐之子的復仇之劍──從〈鑄劍〉和〈鮮血梅花〉看兩代先鋒作家的藝術品格與主體精神》（林華瑜，《魯迅研究月刊》，2002年第8期）、《從民族精魂的讚歌到勝者的悲哀──〈鑄劍〉解讀》（程寧，《咸寧師專學報》，2000年第5期）、《深刻獨特的生命體驗　歷史特質的準確把握──魯迅歷史小說〈鑄劍〉解讀》（朱全慶，《山東教育學院學報》，2000年第6期）等。

[8] 李允經：《〈鑄劍〉究竟寫於何年》，《魯迅研究月刊》，2009年第10期。

爭議如此巨大，筆者便不揣淺陋，結合《鑄劍》本身對這一問題做一考證並同時談談該作品的意義——凡朱正先生已論及的地方筆者不再贅言。不當之處，還望專家多多批評指正。

一、1、2節不可能寫於1926年10月

從內容可以推斷，1、2節不可能寫於1926年10月。第2部分中有這樣的話：「『哎，孩子，你再不要提這些受了污辱的名稱。』他嚴冷地說，『仗義，同情，那些東西，先前曾經乾淨過，現在卻都變成了放鬼債的資本……』」[9]這段話至少有一大部分是針對高長虹的。我們知道，魯迅寫文章有一顯著特點，喜歡在文章中引用論敵的語句以達到諷刺目的。如果說「仗義」有可能針對現代評論派的話——魯迅1927年9月3日創作的《辭「大義」》便主要是針對現代評論派的[10]，那麼「同情」很明顯是針對高長虹的——正如《魯迅全集》對該小說中「放鬼債的資本」的注釋所說：「作者在創作本篇數月後，曾在一篇雜感裏說，舊社會『有一種精神的資本家』，慣用『同情』一類美好言辭作為『放債』的『資本』，以求『報答』。參看《而已集·新時代的放債法》」，而《新時代的放債法》中的「精神的資本家」是指高長虹已成學界定論。高魯衝突爆

---

[9] 魯迅：《故事新編·鑄劍》，《魯迅全集》第2卷，人民文學出版社，2005年，第440頁。凡引自該文的文字不另注。

[10] 實際上，說此處的「仗義」是針對高長虹也有道理：高長虹在《公理與正義的談話》中將自己打扮成公理和正義的化身，魯迅在寫作《〈走到出版界〉的「戰略」》時，引用得最多的便是這一篇文章。

發後，高長虹除在《公理與正義的談話》中將自己打扮成公理和正義的化身外，還在《時代的命運》中如此寫道：「不妨說，我們是曾經過一個思想上的戰鬥時期的。他的戰略是『暗示』，我的戰略是『同情』。」[11]明明是自己挑起爭端，高長虹卻在這兒擺出一副與人為善的樣子，其荒謬性不言而喻，魯迅對其進行諷刺也在情理之中——魯迅12月22日完稿的《〈走到出版界〉的「戰略」》引用的第一句話便是這句。而《時代的命運》和《公理與正義的談話》發表在1926年12月12日出版的上海《狂飆》週刊第10期上。根據10月17日出版的《狂飆》週刊第2期魯迅10月23日收到、11月7日出版的《狂飆》週刊第5期11月15日收到可以推斷，魯迅收到《狂飆》週刊第10期的時間當在12月20日左右。由此可推斷，1、2節的寫作時間不可能早於12月中旬。

二、魯迅誤記為1926年10月的原因

儘管1、2節的寫作時間不可能早於1926年12月中旬，魯迅在收入《故事新編》時寫上「一九二六年十月作」的落款卻是有原因的。

小說第一部分中有這樣一段話：「過了一會，才放手，那老鼠也隨著浮了上來，還是抓著甕壁轉圈子。只是抓勁已經沒有先前似的有力，眼睛也淹在水裏面，單露出一點尖尖的通紅的小鼻子[12]，

---

[11] 高長虹：《走到出版界·時代的命運》，《高長虹全集》第2卷，中央編譯出版社，2010年，第242頁。

[12] 在魯迅整理的《古小說鉤沉·列異傳》中有這樣一句話：「妻後生男，名赤鼻」。也就是說，「赤鼻」本是幹將、莫邪的兒子眉間尺的名。在寫作《眉間尺》時，魯

咻咻地急促地喘氣」，並說：「他近來很有點不大喜歡紅鼻子的人」。只要看過魯迅書信的人都知道，此「紅鼻子」指顧頡剛[13]。儘管在9月20日和30日給許廣平的信中魯迅都表達了對顧頡剛的不滿，但這不滿畢竟不嚴重。從給許廣平的信可以知道，從10月中旬後，魯迅對顧頡剛的厭惡之情明顯加深：「本校情形實在太不見佳，顧頡剛之流已在國學院大占勢力，周覽（鯁生）又要到這裏來做法律系主任了，從此現代評論色彩，將瀰漫廈大。在北京是國文系對抗著的，而這裏的國學院卻弄了一大批胡適之陳源之流，我覺得毫無希望」[14]；「此地研究系[15]的勢力，我看要膨脹起來，當局者的性質，也與此輩相合」，「研究系比狐狸還壞，而國民黨則太老實，你看將來實力一大，他們轉過來拉攏，民國便會覺得他們也並不壞……國民黨有力時，對於異黨寬容大量，而他們一有力，則對於民黨之壓迫陷害，無所不至，但民黨復起時，卻又忘卻了，這時他們自然也將故態隱藏起來。上午和兼士談天，他也很以為然，希望我以此提醒眾人，但我現在沒有機會，待與什麼言論機關有關係

迅也許由眉間尺的名「赤鼻」想到顧頡剛的紅鼻子，於是特別強調老鼠的紅鼻子以達到諷刺顧頡剛的目的。

[13] 1927年在廣州期間，魯迅就在2月25日、5月15日、5月30日、6月12日、6月23日、7月7日、7月17日、7月28日、7月31日、8月8日、8月17日給章廷謙信中稱顧頡剛為「赤鼻」或「鼻」，另在8月2日給江紹原的信也有此稱呼。

[14] 魯迅：《書信（1904-1926）·261016致許廣平》，《魯迅全集》第11卷，人民文學出版社，2005年，第575-576頁。

[15] 魯迅在1926年10月16日給許廣平的信中說「現代評論色彩，將瀰漫廈大」，此信又說「此地研究系的勢力，我看要膨脹起來」，由此可知，魯迅是將現代評論派與研究系相提並論的——魯迅11月3日給許廣平的信說顧頡剛為「研究系下的小卒」便是最直接的證據。

時再說罷」[16]。魯迅在1927年4月10日完稿的《慶祝滬寧克復的那一邊》如此寫道：「革命的勢力一擴大，革命的人們一定會多起來。統一以後，我恐怕研究系也要講革命。去年年底，《現代評論》，不就變了論調了麼？和三一八慘案時候的議論一比照，我真疑心他們都得了一種仙丹，忽然脫胎換骨。」[17]兩相比較不難看出，它們的意思相近，由此可知，魯迅此時確有打算寫作提倡不妥協的復仇精神《鑄劍》的可能。

魯迅此時打算寫作《鑄劍》，另外一個非常重要原因當與女師大有關。8月26日，魯迅離開北京，「在上海看見日報，知道女師大已改為女子學院的師範部，教育總長任可澄自做院長，師範部的學長是林素園。後來看見北京九月五日的晚報，有一條道：『今日下午一時半，任可澄特同林氏，並率有警察廳保安隊及軍督察處兵士共四十左右，馳赴女師大，武裝接收……』」[18]從給許廣平的信可以知道，儘管離開了北京，自己曾經為之付出過心血和汗水的女師大發生的事情仍然牽動著魯迅的心：「看上海報，北京已解嚴，不知何故；女師大已被合併為女子學院，師範部的主任是林素園（小研究系），而且於四日武裝接收了，真令人氣憤，但此時無暇管也無法管，只得暫且不去理會它，還有將來呢」[19]；「女師大的事，沒有聽

---

[16] 魯迅：《書信（1904-1926）‧261020致許廣平》，《魯迅全集》第11卷，人民文學出版社，2005年，第580-581頁。

[17] 魯迅：《集外集拾遺補編‧慶祝滬寧克復的那一邊》，《魯迅全集》第8卷，人民文學出版社，2005年，第197-198頁。

[18] 魯迅：《華蓋集續編‧記談話》，《魯迅全集》第3卷，人民文學出版社，2005年，第378頁。

[19] 魯迅：《書信（1904-1926）‧2610914致許廣平》，《魯迅全集》第11卷，人民文學出版社，2005年，第545頁。

到什麼，單知道教員大抵換了男師大的，歷史兼國文主任是白月恆（字眉初），黎錦熙也去教書了，大概暫時當是研究系勢力，總之，環境如此，女師大是不會單獨弄好的」[20]；「『經過一次解散而去的』，自然要算有福，倘我們在那裏，當然要氣憤得多」[21]……儘管魯迅不會像在北京那樣「氣憤」[22]，還是「氣憤」卻是毫無疑問的：10月14日，魯迅將自己在離京前4天在女師大學生會舉行的毀校周年紀念會上發表的演講《記魯迅先生的談話》[23]後寫上附記，並將篇名改為《記談話》收入《華蓋集續編》，「先作一個本年的紀念」。

　　應該正是以上兩方面原因，才使魯迅1926年10月打算寫作《鑄劍》。也正因為如此，魯迅後來才會在《鑄劍》末尾寫上「一九二六年十月」這樣的落款。所以丸尾常喜先生下面的觀點應該是站得住腳的：「在篇末所記的1926年10月這一時間裏面，與其說反映了編輯《故事新編》時記憶的模糊，毋寧說在魯迅的記憶裏存在著某種對《鑄劍》的構思起過重要作用的東西這種可能性更強。」[24]

---

[20] 魯迅：《書信（1904-1926）·261004致許廣平》，《魯迅全集》第11卷，人民文學出版社，2005年，第566頁。

[21] 魯迅：《書信（1904-1926）·261015致許廣平》，《魯迅全集》第11卷，人民文學出版社，2005年，第574頁。

[22] 魯迅在1926年11月9日給許廣平的信中如此寫道：「校事也只能這麼辦。但不知近來如何？但如忙則無須詳敘，因為我對於此事並不怎樣放在心裏，因為這一回的戰鬥，情形已和對楊蔭榆不同也。」（魯迅：《書信（1904-1926）·261109致許廣平》，《魯迅全集》第11卷，人民文學出版社，2005年，第608頁）從此信也可看出，魯迅對女師大當時發生的事情確實沒有在北京時那樣氣憤，這也應當是魯迅未能將創作《鑄劍》的計畫付諸實現的原因之一。

[23] （向）培良：《記魯迅先生的談話》，《語絲》週刊第94期（1926年8月28日）。

[24] 丸尾常喜：《復仇與埋葬——關於魯迅的〈鑄劍〉》，《中國現代文學研究叢刊》，1995年第3期。

　　儘管有了想法，魯迅卻並沒有動筆，用他自己的話說是沒有與「什麼言論機關有關係」[25]。在筆者看來，實際上還有以下原因：一、讀讀此段時間魯迅的書信便可知道，當時廈門大學的吃住條件極差，不但浪費了他大量的寶貴時間，還使他內心感覺很不舒服；二、魯迅在廈門大學不但有教學任務，還有研究任務；三、與許廣平的分離不但令他牽腸掛肚，他還花時間寫了不少情書；四、莽原社內部矛盾爆發，不但傷透了魯迅的心，他還花時間寫作了以下文章：《寫在〈墳〉後面》（11月11日）、《所謂「思想界先驅者」魯迅啟事》（11月20日）、《〈阿Q正傳〉的成因》（12月3日）、《〈走到出版界〉的戰略》（12月22日）、《新的世故》（12月24日）、《奔月》（12月30日）……

三、魯迅1927年4月初動筆的原因

　　《魯迅日記》：1927年1月16日，魯迅「午發廈門」；18日到達廣州，「晚訪廣平」；19日「晨伏園、廣平來訪，助為移入中山大學」；20、22、23、24日，魯迅接連看了四場電影。這段時間，魯迅「每日吃館子，看電影，星期日則遠足旅行，如是者十餘日，豪興才稍疲。」[26]從以上文字可以看出，自從魯迅到廣州後，妨礙他寫作的多數原因已不存在。與此相反，顧頡剛要到中山大學的消息卻使他寫作提倡不妥協的復仇精神的文章的願望更加強烈。

---

[25] 此處的「言論機關」當指後來刊載《慶祝滬寧克復的那一邊》的《國民新聞》這類影響較大的報紙，而不是影響有限的《波艇》月刊之類。

[26] 許壽裳：《亡友魯迅印象記》，《摯友的懷念》，河北教育出版社，2000年，第41頁。

　　用魯迅自己的話說，他離開廈門有「一半」原因是「在廈門時，很受幾個『現代』派的人的排擠」[27]。1927年2月25日，魯迅在給章廷謙的信中如此寫道：「紅鼻，先前有許多人都說他好，可笑。」[28]這時，魯迅應該已經聽說了顧頡剛確實要到中山大學任教的消息[29]，故出此語。「有一天，傅孟真（其時為文學院院長）來談，說及顧某可來任教，魯迅聽了勃然大怒，說道：『他來，我就走。』態度異常堅決。」[30]傅斯年（按：傅孟真）是顧頡剛的同學，學生時代同住一室。傅斯年決定聘顧頡剛為文科教授，並揚言：如聘受阻，他便辭職。為此，當時主持校務的朱家驊多次到魯迅宿舍調停，傅斯年也多次向魯迅說情，乃至雙方激烈爭論，魯迅絲毫不為所動。後來，傅斯年提出一個折中方案，讓顧頡剛「赴京買書，不在校」，但魯迅認為這是他們早有此意，而「托詞於我之反對」，堅決不回到學校[31]。4月18日，顧頡剛到了中山大學；21日，魯迅辭去一切職務，離開中大[32]。5月11日，孫伏園在武漢《中

----

[27] 魯迅：《書信（1927-1933）·270420致李霽野》，《魯迅全集》第12卷，人民文學出版社，2005年，第29頁。

[28] 魯迅：《書信（1927-1933）·270225致章廷謙》，《魯迅全集》第12卷，人民文學出版社，2005年，第21頁。

[29] 據魯迅1926年11月6日給許廣平信可以知道，還在廈門時，魯迅就已知道顧頡剛要到中山大學：「顧之反對民黨，早已顯然，而廣州則電邀之」（魯迅：《書信（1927-1933）·261108致許廣平》，《魯迅全集》第11卷，人民文學出版社，2005年，第605頁）。

[30] 許壽裳：《亡友魯迅印象記》，《摯友的懷念》，河北教育出版社，2000年，第42頁。

[31] 魯迅：《書信（1927-1933）·270515致章廷謙》，《魯迅全集》第12卷，人民文學出版社，2005年，第33頁。

[32] 魯迅離開中山大學的原因，不少人只說四一五政變，但筆者認為下列說法更符合實際：「顧頡剛的到來，是最直接的促使魯迅很快作出辭職反應的導火線。」（李運摶：《魯迅辭職由於顧頡剛嗎？》，《廣東魯迅研究》，1999年第3期）實際上，顧

央日報》副刊第48號發表了《魯迅先生脫離廣東中大》的文章,以通信形式說明了魯迅脫離中大的原因。見報後,顧頡剛於7月24日寫信給魯迅:「務請先生及謝先生暫勿離粵,以俟開審」,魯迅接信後作《辭顧頡剛教授令「候審」》,揭穿了他的詭計。由此可見,魯迅對顧頡剛是多麼深惡痛絕。現在,聽說顧頡剛也要到中大,種種往事湧上心頭,魯迅決定動手創作《鑄劍》便是順理成章的事情。

到廣州後,魯迅動筆創作《鑄劍》,除自己深惡痛絕的顧頡剛接踵而至外,還與他到廣東後看見的現實有關:從魯迅1927年3月24日寫作的《黃花節的雜感》、4月8日在黃埔軍官學校作的《革命時代的文學》的演講、4月10日寫作的《慶祝滬寧克復的那一邊》等文章可以知道,魯迅到廣州後看見的現實印證和加深了他在廈門時對國民黨、現代評論派和研究系的看法。

四、《鑄劍》與高長虹的關係

除上面提到的與高長虹有關的內容外,《鑄劍》中還有部分內容與高長虹有關。

眉間尺復仇的傳說主要來源於《列異傳》、《搜神記》,在這兩種版本中,大王殺掉干將的原因都是將雌劍獻出而將雄劍藏起

頡剛的後人顧潮也認為魯迅離開中山大學是因為她父親要到中山大學:「(4月)17日抵廣州後,父親見到傅斯年,方知魯迅在中大宣揚謂顧某若來,周某即去;並知魯迅恨自己過於免其教育部僉事職之章士釗,大有誓不兩立之勢。魯迅一知道父親來了,即於20日辭職;傅斯年亦為魯迅反對父親入校而辭職。」(《歷劫終教志不灰・我的父親顧頡剛》,華東師範大學出版社,1997年,第113頁)。

來。魯迅創作《鑄劍》時卻這樣寫道：「他說。『大王是向來善於猜疑，又極殘忍的。這回我給他煉成了世間無二的劍，他一定要殺掉我，免得我再去給別人煉劍，來和他匹敵，或者超過他。』」其原因與《奔月》中逢蒙射殺后羿的原因非常相似：后羿教會了逢蒙射箭，逢蒙為了能出人頭地，射殺后羿。而《奔月》中的逢蒙是影射高長虹的，已成學界定論。

《鑄劍》第2部分中還有這樣一句話：「我的靈魂上是有這麼多的，人我所加的傷，我已經憎惡了自己！」這一句話應該主要是針對高長虹的。進入1925年後，魯迅便彷彿交了「華蓋運」，鬥爭不斷：先是在女師大事件和三一八慘案中與陳西瀅、楊蔭榆、章士釗等鬥，到了廈門後不久又與自己一手培養出來的高長虹等人鬥。魯迅與陳西瀅、楊蔭榆、章士釗等鬥是無所顧忌的，與自己一手培養出來的高長虹鬥卻傷透了魯迅的心。高魯衝突的爆發對魯迅的精神打擊是「格外沉重的」：「魯迅所產生的，是強烈的『被利用感』──這是繼1923年『兄弟失和』之後第二次同樣性質（至少他自己主觀感覺如此）的精神打擊……魯迅在五四時期所自覺選擇的以『進化論』為基礎的『發展自我與犧牲自我互相制約與補充』的倫理模式，受到了嚴重挑戰。」[33]

魯迅將自己的筆名「宴之敖者」送給黑色人，應當也與高長虹對自己的攻擊有關。1924年9月，魯迅輯成《俟堂磚文雜集》，題記後用「宴之敖者」作為筆名。這一筆名的由來，據說與魯迅從八道灣搬出有關：「父親的解釋是，這個『宴』字從上向下分三段看，是：從家、從日、從女；而『敖』字從出、從放。即是說：『我是

---

[33] 錢理群：《從高長虹與二周論爭中看到的……》，《魯迅研究月刊》，1990年第5期。

被家中的日本女人逐出的。」」[34]周作人說：《孤獨者》「第一節裏魏連殳的祖母之喪說的全是著者自己的事情」[35]。文中的魏連殳是這樣的一個人：「原來他是一個短小瘦削的人，長方臉，蓬鬆的頭髮和濃黑的鬚眉占了一臉的小半，只見兩眼在黑氣裏發光。」[36]人們在回憶魯迅在中山大學的形象時說：「穿著一領灰黑色的粗布長衫……面部消瘦而蒼黃，鬚頗粗黑」。[37]比較一下便知，宴之敖、魏連殳與魯迅的外部形象及內在精神都有相似的地方。

10月17日，高長虹在《狂飆》上發表《通訊二則》，11月6日，周作人在《語絲》第114期上發表《南北》通信，文中有「疑威將軍」、「不先生」、「挑剔風潮」等語。11月19日，高長虹寫《語絲索隱》，說《南北》中的話是周作人「自畫自贊」、「自謂」、「自述」[38]。至此，原本發生在魯迅與高長虹之間的衝突變成了周氏兄弟與以高長虹為首的狂飆社成員之間的衝突。論爭中，周氏兄弟的文章都發表在《語絲》上，狂飆社成員的文章都發表在上海《狂飆》週刊上──給人的感覺是，周氏兄弟以《語絲》為陣地協同作戰，對以《狂飆》為陣地的狂飆社成員進行反擊。雖然周作人在《又是「索隱」》、《南北釋義》等文章中反覆說明高長虹誤解了

---

[34] 周海嬰：《魯迅與我七十年》，南海出版公司，2001年，第73頁；另見《欣慰的紀念‧略談魯迅先生的筆名》（《許廣平文集》第1卷，江蘇文藝出版社，1998年，第46頁）。

[35] 周作人：《魯迅小說裏的人物‧〈彷徨〉衍義》，周作人、周建人：《書裏人生》，河北教育出版社，2000年，第83頁。

[36] 魯迅：《彷徨‧孤獨者》，《魯迅全集》第2卷，人民文學出版社，2005年，第90頁。

[37] 鍾敬文：《記找魯迅先生》，中國社會科學院文學研究所魯迅研究室編：《1913-1983魯迅研究學術論著資料彙編》第1卷，中國文聯出版公司，1985年，第252頁。

[38] 高長虹：《走到出版界‧語絲索隱》，《高長虹全集》第2卷，中央編譯出版社，2010年，第250頁。

他的意思，但不管怎樣，周作人實際上參與了同高長虹的論戰。周
作人參與論戰，不但減輕了魯迅的壓力，而且為魯迅提供了思想武
器：在《新的世故》中，魯迅借用周作人在《南北》中的「酋長思
想」、晉人「好喝醋」等語言，對高長虹進行批判。周氏兄弟1923
年失和以後，互不往來。這次周作人參與論戰，很可能使魯迅想起
了他們兄弟之間原本怡怡的情景，若沒有那個日本女人羽太信子，
他們兄弟之間何至於成為參商？想起這些，魯迅對周作人的妻子怎
不心懷怨恨呢？1927年10月，《語絲》被張作霖政府所封，作者皆
暫避，周作人躲進日本醫院，魯迅知道後，在11月7日給川島的信中
寫道：「他之在北，自不如來南之安全，但我對於此事，殊不敢贊
一辭，因我覺八道灣之天威莫測，正不下於張作霖，倘一搭嘴，也
許罪戾反而極重，好在他自有他之好友，當能互助耳。」[39]對周作人
的拳拳之心，溢於言表；對羽太信子的懍懍之意，同樣昭然若揭。
所以在創作《鑄劍》時，魯迅將自己用過的筆名送給了要代他復仇
的黑色人也很正常。

五、《鑄劍》的意義

從上面的分析可看出，《鑄劍》從醞釀到中止到寫作再到內容
都與顧頡剛、高長虹有關，是否就意味著《鑄劍》的創作與女師大
事件和三一八慘案及當時中國的現實無關呢？否！

---

[39] 魯迅：《書信（1927-1933）・271107致章廷謙》，《魯迅全集》第12卷，人民文學
出版社，2005年，第85頁。

魯迅創作《鑄劍》與顧頡剛有關，但並不是因為與顧頡剛有私仇。在分析「魯迅誤記為1926年10月的原因」時，已經知道與顧頡剛有關的原因是：一、「現代評論派色彩，將瀰漫廈大」；二、顧頡剛是「研究系下的小卒」，而國民黨對與現代評論派沆瀣一氣的研究系認識不清。魯迅對現代評論派和研究系不滿，一個重要原因是：在女師大事件和三一八慘案中，該營壘的不少人站在段祺瑞政府一邊。

儘管《鑄劍》中有不少內容與高長虹有關，由於這方面的內容太過隱蔽，以致直到現在筆者尚未看見這方面的說法。《鑄劍》中涉及高長虹的內容當與魯迅的常用「妙法」有關：「我現在得了妙法，是謠言不辯，誣衊不洗，只管自己做事，而順便中，便偶刺之。他們橫豎就要消滅的，然而刺之者，所以偶使不舒服，亦略有報復之意云爾。」[40]

在人們心目中，魯迅始終以「戰士」的形象存在著，殊不知：「譬如勇士，也戰鬥，也休息，也飲食，自然也性交，如果只取他末一點，畫起像來，掛在妓院裏，尊為性交大師，那當然也不能說是毫無根據的，然而，豈不冤哉！」[41]魯迅與那些自稱「心中只有他人」的「戰士」不同的是：他有自己，並且時時捍衛自己的應得利益。1933年6月18日，魯迅在給曹聚仁的信中說：「現在做人，似乎只能隨時隨手做點有益於人之事，倘其不能，就做些利己而不損人之事，又不能，則做些損人利己之事。只有損人而不利己之事，我

---

[40] 魯迅：《書信（1934-1935）‧340621致鄭振鐸》，《魯迅全集》第13卷，人民文學出版社，2005年，第158頁。

[41] 魯迅：《且介亭雜文二集‧「題未定」草》，《魯迅全集》第6卷，人民文學出版社，2005年，第436頁。

是反對的，如強盜之放火是也。」[42]在與人戰鬥的時候，魯迅「沒有這些大架子，無論吧兒狗，無論臭茅廁，都會唾過幾口吐沫去，不必定要在脊樑上插著五張尖角旗（義旗？）的『主將』出臺，才動我的『刀筆』」[43]，《鑄劍》便是魯迅向顧頡剛、高長虹等「唾過去」的「吐沫」。只不過，在向顧、高「唾過去」之前，魯迅早就想向現代評論派及研究系「唾過去」了，所以也濺了這些人一臉。

在說到創作方法時，魯迅曾說：「作家的取人為模特兒，有兩法。一是專用一個人⋯⋯二是雜取種種人，合成一個⋯⋯我是一向取後一法的⋯⋯」[44]魯迅在創作《鑄劍》時，儘管與顧頡剛、高長虹有關，但在創作時，古今中外類似的事件浮現在他眼前：「三王塚」的傳說、女師大事件的事情、三一八慘案中的血痕、廈門大學烏煙瘴氣的環境、廣州「奉旨革命」[45]的現實等種種影像疊加在一起，使《鑄劍》呈現出一種「多義性」特徵。所以，說《鑄劍》的創作是因為女師大事件和三一八慘案是有道理的。我們甚至可以這樣說：《鑄劍》的意義遠不止上面所說的具體事件，它是一首反抗壓迫、頌揚復仇精神的悲歌——它適用於古今中外所有類似情況，不僅指向集團復仇，也包括向個人復仇。

---

[42] 魯迅：《書信（1927-1933）・330618致曹聚仁》，《魯迅全集》第12卷，人民文學出版社，2005年，第404頁。

[43] 魯迅：《而已集・革「首領」》，《魯迅全集》第3卷，人民文學出版社，2005年，第494頁。

[44] 魯迅：《且介亭雜文末編・〈出關〉的「關」》，《魯迅全集》第6卷，人民文學出版社，2005年，第537-538頁。

[45] 見《而已集・革命時代的文學》（1927年4月8日）、《三閒集・在鐘樓上》（1927年12月17日發表）等。

談談魯迅時期的《莽原》廣告

　　為了「對於根深蒂固的所謂舊文明，施行襲擊，令其動搖」，魯迅團結「幾個不問成敗而要戰鬥的人」[1]於1925年4月成立了莽原社，《莽原》便是他們「施行襲擊」的陣地。直到1926年8月26日離開北京前往廈門止，魯迅一直是《莽原》編輯：包括32期週刊和前16期半月刊。不但魯迅在上面發表的文章如《春末閒談》、《燈下漫筆》等值得重視，就是這期間刊登的廣告也很值得研究。通過研究這些廣告，不但能夠發現魯迅的不少佚文，並能夠發現莽原社成員與魯迅的親疏程度及變化情況，同時能夠發現莽原社與其他社團的關係及變化情況，還能知道魯迅對刊物刊登廣告的看法。

一、廣告中的魯迅佚文

　　2005年版《魯迅全集》出版時，將初刊於《關於魯迅及其著作》版權頁後的廣告《〈未名叢刊〉與〈烏合叢書〉》以《〈未名叢刊〉與〈烏合叢書〉印行書籍》（以下簡稱《印行書籍》）為題收入，由於該廣告在刊登時署名「魯迅編」，所以收進《魯迅全集》應當沒有異議。該廣告中包含有下列書籍的廣告：《吶喊》

---

[1] 魯迅：《書信（1904-1926）・250331致許廣平》，《魯迅全集》第11卷，人民文學出版社，2005年，第470-471頁。

（魯迅）、《故鄉》（許欽文）、《心的探險》（高長虹）、《飄渺的夢及其他》（向培良）、《彷徨》（魯迅）──以上為《烏合叢書》的廣告，《苦悶的象徵》（廚川白村作，魯迅譯）、《蘇俄的文藝論戰》（褚沙克等作，任國楨譯）、《出了象牙之塔》（廚川白村作，魯迅譯）、《往星中》（安特列夫作，李霽野譯）、《窮人》（陀斯妥夫斯基作，韋叢蕪譯）、《外套》（果戈里作，韋素園譯）、《十二個》（勃洛克作，胡斆譯）、《小約翰》（望藹覃作，魯迅譯）等──以上為《未名叢刊》的廣告。在這些書籍廣告中，同時在《莽原》（按：本文所說的《莽原》為魯迅時期的《莽原》，下同）上刊登廣告的有：《心的探險》、《飄渺的夢》、《魯迅第二小說集〈彷徨〉》、《出了象牙之塔》、《窮人》、《未名叢刊〈外套〉快出版了》、《十二個》。下面，我們就來逐則考證《莽原》上刊登的這7則廣告是否也為魯迅親擬。

出了象牙之塔

這是廚川白村泛論文學，藝術，思想，批評社會，文明的論文集。著者說：「我是也以斯提芬生將自己的文集題作『貽少男少女』一樣的心情，將這小著問世的。」

現經魯迅譯出，陶元慶畫面，全書約二百六十面，插畫五幅。實價七角。＊外埠直接購買者郵費不加，但不能以郵票代價。

總發行處：北京東城沙灘新開五號

未名社刊物經售處

售書時間：每日下午一點半至六點鐘。

　　該廣告刊登於半月刊第1—13、15、16期，第10—13期無＊後的內容。第15、16期改為：「日本廚川白村作關於文藝的論文及演說十二篇，是一部極能啟發青年的神智的書。魯迅譯。插圖四幅，又作者照像一幅。陶元慶畫封面。」第15、16期刊登的內容為魯迅親擬應當沒有異議，因為它與《印行書籍》中的內容完全一樣。現在需要說明的是第15期以前刊登的廣告內容是否為魯迅親擬。首先，《出了象牙之塔》是魯迅自己翻譯的書籍；其次，該廣告刊登在魯迅自己主編的《莽原》上。同為魯迅自己翻譯的《出了象牙之塔》的廣告，既然刊於臺靜農編的《關於魯迅及其著作》上的廣告為魯迅親擬，若說刊於魯迅自己主編的《莽原》上的廣告反而不為魯迅親擬實在說不過去——更進一步的論證參見後面。

窮人（發售預約）

　　這是陀思妥夫斯基的第一部，也是使他即刻成為大家的長篇小說；（小說家）格里戈洛維其和詩人涅克拉索夫為之狂喜，批評家培林斯基曾給他公正的褒辭。

　　韋叢蕪譯，魯迅和Seltzer序，封面刊有作者的像，首頁刊有作者的銅版肖像。

　　實價六角五分，不日出書，在出版前預約者，照價八折（六月底止）。僅限在本社。

　　該廣告刊登於半月刊第11-16期。第12期起標題改為《窮人出版了》，第13期起標題改為《窮人》，內容從第12期起也有所改動：正文部分括弧內為新增內容，第14期末尾增加「（北京書局代印）」。第15期起改為：「俄國陀思妥夫斯基作，韋叢蕪譯。這

是作者第一部，也是使他即刻成為大家的書簡體小說，人生的困苦和悅樂，崇高和卑下，以及留戀和決絕，都從一個少女和老人的通信中寫出。譯者對比了數種譯本，並由韋素園用原文校定，這才印行，其正確可想。魯迅序。前有作者畫像一幅，並用其手書及法人跋樂頓畫像作封面。」第15、16期刊登的內容為魯迅親擬同樣沒有異議，因為它也與《印行書籍》中的內容完全一樣。現在同樣需要說明的是第15期以前刊登的廣告內容是否為魯迅親擬。首先，該廣告同樣刊登在魯迅主編的《莽原》上；其次，《窮人》雖不為魯迅自己翻譯，卻為魯迅「所校訂」[2]。同樣道理，既然刊於臺靜農編的《關於魯迅及其著作》上的廣告為魯迅親擬，刊於魯迅自己主編的《莽原》上的廣告應當也為魯迅親擬。

未名叢刊外套快出版了

這是果戈理的短篇代表作品，也是他的一篇極有名的諷刺小說，詼諧中藏有隱痛，冷語裏仍見同情，凡留心世界文學的都知道。陀思妥夫斯基說一切俄國的小說，都發源於果戈理的故事《外套》，其在本國影響，可想而知。現經韋素園由原文譯出。司徒喬畫封面。首有關於作者的詳細論述及肖像。定價二角五分。

該廣告刊登於半月刊第16-21期，第17期標題改為《未名叢刊外套一周內出版》、第18期起標題改為《未名叢刊外套出版了》，定價改為「三角」。比較一下《印行書籍》中的內容便可知道，該廣

---

[2] 魯迅：《三閒集‧魯迅著譯書目》，《魯迅全集》第4卷，人民文學出版社，2005年，第186頁。

告確為魯迅親擬：「俄國果戈理作，韋素園譯。這是一篇極有名的諷刺小說，然而詼諧中藏著隱痛，冷語裏仍見同情，凡留心世界文學的都知道。別國譯本每有刪略，今從原文譯出，最為完全。首有關於作者的詳細論述及肖像。司徒喬畫封面。」並且，從兩處的廣告內容不完全一致可以推斷，魯迅在為書籍撰寫廣告詞時，他會不斷修改。由此可以進一步斷定，刊登於《莽原》半月刊第15期前後的《出了象牙之塔》和《窮人》，儘管具體內容有所不同，卻同樣為魯迅親擬。

十二個

> 俄國勃洛克作長詩[，胡斆譯]。作者原是有名的都會詩人，這一篇寫革命時代的變化和動搖[，]尤稱一生傑作。譯自原文，又屢經校定，和重譯的頗的（有）不同，前為托羅茲基的[《]勃洛克[》]論一篇，（；）魯迅作後記，加以釋解。又有縮印的俄國插圖名家瑪修庚木刻圖畫四幅；卷頭有作者的畫像。

該廣告刊登於《莽原》半月刊第17期，該廣告為魯迅親擬應當沒有異議，因為它與《印行書籍》中的內容差別極小：[ ]為刊於《印行書籍》時增加的內容，（ ）為不同的地方。從這些不同處可以看出，「胡斆譯」這3個字是增加的，其他不同很大可能屬排版錯誤。比較一下《外套》的廣告便可看出，刊登於兩處的《十二個》的廣告差別極小，其原因為：魯迅已於8月26日離開北京前往廈門，想改動都已不可能。由此可以進一步斷定，刊登於《莽原》半月刊第15期前後的《出了象牙之塔》和《窮人》，儘管具體內容有所不同，卻同樣為魯迅親擬。

魯迅第二小說集彷徨

　　魯迅第一小說集——吶喊出版後，不但國內文藝界公認為不朽的傑作，即法國現代文學家羅曼羅蘭見了敬隱漁君的阿Q正傳的法譯本，也非常的稱讚，說這是充滿諷刺的一種寫實的藝術，阿Q的苦臉永遠的留在記憶[中]。

　　現在魯迅先生又將——吶喊後的小說——已發表的和未發表的，計十一篇，合成這[一]集彷徨。有人說，彷徨所收各篇依然是充滿著諷刺的色彩，但作風有些兒改變了。究竟是不是呢？請讀者自己去判斷吧。現已付印，實價八角，預約六角。

　　該廣告刊登於《莽原》半月刊第15、19期。第19期標題改為《彷徨》，正文中的最後一句話移至全文開頭並改為：「魯迅著定價八角」，[ ]內的文字為第19期所加。其內容與《印行書籍》中的廣告內容差別較大：「魯迅的短篇小說集第二本。從一九二四至二五年的作品都在內，計十一篇。陶元慶畫封面。」刊登於《莽原》半月刊的該廣告應為魯迅親擬，除了與《出了象牙之塔》相同的原因外，還可從下面這段話中找到證據：「得到較整齊的材料，則還是做短篇小說，只因為成了遊勇，布不成陣了，所以技術雖然比先前好一些，思路也似乎較無拘束，而戰鬥的意氣卻冷得不少。」[3]兩相比較不難看出，它們對《彷徨》的評價意思基本相同。在筆者看來，

---

[3] 魯迅：《南腔北調集·〈自選集〉自序》，《魯迅全集》第4卷，人民文學出版社，2005年，第469頁。

第19期上的改動應該也是魯迅的意思，因第15期出版半個月後魯迅才離開北京，他完全有時間對廣告中不滿意的地方進行修改。

心 的 探 險

　　高長虹著實價六角特價四角半

　　長虹的作品，文字是短峭的，含義是精刻的，精神是對於現社會的反抗。此集為魯迅所選定。都是作者的代表作品，其特色尤為顯著。現已出版，特價至六月底止。

　　該廣告刊登於《莽原》半月刊第13期（7月10日），其內容與《印行書籍》中的廣告內容差別較大：「長虹的散文及詩集。將他的以虛無為實有，而又反抗這實有的精悍苦痛的戰叫，儘量地吐露著。魯迅選並畫封面。」但仍可斷定該廣告為魯迅親擬。首先，該廣告同樣刊登在魯迅主編的《莽原》上；其次，《心的探險》雖不是魯迅自己的作品集，卻為魯迅「所選定，校字者」[4]；其三，既然刊於臺靜農編的《關於魯迅及其著作》上的廣告為魯迅親擬，應當能夠斷定刊於魯迅自己主編的《莽原》上的廣告也為魯迅親擬；其四，《出了象牙之塔》和《窮人》這兩則的廣告內容已經告訴我們，魯迅在為書籍撰寫廣告詞時，常會寫上不同內容，由此可以斷定，我們不能因為刊登於兩處的《心的探險》廣告內容有所不同便斷定它們不是魯迅親擬。並且，據《魯迅日記》，高長虹1926年4月16日離京南下開展狂飆運動後，魯迅只收到高長虹兩信：6月14日，「得長虹稿，八日杭州發」──高長虹發信時《心的探險》尚未出

---

[4] 魯迅：《三閒集·魯迅著譯書目》，《魯迅全集》第4卷，人民文學出版社，2005年，第185頁。

版；7月14日，「晚得長虹信並稿，十一日杭州發」——此時《心的
探險》的廣告已在7月10日出版的《莽原》半月刊上登出。從時間表
也可看出，該廣告不可能為高長虹親擬。

飄渺的夢

向培良著實價五角特價四角

這部短篇小說集，為魯迅所選定，都是作者精心經營之
作，傾吐出隱藏在人心深處的精微的悲哀，尤其是青年男女，
最易引起讀者的共鳴，現已出版，特價至六月底止。

該廣告刊登於《莽原》半月刊第13期（7月10日），其內容與
《印行書籍》中的廣告內容差別較大：「向培良的短篇小說集，魯
迅選定，從最初至現在的作品中僅留十四篇。革新與念舊，直前與
回顧；他自引明波樂夫的話道：矛盾，矛盾，矛盾，這是我們的生
活，也就是我們的真理。司徒喬畫封面。」但仍可斷定該廣告為魯
迅親擬，理由與《心的探險》的廣告相同。

為了證明《心的探險》和《飄渺的夢》這兩則廣告確為魯迅親
擬，筆者還提供一些旁證。1926年4月10日，魯迅寫下了這樣一段文
字：「因為或一種原因，我開手編校那歷來積壓在我這裏的青年作者
的文稿了；我要全都給一個清理。我照作品的年月看下去，這些不肯
塗脂抹粉的青年們的魂靈便依次屹立在我眼前。他們是綽約的，是純
真的，——阿，然而他們苦惱了，呻吟了，憤怒了，而且終於粗暴了，
我的可愛的青年們！」[5]從時間和內容可以推斷，此處的青年作者的

---

[5] 魯迅：《野草・一覺》，《魯迅全集》第2卷，人民文學出版社，2005年，第228頁。

「文稿」當指作為《烏合叢書》後三種的《故鄉》（許欽文著，魯迅於5月2日得到該書）、《心的探險》（高長虹著，魯迅於6月13日得到該書）、《飄渺的夢及其他》（向培良，魯迅於6月23日收到該書）。「退稿事件」發生後，魯迅在給許廣平的信中如此說：「我這幾年來，常想給別人出一點力，所以在北京時，拚命地做，不吃飯，不睡覺，吃了藥校對，作文。誰料結出來的，都是苦果子。」[6]這基本道出了《莽原》時期魯迅在北京時的真實情況：據李霽野回憶，為了校高長虹的稿子，魯迅甚至吐了血[7]。在這種情況下，這些青年作者的「文稿」出版後，魯迅為其親擬廣告便是很自然的事情。並且，魯迅雖為莽原社盟主，但實在是「兩姑之間難為婦」[8]——他必須很小心地處理莽原社內部事情才行。在《烏合叢書》和《未名叢刊》中的其他廣告都由魯迅親擬的情況下，若《心的探險》和《飄渺的夢》由作者自己擬定反而有違常理，並可能引起誤會：因高長虹在莽原社中「奔走最力」[9]，且沒有固定的生活來源，魯迅每月給高長虹10元、8元錢，韋素園、李霽野等1925年5月便一度不給《莽原》來稿。再說，《心的探險》和《飄渺的夢及其他》為魯迅「所選定，校字者」，魯迅對其內容非常熟悉，要在自己編輯的刊物上為其作廣告，如此短的廣告也用不著高長虹、向培良專門來寫。

[6] 魯迅：《書信（1904-1926）・261028致許廣平》，《魯迅全集》第11卷，人民文學出版社，2005年，第589頁。

[7] 李霽野在《魯迅先生的愛與憎》（1949年10月）、《魯迅先生和青年》（1956年3月）等文章中都說到魯迅深夜為高長虹校稿而吐血的事。

[8] 景宋：《景宋十月三十日》，《魯迅景宋通信集》，湖南人民出版社，1984年，第191頁。

[9] 魯迅：《且介亭雜文二集・〈中國新文學大系〉小說二集序》，《魯迅全集》第6卷，人民文學出版社，2005年，第258頁。

　　拙作在寫作一、二稿時曾擬定這樣一條原則：「只要同時符合下列兩個條件並除去不是魯迅所擬的《莽原》廣告便能斷定為魯迅佚文：一、魯迅編輯期間的廣告，2、莽原社及其成員的廣告。」在《莽原》週刊和半月刊上刊登的眾多廣告中，符合這兩個條件的廣告有19則，其中便包括上面已經考證為魯迅佚文的《出了象牙之塔》、《魯迅第二小說集〈彷徨〉》、《窮人》、《未名叢刊〈外套〉快出版了》、《飄渺的夢》、《心的探險》。由於《十二個》刊登於第17期，此時的魯迅已離開北京前往廈門，筆者儘管根據文章風格懷疑它為魯迅親擬，但由於不符合所列的兩個條件，所以只在注釋中加以說明——未包含在筆者所列的19則廣告中。現在結合《印行書籍》可以知道，該廣告確為魯迅親擬：魯迅離京後，主持半月刊的韋素園將其刊登於第17期時只增加了「胡斅譯」三字。由此說明，筆者所擬定的原則至少符合已考證為魯迅佚文的這些廣告。現在，筆者繼續考證這一原則是否符合剩下的13則廣告。《莽原》週刊上符合這兩個條件的廣告有：《許欽文〈短篇小說三篇〉出版了》（第1-10期）、《莽原週刊》（第1-32期）、《精神與愛的女神》（第2-10期）、《莽原社啟事》（第2-10期）、《〈深誓〉出版了》（第17、20期）、《〈閃光〉出版廣告》（第23、26期）、《狂飆社的兩種新出版物》（第24、25期）；《莽原》半月刊上符合這兩個條件的廣告有[10]：《本刊啟事》（第1期）、《本

---

[10] 由於《魯迅全集補遺》（劉運峰，天津人民出版社，2006年）已收錄了符合筆者所列兩個條件的兩則廣告：《李霽野譯〈往星中〉廣告》、《〈墳〉出版預告》，所以筆者未再對其進行考證。現根據《印行書籍》可以知道，《李霽野譯〈往星中〉廣告》確為魯迅親擬，而《〈墳〉出版預告》是為自己的作品集打廣告，為魯迅親擬應該沒有異議。

刊（重要）代售處》（第3-6、9、10期）、《〈華蓋集〉出版了》
（第11期）、《情書一束》（第11期）、《關於〈魯迅及其著作〉
快出版了》（第13-16期）、《小說舊聞抄》（第16期）。在這些
廣告中，《〈華蓋集〉出版了》[11]、《小說舊聞抄》[12]為魯迅自己著
作的廣告，且刊登在自己主編的《莽原》上，正如前面所論證的一
樣，其為魯迅親擬應當沒有異議。如此一來，便還剩下11則廣告需
要考證。

先來看看《莽原》週刊上的7則廣告。首先考證《許欽文〈短篇
小說三篇〉出版了》是否為魯迅親擬。該廣告（實為書訊）內容為：

> 許欽文《短篇小說三篇》出版了。定價二角。代售處：各大書
> 坊。外埠函購，可向北京宣外南半截胡同四號許欽文接洽。

先來說說許欽文與魯迅之間非同一般的關係。許欽文是魯迅的
老鄉、許羨蘇的哥哥，1920年冬就開始在北京大學旁聽魯迅的課。
在魯迅1924年2月18日完稿的《幸福的家庭》中，不但標題下有副
標題「擬許欽文」，並且篇末有《附記》：「我於去年在《晨報副
刊》上看見許欽文君的《理想的伴侶》的時候⋯⋯」[13]該小說發表

---

[11] 具體內容為：「這是魯迅先生的雜感第二集。他在自序中說，因為這是他轉輾而生
活於風沙中的瘢痕，所以很愛惜他們，收集刊印。每集實價六角。」
[12] 具體內容為：「魯迅先生編著中國小說史略時，凡遇珍奇材料，均隨手擇要摘錄，
書成，積稿至十餘巨冊，今將明清兩代關於小說之舊聞遺事，選取精要者纂集成
冊，取材審慎，考證精密，凡讀過先生所著小說史者，不可不讀此書，實價四
角。」
[13] 魯迅：《彷徨‧幸福的家庭》，《魯迅全集》第2卷，人民文學出版社，2005年，
第42頁。

後，社會上便起了一種「廣告」論，說魯迅的那個標題是為許欽文作廣告。[14]魯迅主觀上是否在為许欽文作廣告，我們不敢妄加推測，但客觀上確有這樣的效果。1925年9月，為了讓魯迅早在1924年初就已編好的许欽文的《故鄉》能夠出版，「魯迅先生應得的《吶喊》版稅暫不領用，叫北新書局用這筆錢印我的《故鄉》」[15]。要知道，此時的魯迅因買房不久而負債累累[16]，可見他們的關係非同一般。由此可以斷定，在许欽文的《故鄉》及莽原社其他成員集子的廣告由魯迅親擬的情況下，刊登在魯迅編輯的《莽原》上的該則廣告應為魯迅所擬——如此短的廣告提筆即可完成，也用不著许欽文專門來寫。

其次考證與高長虹有關的3則廣告：《精神與愛的女神》、《〈閃光〉出版廣告》、《狂飆社的兩種新出版物》。前兩則廣告是高長虹的詩集《閃光》、《精神與愛的女神》的廣告，後一則廣告中的「兩種新出版物」中有一種是他的《閃光》。由於筆者看的《莽原》影印本上的《〈閃光〉出版廣告》的內容部分僅能看見「長虹作」這三個字，所以暫時無法判斷其作者。先來看另外兩則廣告。

[14] 许欽文：《來今雨軒》，《〈魯迅日記〉中的我》，浙江人民出版社，1979年，第36頁。

[15] 许欽文：《〈魯迅日記〉中的我》，《〈魯迅日記〉中的我》，浙江人民出版社，1979年，第5頁。

[16] 魯迅從八道灣搬出後，為了購買（耗資800元）並修理（耗資1020元）阜成門內大街宮門口內二條19號的房子，不得不向许壽裳、齊壽山各借400元錢，當時北洋政府面臨財政危機，政府官員常被欠薪，有時候一個月只能領到幾個月前的一半甚至三分之一的薪水，所以直到魯迅離京前，《魯迅日記》中尚有這樣的記載：1926年7月28日：「下午訪兼士，收廈門大學薪水四百，旅費百。往公園，還壽山泉百」；8月7日，「季市來，還以泉百」。

狂飆社的兩種新出版物

一，《閃光》。長出作的短詩，一百四十五首，已版，價洋五分（根據意思，該句話當為：長虹作的短詩，一百四十五首，已出版，價洋五分）。

二，狂飆不定期刊：第一期已付印。內容：批評與創作。宗旨：力的說教。本期撰創者為尚鉞，燕生，培良，成均，雨農，高歌，欲擒，長虹。

《閃光》廣告的作者暫時仍不能斷定，但可以斷定《狂飆》不定期刊廣告的作者不是魯迅——對「說教」很反感的魯迅，不會用「力的說教」來評價一份刊物。

精神與愛的女神

這本詩集的內容，在歌頌理想的愛——兩性共同的創造——以暗示新的人生全部的意義。愛的女神，不含神秘的意味，乃象徵一切具有優美的靈性而為現實所汩沒的女性。精神亦不過代表覺悟到某種程度的形式而已。詩用舊體，故對於以白話為新文學之全體的人們，殊無一看之必要。但其中反抗的精神，則殊強烈。故於不安於社會的壓迫與人生的煩悶的青年，則此書或能與君以或種之刺激也。

可以肯定的是，該廣告的作者只可能是兩人中的一人：要麼是書籍作者高長虹，要麼是刊物編輯魯迅。筆者如此肯定的原因在於，高長虹此時的朋友中，沒有其他人能寫出這樣的廣告。高長虹

於1924年9月末到北京後，將從太原帶來的《狂飆》月刊「送出十幾份」，其中一份給了郁達夫[17]，交往的結果卻是「僅一次往來，遂成路人」[18]──此時為1924年11月下旬。儘管高長虹托孫伏園送了一份《狂飆》月刊給周作人，但周作人看後「沒有說什麼」[19]。用高長虹自己的話來說，孫伏園好擺「臭架子」[20]，更不可能為高長虹的詩集撰寫廣告詞。再來看看高長虹為他同類詩集《獻給自然的女兒》寫的廣告就可斷定該廣告不是高長虹寫的：「戀愛詩十一首。大半是沒有發表過的。第一首長約五千言，是作者一篇代表的作品，寫宇宙，人生，科學，藝術，民眾思想的聯合。生命是世界的花，戀愛是生命的花，藝術是戀愛的花，詩歌是藝術的花，《獻給自然的女兒》是一切花中的花」[21]；「這便是所謂『健康的詩歌』。在藝術與人生上，都達到極致。第一首是在海上寫的；正是中國最混亂的時候，吟邊韻外，頗多所觸發，這又是所謂『音樂的批評』」[22]……通觀高長虹為自己書籍寫的廣告，可以看出其特點為有些誇大其詞且以敘述為主，《精神與愛的女神》卻很謙虛且是對內涵的高度概括，所以可以斷定該廣告不是高長虹寫的。為了證明該廣告確為魯迅親擬，除第2部分將詳細談到此時高長虹與魯迅的友好關係外，此

---

[17] 高長虹：《致籍雨農》，《高長虹全集》第3卷，中央編譯出版社，2010年，第26頁。

[18] 高長虹：《走到出版界‧給魯迅先生》，《高長虹全集》第2卷，中央編譯出版社，2010年，第159頁。

[19] 高長虹：《走到出版界‧1925，北京出版界形勢指掌圖》，《高長虹全集》第2卷，中央編譯出版社，2010年，第193頁。

[20] 高長虹：《走到出版界‧1925，北京出版界形勢指掌圖》，《高長虹全集》第2卷，中央編譯出版社，2010年，第203頁。

[21] 高長虹：《長虹的著作十種兩種已出餘續出》，《高長虹全集》第3卷，中央編譯出版社，2010年，第197-198頁。

[22] 高長虹：《本刊編者的著作》，《高長虹全集》第3卷，中央編譯出版社，2010年，第250頁。

處還羅列一下《精神與愛的女神》出版後《魯迅日記》中的相關記
載:3月9日,「閻宗臨、長虹來並贈《精神與愛的女神》二本,贈以
《苦征》各一本」;3月12日,「以《山野掇拾》及《精神與愛之女
神》各一本贈季市」;3月20日,「長虹來並贈《精神與愛的女神》
十本」;3月22日,「上午詩荃、詩荀來,贈以《苦悶的象徵》、
《精神與愛的女神》各一本」;4月6日,「下午欽文來,贈以《精神
與愛之女神》一本」。從這些記載可以看出,魯迅對《精神與愛的女
神》是非常喜歡的。既如此,為其廣而告之也在情理之中。

再來看《〈深誓〉出版了》、《情書一束》。《深誓》和《情
書一束》都屬章衣萍的作品集,由於筆者所看的《莽原》影印本上
《〈深誓〉出版了》的內容部分只有「這是衣萍先生的一本詩集,是
曙天女士替他編的。這詩集裏」這些文字,暫時無法對其進行判斷,
故只能對《情書一束》的廣告作者進行推斷。該廣告的內容部分為:

> 本書共八萬字,計二百六十餘頁,分上下兩卷。上卷為《松蘿
> 山下》、《從你走後》、《阿蓮》、《桃色的衣裳》四篇。共
> 含情書約二十餘封。有的寫同性戀愛的悲慘,有的寫三角戀愛
> 之糾纏,有的寫離別後的相思,怨哀惋轉,可泣可歌。下卷為
> 《紅跡》、《愛麗》、《你教我怎麼辦呢》、《第一個戀人》
> 四篇。《紅跡》為少女的日記體裁,寫戀愛心理,分析入微。
> 內附插圖兩幅。封面為曙天女士所繪,用有色版精印。

如此囉嗦、煽情的廣告不可能出自魯迅之手,如此一來,便只
可能出自章衣萍或吳曙天之手了。依此類推,《〈深誓〉出版了》
也不應當為魯迅所寫。

最後來看《〈關於魯迅及其著作〉快出版了》。關於該廣告，標題和內容都有變化，第14期的標題改為《〈關於魯迅及其著作〉一周內就出版了》，第15、16期改為《〈關於魯迅及其著作〉出版了》。第13、14期的內容部分為：

> 這是臺靜農收集近年來一般人士對於魯迅先生及其著作的觀察和批評而成的一本書。內插有魯迅少年和中年的肖像，並有陶元慶最近給他繪的畫像。末附有魯迅的撰譯表。

第15、16期的內容部分為：

> 這是臺靜農先生收集近年來一般人士對於魯迅先生及其著作的觀察，感想和批評而成的一本書。內插有魯迅少年和中年的肖像，並有陶元慶最近給他繪的畫像，還有林語堂先生繪的《打叭兒狗圖》一幅。末附有景宋女士擬的魯迅撰譯表。全書約百四十面，內有文章十四篇。

根據魯迅自己的著譯和他編印的《烏合叢書》、《未名叢刊》中的廣告都由他自己擬寫可以斷定，該廣告應為魯迅親擬。

在符合條件的廣告中，還剩下《莽原週刊》、《莽原社啟事》、《本刊啟事》、《本刊（重要）代售處》4則。由於這期間的《莽原》由魯迅編輯，按道理都應該是魯迅佚文，但筆者能肯定的只有《莽原週刊》這一則：「魯迅先生主撰，注重文藝思想等問題，每星期五隨京報發行」，因該廣告實際上是《〈莽原〉出版預告》（已收入《全集》）的精華版：「聞其內容大概是思想及文藝之類，文字則

或撰述，或翻譯，或稗販，或竊取，來日之事，無從須知。但總期率性而言，憑心立論，忠於現世，望彼將來云。」[23]再看看《京報》的其他9種週刊廣告便可知道，此廣告不愧為魯迅所擬：言簡而意賅！

　　儘管筆者不敢擅作主張將剩下的3則廣告視作魯迅佚文，但它們的作用不可小覷。《莽原社啟事》全文為：「本刊總發行處：北京東城翠花胡同北新書局。凡有代派或零賣事宜，概與該書局接洽，但投稿或其他信件，仍寄錦什坊街九十六號本刊通信處」；《本刊啟事》全文為：「本刊由未名社刊物經售處負責發行，以前的莽原週刊發行訂閱手續概歸北新書局清理」；《本刊重要代售處》全文為：「北京：各大學號房、翠花胡同北新書局、景山東大街景山書店、東安市場（佩文齋、新華書社）、勸業場（東亞書局、四友書社、會友書社）、琉璃廠萃文商行、宮內頭髮胡同文古齋，上海：光華書局、出版合作社，南京：啟明書局，蕪湖：科學圖書館，長沙：長沙商店，開封：國民書社，太原：晉華書社，寧波：寧波書店」[24]。這些廣告包含著豐富資訊：不但能從中知道《莽原》的發行處、通信處、代售處這些基本資訊，還能從代售處越來越多知道《莽原》的影響越來越大——在談到《莽原》的影響範圍時，《本刊（重要）代售處》羅列的地址無疑是最直接並最有說服力的證據。如對相關情況有所瞭解，那麼它們所能提供的資訊遠比上面豐

---

[23] 魯迅：《集外集拾遺補編·〈莽原〉出版預告》，《魯迅全集》第8卷，人民文學出版社，2005年，第472頁。

[24] 第4期增加了武昌的「時中書社」、上海增加了「民智書局」；第9期北京的東安市場增加了「福華書社」、上海增加了「創造社出版部」、武昌增加了「共進書社」、開封增加了「兩河書社」，並在天津增加了「英華書局」，廣州增加了「廣大消費社」、「創造社出版部分部」，成都增加了「華陽書報流通處」，重慶增加了「唯一書局」，貴陽增加了「振亞書局」，標題也從第5期起改為《本刊代售處》。

富。晉華書社是太原社會主義青年團成員王振翼、賀昌等人1921
年8月在太原創辦的,高長虹在太原期間,經常在此買書並成為創
辦人之一的張稼夫的好朋友[25],由此可推斷,該書社一開始便能成
為《莽原》代售處應當是高長虹牽線搭橋。「退稿事件」發生後,
高長虹曾如此說:「實則我一月雖拿十元八元錢,然不是我親自
去代售處北新書局討要,便是催迫有麟去討要」[26],證之以《莽原
社啟事》可以看出,高長虹的話是真實的。景山書店是韋素園、馮
至等聽說與「月亮詩」有關的「流言」的地方:「魯迅在一九二六
年十二月二十九日寫給韋素園和一九二七年一月十一日寫給許廣平
的信中提到的高長虹的那首詩,是我們從認識高長虹的一個朋友那
裏聽來的,我們在景山東街的夜話裏談到此事,韋素園寫信告訴了
魯迅,魯迅因而在《故事新編》的《奔月》裏『和他開了一些小玩
笑』。」[27]《本刊啟事》則告訴我們,半月刊時期未名社成員已由週
刊時期的「第二集團軍」變成「第一集團軍」了——以高長虹為首
的狂飆社成員則與此相反,正如高長虹後來在給魯迅的信中所說:
「從半月刊的形跡之間,幾無處不顯示有入主出奴之分」[28]。

由此可知,筆者所擬定的原則至少適合「《莽原》廣告」且是
「魯迅時期」的《莽原》廣告這種情況。看了朱金順先生收入《新

---

[25]張稼夫:《我和「狂飆社」》,山西盂縣政協編:《高長虹研究文選》,北嶽文藝
　　出版社,1991年,第30頁。

[26]高長虹:《走到出版界‧1925,北京出版界形勢指掌圖》,《高長虹全集》第2卷,
　　中央編譯出版社,2010年,第202頁。

[27]馮至:《魯迅與沉鍾社》,趙家璧等:《編輯生涯憶魯迅》,河北教育出版社,
　　2000年,第250-251頁。

[28]高長虹:《走到出版界‧給魯迅先生》,《高長虹全集》第2卷,中央編譯出版社,
　　2010年,第160頁。

文學考據舉隅》中的《〈蕭伯納在上海〉廣告應為魯迅所作》、《魯
迅先生與「文藝連叢」》後，發現該原則同樣適合於「文藝連叢」的
廣告。退一步說，即使人們不認可這一原則，但該原則至少告訴人
們，我們應重視魯迅編輯的報刊上的廣告。

　　確實，筆者認為是魯迅佚文的這些廣告並沒有已經收入《魯迅
全集》的這4則廣告那樣有直接證據：《〈未名叢刊〉與〈烏合叢
書〉廣告》（題下署名「魯迅編」）、《〈苦悶的象徵〉廣告》（文
末有「魯迅告白」）、《〈未名叢刊〉是什麼，要怎樣？（一）》
（題下署名「魯迅」）、《〈未名叢刊〉與〈烏合叢書〉印行書籍》
（題下署名「魯迅編」）、《〈莽原〉出版預告》──魯迅認為《京
報副刊》（1925年4月20日）上的《莽原》廣告「誇大可笑」，「第
二天我就代擬了一個別的廣告，硬令登載」[29]。但是，如果非要有如
此明顯證據，已經收入《魯迅全集》中的多數廣告都應拿掉，因為
它們都沒有如此明顯的證據。因筆者對其他廣告沒有進行過專門考
證，也由於孤陋寡聞沒見過相關考證，所以此處只談自己有所瞭解
的廣告。收入第8卷的《〈未名叢刊〉是什麼，要怎樣？（二）》儘
管與《〈未名叢刊〉與〈烏合叢書〉廣告》、《〈未名叢刊〉是什
麼，要怎樣？（一）》的部分內容相同，但畢竟有多數部分不同，
該廣告刊登時並未署名「魯迅」，也沒其他證據證明，我們怎能擅
自確定不同部分為魯迅親擬呢？如果說《〈未名叢刊〉是什麼，要怎
樣？（二）》總還有一部分內容為魯迅親擬，所以應收進《魯迅全
集》，那麼《蕭伯納在上海》這一廣告就完全不應增收進2005年版
《魯迅全集》：因為該書由魯迅和瞿秋白合編──不像《莽原》一樣

---

[29] 魯迅：《書信（1904-1926）‧250422致許廣平》，《魯迅全集》第11卷，人民文學
出版社，2005年，第481頁。

由魯迅獨自編輯，由費慎祥獨自經營的野草書屋雖然得到了魯迅支持，但畢竟不像《莽原》一樣由魯迅親自編輯。如果《蕭伯納在上海》這一廣告都可以收入《魯迅全集》，筆者所列的12則廣告更應收進《魯迅全集》。

筆者這樣說，並不是說非得將這些廣告從《魯迅全集》中拿掉才行，而是說在確定何為魯迅佚文時應標準統一。已收入《魯迅全集》的《〈莽原〉出版預告》告訴我們，在魯迅親擬的廣告中，確實存在未署名的情況。魯迅在撰寫這些廣告詞時並不看重，所以刊登時未署名，而魯迅的文字已被人們稱為「吉光片羽」[30]，所以將這些廣告考證出來便是後人義不容辭的責任——如有明顯證據，也用不著考證了。在窮搜魯迅佚文多年之後，與魯迅有關的佚文可以說是越來越少，在這種情況下，如果注意一下魯迅編輯報刊上的廣告，應該有大量收穫。高長虹曾這樣評價《莽原》廣告：「普通的批評看去像廣告，這裏的廣告卻像是批評。」[31]在筆者看來，這實際上是對魯迅時期的《莽原》廣告的極其恰當的評價。董大中先生在評價魯迅擬的《〈莽原〉出版預告》時這樣說：「魯迅擬的廣告，既點明了主旨，又預示了特色，於謙和的介紹中透出一股教人不注意不行的魅力」[32]，朱金順先生認為「魯迅先生是擬定書籍廣告的高手」[33]，筆者要說的是：若要用最少文字對一本書的精髓進行概括的話，魯迅所擬的大部分書籍廣告無疑是最佳選擇。

---

[30]陳漱渝：《序》，劉運峰編：《魯迅佚文全集》，群言出版社，2001年。

[31]高長虹：《走到出版界·未名社的翻譯，廣告及其他》，《高長虹全集》第2卷，中央編譯出版社，2010年，第155頁。

[32]董大中：《魯迅與高長虹》，河北人民出版社，1999年，第68頁。

[33]朱金順：《〈蕭伯納在上海〉廣告應為魯迅所作》，《新文學考據舉隅》，中國文史出版社，1990年，第11頁。

順便說說佚文考證的方法。汪成法先生在《周作人「頑石」筆名考辨》中曾如此寫道：「這裏不想從文筆或者風格的角度來論證這些文章不屬於周作人，因為那是太過空靈難察的標準」[34]。董大中先生也曾在信中反覆告誡筆者：「查找高長虹早期佚文，風格不是第一標準，也不是第二標準，只能放在第三位、第四位」（2007年2月3日）；「不能把風格放在第一位。一個人即使已形成風格，個別篇也會有截然不同之處」（2007年2月7日）。在筆者看來，這些都是經驗之談。魯迅至少是中國現代作家中文章風格最突出的人之一了，仍不斷有人將高長虹、徐詩荃、徐懋庸、唐弢等人的文章誤以為是魯迅的。由此也可說明，考證佚文時風格只是必要條件，而不是充要條件，即：只有具備某人風格的文章才有可能是某人佚文，但是，具備了某人風格的文章不一定就是某人佚文。所以筆者在考證這些廣告為魯迅佚文時沒從風格角度進行考證。

二、廣告反映出的人際關係

看看所考證的19則（不包括刊登於第17期上的《十二個》）廣告刊登的期數便可知道，它們不是一樣的。這期數的多少猶如晴雨錶，很好地反映了相關書籍著／譯者與魯迅關係的親疏程度及其變化。除去與魯迅和莽原社有關的9則廣告，能夠反映人際關係變化的廣告有10則。屬於週刊時期的廣告有：《許欽文〈短篇小說三篇〉出版了》、《精神與愛的女神》、《〈深誓〉出版了》、《〈閃

---

[34] 汪成法：《周作人「頑石」筆名考辨》，《湖南人文科技學院學報》，2007年第1期。

光〉出版廣告》、《狂飆社的兩種新出版物》，屬於半月刊時期的廣告有：《窮人》、《情書一束》、《飄渺的夢》、《心的探險》、《未名叢刊〈外套〉快出版了》。

先來看週刊時期。很明顯，魯迅對許欽文、高長虹與對章衣萍的態度不一樣，對高長虹前後期的態度不一樣。許欽文的《短篇小說三篇》的廣告接連刊登了10期，高長虹的《精神與愛的女神》的廣告接連刊登了9期，章衣萍的《深誓》的廣告僅刊登兩期。《精神與愛的女神》的廣告儘管比《短篇小說三篇》的廣告少一期，前者卻比後者長得多，兩相抵消，至少可以說他們兩人此時在魯迅心目中地位相當。關於魯迅與許欽文之間非同一般的關係，前面已有論述，在此從略。現在來看看魯迅與高長虹之間的關係。高長虹1924年12月10日才初次拜訪魯迅：「夜風。長虹來並贈《狂飆》及《世界語週刊》。」[35]關於這次拜訪，高長虹曾如此寫道：「在一個大風的晚上我帶了幾份《狂飆》，初次去訪魯迅。這次魯迅的精神特別奮發，態度特別誠懇，言談特別坦率，雖思想不同，然使我想像到亞拉籍夫與綏惠略夫會面時情形之彷彿。我走時，魯迅謂我可常來談談，我問以每日何時在家而去。」[36]從高長虹所用的三個「特別」可以看出，魯迅此時對高長虹是多麼好。當然，這與魯迅「正在準備毀壞者」以打破「漆黑的染缸」[37]有關。所以在得知邵飄萍約請魯迅為《京報》編一副刊時，「第二天晚上，我們便聚集在魯迅

[35]魯迅：《日記（1912-1926）》，《魯迅全集》第15卷，人民文學出版社，2005年，第539頁。
[36]高長虹：《走到出版界·1925，北京出版界形勢指掌圖》，《高長虹全集》第2卷，中央編譯出版社，2010年，第195頁。
[37]魯迅：《書信（1904-1926）·250323致許廣平》，《魯迅全集》第11卷，人民文學出版社，2005年，第468頁。

先生家裏吃晚飯」[38]：1925年4月11日，「夜買酒並邀長虹、培良、有麟共飲，大醉」[39]。由此可以進一步證明，《精神與愛的女神》的廣告確為魯迅所擬。在參加「共飲」的人中，實際上還有《深誓》作者章衣萍，魯迅卻沒將他記入日記中。董大中先生的解釋是：「章在『共飲』之前，對於《莽原》沒有作過什麼事，是臨時加入的……有點像是臨時碰上也便拉進來一起吃酒……」[40]除此之外，還應當與章衣萍不是魯迅所要尋找的「毀壞者」有關：看看章衣萍在《莽原》上刊登廣告的書名——《深誓》、《情書一束》——便可知道。並且能夠進一步斷定，這兩本書的廣告確實不是魯迅寫的——魯迅對這類東西不感興趣。同為高長虹的廣告，《〈閃光〉出版廣告》、《狂飆社的兩種新出版物》都只分別登了兩期，這實際上反映出高長虹與魯迅的關係已由親變疏。高長虹晚年在回憶他與魯迅的交往時說：《閃光》的出版在他和魯迅的友誼中「造成了初次的裂痕」，《狂飆》不定期刊「在一九二五年冬間的出版，魯迅本說要寫篇小說，後來又說翻譯，但最後連譯稿都沒有。狂飆朋友都攻擊起魯迅來。我時常為魯迅辯護，從中勸解。」[41]由此可以進一步斷定，這兩則廣告同樣不應當是魯迅所擬。

---

[38] 荊有麟：《〈莽原〉時代》，孫伏園、許欽文等：《魯迅先生二三事——前期弟子憶魯迅》，河北教育出版社，2000年，第252頁。

[39] 魯迅：《日記（1912-1926）》，《魯迅全集》第15卷，人民文學出版社，2005年，第560頁。

[40] 董大中：《魯迅與高長虹》，河北人民出版社，1999年，第69頁。

[41] 高長虹：《一點回憶——關於魯迅和我》，《高長虹全集》第4卷，中央編譯出版社，2010年，第363頁。

　　再來看看半月刊時期。《情書一束》的廣告已結合《深誓》的廣告進行分析，半月刊從第17期起便不是魯迅編輯，所以《未名叢刊〈外套〉快出版了》（第16—21期）也應排除在外，如此一來便還剩下作為《烏合叢書》的廣告《飄渺的夢》、《心的探險》和作為《未名叢刊》的廣告《窮人》了。我們知道，《烏合叢書》和《未名叢刊》是由魯迅編印的兩套叢書，前者專收創作，後者專收翻譯。高魯衝突爆發後，魯迅在徹底清算高長虹的《新的世故》中如此說：「創作翻譯和批評，我沒有研究過等次，但我都給以相當的尊重。」[42]刊登廣告的期數卻告訴我們，它們之間是有「等次」的：《窮人》刊登了6期（第11—16期）、《飄渺的夢》、《心的探險》只刊登了1期（第13期）。筆者打算如此解釋這一現象：儘管魯迅理智上「創作翻譯和批評，我沒有研究過等次，但我都給以相當的尊重」，情感上此時卻偏向於未名社成員——已收入《魯迅全集補遺》中的《李霽野譯〈往星中〉廣告》甚至刊登了7期（第10—16期）。1925年11月，「《京報》要停止副刊以外的小幅了，便改為半月刊，由未名社出版」[43]。莽原改組時，「魯迅想改用《莽原》半月刊交給未名社印行並想叫我擔任編輯的時候，我贊成了出版方法，把編輯責任辭卻了」[44]，「雖經你解釋，然我終於不敢擔任，蓋不特無以應付外界，亦無以應付自己；不特無以應付素園諸君，亦

[42] 魯迅：《集外集拾遺補編・新的世故》，《魯迅全集》第8卷，人民文學出版社，2005年，第185頁。

[43] 魯迅：《且介亭雜文二集・〈中國新文學大系〉小說二集序》，《魯迅全集》第6卷，人民文學出版社，2005年，第258頁。

[44] 高長虹：《一點回憶——關於魯迅和我》，《高長虹全集》第4卷，中央編譯出版社，2010年，第364頁。

無以應付日夕過從之好友鍾吾。」[45]在這種情況下，魯迅情感上偏向未名社成員便是順理成章的事情。

現在再來看看《莽原》上刊登的其他廣告。此類廣告甚多，因篇幅關係僅擇其要者進行分析。在週刊和半月刊上都有不少語絲社、猛進社、創造社的廣告，卻沒有現代評論社的廣告，由此可知，魯迅把語絲社、猛進社、創造社當作莽原社盟友，卻把現代評論社排除在外。由此可以進一步知道，魯迅在《莽原》創辦以前不同意徐旭生將《語絲》、《現代評論》、《猛進》「集合起來，辦一個專講文學思想的月刊」[46]的建議的部分原因了：魯迅壓根兒就沒把現代評論社的人當作盟友。由此還可以進一步知道，儘管1921年8月29日魯迅在給周作人的信中說「我近來大看不起沫若田漢之流」[47]，並且1924年1月17日在北京師範大學附屬中學校友會演講時對「崇拜創作」的觀點提出了批評[48]，但莽原時期魯迅對創造社成員的態度已有所改變，所以便會有後來聯合創造社的打算。1926年11月7日，魯迅在給許廣平的信中如此寫道：「其實我也還有一點野心，也想到廣州後，對於研究系加以打擊，至多無非我不能到北京去，並不在意；第二是同創造社連絡，造一條戰線，更向舊社會進攻，

[45] 高長虹：《走到出版界·給魯迅先生》，《高長虹全集》第2卷，中央編譯出版社，2010年，第160頁。

[46] 魯迅：《華蓋集·通訊》，《魯迅全集》第3卷，人民文學出版社，2005年，第24頁。

[47] 魯迅：《書信（1904-1926）·210829致周作人》，《魯迅全集》第11卷，人民文學出版社，2005年，第413頁。

[48] 魯迅：《墳·未有天才之前》《魯迅全集》第1卷，人民文學出版社，2005年，第175頁。《全集》中有這樣的注釋：「這裏所說似因郭沫若的意見而引起的。郭沫若曾在1921年2月《民鐸》第二卷第五號發表的致李石岑函中說過：『我覺得國內人士只注重媒婆，而不注重處子；只注重翻譯，而不注重產生。』」

我再勉力做一點文章，也不在意。」[49]1927年11月9日，「鄭伯奇、蔣光慈、段可情來」[50]，「商談聯合作戰事宜」：「魯迅對創造社的倡議不僅欣然表示贊同，並且慨然提出，不必另辦刊物，可以把《創造週報》恢復起來，使之成為共同戰鬥的園地。於是，在1927年12月3日《時事新報》和1928年元旦初版發行的《創造月刊》第一卷第八期上，分別刊登了《〈創造週刊〉復活了》的預告和《創造週報》優待定戶的啟事。由魯迅、麥克昂（郭沫若的變名）、蔣光慈等領銜署名，公開宣告『不甘心任憑我們的文藝界長此消沉』，說『我們的文學革命已經告了一個段落，我們今天要根據新的理論，發揚新的精神，努力新的創作，建設新的批評。』」[51]

　　不但週刊上刊登了狂飆社的4則廣告，狂飆社的《弦上》週刊出版後，半月刊第5、6、11、12、14、15期上也有它的廣告。由此可知，莽原改組前後狂飆社成員自辦刊物，儘管魯迅情感的天平偏向了未名社成員，但是魯迅「依然關懷著狂飆社作家群」[52]。若把時間稍稍放寬一些看看第17期（9月10日）、第20期（10月25日）的半月刊（上面有狂飆社廣告）便會發現，不但魯迅對高長虹的惡毒攻擊會莫名其妙，就是未名社成員應該也沒想到他們將高歌的《剃刀》和向培良的《冬天》退回後會造成如此嚴重的後果：北京的向培良「憤怒而淒苦」[53]地給上海的高長虹寫信；高長虹接信後第二

[49] 魯迅：《書信（1904-1926）・《261107致許廣平》，《魯迅全集》第11卷，人民文學出版社，2005年，第606頁。

[50] 魯迅：《日記（1927-1936）》，《魯迅全集》第16卷，人民文學出版社，2005年，第46頁。

[51] 黃淳浩：《創造社：別求新聲於異邦》，社會科學文獻出版社，1995年，第106頁。

[52] 董大中：《魯迅與高長虹》，河北人民文學出版社，1999年，第131頁。

[53] 高長虹：《走到出版界・給魯迅先生》，《高長虹全集》第2卷，中央編譯出版

天（10月10日）便給魯迅和韋素園寫公開信並發表在上海《狂飆》
第2期（10月17日）上；正在魯迅對高長虹、韋素園等人都不滿的
時候，高長虹迫不及待地在《狂飆》週刊第5期（11月7日）上發表
《1925，北京出版界形勢指掌圖》對魯迅進行惡毒攻擊，致使「中
國現代文學史上的一樁公案」全面爆發。由此可知，高魯衝突爆發
實在是「冰凍三尺，非一日之寒」，「退稿事件」僅是「一根導火
線罷了」[54]。這便是「退稿事件」發生後，「縱觀高魯衝突中長虹
的文章，涉及壓稿事件的，只有公開信和一篇叫作《戲答》的打油
詩，其他文章中均一字未提」[55]的根本原因。

三、魯迅對刊物刊登廣告的看法

看看內容便可知道，《莽原》廣告嚴格限定在書刊、出版、社
團上，沒有一則其他方面的廣告，知道這一點，便可明白魯迅對刊物
刊登廣告的看法。關於這一點，抄錄一段魯迅的文字便能說明問題：

> 看廣告的種類，大概是就可以推見這刊物的性質的。例如「正
> 人君子」們所辦的《現代評論》上，就會有金城銀行的長期廣
> 告，南洋華僑學生所辦的《秋野》上，就能見「虎標良藥」的
> 招牌。雖是打著「革命文學」旗子的小報，只要有那上面的廣

社，2010年，第159頁。

[54] 廖久明：《高長虹與魯迅及許廣平（修訂本）》，東方出版社，2009年，第289頁。
[55] 言行：《一生落寞，一生輝煌——高長虹評傳》，百花文藝出版社，1996年，第
157頁。

告大半是花柳藥和飲食店，便知道作者和讀者，仍然和先前的專講妓女戲子的小報的人們同流，現在不過用男作家，女作家來替代了倡優，或捧或罵，算是在文壇上做工夫。[56]

在廣告無孔不入的今天，魯迅這段話對我們應該有一點啟示作用：刊物刊登廣告應注意其內容，不能見錢眼開，否則便是自砸招牌。這段話還提醒我們，根據廣告可以推知刊物的性質、它的作者群和讀者群等，這無疑為現在流行的報刊研究提供了一個新的視角。推而廣之，該段話蘊涵的道理同樣適合於各種媒體的廣告，如此一來，它的啟示作用便可以拓展到所有與廣告有關的對象，包括製作者、傳播者和接受者。

這篇文章已經不短了，在擱筆前卻還有點題外話要說。筆者寫這篇文章，完全屬意外之舉。由於「狂飆社作家群不僅參加了籌辦，而且絕對是它的基本隊伍，是它的主力」[57]，所以在寫作《一群被驚醒的人──狂飆社研究》時通讀了《莽原》週刊和半月刊（當然是影印本）。在通讀中發現，在人們窮搜魯迅佚文多年之後，竟然在魯迅主編的、著名而常見的《莽原》上發現這麼多魯迅佚文[58]！筆者

---

[56] 魯迅：《三閒集·我和〈語絲〉的始終》，《魯迅全集》第4卷，人民文學出版社，2005年，第175頁。

[57] 董大中：《魯迅與高長虹》，河北人民文學出版社，1999年，第85頁。

[58] 由於體例限制不能一起分析，《莽原》上實際還有下列文章屬魯迅佚文：週刊第4期的《豫報》廣告，半月刊上的廣告還有：葉遂寧畫像下的文字說明（第1期）、《請看北京唯一的報紙──〈國民新報〉》（第4、5期）、《十二個》（第17期）、《毛線襪》（第17期）、《羅蘭的真勇主義》（第7-8期合刊）和《巴什庚之死》（第17期）後的《譯者記》等。因《全集》第8卷收錄了週刊第12期上的

在驚訝之餘，覺得有必要公之於眾，於是寫了這樣一篇文章。由於魯迅一生辦了不少刊物，這一經歷提醒我，在魯迅主辦的其他刊物上，應該還能發現魯迅佚文。由於筆者的興趣是通過甄別後的史料來研究現代文學史和思想史，輯佚只是附帶工作：在研究過程中發現佚文便將它們收集起來並進行考證，或為了研究而收集資料並進行考證。筆者很遺憾不能像劉運峰先生一樣長期致力於魯迅佚文的輯錄工作，所以非常希望或有人繼續專門輯錄魯迅和他人的佚文，或在從事研究過程中附帶做一點輯佚工作，以使資料工作做得更完善一些！

《正誤》，《補遺》收錄的《正誤》更多，若以此為標準，《莽原》上的魯迅佚文還應包括：週刊第2、8、9、10、11、17、24期上的《正誤》，半月刊第2、5、6、10、11期上的《正誤》。在一些人看來，這樣的《正誤》毫無意義。不過，筆者看見這些《正誤》時，很自然地想到了「退稿事件」發生後魯迅寫的一段文字：「我這幾年來，常想給別人出一點力，所以在北京時，拚命地做，不吃飯，不睡覺，吃了藥校對，作文。誰料結出來的，都是苦果子。」（魯迅：《書信（1904-1926）‧261028致許廣平》，《魯迅全集》第11卷，人民文學出版社，2005年，第590頁）透過這些《正誤》，我彷彿能看見魯迅在煙霧繚繞中盡力睜大眼睛，一字一字校對的情景。

新酒裝在舊瓶裏

——從編排情況看《女神》的「地方色彩」

　　筆者在通讀2008年版《〈女神〉及佚詩》時首先對那麼多詩歌未收入《女神》感到疑惑，隨後對《女神》的編排方式感到驚訝：全書由三輯構成；第一輯由三部詩劇構成，第二輯由《鳳凰涅槃之什》、《泛神論者之什》、《太陽禮贊之什》三部分構成，第三輯由《愛神之什》、《春蠶之什》、《歸國吟》三部分構成；第二、三輯每部分都由十首詩歌構成——《歸國吟》目錄上雖然只有五首詩歌，由於《西湖紀遊》由六首詩組成，所以該部分實際上也有十首詩歌。這種編排方式讓筆者聯想到了郭沫若對中國古人數字觀念的評價：「古人數字的觀念以三為最多，三為最神秘（三光、三才、三綱、三寶、三元、三品、三官大帝、三身、三世、三位一體、三種神器等等）」[1]，並聯想到了魯迅對「十景病」的批判：「我們中國的許多人，——我在此特別鄭重聲明：並不包括四萬萬同胞全部！——大抵患有一種『十景病』，至少是『八景病』，沉重起來的時候大概在清朝。凡看一部縣誌，這一縣往往有十景或八景，如『遠村明月』『蕭寺清鍾』『古池好水』之類。而且，『十』字形的病菌，似乎已經侵入血管，流布全身，其勢力早不在『！』形驚歎亡

---

[1] 郭沫若：《中國古代社會研究·〈周易〉時代的社會生活》，《郭沫若全集》歷史編第1卷，人民出版社，1982年，第33頁。

國病菌之下了。點心有十樣錦，菜有十碗，音樂有十番，閻羅有十殿，藥有十全大補，猜拳有全福手福手全，連人的劣跡或罪狀，宣布起來也大抵是十條，彷彿犯了九條的時候總不肯歇手。」[2]難道被認為富有「時代精神」缺乏「地方色彩」的《女神》並不缺乏「地方色彩」[3]？也就是說，難道富有「時代精神」的詩歌是按照「地方色彩」編排成書的？換句話說，新酒難道裝在了舊瓶裏？如果事實確實如此，那麼，郭沫若到底是有心栽花還是無意插柳？對這些問題的回答不但能夠幫助我們正確評價《女神》，還能夠為作家作品研究提供一個新的角度，所以筆者不揣淺陋寫作了此文。

一、《女神》編排情況分析

《〈女神〉及佚詩》由初版本《女神》和《女神》時期佚詩兩部分構成，編者對「《女神》時期」有這樣的說明：「本書輯錄的佚詩，最早的創作於1915年，最晚的一篇寫於1924年。這一時間範圍涵蓋了郭沫若留學日本十年的詩歌的創作經歷。」[4]由於《女神》編定於1921年5月，所以本文在考察《女神》編排情況時僅考察在這之前創作的詩歌。《女神》時期佚詩共收錄詩歌95首，其中66首（31首曾發表）創作於1921年5月前，由此可知，郭沫若在編排《女

---

[2] 魯迅：《墳·再論雷峰塔的倒掉》，《魯迅全集》第1卷，人民文學出版社，2005年，第201頁。

[3] 此處的「時代精神」、「地方色彩」分別借用自聞一多的《女神之時代精神》（《創造週報》第4號）、《女神之地方色彩》（《創造週報》第5號）。

[4] 蔡震：《一個歷史的文本》，郭沫若：《〈女神〉及佚詩》，人民文學出版社，2008年，第296頁。

神》時，並不是簡單地將已經創作或者發表的詩歌收集起來結集出版，而是經過精心選擇。

如果再來具體考察一下《女神》第三輯的收錄情況便會發現，郭沫若在編排《女神》時甚至達到了削足適履的地步。第三輯由《愛神之什》、《春蠶之什》和《歸國吟》三部分構成，《愛神之什》收錄了兩首未發表的詩歌：《Venus》、《別離》，後一首還是舊體詩，《春蠶之什》收錄了三首未發表的詩歌：《晨興》、《春之胎動》、《日暮的婚筵》。一方面有31首已經發表的詩歌未收錄，另一方面卻收錄了五首未發表的詩歌，其中一首還是舊體詩，由此可以得出這樣的結論：郭沫若在編《愛神之什》和《春蠶之什》時，由於在已經發表的詩歌中找不到合適的詩歌，只好從未發表的詩歌中選擇，由於在未發表的詩歌中找不到足夠多的新詩，於是只好從舊體詩中選擇。

通過以上分析可以得出這樣的結論：《女神》由三輯構成，第一輯由三部詩劇構成，第二、三輯每輯由三部分構成，每部分由十首詩歌構成，這樣的編排方式是郭沫若有心栽花的結果。聯繫中國傳統文化對數字「三」和「十」的推崇可以知道，《女神》是按照「地方色彩」編排起來的，也就是說，新酒確實裝在了舊瓶裏。

二、《女神》編排與童年經驗

在筆者看來，郭沫若將充滿「時代精神」的詩歌按照「地方色彩」編排在一起的原因有兩個：一、心境的變化，二、童年經驗的影響。

　　從相關敘述可以知道，《女神》中的詩歌大多是在興奮狀態下創作出來的：「在民八、民九之交，那種發作時時來襲擊我。一來襲擊，我便和扶著乩筆的人一樣，寫起詩來。有時連寫也寫不贏」[5]；「民七民八之交，將近三四個月的期間差不多每天都有詩興來猛襲，我抓著也就把它們寫在紙上」[6]；「在一九一九與二〇年之交，我的詩興被煽發到了狂潮的地步」[7]。

　　考察一下編排《女神》時的情況便會發現，此時的郭沫若對自己、家庭、國家的情況都非常失望。就在郭沫若為學醫還是學文煩惱不堪的時候，成仿吾得到了泰東圖書局打算改組編輯部的消息，具體情況為：「李鳳亭任法學主任，李石岑任哲學主任，是已經約定了的。李鳳亭便推薦仿吾為文學主任[8]。」於是成仿吾決定馬上回國，並把即將到來的畢業實驗放棄了。郭沫若得知這一消息後，立即決定與成仿吾一同回國。就在郭沫若動身前一天──1921年3月31日，房東來告訴郭沫若，說他的房子要改造，限郭沫若一家在一周內搬出。想到自己走後妻兒要在一周內另尋巢穴，郭沫若的眼

---

[5] 郭沫若：《集外・我的作詩的經過》，《郭沫若全集》文學編第16卷，人民文學出版社，1989年，第217頁。

[6] 郭沫若：《沸羹集・序我的詩》，《郭沫若全集》文學編第19卷，人民文學出版社，1992年，第408頁。

[7] 郭沫若：《鼎進文藝的新潮》，王錦厚、伍加倫、肖斌如編：《郭沫若佚文集》下冊，四川大學出版社，1988年，第96頁。

[8] 據趙南公1921年2月13日日記可以知道該說法與事實不符：「四時，無為、風亭、靜廬、王靖等均來，適南屏、陳方來談，未得談編輯事。七時，始同至同興樓聚談：（一）編輯所組織暫定四五人，首重文學、哲學及經濟，漸推及法政及各種科學。文學、哲學由王靖擔任，另聘成仿吾兼任科學，因成君能通英、法、德、日各國文字也。經濟由鳳亭擔任。無為留日，作事須在半年後。靜廬專任印刷，並另撥一人副之。」（陳福康：《郭沫若〈創造十年〉雜考》，《郭沫若研究》第9輯，文化藝術出版社，1991年，第223-224頁）。

淚「和那晚的夜雨一樣，是淋漓地灑雪過的」。乘船回國途中，郭
沫若心情愉快，「感受著了『新生』的感覺，眼前的一切的物象都
好像在奏著生命的頌歌」。當船進入黃浦江口後，看見兩岸美麗的
景色，郭沫若「靠在船圍上呈著一種恍惚的狀態，很想跳進那愛人
的懷裏——黃浦江的江心裏去」。但是，「船愈朝前進，水愈見混
濁，天空愈見昏朦起來」。到了上海，郭沫若看見一個個長袖男、
短袖女「一個個帶著一個營養不良、棲棲遑遑的面孔，在街頭竄來
竄去」，為此，他的眼淚「在這時候率性又以不同的意義流出來
了」。

郭沫若與成仿吾來到泰東書局後，「從一些人的談話中，知
道了改組編輯部的事原來才是一場空話」，郭沫若為此認為成仿吾
「算是等於落進了一個騙局」。成仿吾在上海住了兩三個禮拜後，
看見泰東書局沒有容納兩人的位置，於是決定回長沙，把上海的事
情交給郭沫若。成仿吾離開上海後，感覺自己「好像飄流到孤島上
的魯濱孫」的郭沫若對自己的生活、工作都非常不滿意：與有諸多
惡習的頂頭上司王靖同住一室，「每當他在編輯所裏的時候，我便
用毛巾把頭包著，把兩隻耳朵遮蓋起來。別人問我是否頭痛，我也
就答應是頭痛」；「書局方面聽說我們要出純文藝刊物，便有意思
要我來主編，我已經替它改了一個名字叫著《新曉》。但是，王先
生卻仍然把持著不肯放手。我也就讓他去主持，我自己做自己的
事」。[9]在所做的事情中，便包括《女神》的編排。

從以上敘述可以看出，郭沫若編排《女神》時的心境是失望
的、落寞的，與創作詩歌時的興奮形成了強烈對比。我們知道，一

[9] 郭沫若：《學生時代·創造十年》，《郭沫若全集》文學編第12卷，人民文學出版
社，1992年，第86-97頁。

個人身處逆境時，精神常常會不自覺地回到故鄉、童年。這時，童年經驗便會有意無意地對作家的寫作造成影響：「童年經驗作為先在意向結構對創作產生多方面的影響。一般地說，作家面對生活時的感知方式、情感態度、想像能力、審美傾向和藝術追求等，在很大程度上都受制於他的先在意向結構。對作家而言，所謂先在意向結構，就是他創作前的意向性準備，也可理解為他寫作的心理定勢。根據心理學的研究，人的先在意向結構從兒童時期就開始建立。整個童年的經驗是其先在意向結構的奠基物。」[10]對此，郭沫若曾深有體會地如此寫道：「我自己這個經歷給我一個堅確的信念，一個人要想成為什麼，最當注意的是二十歲前的教育和學習。二十歲前所讀過的書和所接近過久的人可以影響你一輩子。」[11]

現在我們便來看看郭沫若的童年經驗。郭沫若曾在《沸羹集‧序我的詩》、《沸羹集‧如何研究詩歌與文藝》等文章中說到自己幼時所受的傳統教育：「幼時我自己所受的教育，完全是舊式的。讀的是四書、五經，雖然並不能全懂，然而也並不是全不懂。像《詩經》那種韻語，在五經中是最容易上口的。四書也並不怎麼深奧。這些古書的熟讀，它的唯一的好處，便是教人能接近一些古代的文藝。而我們當時，除四書、五經之外還要讀些副次的東西，便是唐詩、《千家詩》、《詩品》和古文之類。結果下來，在十歲以前我所受的教育只是關於詩歌和文藝上的準備教育。這種初步的教育似乎就有幾分把我定型化了。」[12]正因為郭沫若童年所受的教育

---

[10] 童慶炳：《作家的童年經驗及其對創作的影響》，《文學評論》，1993年第4期。

[11] 郭沫若：《沸羹集‧如何研究詩歌與文藝》，《郭沫若全集》文學編第19卷，人民文學出版社，1992年，第427頁。

[12] 郭沫若：《沸羹集‧如何研究詩歌與文藝》，《郭沫若全集》文學編第19卷，人民

「完全是舊式的」，所以他的「先在意向結構」不可避免地受到傳統文化影響。在他身處逆境精神回到故鄉、童年時，這一「先在意向結構」便不自覺地通過他當時正在做的事情表現出來，於是具有「時代精神」的一首首詩歌便這樣以「地方色彩」的方式編排在了一起，即新酒就這樣裝進了舊瓶。

三、應該重視「編排頁」的研究

就如何研究新文學版本，武漢大學的金宏宇教授曾很有見地地提出了「九頁」說：「研究新文學版本要看很多材料，比如說作家的傳記、日記、回憶錄、創作談、年譜、著作書目等。但最關鍵的是要關注版本實物。而版本實物不光是正文，還有其他因素。一個完整的版本應該有几種因素，即封面頁、書名頁、題辭或引言頁（它們多半在扉頁上）、序跋頁、正文頁、插圖頁、附錄頁、廣告頁、版權頁。我們可以稱之為『九頁』。『九頁』當然是一種直觀、簡括的說法。事實是只有封面頁、書名頁、版權頁各占一頁，其他的可能都不止一頁。新文學版本就由這『九頁』構成，而新文學版本的研究主要就是從不同視域中來看這『九頁』。」[13]不過在筆者看來，金教授的「九頁」說並未窮盡新文學版本的所有研究對象，還應在此基礎上增加一頁即「編排頁」。

文學出版社，1992年，第426-427頁。
[13] 金宏宇：《新文學版本之「九頁」》，《人文雜誌》，2006年第6期。

很明顯，「編排頁」是套用「九頁」的說法，它實際上是指整本書的編選和排列過程。目錄頁是「編排頁」的最終體現而非全部：通過目錄頁能夠知道編排結果卻不知道其過程。研究編排過程不但能夠瞭解編排者本人的知識背景、興趣愛好、水平高低等[14]，還能夠瞭解時代風尚、政治氣候、社會變遷等情況。在研究作品集時，如果只研究「九頁」而不研究「第十頁」即「編排頁」，很可能會造成遺憾。

現在結合聞一多的《女神之地方色彩》談談不研究「編排頁」造成的遺憾。聞一多在該文中如此評價《女神》：「我前面提到女神之薄於地方色彩底原因是在其作者所居的環境。但環境從來沒有對於藝術產品之性質負過完全責任，因為單是環境不能產生藝術。所以我想日本底環境固應對女神的內容負一份責任，但此外定還有別的關係。這個關係我疑心或就是女神之作者對於中國文化之隔膜。我們在前篇已看到女神怎樣富於近代精神。近代精神——即西方文化——不幸得很，是同我國的文化根本地背道而馳的；所以一個人醉心於前者定不能對於後者有十分的同情與瞭解。女神底作者，這樣看來，定不是對於我國文化直能瞭解，深表同情者。」[15]很明顯，批評《女神》中的詩歌「同我國的文化根本地背道而馳」是有道理的，因為《女神》中的詩歌確實使用了大量西方典故、西洋事物名詞、西洋文字等；批評《女神》作者「定不是對於我國

---

[14] 魯迅曾如此評價選本與選者的關係：「選本所顯示的，往往並非作者的特色，倒是選者的眼光。」（魯迅：《且介亭雜文二集·「題未定」草（六至九）》，《魯迅全集》第6卷，人民文學出版社，2005年，第436頁。）由此可知，我們可以通過「選本」考察「選者的眼光」。

[15] 聞一多：《女神之地方色彩》，《創造週報》第5號（1923年6月10日）。

文化直能瞭解,深表同情者」卻與事實不符:不但《女神》的編排情況與中國傳統文化的特點高度吻合,幼時所受的教育和後來取得的成就都告訴人們,郭沫若是一個「對於我國文化直能瞭解,深表同情者」。在筆者看來,對中西文化都有深刻瞭解的聞一多,如果不只是關注《女神》中的一首首詩歌,而是同時關注《女神》中的一首首詩歌是如何編排起來的,相信他會發現創作於日本、編排於中國的《女神》正是他所希望出現的「中西藝術結婚後產生的寧馨兒」。

正題戲說
——《馬克思進文廟》之我見

　　1957年，人民文學出版社出版《沫若文集》時，保留了《漆園吏游梁》、《柱下史入關》、《孔夫子吃飯》、《孟夫子出妻》、《秦始皇將死》、《楚霸王自殺》、《齊勇士比武》、《司馬遷發憤》、《賈長沙痛苦》9篇歷史小說，卻抽去了《馬克思進文廟》，由此可見這是一篇有「問題」的小說。

　　郭沫若的歷史小說向來不受重視，在研究郭沫若的專著中，一些人甚至置之不談。由於《馬克思進文廟》未收入《沫若文集》，加上「把馬克思和孔子這兩個思想意識體系迥然不同的人硬拽到一起，不倫不類，極不嚴肅，且有醜化馬克思，曲解馬克思主義之嫌，不便置評」[1]，《馬克思進文廟》便成了郭沫若作品中研究很少的一篇。但在筆者看來，這恰恰是郭沫若歷史小說中頗值得研究的一篇。

---

[1] 江源：《滲入現代主義藝術的短篇結集——郭沫若歷史小說新論》，《郭沫若學刊》，1988年第2期。

一、作品內容分析

《馬克思進文廟》發表不久就遭到一些人反對，郭沫若在辯駁中交代了創作這篇小說的原因：「我在《洪水》第七期上做了一篇《馬克思進文廟》，本來是帶有幾分遊戲的性質的。我當初原想做一篇論文，叫著《馬克思學說與孔門思想》，做來做去只做成了那樣一篇文章，這是我所不曾預料的。」[2]從這段話可以看出，這篇小說雖然帶有「遊戲」性質，出發點卻是嚴肅的。

郭沫若最初確定的論文題目雖是《馬克思學說與孔門思想》，一旦創作成小說《馬克思進文廟》時，便不再僅僅涉及「馬克思學說與孔門思想」了，其中還包含了與之有關的豐富內容。

（一）《馬克思進文廟》與「社會主義論戰」

五四時期，原本反對社會主義在中國傳播的張東蓀開始致力於介紹社會主義。1919年9月1日，張東蓀在上海創辦《解放與改造》雜誌，在它出版的兩卷24期中，討論社會主義的文章和譯文占了絕大部分。1920年3月，梁啟超歐遊歸來；4月，共學社在北京成立；9月1日，《解放與改造》更名為《改造》，由「共學社」主辦。

1920年10月，英國著名哲學家、基爾特社會主義代表人物羅素應邀來華演講，張東蓀負責接待。羅素來華前，曾隨英國工界代表

---

[2] 郭沫若：《討論〈馬克思進文廟〉》，王錦厚、伍加倫、肖斌如編：《郭沫若佚文集》上冊，四川大學出版社，1988年，第149頁。

團赴蘇俄訪問，來華後對俄國革命的評價是：「吾到俄國，即相信自己亦為一共產黨人；然與一班深信共產主義之人來往後，我之疑念轉加一千倍，不惟不信共產主義，即凡人類所最崇仰與冒苦而求之一切信條，吾亦不敢相信。」聽說這話後，張東蓀「本來潛伏在心中的懷疑態度便發了出來」[3]，在《時事新報》上發表了《由內地旅行而得之又一教訓》，認為「救中國只有一條路，一言以蔽之，就是增加富力。而增加富力就是開發實業」，中國努力的方向，應是「使中國人從來未過過人的生活的，都得著人的生活，而不是歐美現成的什麼社會主義、什麼國家主義、什麼無政府主義、什麼多數派主義等等」。[4]這篇文章發表後，陳獨秀以《新青年》為陣地，陳望道、邵力子等人以《民國日報‧覺悟》為陣地，對其進行了批判。

為了答覆陳獨秀等早期馬克思主義者的批評和質問，經過認真思考和研究，1920年12月15日，張東蓀在《改造》第3卷第4號上發表《現在與將來》，這篇長文全面、系統地闡述了他在這場「社會主義論戰」中的總觀點：「用資本主義發展中國實業」[5]。張東蓀的文章發表後，立即得到研究系人的支援與共鳴，《改造》第3卷第6號上發表了梁啟超、藍公武、蔣百里等人的文章，支持張東蓀的觀點。陳獨秀、李大釗、李達、周佛海等則以《新青年》為陣地，對研究系的人進行了更為猛烈的批判。這場「社會主義論戰」由於當時中國思想界眾多人士參與其中，曾在社會上產生過巨大影響。張

---

[3] 張東蓀：《現在與將來》，克柔編：《張東蓀學術文化隨筆》，中國青年出版社，2000年，第100頁。

[4] 張東蓀：《由內地旅行而得之又一教訓》，克柔編：《張東蓀學術文化隨筆》，中國青年出版社，2000年，第98-99頁。

[5] 張東蓀：《現在與將來》，克柔編：《張東蓀學術文化隨筆》，中國青年出版社，2000年，第137頁。

東蓀、梁啟超等基爾特社會主義者雖然在具體認識上有分歧，其根本觀點卻是一致的：一、中國尚不具備社會主義革命的物質基礎；二、中國問題的癥結是「太窮」，為此必須「開發實業」、「增加富力」；三、就中國現在的環境而言，社會主義「尚是不合宜」；四、反對現在即宣傳社會主義，並組織團體，認為現在尚不合宜，若勉強實行，則必發生偽勞農革命。[6]

通過介紹這場「社會主義論戰」經過不難看出，《馬克思進文廟》與這場論戰有著密切關係。小說中的馬克思從遙遠的德國來到中國上海的文廟，其原因便是：「我們的主義已經傳到你們中國，我希望在你們中國能夠實現。但是近來有些人說，我的主義和你的思想不同，所以在你的思想普遍著的中國，我的主義是沒有實現的可能性。」參與這場論戰的主要刊物有《新青年》、《民國日報‧覺悟》、《時事新報》、《改造》，這四份刊物除《改造》外，當時都在上海，小說中馬克思進的文廟不在孔子的家鄉曲阜，卻在商業氣氛非常濃厚的上海，很容易讓人們將小說中的「四位大班」與這四份刊物聯繫起來。若要將這「四位大班」限定在上海也不難：一、《改造》的前身《解放與改造》在上海；二、當時在上海宣傳社會主義的刊物還有戴季陶、沈玄廬主編的《星期評論》，只不過該週刊已在論戰開始前的6月6日停刊。糾纏於這「四位大班」到底指哪幾家刊物是沒有意義的——抬轎子的人不可能是單數，小說中的「四位大班」當泛指當時在上海宣傳社會主義的所有刊物。

從對「四位大班」的描寫可以看出，郭沫若對參加「社會主義論戰」的任何一方的觀點都不以為然，他為當時混亂的中國找到

---

[6] 左玉河：《張東蓀傳》，山東人民出版社，1998年，第118-165頁。

的出路是：「馬克思進文廟」。這一想法看起來很荒謬，出發點卻是嚴肅的，並且與郭沫若對孔子和馬克思的認識有關。「打倒孔家店」、「文學革命」是五四新文化運動的兩項主要任務，積極投身於「文學革命」的郭沫若並不反孔。他認為孔子是和歌德一樣的、僅有的兩個全面發展的「球形天才」[7]。郭沫若在將孔子稱作「球形天才」時，也把馬克思與列寧當作「終竟是我輩青年所當欽崇的導師」[8]。通過翻譯河上肇的《社會組織與社會革命》，郭沫若在給成方吾的信中說：「我現在成了個徹底的馬克思主義的信徒了！馬克思主義在我們所處的這個時代是唯一的寶筏。」[9]正因為郭沫若對「馬克思學說與孔門思想」都佩服得五體投地，讓「馬克思進文廟」也在情理之中了。

（二）《馬克思進文廟》與「科玄論戰」

1923年2月，北京大學教授張君勱在清華作題為《人生觀》的講演，通過比較科學與人生觀，得出了科學不能解決人生觀問題的結論：「故科學無論如何發達，而人生觀問題之解決，決非科學所能為力，惟賴諸人類之自身而已。」[10]地質學家丁文江看見後發表

---

[7] 郭沫若：《三葉集・郭沫若致宗白華》，《郭沫若全集》文學編第15卷，人民文學出版社，1990年，第19頁。

[8] 郭沫若：《文藝論集・論中德文化書》，《郭沫若全集》文學編第15卷，人民文學出版社，1990年，第152頁。

[9] 郭沫若：《文藝論集續編・孤鴻——致成仿吾的一封信》，《郭沫若全集》文學編第16卷，人民文學出版社，1989年，第8頁。

[10] 張君勱：《人生觀》，黃克劍、吳小龍編：《張君勱集》，群言出版社，1993年，第114頁。

《玄學與科學──評張君勱的〈人生觀〉》，對張君勱的觀點進行反駁。面對丁文江的反駁，張君勱又撰《再論人生觀與科學並答丁在君》的長文，批駁丁文江的觀點並進一步闡述自己的觀點。就在張君勱與丁文江這兩位玄學派和科學派的主將圍繞科學與人生觀激戰的時候，學界其他名流紛紛介入戰鬥，站在丁文江一邊的有胡適、吳稚暉等人，支持張君勱的有梁啟超、張東蓀等人。該次論戰，被胡適稱為「空前的思想界大筆戰」[11]。

在論戰中，張君勱主張實行「寡均貧安」、「以公道為根本」的「社會主義」，並且認為：「若夫國事鼎沸綱紀淩夷之日，則治亂之真理，應將管子之言而顛倒之，曰：知禮節而後衣食足，知榮辱而後倉廩實。」[12]在《馬克思進文廟》中，孔子的「不患寡而患不均，不患貧而患不安」的話「還沒有十分落腳」，馬克思「早反對起來」：「不對，不對，你和我的見解終竟是兩樣，我是患寡且患不均，患貧且患不安。你要曉得，寡了便均不起來，貧了便是不安的根本。所以我對於私產的集中雖是反對，對於產業的增殖卻不惟不敢反對，而且還極力提倡。所以我們一方面用莫大的力量去剝奪私人的財產，而同時也要以莫大的力量來增殖社會的產業。要產業增進了，大家有共用的可能，然後大家才能安心一意地平等無私地發展自己的本能和個性。」聽了馬克思的話，孔子「點頭稱是」，說自己也說過「庶矣富之富矣教之」、「足食足兵民信之矣」等話，還說「我的思想乃至我國的傳統思想，根本和你一樣，總要先

---

[11] 胡適：《序》，張君勱、丁文江等：《科學與人生觀》，山東人民出版社，1997年，第9頁。

[12] 張君勱：《再論人生觀與科學並答丁在君》，黃克劍、吳小龍編：《張君勱集》，群言出版社，1993年，第160-166頁。

把產業提高起來，然後才來均分」。聽了孔子的話，馬克思感歎起來：「我不想在兩千年前，在遠遠的東方，已經有了你這樣的一個老同志！你我的見解完全是一致的，怎麼有人曾說我的思想和你的不合，和你們中國的國情不合，不能施行於中國呢？」

（三）《馬克思進文廟》與杜威、羅素、杜里舒、　　　泰戈爾來華講學

《馬克思進文廟》如此寫道：「請名人講演是我們現在頂時髦的事情」，反映了當時中國的又一現實。

1919年4月底，美國著名哲學家、實用主義者杜威應北京大學、南京高等師範學校及江蘇省教育會的邀請來華講學。1920年9月，由梁啟超出面組織的講學社正式成立時，杜威在華已一年有餘，第二年名義上由講學社續聘。在演講中，杜威「主張改良，反對革命，抨擊『現在世界有許多野心家，高談闊論，一張口就要說改造社會』，他認為『改造社會絕不是一件籠統的事，絕不是一筆批發的貨，是要零零碎碎做成功的』」[13]。杜威講學在當時中國造成很大影響：「杜威先生於民國八年（1919）五月一日——『五四』的前三天——到上海，在中國共住了兩年零兩個月。中國地方到過並且講演過的，有奉天、直隸、山西、山東、江蘇、江西、湖北、湖南、浙江、福建、廣東十一省。他在北京的五種長期講演錄已經過十版了，其餘各種小講演錄……幾乎數也數不清了！我們可以說，自從

---

[13] 李喜所、元青：《梁啟超傳》，人民出版社，1994年，第506頁。

中國與西洋文化接觸以來，沒有一個外國學者在中國思想界的影響有杜威先生這樣大的。」[14]

10月12日，英國著名哲學家、基爾特社會主義代表人物羅素應邀來華講學。羅素認為，社會主義不適合中國國情：「西方社會有西方社會的思想情形，中國有中國社會的思想情形，二者往往不同。若硬將西方社會主義，完全搬到中國來，這是不行的，必須看中國情形如何，變程如何，方可以引用。」[15]。羅素的到來，使中國學術界掀起一股羅素熱，組織了專門的「羅素研究社」，發行《羅素月刊》，講學社還組織翻譯了「羅素叢書」，羅素的在華學術演說也多次結集出版。

1921年12月，張君勱陪德國哲學家及生物學家杜里舒乘輪東來。杜里舒在中國期間，先後在上海、南京、杭州等地講學，除宣傳康德哲學之外，主要系統介紹和闡述自己的哲學體系及體系的具體內容。1923年4月，《東方雜誌》刊出了「杜里舒專號」，使杜氏在中國的講學趨向高潮。杜里舒「嘗埋頭於那泊爾海濱生物實驗所十二年」研究實驗胚胎學[16]，認為每個細胞都可以發展為全體，以此反對達爾文的生物進化學說。

1924年4、5月間，泰戈爾來華遊歷講學，由講學社接待。泰戈爾到達上海時，在對東方通訊社記者發表初次談話時說：「余此次來華演講，其目的在希望亞細亞文化，東洋思想復活。現在亞細亞青年迎

[14] 白吉庵：《胡適傳》，人民出版社，1993年，第143頁。

[15] 羅素：《社會主義》，高軍、李慎兆等：《中國現代政治思想史資料選輯》上冊，四川人民出版社，1983年，第138頁。

[16] 張君勱：《人生觀》，黃克劍、吳小龍編：《張君勱集》，群言出版社，1993年，第122頁。

合歐美文化。然大戰以來，竟暴露人類相食之醜態，西洋文明瀕於破產。人類救濟之要諦，仍在東洋思想復活之旗幟下，由日本、中國、印度三大國民，堅相提攜。」[17]泰戈爾的觀點與玄學派的觀點如出一轍，為此，當時曾有人以為玄學派在「科玄論戰」中失敗了，故請其祖師爺來替他們爭氣。當時的中國思想文化界在泰戈爾來華問題上分成兩派：以陳獨秀、瞿秋白、茅盾等為代表組成了「驅泰大軍」，疾言厲色地要送泰戈爾走，而梁啟超、徐志摩等人則組成了「保泰大軍」，千方百計為他辯護，一時間雙方唇槍舌劍，一場鏖戰。

郭沫若曾對泰戈爾推崇備至，在聽說泰戈爾不久又要來華時，郭沫若卻作《太戈兒來華的我見》，對在「民窮財困」的時候藉外債請外國人來華演講的做法頗為不滿：「學藝本無國族的疆域。在東西諸邦每每交換教授，交換講演，以羅羅彼此的文化；這在文化的進展與傳佈上，本也是極可採法的事。我們中國近年來也採法得惟恐不逮了。杜威去了羅素來，羅素去了杜里舒來，來的時候哄動一時，就好像鄉下人辦神會，抬起神像走街的一樣熱鬧。」在這篇文章中，郭沫若敘述了自己對泰戈爾作品從迷戀到疏離的過程，認為泰戈爾逃避現實的「森林哲學」不適合於中國，中國需要的是「唯物史觀」：「唯物史觀的見解，我相信是解決世局的唯一的道路。世界不到經濟制度改革之後，一切甚麼梵的現實，我的尊嚴，愛的福音，只可以作為有產有閒階級的嗎啡、椰子酒；無產階級的人是只好永流一生的血汗。無原則的非暴力的宣傳是現世的最大毒物。那只是有產階級的護符，無產階級的鐵鎖。」[18]

[17] 何乃英：《泰戈爾傳略》，天津人民出版社，1993年，第193頁。
[18] 郭沫若：《文藝論集‧太戈兒來華的我見》，《郭沫若全集》文學編第15卷，人民文學出版社，1990年，第266-272頁。

在《馬克思進文廟》中，孔子說「我是不懂邏輯的人」，可看作是針對羅素的──羅素是著名的邏輯學家，在中國講學期間，曾講《數理邏輯》；馬克思說「我的思想對於這個世界和人生是徹底肯定的，就是說我不和一般宗教家一樣把宇宙人生看成虛無，看成罪惡的」，可看作是針對泰戈爾的──郭沫若認為，「印度思想與希伯來思想同為出世的，而中國的固有精神與希臘思想則同為入世的」[19]。郭沫若除在小說中以隻言片語影射了羅素、泰戈爾等人的來華講學外，整篇小說實際上可看作是請馬克思到中國來講學：通過與孔子的比附，在信奉儒家思想的中國人中宣傳馬克思主義。

從上面的分析可以看出，《馬克思進文廟》雖然僅4000餘字，卻包含著極其豐富的內容。

二、文本特徵分析

郭沫若在說到他的歷史小說創作時，曾強調其中的現實因素：「我始終是站在現實的立場的」、「我應該說是寫實主義者」[20]。但是，人們對他的表白並不買賬：「總之，郭沫若和魯迅的歷史小說，從總的方面看，都是採取了浪漫主義創作方法。」[21]那麼，郭沫若歷史小說的創作方法到底是什麼呢？本文僅以《馬克思進文廟》為例分析這一問題。

---

[19] 郭沫若：《文藝論集・論中德文化書》，《郭沫若全集》文學編第15卷，人民文學出版社，1990年，第149頁。

[20] 郭沫若：《集外・從典型說起──〈豕蹄〉的序文》，《郭沫若全集》文學編第16卷，人民文學出版社，1989年，第197頁。

[21] 林之：《郭沫若和魯迅歷史小說的美學比較》，《山東師範大學學報》，1984年第5期。

　　通過對這篇小說內容的分析可以看出，它們是對當時中國現實的準確反映。小說開篇，寫丁祭過後第二天，孔子與弟子在文廟吃冷豬頭肉，這熱與冷的強烈對比準確地概括了孔子在中國的命運：一方面被當作聖人在文廟裏供奉起來，另一方面卻各取所需地閹割孔子學說。文章以「笑了一會，又才回到席上去，把剛才吃著的冷豬頭肉從新咀嚼」，預示著孔子的命運還會繼續下去。就是小說中孔子的事蹟和馬克思與孔子各自所說的話也多是有案可稽的，並非瞎編亂造。小說中的孔子說自己是一個「妻吾妻以及人之妻」，並說馬克思的老婆也是他的老婆，這與實際的孔子確實相去甚遠。但是，郭沫若這樣寫，首先與他對孔子的認識有關：「哥德是個『人』，孔子也不過是個『人』。孔子對於南子是要見的，『淫奔之詩』他是不刪棄的，我恐怕他還是愛讀的！我看他是主張自由戀愛（人情之所不能已者，聖人不禁）實行自由離婚（孔氏三世出其妻）的人！我看孔子同哥德他們真可是算是『人中的至人』了。他們的靈肉兩方都發展到了完滿的地位。」[22]其次是對一些人污蔑共產主義共產公妻的戲擬，用這種方式駁斥人們對社會主義的污蔑。郭沫若曾說：「我並不是故意要把他們漫畫化或者胡亂地在他們臉上塗些白粉。任意污蔑古人比任意污蔑今人還要不負責任。古人是不能說話的了。對於封著口的人之信口雌黃，我認為是不道德的行為。」[23]

　　將《馬克思進文廟》與《子路曾皙冉有公西華侍坐章》比較一下不難看出，它們的結構頗為一致。《子路曾皙冉有公西華侍坐

---

[22] 郭沫若：《三葉集》，《郭沫若全集》文學編第15卷，人民文學出版社，1990年，第22頁。

[23] 郭沫若：《集外·從典型說起——〈豕蹄〉的序文》，《郭沫若全集》文學編第16卷，人民文學出版社，1989年，第197頁。

章》記述了孔子的弟子子路等四人申述各人的人生理想以及孔子對他們的評價;《馬克思進文廟》則以馬克思述說自己的主義,孔子將其與自己的觀點進行比附的方法結構全篇。在這一結構統領之下,孔子的尊賢好學、子路的易怒、子貢的雄辯、顏回的木訥,與他們在《論語》、《史記》等文獻中的形象是一致的。用「臉如螃蟹,鬍鬚滿腮的西洋人」的句子來描寫馬克思,雖有不太莊重的嫌疑,實際上與常見的馬克思像並沒多大區別。

小說的敘述語言,全部用現代白話;小說中人物的語言,馬克思的話用白話,孔子及弟子的話盡可能使用文言。小說中如此處理語言,體現了郭沫若對語言的一貫要求:「大概歷史劇的用語,特別是其中的語彙,以古今能夠共通的最為理想。古語不通於今的非萬不得已不能用,用時還須在口頭或形象上加以解釋。今語為古所無的則斷斷乎不能用,用了只是成為文明戲或滑稽戲而已。」[24]這段話雖說的是郭沫若歷史劇創作,但同樣適用於他的歷史小說。

有了上面幾個理由,似乎可以認為《馬克思進文廟》是一篇現實主義小說,但是,「馬克思進文廟」這一想像本身是不符合現實的;說它是浪漫主義,小說中的內容、結構、人物、語言等卻與現實主義作品有著更多相通的地方。由此可知,不管是用現實主義還是用浪漫主義來概括郭沫若的《馬克思進文廟》的創作方法都會顧此失彼,這種顧此失彼的現象使我們很容易聯想到20世紀90年代在中國吵得很熱的後現代文本。人們在分析後現代文本的特徵時將其歸納為「邊緣文本」,其特點為:一、「文學與社會生活、社會科

---

[24] 郭沫若:《棠棣之花·我怎樣寫〈棠棣之花〉》,《郭沫若全集》文學編第6卷,人民文學出版社,1986年,第277頁。

學、自然科學之間進行邊緣交叉的文本」，二、「作為人文科學的哲學和歷史，受到後現代文論批評的禮遇、利用和改造；後現代文學希望與它們建構新的邊緣文本」，三、「後現代文論強調文學與其他藝術種類和文學內部不同文體的『通感』效應、互文作用，促進藝術門類之間的合作，盡可能推陳出新，產生新的邊緣文本」[25]。郭沫若原想寫一篇《馬克思學說與孔門思想》的論文，沒想到寫成了小說形式的《馬克思進文廟》，無意間將文學與社會科學「進行邊緣交叉」，建構出了「新的邊緣文本」，加上「戲說」這一後現代文本所具有的典型特徵，我們有理由說《馬克思進文廟》具有後現代特徵。

按照通行說法，後現代主義是「晚期資本主義的文化邏輯」[26]，即使在西方，也是「最早在六十年代」人們才開始明確歡呼所謂「『後現代社會』的到來」[27]，郭沫若的《馬克思進文廟》創作於1925年11月17日，那時的中國極端貧窮落後，怎麼可能先於西方三、四十年創作出具有後現代特徵的邊緣文本呢？一、作為一種思潮，後現代主義確實是「晚期資本主義的文化邏輯」，作為一種創作方法，它卻是「一種新的原始文化」[28]，猶如現實主義，作為一種思潮出現於19世紀，作為一種創作方法卻古已有之；二、天才作家，常常能突破當時人們常用的創作方法，另外開創出一片天地

---

[25] 張首映：《西方二十世紀文論史》，北京大學出版社，1999年，第476-481頁。

[26] 詹明信：《晚期資本主義的文化邏輯》，生活・讀書・新知三聯書店、牛津大學出版社，1997年，第420頁。

[27] 傑姆遜（詹明信）：《自序》，《後現代主義與文化理論》，北京大學出版社，1997年，第22頁。

[28] [俄] 維・庫利岑：《後現代主義：一種新的原始文化》，中國社會科學院外國文學研究所編：《後現代主義》，社會科學文獻出版社，1993年，第212-227頁。

──不但郭沫若在20世紀二三十年代創作出了具有後現代文本特徵的文本，魯迅創作於同一時期的《故事新編》同樣具有後現代特徵[29]。不過需要指出的是，郭沫若（包括魯迅）與西方後現代派作家使用「戲說」的目的是不同的：在後現代主義者那兒，「遊戲」是為了破壞秩序、解構正統、消解深度等；郭沫若（包括魯迅）則是為了更好地闡述嚴肅而重大的主題，以建立理想的新秩序。

　　郭沫若創作《馬克思進文廟》，是「想在現在漆黑一團的思想界，由我那篇文章能夠發生出一點微光來」[30]，但由於採用了一種「戲說」的形式，這篇小說一發表就遭到馬克思主義者、孔子信徒、無政府主義者、國家主義者等反對，解放後該篇小說甚至被取消了收進《沫若文集》的資格。究其原因，中國是一個強調「文以載道」的國家，「道」才是目的，「文」只是手段；在「文」影響到「道」的表達時，原本不受重視的「文」便成了受攻擊的靶子。在這種思想影響下，中國文章多板起臉講大道理：即使講大道理，也得板起臉才行。看慣了這種文章的中國人來看《馬克思進文廟》，嚴肅而重大的主題卻用「戲說」的方式來表達，表達對象和表達方式之間的強烈反差使人們無所適從，最明智的辦法當然是「不便置評」。

　　實際上，同樣的內容可以用多種形式來表達，只要這種形式能較好地傳達作者的意圖，這樣的文章就應該被認為是成功的。郭沫若對孔子和馬克思都推崇備至，認為他們有很多相同的地方，並且當時一些人以馬克思主義不適合中國國情為由，反對馬克思主義在

---

[29] 廖久明：《〈故事新編〉的後現代主義特徵》，《成都大學學報》，2002年第3期。

[30] 郭沫若：《討論〈馬克思進文廟〉》，王錦厚、伍加倫、肖斌如編：《郭沫若佚文集》上冊，四川大學出版社，1988年，第149頁。

中國傳播，郭沫若讓「馬克思進文廟」，把孔子認作自己的「一個老同志」，認為孔子和自己的見解「完全是一致的」，這雖有簡單比附的嫌疑，卻較為簡潔傳神地傳達了自己的創作意圖。我們甚至可以這樣說，郭沫若已經創作出的小說《馬克思進文廟》應該比他原來計畫卻沒有寫出的論文《馬克思學說與孔門思想》更為成功：從影響的角度而言，論文形式的《馬克思學說與孔門思想》不會比小說形式的《馬克思進文廟》影響大；從文學性的角度講，論文不會比小說高。

廖名春先生的《毛澤東郭沫若〈孫悟空三打白骨精〉唱和詩索隱》之我見

　　最近在收集郭沫若佚文過程中，看見一組關於《七律・看〈孫悟空三打白骨精〉》（郭沫若）和《七律・和郭沫若同志》（毛澤東）的書信、文章後，心裏產生了這樣的想法：廖名春先生在寫作《毛澤東郭沫若〈孫悟空三打白骨精〉唱和詩索隱》（以下簡稱《索隱》）前，如果看過這些書信、文章，大概不會索出這樣的「隱」來。這個問題實際上涉及研究過程中如何佔有資料以超越前見這樣重大的問題，所以筆者擬結合《索隱》談談自己的一點粗淺看法。

　　在《索隱》這篇文章中，廖先生認為人們對「千刀當剮唐僧肉，一拔何虧大聖毛」的理解不對，需要「另求別解」：

　　「當」，人們都理解為應當，認為唐僧「人妖顛倒是非淆，對敵慈悲對友刁」，所以「真是值得千刀萬剮」。下句「一拔何虧大聖毛」，人們都解「何虧」為「何損」，認為是說拔一根毫毛對孫大聖來說也沒有甚麼損失。這樣理解，就每一句來看，是可以成立的。但將這一聯的兩句按此義聯繫起來看，就很費解。上句說唐僧應當千刀萬剮，下句就應該讚揚孫大聖，

為什麼卻說「一拔何虧大聖毛」？倘若「一拔何虧大聖毛」是
說孫大聖打敗了妖精，救出了唐僧等人，並沒有遭受多大的損
失，只不過是拔一毛之勞，則這與上句「千刀當剮唐僧肉」的
意思實在距離太遠，與劇情也不類。所以，以上對這兩句的解
釋是不合理的，我們應該另求別解。[1]

廖先生通過引用《經傳釋詞》卷六、《儀禮・特牲饋食禮》、
《孟子・離婁》、《韓非子・外儲說右》、《史記・魏公子傳》、
《史記・留侯世家》、《太平廣記・司馬義》、《太平廣記・王
範妻》、《樂府詩集・相和歌辭十六・白頭吟》、李白《古風》之
三、杜甫《光祿阪行》、《西遊記》第十四回、《儒林外史》第
三十回等文獻中的相關文字，得出了這樣的結論：「郭詩所謂『千
刀當剮唐僧肉，一拔何虧大聖毛』，就是說唐僧正要遭受妖怪們千
刀剮肉之厄時，多虧孫大聖不計前嫌，施展神威拯救了他。」

在寫作《索隱》前，廖先生如果看過下面這些文字，大概就不
會這麼麻煩去「另求別解」了：

我原詩中的「白骨精」是指帝國主義，「唐僧」是指赫
禿。因而「愚曹」不限於唐僧，所有修字型大小的寶貝們都包
括著。「教育及時」是指劇本的反修意義。「大聖毛」是有用
意的，你們似乎沒有看出。[2]

---

[1] 廖名春：《毛澤東郭沫若〈孫悟空三打白骨精〉唱和詩索隱》，丁東編：《反思郭
沫若》，作家出版社，1999年，第201頁。

[2] 郭沫若：《關於毛主席詩詞解釋中疑難問題給北師大〈毛主席詩詞試解〉（未定
稿）編寫同志的回信（摘）》，湘潭師專中文科編印：《郭沫若同志談毛主席詩

　　我寫這首詩，白骨精比喻為帝國主義，唐僧比喻為赫光頭。但主席在和詩裏是把白骨精比喻為修正主義，把唐僧比喻為要爭取的中間派。

　　……

　　一拔何虧大聖毛：意思是拔一毛何損於大聖毛，這裏的「大聖毛」的毛是有所指。[3]

　　從郭沫若兩次對「大聖毛」的解釋可以看出，「大聖毛」的「毛」當指毛澤東。既如此，我們便不應該機械地「將這一聯的兩句按此義聯繫起來看」，而應該根據郭沫若的本意來理解：赫魯雪夫真是值得千刀萬剮，「拔一毛」[4]何損於大聖人毛澤東。

　　廖先生還認為，郭沫若看見毛澤東和詩《七律・和郭沫若同志》後，明知毛澤東錯了也「只有將錯就錯」：

　　毛澤東1961年11月17日的和詩云「僧是愚氓猶可訓」，說唐僧雖是愚蠢之人但還可以批評教育，這顯然是針對郭沫若詩「千刀當剮唐僧肉」一句而來。毛澤東將唐僧正要被妖精千刀剮肉當成唐僧真值得千刀萬剮，因而批評郭氏的態度過於偏激，把「猶可訓」的「愚氓」當成「必成災」的妖精、鬼域。

詞》，1978年，第148-149頁。

[3] 郭沫若：《和〈毛主席詩詞〉朝鮮文版翻譯組部分同志的談話》，湘潭師專中文科編印：《郭沫若同志談毛主席詩詞》，1978年，第163頁。

[4] 在蘇共二十大（1956年2月）、二十二大（1961年1月）上，赫魯雪夫發動了對史達林個人崇拜的批判。在蘇聯批判史達林個人崇拜後不久，中國卻興起了對毛澤東的個人崇拜。正因為如此，郭沫若認為赫魯雪夫對史達林個人崇拜的批判便是對毛澤東的變相批判。

然而，根據上文對郭詩的分析，毛澤東的這一和詩實際是誤解了郭詩之意而引出的。

如果毛澤東只是一般的人，當郭沫若讀到其和詩後，大可做些解釋以說明自己的本意。但毛澤東實非一般人，60年代初期毛澤東與郭沫若的關係也實非一般人之間的平等關係，而毛澤東的和詩也並非用正常方式直接寄給郭沫若，卻是在廣州由康生抄示的。在這種情況下讀到毛澤東的和詩，郭沫若又怎能為自己辯解，說主席理解錯了呢？因此，他只有將錯就錯，順著「僧是愚氓猶可訓」說「僧受折磨知悔恨」，藉唐僧這一角色向毛澤東作檢討。

在寫作《索隱》前，廖先生如果看過郭沫若1961年11月15日寫給簡堅的信大概也不會得出這種結論：

簡堅同志：

您的信，我閱讀了。

「咒唸金箍聞萬遍」是指孫悟空第三次打白骨精的時候，唐僧毫不容情地唸起金箍咒來，使孫悟空頭痛欲炸，忍受難當。暗射反覆指責阿爾巴尼亞，反覆提「個人迷信」，反覆提「反黨集團」。

「精逃白骨累三遭」是白骨精首次變村姑，二次變村嫗，三次變老翁，都被唐僧讓她逃掉了。縱容敵人三次，這「三」的數目妙在恰恰符合20、21、22。

「豬猶智慧勝愚曹」，豬是豬八戒，連他都反對唐僧過分譴責孫悟空，在唐僧遭難之後又是豬八戒到花果山去請孫悟

空下山來把師弟等打救了的。結果是豬的智慧比唐僧那樣不辨
大是大非的和平主義者高明。我的意思是痛恨那些無原則的和
平主義者是愚蠢到了極點，連豬也不如！

又第六句「一拔何虧大聖毛」，拔字印成撥字去了。

以上供您參考。

敬禮

郭沫若　十一‧十五於廣州[5]

該信寫於毛澤東和詩（1961年11月17日）前兩天，郭沫若看見
和詩（1962年1月6日）前五十多天。該信中雖然沒有明說「千刀當
剮唐僧肉」中的「當」作何理解，但從他對唐僧的評價可以看出，
該句的「當」確實應理解為「應當」、「值得」而不是「正要」、
「將」：「結果是豬的智慧比唐僧那樣不辨大是大非的和平主義者
高明。我的意思是痛恨那些無原則的和平主義者是愚蠢到了極點，
連豬也不如！」由此可知，毛澤東沒有理解錯郭沫若的詩。既如
此，郭沫若更不可能「將錯就錯」。

從廖先生的引文可以看出，他是看過《「玉宇澄清萬里埃」
——讀毛主席有關〈孫悟空三打白骨精〉的一首七律》（《人民日
報》1964年5月30日）的。在這篇文章中，郭沫若非常清楚地說明了
唐僧「真是值得千刀萬剮」：

戲裏的唐僧，在前半部顛倒是非，把妖當成人，對自己的徒
弟，真正在降妖護法的人，加以無情的懲責。甚至於說：「出

---

[5] 謝暉：《郭沫若致簡堅同志信箋發現記略》，《郭沫若學刊》，2002年第2期。該
信沒有收入《郭沫若書信集》（黃淳浩編，中國社會科學出版社，1992年）。

家人以慈悲為本，就是真正的妖精也不准打。」不斷地念出緊
箍咒，使孫悟空頭痛得難受，在舞臺上滿臺打滾。最後還絕情
絕義地寫了斷絕師徒之情的謫貶書，把孫悟空趕走了。連孫悟
空辭別時的膜拜，都背過面去，拂袖不理。看到舞臺上的唐僧
形象實在使人憎恨，覺得他真是值得千刀萬剮。這種感情，我
是如實地寫在詩裏面了。「千刀當剮唐僧肉，一拔何虧大聖
毛」，這就是我對於把「人妖顛倒是非淆，對敵慈悲對友刁」
的「唐僧」的判狀。6

　　既如此，廖先生為什麼還要說郭沫若說的是「違心話」呢？這
與廖先生抱有前見有關：

　　說毛澤東誤解了郭沫若詩的本意，最大的反證是郭沫若在其
　　《「玉宇澄清萬里埃」——讀毛主席有關〈孫悟空三打白骨
　　精〉的一首詩》一文中的現身說明。郭沫若明明說「看到舞臺
　　上的唐僧形象實在使人憎恨，覺得他真是值得千刀萬剮。這種
　　感情，我是如實地寫在詩裏面了」，「主席的和詩，事實上改
　　正了我的對於唐僧的偏激的看法」，這怎麼解釋呢？筆者認
　　為，郭沫若的這些話很有可能是言不由衷的。為了維護毛澤東
　　一貫的權威，為了突出領袖的英明，郭沫若在當時的情勢上，
　　說一些違心的話，是完全可能的。為了「革命」的需要，毛澤
　　東的許多同志，就是連劉少奇、周恩來在內，也都認過許多違

<hr>

6 郭沫若：《「玉宇澄清萬里埃」——讀毛主席有關〈孫悟空三打白骨精〉的一首七
　律》，湘潭師專中文科編印：《郭沫若同志談毛主席詩詞》，1978年，第106頁。

心的錯。而在「四人幫」被打倒後，臨死還留下遺囑要將骨灰
撒在大寨虎頭山上的郭沫若，其對毛澤東的馴服，是不亞於任
何人的。因此，他不辯釋毛澤東誤解他的詩作而自認有錯，這
其實是在那個特定時代裏的一種必然態度。經過「文革」之厄
的人，對此都是深有體會的。[7]

從這段引文可以看出，在廖先生心目中，郭沫若是一個「為了
維護毛澤東一貫的權威」而說違心話的人。既然有了這樣的前見，
哪怕郭沫若說的是真心話，在廖先生看來也是違心話。

筆者由此想到，我們在從事研究時，不但要盡可能全面佔有資
料，還要盡可能超越前見。由於一切理解都是從前見出發的理解：
「理解甚至根本不能被認為是一種主體性的行為，而要被認為是一
種置自身於傳統過程中的行動（Einrüchen），在這過程中過去和現
在經常地得以中介」[8]，所以要想超越前見是非常困難的。為了達到
超越前見的目的，盡可能全面佔有資料應該是一條可行之道。筆者
相信，哪怕廖先生對郭沫若有前見，在寫作這篇文章前，如果他看
過文中提到的書信、文章，他應該能夠超越前見並得出符合事實的
結論來。

---

[7] 廖名春：《毛澤東郭沫若〈孫悟空三打白骨精〉唱和詩索隱》，丁東編：《反思郭
沫若》，作家出版社，1999年，第204頁。
[8] 伽達默爾：《真理與方法》，上海譯文出版社，1999年，第372頁。

史實研究

馮雪峰與「兩個口號」論爭
——兼談2005年版《魯迅全集》的一條注釋

　　1936年爆發的「兩個口號」論爭不但是中國現代文學史上的一件大事，同時也是中共黨史上的一件大事：不但導致左翼文學界的內部矛盾徹底公開，而且使論爭當事人馮雪峰、周揚等在解放後深受其害。該論爭過去70多年了，但塵埃仍未落定：儘管粉碎「四人幫」後披露的相關史料足以讓真相大白於天下，但在給《答徐懋庸並關於抗日統一戰線問題》作注時，2005年版《魯迅全集》仍沿用了1981年版的說法：「魯迅注意到這些情況，提出了『民族革命戰爭的大眾文學』的口號，作為對於左翼作家的要求和對於其他作家的希望。」真相到底如何，且聽我慢慢道來。

　　要想搞清楚這一問題，最佳途徑莫過於從馮雪峰與「兩個口號」論爭入手。

一、銜命重回上海

　　1928年11月下旬，馮雪峰來到上海，在浙江省立一師同學、晨光社社友柔石引薦下，於12月9日拜訪魯迅。「從此，他成了魯迅晚年最親近的學生和戰友，並在魯迅與中國共產黨之間充當了橋

樑。」¹1933年11月，由於叛徒出賣，馮雪峰在上海難以繼續待下去，黨組織只好讓他暫時隱蔽起來，聽候新的工作安排。大概在家裏待了一個多月，馮雪峰接受組織安排到了江西中央蘇區。1934年10月，馮雪峰調任紅九軍團地方工作組副組長，開始了舉世聞名的長征。到達陝北根據地後，馮雪峰於1936年2月上旬調至中國工農紅軍抗日先鋒軍參加東征。1936年4月上旬，馮雪峰從山西前線奉命調回陝北瓦窯堡，接受黨中央委派給他的新任務。

據馮雪峰回憶，新任務有四項：「1.在上海設法建立一個電臺，把所能得到的情報較快地報告中央。2.同上海各界救亡運動的領袖沈鈞儒等取得聯繫，向他們傳達毛主席和黨中央的抗日民族統一戰線政策，並同他們建立關係。3.瞭解和尋覓上海地下黨組織，取得聯繫，替中央將另派到上海去做黨組織工作的同志先作一些準備。4.對文藝界工作也附帶管一管，首先是傳達毛主席和黨中央的抗日民族統一戰線政策。」按照黨中央的指示，前兩項是主要的。行前，張聞天曾幾次囑咐馮雪峰：「到上海後，務必先找魯迅、茅盾等，瞭解一些情況後，再找黨員和地下組織。派你先去上海，就因為同魯迅等熟識。」²

馮雪峰4月25日到上海後，當晚住在一個小客棧裏，第二天下午移住魯迅家。馮雪峰住進魯迅家的當天，魯迅就給茅盾送去一張條子，「上面寫道：有位遠道來的熟朋友想見見你，請來舍間。」當天晚上，茅盾就到了魯迅家。馮雪峰告訴茅盾：「現在尚無第三個人知道他已來到上海，叮囑我保密，不要告訴任何人，他說他短期

¹ 陳早春、萬家驥：《馮雪峰評傳》，重慶出版社，1995年，第59頁。
² 馮雪峰：《集外·有關一九三六年周揚等人的行動以及魯迅提出「民族革命戰爭的大眾文學」口號的經過》，《雪峰文集》第4卷，人民文學出版社，1985年，第506頁。

內不想與周揚他們見面。」[3]由此可知，馮雪峰確實是按照張聞天的囑咐辦事的。

　　不過，在知道周揚、夏衍等人的情況後，馮雪峰仍不與他們見面，則不能用「先找黨外，再找黨內」的中央指示來解釋：一個星期內，馮雪峰還先後見到了胡風、沈鈞儒、宋慶齡、史沫特萊、周文、王學文等，在這些人中，胡風、周文、王學文都是黨員。馮雪峰先見胡風，是胡風從內山書店處知道情況後找上門來的，自當別論。但馮雪峰先見周文，是因為「他通過多方瞭解，得知他『左聯』時期的老戰友周文仍然在發揚著自覺的革命精神，政治上是可靠的，於是立即請魯迅具函約見周文，讓周文擔負起了向黨中央傳遞情報的政治交通工作，並讓周文的妻子鄭育之掩護他們的工作。」[4]馮雪峰同周揚的聯繫，則是通過王學文進行的。馮雪峰寧願通過王學文也不直接與周揚聯繫，很明顯與情感因素有關：由於周揚在其主編的《文學月報》第1卷第4號（1932年11月）上發表芸生的長詩《「漢奸」的供狀》而導致的馮雪峰與周揚的矛盾一直沒有化解，加上馮雪峰到上海後最初遇到的三人中，魯迅和胡風對周揚都極為不滿，而茅盾的話又沒有引起馮雪峰的足夠重視，「馮雪峰對周揚不好的印象自然雪上加霜」。所以人們有理由得出如下結論：「可以想見的是，魯迅與胡風在對周揚的看法上，是馮雪峰即使知道上海文藝界有以周揚、夏衍為核心的黨組織仍然堅持戰鬥而一直不找他們的重要原因之一。」[5]正如馮雪峰自己所說：「我

[3] 茅盾：《回憶錄二集·「左聯」的解散和兩個口號的論爭》，《茅盾全集》第35卷，人民文學出版社，1997年，第60頁。
[4] 陳早春、萬家驥：《馮雪峰評傳》，重慶出版社，1995年，第183-184頁。
[5] 徐慶全：《周揚與馮雪峰》，湖北人民出版社，2005年，第73-74頁。

到上海後對周揚、夏衍等人的情況已經相當瞭解的時候，除派王學文聯繫之外，沒有很快找他們見面，是我當時工作的一個錯誤。因為我當時雖然初到上海，忙於別的任務，但同他們見面的時間是有的；同時我已知道他們在反對和攻擊魯迅，但並不懷疑他們同敵人已有什麼實際上的勾結，所以我只有很快找他們見面談話，根據中央政策和指示，指出他們的錯誤，說服他們，或者同他們爭論，這才是對的。」[6]

由於馮雪峰到上海後，沒有先找周揚、夏衍等黨內人士，致使馮雪峰約見周揚時，遭到周揚拒絕，並要馮雪峰「拿證件（黨中央的介紹信）給他看，說我是假冒從陝北來的」[7]。在約見夏衍時，也弄得「話是談不下去了」[8]。於是便出現了這樣一種讓人「哭笑不得」的情況：「周揚根據『共產國際七大』和中央《八一宣言》的精神，執意要解散『左聯』，提出『國防文學』的口號，是為了克服關門主義和宗派主義的錯誤，結成廣泛的抗日統一戰線；馮雪峰到上海來的使命，也是為了貫徹執行中央的這一政策，但是，兩人之間的種種意氣之爭，都有悖於自己的初衷。而且，不容諱言的是，這種意氣之爭在一定程度上妨害了黨的工作。當然，這恐怕也是當時『年少氣盛』的周揚和具有『浙東人的老脾氣』的馮雪峰所不可避免的。」[9]

---

[6] 馮雪峰：《關於一九三六年我到上海工作的任務以及我同文委的「臨委的關係》，《魯迅研究資料》第4輯。

[7] 馮雪峰：《集外·有關一九三六年周揚等人的行動以及魯迅提出「民族革命戰爭的大眾文學」口號的經過》，《雪峰文集》第4卷，人民文學出版社，1985年，第523頁。

[8] 夏衍：《兩個口號的論爭》，《懶尋舊夢錄》，生活·讀書·新知三聯書店，1985年，第315頁。

[9] 徐慶全：《周揚與馮雪峰》，湖北人民出版社，2005年，第80頁。

二、「倉促策動」提出新口號

與馮雪峰一見面，魯迅就迫不及待地說：「這兩年我給他們擺佈得可以！」對此馮雪峰既深感意外，又明白「他們」指的是周揚等人：「因為我一九三三年離開上海時，周揚等人同魯迅已經對立。」馮雪峰在魯迅家三樓一住就是兩個多星期，從談話中發現，魯迅對周揚、夏衍、田漢等人非常「不滿和憎惡」：「魯迅對周揚等人最憤慨的，是周揚等人因魯迅不贊成『國防文學』的口號並拒絕在『文藝家協會』發起人中簽名就攻擊魯迅為『破壞統一戰線』，為『託派』等等」。[10]

據馮雪峰回憶，他大概在第三天或第四天去見了茅盾。據茅盾回憶，「第二天他來了，我把他引進書房，繼續上一天的談話。」也就是說，馮雪峰回訪茅盾應該是27號。茅盾說這天他們談到了「國防文學」這一口號：「這個口號有缺點，但可以用對它的正確解釋來加以補救，現在這個口號已經得到相當廣泛的支援，我們不能總是沉默，而應當參加討論，把我們的意見提出來。」馮雪峰表示「他要先看一看討論的文章再說」。[11]

---

[10] 馮雪峰：《集外・有關一九三六年周揚等人的行動以及魯迅提出「民族革命戰爭的大眾文學」口號的經過》，《雪峰文集》第4卷，人民文學出版社，1985年，第506-510頁。

[11] 茅盾：《回憶錄二集・「左聯」的解散和兩個口號的論爭》，《茅盾全集》第35卷，人民文學出版社，1997年，第60-61頁。但據雪峰回憶，他們這次見面「沒有談到新口號問題，也沒有談到『國防文學』口號。」（《集外・有關一九三六年周揚等人的行動以及魯迅提出「民族革命戰爭的大眾文學」口號的經過》，《雪峰文

　　4月27號下午，胡風到魯迅家找馮雪峰，魯迅將此事告訴馮雪峰，馮即下樓引胡風上三樓談話：「胡風談了不少當時文藝界情況，談到周揚等的更多。他當時是同周揚對立得很厲害的。……於是談到『國防文學』口號，胡風說，很多人不贊成，魯迅也反對。我說，魯迅反對，我已知道，這個口號沒有階級立場，可以再提一個有明白立場的左翼文學的口號。胡風說，『一二八』時瞿秋白和你（指我）都寫過文章，提過民族革命戰爭文學[12]，可否就提「民族革命戰爭文學」。我說，無需從『一二八』時找根據，那時寫的文章都有錯誤。現在應該根據毛主席提出的抗日民族統一戰線政策的精神來提。接著，我又說，『民族革命戰爭』這名詞已經有階級立場，如果再加『大眾文學』，則立場就更加鮮明；這可以作為左翼作家的創作口號提出。胡風表示同意，卻認為字句太長一點。我和他當即到二樓同魯迅商量，魯迅認為新提出一個左翼作家的口號是應該的，並說『大眾』兩字很必要，作為口號也不算太長，長一點也沒什麼。」「胡風臨走時就說，他去寫一篇文章提出去，魯迅表示同意，我也同意。」[13]

集》第4卷，人民文學出版社，1985年，第515頁。）

[12] 一・二八戰爭發生後，不少左翼作家提出了多種文學口號：「革命戰爭的文學」（瞿秋白：《上海戰爭和戰爭文學》，1932年4月《文學》）、「革命民族戰爭的大眾文學」（社評：《榴花的五月》，1932年5月2日《文藝新聞》第53號）、「民族革命文學」（茅盾：《「五四」與民族革命文學》，1932年5月2日《文藝新聞》第53號）、「民族的革命戰爭文學」（馮雪峰：《民族革命戰爭的五月》，1932年5月20日《北斗》第2卷第2期）等。

[13] 馮雪峰：《集外・有關一九三六年周揚等人的行動以及魯迅提出「民族革命戰爭的大眾文學」口號的經過》，《雪峰文集》第4卷，人民文學出版社，1985年，第513-514頁。

　　據茅盾回憶，馮雪峰回訪後的兩三天，茅盾有事去魯迅家，辦完正事隨便閒談，馮雪峰也在座。他們又談到了「國防文學」：「魯迅說：現在打算提出一個新口號──『民族革命戰爭的大眾文學』，以補救『國防文學』這口號在階級立場上的不明確性，以及在創作方法上的不科學性。這個口號和雪峰、胡風商量過。雪峰插嘴道：這個新口號是一個總的口號，它是無產階級革命文學的繼承和發展，可以貫串相當長的一個歷史時期；而『國防文學』是特定歷史條件下的具體口號，可以隨著形勢的發展而變換。魯迅說：新口號中的『大眾』二字就是雪峰加的。又問我有什麼意見。我想了一下道：提出一個新口號來補充『國防文學』之不足，我贊成，不過『國防文學』這口號已經討論了幾個月了，現在要提出新口號，必須詳細闡明提出它的理由和說明白它與『國防文學』口號的關係，否則可能引起誤會。這件工作別人做是不行的，非得大先生親自來做。魯迅道：關係是要講明白的，除非他們不准提新口號。我們又交談了一下新口號的內容。我說這個新口號的缺點是太長，又有點拗口。魯迅道：長一點也不妨，短了意思不明確，要加一大篇注解，反倒長了。臨走時，我又對魯迅說：提出這個新口號，必須由你親自出面寫文章，這樣才有份量，別人才會重視。因為『國防文學』這個口號，他們說是根據黨中央的精神提出來的。魯迅說：最近身體不大好，不過我可以試試看。」[14]

　　據胡風回憶，他當天晚上就寫好了《人民大眾向文學要求什麼？》，第二天交給了馮雪峰。過了一天，胡風再去時，馮雪峰將

---

[14] 茅盾：《回憶錄二集‧「左聯」的解散和兩個口號的論爭》，《茅盾全集》第35卷，人民文學出版社，1997年，第62頁。

稿子交還了他，一字未改。「說魯迅也看過了，認為可以，要我找
個地方發表出去。」胡風「交給了聶紺弩，拿給光華大學學生，左
聯孟員馬子華，在他們編的《文學叢報》第三期發表了。」[15]但據茅
盾回憶，胡風的文章發表前，魯迅並未看過：「我看到胡風的文章
大吃一驚，因為胡風這種做法，將使稍有緩和的局面[16]再告緊張。我
跑去找魯迅，他正生病靠在床上。我問他看到了胡風的文章沒有。
他說昨天剛看到。我說怎麼會讓胡風來寫這篇文章，而且沒有按照
我們商量的意思來寫呢？魯迅說：胡風自告奮勇要寫，我就說：你
可以試試看。可是他寫好以後不給我看就這樣登出來了。」[17]胡風與
茅盾的回憶應該是正確的。至於馮雪峰不將胡風的稿子拿給魯迅看，
原因當有兩個：一、「沒有把提出一個口號看成是一個重大的問題，
因而既沒有向黨中央請示，也不曾同魯迅商量，請他用他的名義提
出」[18]；二、魯迅當時身體很不好，馮雪峰不願用他認為不重要的事
情去麻煩魯迅。至於為何不在文章中提「國防文學」這一口號，胡風
的解釋是：「它提出的時候，我就思想不通。黨的負責人向我指明了
它不妥當，才要再提一個。我能夠說出擁護它的理由麼？或者，我能
夠說出批判它的意思麼？不提到它，留待在實踐中去求得解決，或

[15] 胡風：《在上海‧左聯離職前後》，《胡風回憶錄》，人民文學出版社，2005年，
第57頁。
[16] 由於種種原因，魯迅、胡風等人不願加入周揚、夏衍等人組織的中國文藝家協會
（該協會成員贊同「國防文學」），打算成立中國文藝工作者協會（該協會成員贊
同「民族革命戰爭的大眾文學」），為了避免矛盾進一步激化，經過茅盾、馮雪峰
調解，雙方答應在宣言中都不提各自的口號，並且周揚、夏衍不在宣言上簽名，左
聯的矛盾暫時得以緩和。
[17] 茅盾：《回憶錄二集‧「左聯」的解散和兩個口號的論爭》，《茅盾全集》第35
卷，人民文學出版社，1997年，第64頁。
[18] 馮雪峰：《集外‧有關一九三六年周揚等人的行動以及魯迅提出「民族革命戰爭的大
眾文學」口號的經過》，《雪峰文集》第4卷，人民文學出版社，1985年，第514頁。

者不解決（不用權力地位作出硬性結論），為了尊重口號制定者的權威地位，這是在思想問題上可採取的唯一辦法。」[19]

　　根據時間推算可以知道，茅盾兩三天後到魯迅家時，馮雪峰已看過胡風寫好的文章，並已還給胡風。既如此，馮雪峰為什麼不將此事告訴茅盾呢？茅盾在回憶中說，馮雪峰在回訪他時，他們談到了胡風：「我講到這幾年『左聯』工作的變化，周揚與胡風的對立，周揚他們在工作上對魯迅的不夠尊重，以及魯迅對周揚他們的意見。但是胡風在中間也沒有起好作用，他把對周揚的私人成見與工作纏夾起來，使文藝界的糾紛更加複雜化。」[20]茅盾的談話給馮雪峰留下了這樣的印象：「對周揚，茅盾沒有說什麼；對胡風，茅盾很不滿。」[21]也許正因為如此，馮雪峰才沒將此事告訴茅盾。

　　從上面分析可以看出，「民族革命戰爭的大眾文學」是馮雪峰叫胡風提的，並且，「民族革命戰爭文學」來自於馮雪峰的《民族革命戰爭的五月》，「大眾」是馮雪峰臨時增加的，魯迅僅是同意了這一新口號；胡風的文章發表前，馮雪峰並未給魯迅看過。若因「最後的決定者是魯迅」便認為「這口號是魯迅提出來的」[22]，則與事實不符。胡風在回憶錄中明確寫道：「口號是他（按：馮雪峰）要提的（具體文字還是採用了他的）」[23]。並且，據吳奚如回憶：

[19] 胡風：《在上海・左聯離職前後》，《胡風回憶錄》，人民文學出版社，2005年，第64頁。

[20] 茅盾：《回憶錄二集・「左聯」的解散和兩個口號的論爭》，《茅盾全集》第35卷，人民文學出版社，1997年，第60頁。

[21] 馮雪峰：《集外・有關一九三六年周揚等人的行動以及魯迅提出「民族革命戰爭的大眾文學」口號的經過》，《雪峰文集》第4卷，人民文學出版社，1985年，第515頁。

[22] 馮雪峰：《集外・有關一九三六年周揚等人的行動以及魯迅提出「民族革命戰爭的大眾文學」口號的經過》，《雪峰文集》第4卷，人民文學出版社，1985年，第514頁。

[23] 胡風：《在上海・左聯離職前後》，《胡風回憶錄》，人民文學出版社，2005年，

「在兩個口號論戰達到白熱化的時候，雪峰和周揚在一次左聯主要成員的會議上，雪峰說：『民族革命戰爭的大眾文學，是我提出來的。』周揚立即挺身而起，大聲疾呼：『我還以為是魯迅提出來的，反對時有所顧慮，現在既知是你提出來的，那我就要大反而特反！！』」[24]

那麼，《答徐懋庸……》這篇文章到底是怎樣寫的這一問題呢？文中的相關文字為：「我先得說，前者這口號不是胡風提的，胡風做過一篇文章是事實，但那是我請他做的，他的文章解釋得不清楚也是事實。這口號，也不是我一個人的『標新立異』，是幾個人大家經過一番商議的，茅盾先生就是參加商議的一個。郭沫若先生遠在日本，被偵探監視著，連去信商問也不方便。」[25]很明顯，文中只說胡風的《人民大眾向文學要求什麼？》是魯迅「請他做的」，並未說「民族革命戰爭的大眾文學」是魯迅提出來的——文中只說魯迅是商議人之一。若因魯迅是商議人之一就說這口號是魯迅提的，那麼文中說茅盾也參加了商議，是否能說這一口號是茅盾提的呢？很明顯不能。所以，即使要「以魯迅的是非為是非」，也不能從這段文字得出魯迅提出了新口號的結論——文中說得很清楚：「這口號，也不是我一個人的『標新立異』……」

儘管筆者已勉為其難地將「民族革命戰爭的大眾文學」這一口號的提出過程寫了出來，但仍要說出自己的困惑：按馮雪峰的說法，4月27日就決定由胡風寫文章將新口號提出來，胡風在回憶中也

第64頁。

[24] 吳奚如：《我所認識的胡風》，《芳草》，1980年第12期。

[25] 魯迅：《且介亭雜文末編·答徐懋庸並關於抗日統一戰線問題》，《魯迅全集》第6卷，人民文學出版社，2005年，第552頁。

說，他是「當晚」就完成了這篇文章的寫作，而《人民大眾向文學要求什麼？》的落款為「一九三六，五月九日晨五時」。對「國防文學」早有意見、急於提出新口號的胡風，寫這樣一篇一千多字的文章竟要這麼長時間？如果因此認為馮雪峰的回憶有誤，但他的回憶又與《魯迅日記》多有契合之處：一、據馮雪峰回憶，他到上海後的第二天即4月26日下午找到魯迅家，「魯迅不在家（同許廣平去看電影了）」[26]，而《魯迅日記》中恰有這樣的記載：「與廣平攜海嬰往卡爾登影戲院觀雜片」。二、據馮雪峰回憶，住到魯迅家的第二天，魯迅早上九點過就起來並上樓與他談話，下午，胡風也到魯迅家來找馮雪峰。這天《魯迅日記》中的記載為「無事」，《魯迅日記》中這樣的記載實屬罕見，面對這樣的記載，我們是否可以理解為：因馮雪峰是秘密來到上海，魯迅不能將其記入日記中，故以「無事」代替？所以，筆者最終決定以馮雪峰的回憶為標準來推斷新口號的提出過程[27]。但是，胡風文章的落款是當時寫的，馮雪峰的回憶是事過三十年後的1966年8月寫的，按理說文章的落款更值得相信。但按照文章的落款和胡風的回憶來推斷新口號的提出過程，又很明顯與《魯迅日記》的記載和馮雪峰的回憶不符：胡風如真的於5月6號下午往魯迅家看望馮雪峰，《魯迅日記》中便不應該出現「下午買……」這樣的字樣——魯迅應該在家；5月7號的日記中也不應該出現這樣的字樣：「上午寄母親信。覆段干青信並還艾明

---

[26] 馮雪峰：《集外·有關一九三六年周揚等人的行動以及魯迅提出「民族革戰爭的大眾文學」口號的經過》，《雪峰文集》第4卷，人民文學出版社，1985年，第507頁。

[27] 程中原先生認為：「馮雪峰回憶在4月24日或25日到上海，證之上述文獻史料，是可信的。」（《關於馮雪峰1936-37年在上海情況的新史料》，《新文學史料》，1992年第4期）筆者認為，程先生的考證是有道理的，但由於對胡風文章的落款與馮雪峰回憶之間的矛盾未作分析，所以程先生的考證還需進一步進行。

稿……」因為據馮雪峰回憶，他住到魯迅家的第二天，魯迅早上九點過就起來並上樓談話。

　　儘管筆者有這麼多困惑，仍贊同馮雪峰「倉促策動」[28]提出新口號這一觀點：馮雪峰回到上海後的第二天（按照胡風的回憶）或第三天（按照馮雪峰的回憶），馮雪峰就「策動」提出了「民族革命戰爭的大眾文學」這一新口號。馮雪峰這樣快就「策動」提出新口號，很明顯是缺乏考慮的結果。正如馮雪峰自己所說：「我當時是有嚴重錯誤的，就是，沒有把提出一個口號看成是一個重大的問題，因而既沒有向黨中央請示，也不曾同魯迅商量，請他用他的名義提出。」也如胡風所說：「發表以後，徐懋庸在《光明》上發動了攻擊。這是完全出乎意外的。怎麼會想到提一個抗日的文學運動的口號竟會遭到反對以至仇視呢？尤其因為，這是由黨中央派到上海負責工作的馮雪峰考慮以後要提出的。當時只從『國防文學』口號的『缺陷』，在政治原則上的階級投降主義，在文學思想上的反現實主義著想，完全沒有想到還有一個這個口號制定者（們）的個人威信問題。」[29]

　　不過，需要說明的是，馮雪峰如此「倉促策動」提出新口號，很明顯是因為新口號契合了瓦窯堡會議精神：《中央關於目前政治形勢與黨的任務決議》（中國共產黨中央政治局1935年12月25日通過）指出，由於日本帝國主義要把「全中國從各帝國主義的半殖民地，變為日本的殖民地」，「中國政治生活中的各階級，階層，政黨，以及武裝勢力，重新改變了與正在改變著他們之間的相互關

[28] 陳早春、萬家驥：《馮雪峰評傳》，重慶出版社，1995年，第205頁。
[29] 胡風：《在上海・左聯離職前後》，《胡風回憶錄》，人民文學出版社，2005年，第57頁。

係。民族革命戰線與民族反革命戰線是在重新改組中。因此，黨的
策略路線，是在發動、團結與組織全中國全民族一切革命力量去反
對當前主要的敵人——日本帝國主義與賣國賊頭子蔣介石」——這
便是人們通常所說的「抗日反蔣」。12月27日，毛澤東在陝北瓦
窯堡黨的活動分子會議上作《論反對日本帝國主義的策略》報告。
毛澤東在報告中指出：「目前形勢的基本特點，就是日本帝國主義
要變中國為它的殖民地」，黨的基本策略路線則是「建立廣泛的民
族革命統一戰線」。在決議和報告中，都非常強調中國共產黨在統
一戰線中的領導權問題：「共產黨應該以自己積極的徹底的正確的
反日反漢奸反賣國賊的言論與行動，去取得自己在反日戰線中的領
導權。也只有在共產黨的領導之下，反日運動，才能得到徹底的勝
利」[30]；「共產黨和紅軍不但在現在充當著抗日民族統一戰線的發
起人，而且在將來的抗日政府和抗日軍隊中必然要成為堅強的臺柱
子，使日本帝國主義者和蔣介石對於抗日民族統一戰線所使用的拆
臺政策，不能達到最後的目的」[31]。這大概便是馮雪峰告訴胡風「現
在應該根據毛主席提出的抗日民族統一戰線政策的精神來提」的緣
故吧。程中原先生通過對馮雪峰來上海前的一些材料分析，甚至認
為馮雪峰被派到上海，「總的背景是貫徹瓦窯堡會議決議和晉西會
議精神」[32]，對此，筆者認為是合乎事實的。

---

[30] 《中央關於目前政治形勢與黨的任務決議》，中央檔案館編：《中共中央檔選集》
第10冊，中共中央黨校出版社，1991年，第606頁。著重號本來就有。

[31] 毛澤東：《論反對日本帝國主義的策略》，《毛澤東選集》第1卷，人民出版社，
1991年，第157頁。

[32] 程中原：《關於馮雪峰1936—37年在上海情況的新史料》，《新文學史料》，1992
年第4期

　　種種跡象表明，馮雪峰如此「倉促策動」提出新口號，並不是故意要與周揚等人作對。馮雪峰在回訪茅盾時，他們談到了當時左翼內部不團結的問題，茅盾希望馮雪峰能勸魯迅加入文藝家協會。馮雪峰同意茅盾的意見，「認為有分歧可以在家裏吵，但不應該分家。他答應由他去說服魯迅。」在說服無效的情況下，馮雪峰提出一個折中辦法：「你（按：茅盾）可以兩邊都簽名，兩邊都加入，免得人家看來完全是兩個對立的組織。我們還可以動員更多的人兩邊都加入，這樣，兩個組織也就沒有什麼區別了。」正如茅盾所感覺的那樣：「從談話中，我感覺雪峰對於上海文藝界的團結問題還是重視的，很明顯，如果上海進步文藝界分裂了，他這位中央特派員是沒法向中央交代的。但是，他囊中並無解決糾紛的『妙計』。他對周揚抱的成見較深，責備也多；對胡風只說他少年氣盛，好逞英雄。」[33]

三、設法挽救危局

　　胡風的文章發表後，支持這一口號的文章陸續發表在《夜鶯》、《現實文學》、《文學叢報》，《夜鶯》第1卷第4期還出了「民族革命戰爭的大眾文學特輯」；反駁的文章則陸續出現在《文學界》、《光明》和在東京出版的《質文》上，《文學界》也出了「國防文學特輯」。左翼文學界出現了兩軍對壘的情況。

---

[33] 茅盾：《回憶錄二集·「左聯」的解散和兩個口號的論爭》，《茅盾全集》第35卷，人民文學出版社，1997年，第61-63頁。

　　面對這種情況，馮雪峰設法挽救危局：一、「通過王學文同志，也通過茅盾同志，要周揚等站在黨中央毛主席的政策立場上來，首先要停止攻擊魯迅，不能再說魯迅『反對統一戰線』之類的話」；二、「我覺得胡風的態度和活動，也很妨礙團結。我要胡風不要再寫文章」；三、「我當時在自己主觀認識上，以為在文學主張上貫徹無產階級立場，也可以從正確解釋『國防文學』口號中去同時達到，所以提出了兩個口號並用的意見」；四、「魯迅雖然重病在床上，我想同他商量發表一個談話之類的文件，正面表示他擁護抗日民族統一戰線政策的態度」。[34]在這些辦法中，只有第二個辦法有了效果：在整個論爭中，胡風沒有再寫相關文章。第三、四個辦法僅是馮雪峰的一些想法，要把這些想法落到實處，還得找一個恰當的途徑才行──若是以自己的名義寫出來，周揚等是不會買賬的，第一個辦法沒收到效果便是前車。恰在這時，魯迅收到了託派的來信。「魯迅看了很生氣，馮雪峰拿去看了後就擬了這封回信（按：《答托洛斯基派的信》）」，「馮雪峰回去後，覺得對口號問題本身也得提出點理論根據來。於是又擬了《論現在我們的文學運動》」。

　　對這兩篇文章的創作情況，胡風是這樣回憶的：「口號問題發生後，國防文學派集全力進攻。馮雪峰有些著慌了，想把攻勢壓一壓。當時魯迅在重病中，無力起坐，也無力說話，連和他商量一下都不可能。恰好愚蠢的託派相信謠言，竟以為這是可乘之機，就給魯迅寫了一封『拉攏』的信。魯迅看了很生氣，馮雪峰拿去看

---

[34] 馮雪峰：《集外‧有關一九三六年周揚等人的行動以及魯迅提出「民族革命戰爭的大眾文學」口號的經過》，《雪峰文集》第4卷，人民文學出版社，1985年，第516頁。

了後就擬了這封信。『國防文學』派放出流言，說『民族革命戰爭的大眾文學』是託派的口號。馮雪峰擬的回信就是為了解消這一栽誣的。他約我一道拿著擬稿去看魯迅，把擬稿念給他聽了。魯迅閉著眼睛聽了，沒有說什麼，只簡單地點了點頭，表示了同意。／馮雪峰回去後，覺得對口號問題本身也得提出點理論根據來。於是又擬了《論現在我們的文學運動》，又約我一道去念給魯迅聽了。魯迅顯得比昨晚更衰弱一些，更沒有力氣說什麼，只是點了點頭，表示了同意，但略略現出了一點不耐煩的神色。……／到病情好轉，恢復了常態生活和工作的時候，我提了一句：『雪峰模仿周先生的語氣倒很像……』魯迅淡淡地笑了一笑，說：『我看一點也不像。』」[35]

這兩篇文章寫好後，馮雪峰給茅盾送了去，希望這兩篇文章在雙方刊物上同時發表，周揚那邊請茅盾交給《文學界》。茅盾將兩篇文章帶回家後，又仔細讀了兩遍，覺得第二篇文章寫得太簡略了一點，便寫了《關於〈論現在我們的文學運動〉》附在署名魯迅的文章後面。茅盾將這些文章交給徐懋庸後，本以為徐懋庸這個「文藝家協會理事」會給自己這個「文藝家協會常務理事」的面子，結果卻大出自己所料：「有三點使人覺得很不是滋味，一是《答托洛斯基派的信》沒有登，編者謅了一個站不住腳的理由，而這封信卻是有重大的政治意義的；二是《論現在我們的文學運動》雖然登了，卻排在後面，而按其重要性應該排在第一篇；三是在我的一千多字的文章後面，編者又寫了八百字的《附記》，拐彎抹角無非想

---

[35] 胡風：《魯迅先生》，《新文學史料》，1993年第1期。胡風這段話的真實性可參看《關於魯迅與〈答托洛斯基派的信〉的關係的疑問》（張永泉，《魯迅研究月刊》，1999年第3期）和《重讀魯迅雜文》（朱正，《魯迅研究月刊》，2005年第10期）。

說『國防文學』是正統，現階段沒有必要提出『民族革命戰爭的大眾文學』這個口號，因此整篇《附記》沒有一句話表示贊成魯迅關於兩個口號可以並存的意見。」

7月20號左右，馮雪峰聽說茅盾病了，去看茅盾，他們的談話很自然地轉到了「兩個口號」論爭。茅盾把自己意見講了一遍，馮雪峰同意茅盾的意見，建議茅盾為此寫一篇文章。由於茅盾病尚未痊癒，一直在旁聽的孔另境願意代筆。茅盾對孔另境起草的初稿進行了修改：「加重了對胡風的批評，指出他『左』的關門主義和宗派主義；刪掉了對徐懋庸宗派主義的批評；對周揚則著重指出他把『國防文學』作為創作口號有關門主義和宗派主義的危險。」茅盾將文章交給徐懋庸，請他在《文學界》上發表。儘管茅盾的文章在8月10日出版的《文學界》第1卷第3號上登出來了，「但是排在我這篇文章後面的是周揚的一篇反駁文章《與茅盾先生論國防文學的口號》。原來《文學界》的編者把我的原稿先送給周揚『審查』去了。所以我的文章還沒有發表，反駁的文章就已經寫好了。這種做法，後來是很流行了，人們見怪不怪；但在三十年代卻很新鮮。」周揚文章幾乎全盤否定了茅盾的觀點，茅盾見後「十分惱火」：「我倒不是怕論戰，論戰在我的文學生涯中可算是家常便飯。我氣憤的是，作為黨的文委的領導人竟如此聽不進一點不同的意見，如此急急忙忙地就進行反駁！」馮雪峰看見周揚文章後，「跑」來找茅盾：「他說，你主張對他緩和，現在有了教訓了。目前阻礙文藝界團結的是周揚，是他的宗派主義和關門主義。胡風有錯誤，但我批評了他，他就不寫文章了；而周揚誰的話都不聽，自以為是百分之百的正確。馮雪峰建議我再寫一篇文章予以反擊，他說，這次你要把他的宗派主義、關門主義拉出來示眾，要抓住這個根本

問題。」[36]於是茅盾作《再說幾句——關於目前文學運動的兩個問題》，對周揚進行嚴厲批評。

8月2日，魯迅收到了徐懋庸來信，魯迅將其拿給馮雪峰看：「我現在也還記得，他當時是確實很氣憤的，一邊遞信給我，一邊說：『真的打上門來了！他們明明知道我有病！這是挑戰。過一兩天我來答覆。』」馮雪峰見魯迅身體遠沒有恢復健康，並且自己不久前曾代魯迅寫過兩篇文章，「還符合他的意思，於是我看完徐信後就說：『還是由我按照先生的意思去起一個稿子吧。』」魯迅拒絕了，說這回自己可以動手，馮雪峰臨走時仍要走了徐懋庸的信。「回到住處後，當晚就動筆，想寫下一些話給他做參考。用意還是因為他身體確實不好，而有許多話是他答覆徐信時必須說的，也是他一定要說的，他平日又是談到過多次的，我按照他的意思、他的態度先寫下一些，給他參考，也許可以省他一點力。」魯迅看了馮雪峰草稿後說：「就用這個做一個架子也可以，我來修改、添加吧。」[37]

關於馮雪峰初稿的寫作情況和魯迅修改的情況，胡風有較詳細的說明：

> 一、關於兩個口號的解釋（打了旁圈的），都是雪峰的擬稿。可以想見，關於這種需要作一些引證和分析才能說明白，但對對方的論點又不能不採取折中態度的理論問題，他只好由雪峰代表黨提的意見負責，留待在實踐工作過程中去解決。

[36] 茅盾：《回憶錄二集·「左聯」的解散和兩個口號的論爭》，《茅盾全集》第35卷，人民文學出版社，1997年，第74-77頁。

[37] 馮雪峰：《集外·有關一九三六年周揚等人的行動以及魯迅提出「民族革命戰爭的大眾文學」口號的經過》，《雪峰文集》第4卷，人民文學出版社，1985年，第520-521頁。

　　二、說「民族革命戰爭的大眾文學」的口號是經過茅盾在內的幾個人商議才決定的。這是雪峰在這個擬稿之前和茅盾商量，要求同意有這個事實。先前，茅盾表示過對「國防文學」口號的擁護，這時候不能不知道那個口號是不能服人的，雪峰又是以黨和他自己的名義要求他，當然樂於藉此轉彎，同意了。……雪峰這樣遷就茅盾，因為他覺得依靠原則解決問題是遠水不救近火，只好靠人事關係來減輕「國防文學」派的攻勢。

　　三、把國防文學派的理論總結成「不是國防文學就是漢奸文學」的公式，這是符合他們的實際的。……提《紅樓夢》、《阿Q正傳》，只能是為了陪《子夜》，為了取得茅盾的好感，為了換得茅盾承認參加了「民族革命戰爭的大眾文學」口號的決定。這是脫離原則，專從調整人事關係著眼的。魯迅也只好當作抵制對方錯誤的一個例證，讓它留著了。

　　四、魯迅說，「民族革命戰爭的大眾文學」口號是他提的。這也是接受了雪峰的要求，想藉魯迅的威信，停止、至少是緩和國防文學派無原則的攻擊。至於魯迅說那篇文章是他請我寫的，這是事實。是魯迅和雪峰要我寫的。[38]

　　應該說，胡風的說法基本符合事實。馮雪峰曾對陳早春先生說：「我之所以這樣做，是想讓當時革命文藝界的三巨頭（按：即魯迅、郭沫若、茅盾）及其他們各自影響下的青年文藝工作者，

---

[38] 胡風：《在上海・左聯離職前後》，《胡風回憶錄》，人民文學出版社，2005年，第59-60頁。

都能消除成見，結束內訌。」[39]8月15日《答徐懋庸……》發表之後，「兩個口號的論爭就進入結束階段。除了國民黨小報的造謠挑撥和徐懋庸寫了兩篇文章外，沒有人寫文章反對魯迅。雖然不少文章繼續討論『國防文學』，但也有不少文章逐漸認識了這場論爭的意義，同意了兩個口號並存的意見。到九月中旬，馮雪峰已在為發表一篇《文藝界同人為團結禦侮與言論自由宣言》而奔忙。宣言由我和鄭振鐸起草，在這個宣言上簽名的，有文藝界各方面的代表人物二十一人，包括了論爭的雙方，從而表示兩個口號的論爭已經結束，文藝界終於在抗日救亡的旗幟下聯合起來了。」[40]

　　為了平息論爭，馮雪峰在爭取魯迅、郭沫若、茅盾「三巨頭」同時，還爭取到了延安方面的支持。從張聞天、周恩來7月6日給馮雪峰信可以知道，雪峰到上海後兩個多月時間裏，給延安去了三封信。張聞天、周恩來在回信中認為馮雪峰對周揚的方法「是對的」；並對「關門主義」進行了嚴厲批判：「關門主義在目前確是一種罪惡，常常演著同內奸同樣的作用」；還表達了對魯迅的敬意和信任：「他們為抗日救國的努力，我們都很欽佩。希望你轉致我們的敬意。對於你老師的任何懷疑，我們都是不相信的。請他也不要為一些輕薄的議論，而發氣。」[41]7月26日，在保安召開的中央政治局會議上，「上海工作」是討論的具體問題之一。會上一方面肯定了馮雪峰的工作，另一方面認為文藝界內部要團結，再一方面認為應派人充實上海的力量。當天會議還決定，給上海黨組織和馮雪

[39] 陳早春、萬家驥：《馮雪峰評傳》，重慶出版社，1995年，第205頁。

[40] 茅盾：《回憶錄二集‧「左聯」的解散和兩個口號的論爭》，《茅盾全集》第35卷，人民文學出版社，1997年，第80-81頁。

[41] 《黨中央領導人給馮雪峰的函電》，《新文學史料》，1992年第4期。

峰分別寫信。儘管這兩封信迄今尚未發現，但根據會議記錄及張聞天、周恩來7月6日給馮雪峰的信可以看出，這時的延安對馮雪峰總體上是支持的。這大概便是魯迅的《答徐懋庸……》發表後，周揚等人沒再寫反駁文章的主要原因：7月26日延安決定去信，8月15日《答徐懋庸……》發表後兩個口號論爭進入結束階段，時間上也基本吻合。看來，茅盾在回憶錄中過高估計了《答徐懋庸……》在結束論爭方面所起的作用：署名魯迅的前兩篇文章發表後，「贊成魯迅意見的文章寥寥無幾，而繼續宣揚『國防文學』口號反對『民族革命戰爭的大眾文學』口號的文章卻車載斗量」[42]便是明顯例證。

需要說明的是，在「兩個口號」論爭中，周揚等人如此聽不進不同意見，非要堅持「國防文學」只此一家，除人們已經指出的「宗派主義」和「關門主義」外，恐怕還與他們認為自己絕對正確有關。周揚晚年在給中央上書時將這一點說得非常清楚：「我們當時把『共產國際』看作是黨的最高領導和最大權威，對它是無限信賴和崇敬的。」[43]既如此，得到了延安中央的來信後，周揚停止論爭也是情理之中的事情：對緊跟黨走的周揚來說，對黨的指示唯命是從是符合其性格特徵的。同樣道理，支持「民族革命戰爭的大眾文學」的人之所以如此旗幟鮮明，何嘗不是因為以為自己是在貫徹瓦窯堡會議精神？所以說，「兩個口號」論爭，除個人因素外，同時也是當時中國革命形勢在文藝界的一種反映。

---

[42] 茅盾：《回憶錄二集·「左聯」的解散和兩個口號的論爭》，《茅盾全集》第35卷，人民文學出版社，1997年，第72頁。

[43] 徐慶全整理：《周揚關於三十年代「兩個口號」論爭給中央的上書》，《魯迅研究月刊》，2004年第10期。

四、新中國成立前共產黨對論爭及雪峰的評價

　　儘管論爭期間張聞天、周恩來在回信中認為馮雪峰對周揚的方法「是對的」，但1937年5月延安在「檢討兩個口號的論爭」時卻做出了這樣的結論：「顯然的『國防文學』這個口號是更適合於進行和建立戰線的，『民族革命戰爭的大眾文學』的這個口號是太狹窄了。即以他的名字一項而論，標榜『大眾文學』，那末非大眾的分子就已經被關在門外，丟到聯合戰線之外去了。」[44]這一變化很明顯與當時中國的形勢有關：1936年9月1日，中共中央在內部發出了《關於逼蔣抗日問題的指示》，中共政策已由「抗日反蔣」變成了「逼蔣抗日」。在這種情況下，「民族革命戰爭的大眾文學」這一口號便顯得不合時宜。

　　七七蘆溝橋事變後，中國共產黨的政策又由「逼蔣抗日」變成了「聯蔣抗日」。在這種情況下，馮雪峰只得給潘漢年留下一信，跑回義烏老家寫他的小說去了。對此事，人們是這樣敘述的：「馮雪峰是個農民的兒子，取消蘇維埃政權，改變紅軍的性質，這對於血氣方剛、脾氣倔強的馮雪峰來說，確實是難以接受的。不僅如此，博古自己還寫了篇宣揚右傾主張的《為徹底實現三民主義而奮鬥》的文章，讓馮雪峰看，再加上在白區工作方針路線方面的分歧，於是兩人發生了激烈的爭執，馮雪峰拍了桌子，雙方對罵了起來。馮雪峰一氣之下，就寫了一信向潘漢年請假，要求回鄉專事寫

---

[44] 艾克恩：《延安文藝運動紀盛》，文化藝術出版社，1987年，第19頁。

作。」[45]馮雪峰給潘漢年的信（尤其是第四點）很清楚地表明了這一點：「一、身體不好，要求到鄉下去休息二、三月，要我轉向你們（按：毛澤東，張聞天）申請。二、將來患難來時仍挺身而出。三、請黨對他這類份子不當作幹部看，所以他離開工作沒有關係。四、對組織有些意見，不願再說，以保存他自己的清白和整個大局。」[46]從馮雪峰對共產黨「聯蔣抗日」政策不滿也可看出，馮雪峰確實是非常重視「階級立場」，並非常強調統一戰線中的「領導權」的。

　　1943年，周恩來在談及馮雪峰與博古在上海這次論爭時，認為馮雪峰所堅持的觀點是正確的，符合黨中央對白區工作的政策方針。實際上，這也與當時的國內形勢密切相關：隨著抗日戰爭的進行，國共力量的變化，共產黨又越來越重視統一戰線中的領導權了。

　　就這樣，新中國成立前共產黨對馮雪峰的評價也隨著形勢的變化而變化。

　　從上面的分析可以看出，筆者使用的材料並非「孤本秘笈」，卻得出了與定論不同的結論，這到底是什麼原因呢？我們在對待歷史事件時，到底是應尊重事實還是其他呢？這確實值得我們深思。

---

[45] 陳早春、萬家驥：《馮雪峰評傳》，重慶出版社，1995年，第234頁。

[46] 程中原：《關於馮雪峰1936-37年在上海情況的新史料》，《新文學史料》，1992年第4期。

魯迅偏袒胡風嗎

　　在說及「兩個口號」論爭時，茅盾（《我走過的道路・「左聯」的解散和兩個口號的論爭》）、馮雪峰（《有關一九三六年周揚等人的行動以及魯迅提出「民族革命戰爭的大眾文學」口號的經過》）、徐懋庸（《魯迅回憶錄・我和魯迅的關係的始末》）、夏衍（《懶尋舊夢錄・蕭三的來信》）等都異口同聲地說魯迅「偏袒」胡風，茅盾甚至將其提高到魯迅是否有「知人之明」[1]的高度，所以有必要搞清楚這一問題。

　　魯迅「偏袒」胡風的事實，茅盾說得最詳細，現摘抄如下：

> 我與胡風只是泛泛之交，而且是由於魯迅的關係。我對胡風沒有好感，覺得他的作風、人品不使人佩服。在當時左翼文藝界的糾紛中，他不是一個團結的因素而是相反。他還在很大程度上影響了魯迅對某些事物真相的判斷，因為他向魯迅介紹的情況常常是帶著濃烈的意氣和成見的。然而魯迅卻對他十分信任，這可以從我向魯迅談到胡風的社會關係比較複雜而魯迅迅速作出的反應中見到。那是在一九三四年秋，我從陳望道、鄭振鐸那裏知道（而他們又是從當時在南京政府做官的邵力子那

---

[1] 茅盾：《中國文論十集・需要澄清一些事實》，《茅盾全集》第27卷，人民文學出版社，1996年，第322頁。

裏聽來的），胡風在孫科辦的「中山文化教育館」內領津貼，每月一百元。「中山文化教育館」是孫科的一個宣傳機構，也是他藉此拉攏人的一個機構，它搜羅一批懂外文的人，翻譯一些國際政治經濟資料，發表在他們辦的刊物上。這些人工作很輕鬆，月薪卻高達一百元。但孫科又怕左派人士打進去，故須有人擔保，他才聘用。胡風是通過什麼關係進去的，我不知道，但他把這件事對我們所有的人都保了密，卻使人懷疑。我把這件事情婉轉地告訴了魯迅，因為魯迅與胡風交往甚密，應該提醒他注意。可是魯迅一聽之後，臉馬上沉下來，顧左右而言他。我也就不好再深談了。魯迅的政治警惕性是十分高的，而我又是他的一個長期共同戰鬥的戰友，可是我向他反映胡風這樣的一個問題時，他卻一點也聽不進去，當時確實使我大惑不解。後來聽說在我之前，周揚、田漢、夏衍等曾經向魯迅提過這件事而遭到了魯迅的拒絕，我才有點明白。從這件事，也反映出了魯迅與周揚等「左聯」等領導人之間的隔閡之深，以及胡風在其中所起的作用。[2]

對此，胡風的解釋是：

> 組織工作決定了以後（按：指胡風任左聯宣傳部長），我自己需要解決的就是要找個吃飯的職業，也好從韓起家搬出。我不能為了解決生活問題，隨隨便便寫些文章去換稿費。

---

[2] 茅盾：《回憶錄二集・「左聯」的解散和兩個口號的論爭》，《茅盾全集》第35卷，人民文學出版社，1997年，第54-55頁。

這時，孫科出錢辦的中山文化教育館剛剛成立，陳彬和任出版部主任，出版《時事類編》半月刊，譯載各國政治經濟文化等時論（陳當時也是「民權保障大同盟」的活動人物，又是紅色記者）。韓起的朋友楊幸之（湖南人）在那裏當秘書，陳的文章幾乎都是他寫的。楊幸之通過韓起拉我到中山文化教育館為《時事類編》翻譯文章。我在書記處報告了這個情況，茅盾、周揚他們都主張我去。這樣，我就當上了中山文化教育館的日文翻譯，給每期《時事類編》譯一至二篇文章。我提出只上半天班，他們也答應了。但我的工資是翻譯人員中最少的，只一百元。

　　《時事類編》登得最多的是各資本主義國家報刊的文章，其中當然也有革命的和共產黨的文章。我盡可能選進步的和革命的。記得有一篇不能算作時論，是批判日本法西斯哲學「日本主義」的，用馬克思主義觀點寫的論文（後來才知道是日共總書記宮本顯志寫的）。還有一篇蘇聯的小說。陳彬和指定的，提倡在日本組織法西斯黨的中野正剛的文章，我就給加上了按語，說明它是反動的。[3]

吳奚如在回憶胡風的文章中也說到此事：

那時，他的公開職業是中山文化教育館（「太子派」首腦孫科創立的）的編譯，是通過《申報》館的陳彬龢（民權保障同盟

---

[3] 胡風：《在上海‧左聯任職期間》，《胡風回憶錄》，人民文學出版社，2005年，第25-26頁。

成員，進步文化人）的關係，而且是得到左聯黨團批准的（他
在該館工作不久，即為韓侍桁向該館當局揭發，被解雇了）。
但因此被心懷巨測的人們據以誣陷他，直到今天還成為一個為
人樂於引用，聳人聽聞的「罪狀」。還給他加官晉級：「高級
職員」。[4]

三相比較不難看出，胡風的解釋是符合事實的。既如此，魯
迅「偏袒」胡風便在情理之中：首先，這是「得到左聯黨團批准
的」；其次，魯迅既是「民權保障大同盟」的成員，並且經常在
《申報‧自由談》上發表文章，所以對陳彬和的情況應當是瞭解
的。至於茅盾的「不實之詞」，胡風認為那是他與茅盾在日本時便
「格格不入」的結果[5]。即使胡風的解釋有誤，吳奚如的回憶偏袒胡
風，單就胡風在中山文化教育館工作拿錢一事而言，根據魯迅的一
貫言行也不會為此指責胡風。首先，魯迅自己從1927年12月起就以
「大學院特約撰述員」身份拿國民政府的錢，月薪300大洋，直到
1931年12月因「絕無成績」[6]而被裁。魯迅早就說過：「錢，——高
雅的說罷，就是經濟，是最要緊的了。自由固不是錢所能買到的，
但能夠為錢而賣掉。人類有一個大缺點，就是常常要饑餓。為補救
這缺點起見，為準備不做傀儡起見，在目下的社會裏，經濟權就見
得最要緊了。」[7]「為準備不做傀儡起見」，魯迅可以拿國民政府

[4] 吳奚如：《我所認識的胡風》，《芳草》，1980年第12期。
[5] 胡風：《在上海‧左聯任職期間》，《胡風回憶錄》，人民文學出版社，2005年，第21頁。
[6] 魯迅：《書信（1927-1933）‧320302致許壽裳》，《魯迅全集》第12卷，人民文學出版社，2005年，第287頁。
[7] 魯迅：《墳‧娜拉走後怎樣》，《魯迅全集》第1卷，人民文學出版社，2005年，

的錢，胡風為何不能呢？其次，當時國民黨加緊對左翼文化進行圍剿，胡風進入中山文化教育館，實際上為胡風的革命工作提供了合法身份。早在1925年7月，魯迅就為韋素園做《民報》編輯出過力：「一九二五年七月，我們聽說要出版一種《民報》，並且也有副刊，正在物色一個編輯人。我們想素園若去作這個工作，可能會得到魯迅先生的支援，因此就去問先生的意見。我們說，我們並不清楚這個報紙的政治背景，也只聽說有出副刊的擬議，不知他是否贊成進行。他說得很簡單明確：報紙沒有一家沒有背景，我們可以不問，因為我們自己絕辦不了報紙，只能利用它的版面，發表我們的意見和思想。不受到限制、干涉，就可以辦下去；沒有自由，再放棄這塊園地。總之，應當利用一切機會，打破包圍著我們的黑暗和沉默。我們托他寫介紹信，他毫不遲疑的答應了。」[8]並且，在當時的左翼作家中，不但胡風在中山文化教育館任職，聶紺弩也曾在「汪精衛在上海的中華日報副刊《動向》任主編」[9]。魯迅既不反對聶紺弩任《動向》主編，怎麼會反對胡風在中山文化教育館任職呢？

魯迅在《答徐懋庸並關於抗日統一戰線問題》中如此評價胡風：「胡風鯁直，易於招怨，是可接近的……」[10]基於什麼理由，魯迅做出如此「偏袒」胡風的評價呢？因該文與「兩個口號」論爭有關，故結合「兩個口號」的論爭來討論這個問題。由於魯迅在《答徐懋庸……》一文中有「這口號不是胡風提的，胡風做過一篇文章

第168頁。

[8] 李霽野：《民報副刊及其他》，《魯迅先生與未名社》，人民文學出版社，1984年，第234頁。

[9] 吳奚如：《我所認識的胡風》，《芳草》，1980年第12期。

[10] 魯迅：《且介亭雜文末編·答徐懋庸並關於抗日統一戰線》，《魯迅全集》第6卷，人民文學出版社，2005年，第555頁。

是事實，但那是我請他做的」這樣的話，所以，「民族革命戰爭的大眾文學」這一口號是由魯迅提出並由胡風寫文章宣傳出去的說法幾乎成了人們的共識，但據胡風[11]和吳奚如[12]的回憶可以知道，該口號是馮雪峰叫胡風提的，只不過兩人商量好後征得了魯迅的同意。胡風的《人民大眾向文學要求什麼？》發表後，遭到「國防文學」派的猛烈攻擊，馮雪峰要胡風不要再寫文章，「這一點胡風倒做到了，在整個論爭中他只寫過最初那一篇文章，以後就沒有再寫」[13]。儘管魯迅採取大包大攬的形式將提出「民族革命戰爭的大眾文學」口號的責任攬到自己身上，致使一般人不知道「民族革命戰爭的大眾文學」這一口號提出的內幕，但魯迅本人是清楚的。如此忍辱負重的精神，一定讓魯迅頗為感動，做出「偏袒」胡風的結論也在情理之中了。

　　所以說，魯迅並非偏袒胡風，他對胡風給予較高評價，是基於他一貫的行事原則，並且是「看人看事」[14]的結果。順便說一句，儘管魯迅公開承擔了責任，胡風卻並沒因此將責任推給魯迅：「在

---

[11] 「口號是他（按：馮雪峰）要提的（具體文字還是採用了他的），文章是他一字未改地同意了的。」（胡風：《在上海·左聯離職前後》，《胡風回憶錄》，人民文學出版社，2005年，第64頁。）

[12] 「在兩個口號論戰達到白熱化的時候，雪峰和周揚在一次左聯主要成員的會議上，雪峰說：『民族革命戰爭的大眾文學，是我提出來的』，周揚立即挺身而起，大聲疾呼：『我還以為是魯迅提出來的，反對時有所顧慮，現在既知是你提出來的，那我就要大反而特反！！』」（吳奚如：《我所認識的胡風》，《芳草》，1980年第12期。）

[13] 馮雪峰：《集外·有關一九三六年周揚等人的行動以及魯迅提出「民族革命戰爭的大眾文學」口號的經過》，《雪峰文集》第4卷，人民文學出版社，1985年，第516頁。

[14] 魯迅：《且介亭雜文末編·答徐懋庸並關於抗日統一戰線》，《魯迅全集》第6卷，人民文學出版社，2005年，第554頁。

《密雲期風習小紀》序言裏提到它的時候，在《論現實主義的路》裏提到它的時候，雖然不好聲明是我提的，但從沒有說是魯迅提的。即使被插上託派的黑標籤押上歷史審判臺，我也不願（不忍）把責任推給魯迅。」[15]由此可見，魯迅確實看人很準。

[15] 胡風：《關於三十年代前期和魯迅有關的二十二條提問》，《新文學史料》，1992年第4期。

魯迅與田漢

在說到魯迅與「左聯」矛盾時，人們多與周揚聯繫起來，但在一段時間裏，魯迅最不滿的人實際上是田漢。

一、有些不愉快的見面

1934年7月，穆木天被捕；9月25日，《大晚報》上刊出穆木天等脫離「左聯」的報導[1]。穆木天出來後即向「左聯」黨團告密，說胡風是南京派來的漢奸，胡風為此辭去了他在中山文化教育館的日文翻譯職務。辭職後，胡風便到沙汀家去找周揚，周揚正好在那兒。胡風將自己從韓侍桁那兒聽說的話告訴周揚，周揚沒有否認穆的告密，也沒作任何決定，只告訴胡風，因工作關係，他要搬家了。

10月上旬，由田漢來接替胡風在「左聯」的工作。交接會上，胡風提出了穆木天的污蔑造謠，對周揚默認穆的造謠表示不能接受，田漢當即表示要和周揚這種態度鬥爭到底。大約兩三個月後，田漢約胡風和周文見面，為即將到外地的洪深餞行。儘管田漢將胡風拉到陽臺上單獨談了一些話，卻隻字不提「左聯」的事。胡風辭

[1] 穆立立在《穆木天冤案始末》（《新文學史料》，1999年第4期）中如此道：「關於我父親穆木天歷史問題的傳聞，主要是說他1934年被捕後，發表脫離左聯聲明。此事純屬子虛烏有，是由於國民黨中央社造謠，然後以訛傳訛造成的冤案。」

去「左聯」職務時，曾把情況簡單地告訴魯迅。魯迅沉默了好一會，才平靜地說：「只好不管他，做自己本份的事，多用用筆……」[2]

就在胡風辭職不久，周揚找到夏衍，「說陽翰笙建議，馮雪峰走後，好久沒有向魯迅彙報工作了，所以要我先和魯迅約定一個時間，陽、周和我三個人去向他報告工作和聽取他的意見。」夏衍第二天就到內山書店，正好遇到魯迅，把周揚的意思轉達之後，魯迅表示同意，約定下個星期一下午三時左右，在內山書店碰頭，因為星期一客人比較少。到了約定時間，夏衍在住家附近叫了一輛計程車等待周揚和陽翰笙。意外的是，除周、陽之外，還來了一個田漢。當時夏衍就有一點為難，「一是在這之前，我已覺察到魯迅對田漢有意見（有一次內山完造在一家閩菜館設宴歡迎藤森成吉，魯迅、茅盾、田漢和我都在座，開頭大家談笑甚歡，後來，田漢酒酣耳熱，高談闊論起來，講到他和穀崎潤一郎的交遊之類。魯迅低聲對我說：『看來，又要唱戲了。』接著，他就告辭退了席。田漢喜歡熱鬧，有時宴會上唱幾句京戲，而魯迅對此是很不習慣的），加上，田漢是直性子人，口沒遮攔，也許會說出使魯迅不高興的話來，而我和魯迅只說了周、陽二人向他報告工作，沒有提到田漢。」

儘管夏衍早就發現魯迅對田漢不滿，但田漢已來了，不好叫他不去。他們四人上了車，為了安全，到北四川路日本醫院附近就下了車，徒步走到內山書店。見了魯迅之後，看到有幾個日本人在看書，夏衍說，這兒人多，到對面咖啡館去坐坐吧。魯迅不同意，說：「事先沒有約好的地方，我不去」。這時內山完造就說：「就到

---

[2] 胡風：《在上海·左聯任職期間》，《胡風回憶錄》，人民文學出版社，2005年，第32頁。

後面會客室去坐吧，今天還有一點日本帶來的點心」。於是內山就帶
他們到了一間日本式的會客室，還送來了茶點。「開始，陽翰笙報告
了一下『文總』這一段時期的工作情況，大意是說儘管白色恐怖嚴
重，我們各方面的工作還是有了新的發展，他較詳細地講了戲劇、電
影、音樂方面的情況，也談了滬西、滬東工人通訊員運動的發展；接
著周揚作了一些補充，如已有不少年輕作家參加了『左聯』等等。魯
迅抽著煙，靜靜聽著，有時也點頭微笑。可是就在周揚談到年輕作家
的時候，田漢忽然提出了胡風的問題，他直率地說胡風這個人靠不
住，政治上有問題，要魯迅不要太相信他。這一下，魯迅就不高興
了，問，『政治上有問題，你是聽誰說的？』田漢說：『穆木天說
的。』魯迅很快地回答：『穆木天是轉向者，轉向者的話你們相信，
我不相信。』其實，關於胡風和中山教育館有關係的話，首先是邵
力子對開明書店的人說的，知道這件事的也不止我們這幾個人，而
田漢卻偏偏提了穆木天，這一下空氣就顯得很緊張了。」[3]

　　「兩個口號」論爭發生後，「左聯」的內部矛盾完全公開，魯
迅在《答徐懋庸並關於抗日統一戰線問題》中是這樣描述這次會見
的：「胡風先前我並不熟識，去年的有一天，一位名人約我談話了，
到得那裏，卻見駛來了一輛汽車，從中跳出四條漢子：田漢，周起
應，還有另兩個，一律洋服，態度軒昂，說是特來通知我：胡風乃是
內奸，官方派來的。我問憑據，則說是得自轉向以後的穆木天口中。
轉向者的言談，到左聯就奉為聖旨，這真使我口呆目瞪。再經過幾度
問答之後，我的回答是：證據薄弱之極，我不相信！當時自然不歡而

---

[3] 夏衍：《兩個口號的論爭》，《懶尋舊夢錄》，生活・讀書・新知三聯書店，1985
　　年，第264-266頁。

散，但後來也不再聽人說胡風是『內奸』了。然而奇怪，此後的小報，每當攻擊胡風時，便往往不免拉上我，或由我而涉及胡風。」[4]

二、魯迅對田漢的「憎惡和鄙視」

　　早在1921年8月29日，魯迅就在致周作人的信中說：「我近來大看不起郭沫若田漢之流。」[5]但以後沒再看見魯迅對田漢有不滿的記載。魯迅的《答曹聚仁先生信》在1934年8月出版的《社會月報》上頭條發表後，因最後一篇是楊邨人的《赤區歸來記》，8月31日出版的《大晚報》副刊《火炬》上便出現了紹伯的《調和》，稱魯迅是在「替楊邨人打開場鑼鼓」。11月14日，魯迅作《答〈戲〉週刊編者信》，對紹伯的做法表達了強烈不滿：「倘有同一營壘中人，化了裝從背後給我一刀，則我的對於他的憎惡和鄙視，是在明顯的敵人之上的。」[6]後來，魯迅在說到自己為何向《戲》週刊編者「發牢騷」時說：「因為編者之一是田漢同志，而田漢同志也就是紹伯先生。」[7]對紹伯是否是田漢問題人們曾有過爭議：劉平認為紹伯是田漢表弟易紹伯[8]，齊速認為「田漢用他表弟的名字發表了《調和》一

[4] 魯迅：《且介亭雜文末編·答徐懋庸並關於抗日統一戰線》，《魯迅全集》第6卷，人民文學出版社，2005年，第554-555頁。

[5] 魯迅：《書信（1904-1926）·210829致周作人》，《魯迅全集》第11卷，人民文學出版社，2005年，第413頁。

[6] 魯迅：《且介亭雜文·答〈戲〉週刊編者信》，《魯迅全集》第6卷，人民文學出版社，2005年，第152頁。

[7] 魯迅：《且介亭雜文·附記》，《魯迅全集》第6卷，人民文學出版社，2005年，第220頁。

[8] 劉平：《「紹伯」不是田漢的筆名》，《北京晚報》，1995年12月16-17日。

文」[9]，為了證明自己觀點，劉平又寫作了《再談田漢與「紹伯」問題》[10]。對此，筆者傾向於贊同齊速的說法：首先，這段時間田漢與魯迅的關係很糟糕，並不如《再談田漢與「紹伯」問題》所說的那麼好；其次，紹伯的《調和》8月31日發表，魯迅11月14日才對「紹伯」的做法表達了強烈不滿，由此可知紹伯即田漢是魯迅深入調查的結果，並非道聽塗說；其三，1937年7月《且介亭雜文》出版，魯迅在《附記》中明確說「田漢同志也就是紹伯先生」，田漢直到1968年12月10日被迫害去世都未對此加以辯白。

魯迅認定紹伯是田漢化名後，他的私人信件中便出現了大量對田漢不滿的文字：1934年12月18日給楊霽雲信（即著名的「橫站」說）、12月20日給蕭軍蕭紅信、1935年1月15日和2月7日給曹靖華信、4月28日給蕭軍信、1936年4月23日給曹靖華信。讀讀相關信件內容可以知道，一些表達對左聯同人不滿的信件實際上也與田漢有關，如：1934年12月6日和12月10日給蕭軍蕭紅信、1935年1月17日給徐懋庸信、3月13日及4月23日給蕭軍蕭紅信。由此可見，胡風離職後的半年多時間，魯迅最不滿的是田漢。由此可知，這段時間「鞭撲」魯迅的是田漢——直到1935年2月田漢被捕，左聯的行政書記一直是田漢。魯迅稱周揚為「元帥」，最早文字見1935年6月28日給胡風的信，從這以後，魯迅最不滿的左翼同人便是周揚了。

魯迅對田漢行為不滿的原因在於：「敵人不足懼，最令人寒心而且灰心的，是友軍中的從背後來的暗箭；受傷之後，同一營壘中的快意的笑臉。」[11]魯迅的《答〈戲〉週刊編者信》發表後，夏衍「看

[9] 齊速：《不見得是誤會》，《北京晚報》，1996年1月25日。
[10] 劉平：《再談田漢與「紹伯」問題》，《北京晚報》，1996年4月1-2日。
[11] 魯迅：《書信（1934-1935）·350423致蕭軍、蕭紅》，《魯迅全集》第1卷，人民

後呵呵大笑道：『這老頭子又發牢騷了！』」對此，魯迅的評價是：「『頭子』而『老』，『牢騷』而『又』，恐怕真也滑稽得很。然而我自己，是認真的。」[12]田漢化名紹伯的文章已讓魯迅憤怒，田漢的解釋更無疑是火上澆油：「被人詰問，他說這文章不是他做的。但經我公開的詰責時，他只得承認是自己所作。不過他說：這篇文章，是故意冤枉我的，為的是想我憤怒起來，去攻擊楊邨人，不料竟回轉來攻擊他，真出於意料之外云云。這種戰法，我真是想不到。他從背後打我一鞭，是要我生氣，去打別人一鞭，現在我竟奪住了他的鞭子，他就『出於意料之外』了。從去年下半年來，我總覺得有幾個人倒和『第三種人』一氣，惡意的在拿我做玩具。」[13]

三、《文學生活》對魯迅的「保密」

在說到與魯迅的聯繫情況時，胡風說：「周揚代表文委，要我接任書記。我無法推辭。到宣傳部後，由我和魯迅取聯繫，這時起更只是由我和他取聯繫了。每次都是前一天去信約定時間，屆時到內山書店會齊，一道到一個外國人開的小咖啡店坐一、二小時。送我編的油印內部小刊物《文學生活》（每期頂多十來頁）給他，告訴他一點工作情況，還每月領取他給的二十元經費。」[14]胡風離職

文學出版社，2005年，第445頁。

[12] 魯迅：《且介亭雜文·附記》，《魯迅全集》第6卷，人民文學出版社，2005年，第220頁。

[13] 魯迅：《書信（1934-1935）·350207致曹靖華》，《魯迅全集》第13卷，人民文學出版社，2005年，第375頁。

[14] 胡風：《魯迅先生》，《新文學史料》，1993年第1期。

後，由任白戈接替胡風職務，任白戈曾要求「文委」的田漢、林伯修等向魯迅介紹他擔任的職務，以便有機會向魯迅先生報告請示工作。但沒過多久，「田漢同志就告訴我，魯迅先生說他不想管『左聯』的事，『文總』決定由他代理魯迅先生的書記職務，有事情直接找他，不要去找魯迅先生」[15]。正因為如此，便又發生了一件魯迅對田漢及其「左聯」領導都極為不滿的事。

　　1934年年底，《文學生活》照樣出版，田漢等人沒將該期《文學生活》送給魯迅。1935年1月26日，魯迅在給曹靖華信中如此寫道：「這裏的朋友的行為，我真不知道是什麼意思，出過一種刊物，將去年為止的我們的事情，聽說批評得不值一錢，但又秘密起來，不寄給我看，而且不給看的還不止我一個，我恐怕三兄（按：時在蘇聯國際左翼作家聯盟工作的蕭三）那裏也未必會寄去。所以我現在避開一點，且看看究竟是怎麼一回事。」[16]之後，魯迅在1935年2月18日給曹靖華的信、1936年4月24日給何家槐的信、5月2日給徐懋庸的信都提到此問題。魯迅後來在拒絕加入周揚等人組織的文藝家協會時也提到這事：「我曾經加入過集團，雖然現在竟不知道這集團是否還在，也不能看見最末的《文學生活》。但自覺於公事無益處。這回範圍更大，事業也更大，實在更非我的能力所及。簽名不難，但掛名卻無聊之至，所以我決定不加入。」[17]由此可見，魯迅對這事的重視程度。

[15] 任白戈：《我和周揚在「左聯」工作的時候》，王蒙、袁鷹主編：《憶周揚》，內蒙古人民出版社，1998年，第29—30頁。

[16] 魯迅：《書信（1934-1935）・350126致曹靖華》，《魯迅全集》第13卷，人民文學出版社，2005年，第358頁。

[17] 魯迅：《書信（1936）・360424致何家槐》，《魯迅全集》第14卷，人民文學出版社，2005年，第82頁。

　　田漢等人不將該期《文學生活》給魯迅,不能用魯迅曾說過
「他不想管『左聯』的事」來解釋,因為連茅盾也未給:「《文學
生活》創刊於一九三四年初,到三五年上海地下黨組織遭到大破壞
後就停刊了。這個刊物有時油印有時鉛印,報導一些『左聯』活動
的情況以及工作指示、經驗介紹等。開始每期都給我們寄來,可
是後來——大概在一九三四年末,卻有一期不寄來了。魯迅聽說之
後就托人把這期刊物借來,原來這一期是總結『左聯』一九三四年
的工作的,其中對工作中的缺點提得比較尖銳,譬如指出關門主義
和宗派主義嚴重影響了工作的展開等。平心而論,一九三四年是
國民黨文化『圍剿』最瘋狂的一年,『左聯』在這樣困難的條件下
總結出阻礙工作展開的癥結是關門主義和宗派主義,也是對的。然
而,這樣一件事關『左聯』全局的大事——『左聯』一年工作的報
告,卻事先不同『左聯』的『盟主』魯迅商量,甚至連一個招呼也
沒有打(當然,也沒有同我商量),這就太不尊重魯迅了。即使是
黨內的工作總結,也應該向黨外人士的魯迅請教,聽取他的意見,
因為『左聯』究竟還是個群眾團體。正如當時魯迅講的:他們口口
聲聲反對關門主義和宗派主義,實際做的就是關門主義和宗派主
義。」[18]

　　從上面分析可以看出,「左聯」時期魯迅一度與田漢的關係非常
緊張,但人們說到魯迅與「左聯」的矛盾時,多說周揚而不說田漢,
這似與歷史不符,也對周揚不公。

---

[18] 茅盾:《回憶錄二集·「左聯」的解散和兩個口號的論爭》,《茅盾全集》第35
　　卷,人民文學出版社,1997年,第55頁。

「便是鬩牆的兄弟應該外禦其侮的」

——略談郭沫若1936年的三件事

　　抗日戰爭全面爆發後，郭沫若別婦拋雛回到祖國參加抗戰，這是郭沫若一生的重大選擇。抗戰爆發當然是郭沫若回國的直接原因，但考察一下郭沫若1936年的言行不難看出，郭沫若早已心繫祖國，抗戰爆發只不過為他提供了一個契機而已。

一、「被火迫出來」的歷史小說

　　郭沫若在說到創作歷史小說的原因時說：「這兒所收的幾篇說不上典型的創作，只是被火迫出來的『速寫』，目的注重在史料的解釋和對於現世的諷喻」，由於文中還有「這些『速寫』我還不得不感謝好些催促我、鼓勵我的，比我年青的一些朋友。這些作品都是被他們催出來的，有些甚至是坐催，如《孔夫子》與《賈長沙》二篇便是。假使沒有他們的催生，我相信就連這些『速寫』都是會流產的」[1]這樣的語句，一些人便將「火迫」理解為「青年朋友對於

---

[1] 郭沫若：《集外・從典型說起——〈豕蹄〉的序文》，《郭沫若全集》文學編第16卷，人民文學出版社，1989年，196-199頁。

郭沫若創作的渴望和催促」[2]。這樣的理解實際上有誤，這兒的「火迫」當與日本的二二六政變有關。

九一八事變後，圍繞如何奪取政權問題，日本法西斯內部分化為皇道派和統制派。皇道派屬軍內基層革新派，他們沒有完整的政綱，是一群醉心於政變、暗殺的亂砍亂伐分子，他們主張打倒財閥，認為必須通過政變推翻內閣，才能建立法西斯獨裁統治。統制派屬幕僚革新派，他們有比較完整的政綱，主張依靠財閥，認為無須通過政變，只要利用軍部控制內閣，即可實現法西斯獨裁。兩派從開始的互相指責發展到最後的劍拔弩張，終於展開了一場生死搏鬥。1936年2月26日，日本皇道派軍官香田清真大尉、栗原安秀中尉等率領1400多名官兵，襲擊首相宮邸、警視廳及其他政府要人私宅，殺死宮內大臣齋藤實、大藏大臣高橋是清、陸軍教育總監渡邊錠大郎等人，首相岡田啟介因其秘書被誤殺而倖免於難，直到2月29日統制派才在天皇支持下平息這次叛亂。由於1930年代日本叛亂頻繁，所以很少有人瞭解這次叛亂的真正意義：「在大多數西方人看來，那次叛亂不外乎是極端民族主義者製造的又一次大屠殺，而瞭解其意義的人屈指可數。但蘇聯人卻瞭解，這主要是因為左爾格[3]，他正確地推測到這次叛亂將導致向中國擴張。」[4]

從郭沫若創作歷史小說的時間和內容可以看出，郭沫若是瞭解這次叛亂意義的「屈指可數」的人之一：在政變還未平息的2月28日，郭沫若就創作了《楚霸王自殺》，在接下來的兩個多月裏，

[2] 秦川：《郭沫若評傳》，重慶出版社，1995年，第224頁。

[3] 左爾格：《法蘭克福報》非正式記者，德國駐日使館武官秘書，蘇聯紅軍遠東間諜網負責人。

[4] [美]約翰·托蘭：《日本帝國的衰亡》，新華出版社，1989年，第41頁。

接連創作了《齊勇士比武》（3月4日）、《司馬遷發憤》（4月26日）、《賈長沙痛哭》（5月3日）3篇歷史小說。說到楚漢相爭，人們多會把成敗興亡繫於民心這樣的道理聯繫起來，郭沫若在《楚霸王自殺》中除闡明這一道理外，文中還出現了「現今天下的人還在水火裏面，北方的匈奴尤其在跳樑」[5]這樣的語句，這樣的語句很明顯與當時中國的現實有關。《齊勇士比武》通過齊國兩名勇士不顧國家安危，一味爭強鬥狠，最後兩敗俱傷的故事，「抨擊了蔣介石等國民黨軍閥，怯於外敵，不抵抗日本帝國主義的侵略，而勇於內戰」；《司馬遷發憤》「藉主人公的高潔志行反遭屈辱縲紲來抒發作者內心的憤懣」[6]。《賈長沙痛哭》在敘述賈誼鬱鬱不得志的一生時，強調「當時的中國和現在的雖然隔了兩千多年，但情形卻相差不遠」：「中國的內部是封建割據的形勢，各國的侯王擁著大兵互相傾軋，並隨時都在企圖著想奪取中央的政權。外部呢？廣東的南越還沒有統一，北方時常受著匈奴的壓迫，那時的匈奴的氣焰真真是高到不可思議，好像隨時都有吞併中國的可能」，並藉屈原的口說出了當時絕大多數中國人的心聲：「你應該把他們領導起來作安內攘外的工作」。[7]郭沫若在如此短的時間內創作這樣幾篇歷史小說確實給人一種「火迫」的感覺，結合創作時間和內容可以斷定，這兒的「火迫」當指「戰火的逼迫」，當與日本的二二六政變有關。

---

[5]　郭沫若：《豕蹄・楚霸王自殺》，《郭沫若全集》文學編第10卷，人民文學出版社，1985年，第206頁。

[6]　秦川：《郭沫若評傳》，重慶出版社，1995年，第225-227頁。

[7]　郭沫若：《豕蹄・賈長沙痛哭》，《郭沫若全集》文學編第10卷，人民文學出版社，1985年，第226-231頁。

青年朋友的「坐催」，當是在郭沫若已經開始創作的基礎上，希望
郭沫若能多寫幾篇。

二、「兩個口號」論爭中的郭沫若

　　1936年圍繞「國防文學」和「民族革命戰爭的大眾文學」兩個
口號進行的論爭是中國現代文學史上的一件大事，歷來評說不一，
筆者在此不打算對其做出全面評價，只想談談郭沫若在這次論爭中
的一些言行。

　　在「兩個口號」論爭中，郭沫若發表的第一篇作品是《國防‧
汙池‧煉獄》。在說到該作品的寫作，當時同在東京的左聯盟員任
白戈曾說：「一九三六年六月初。我們在日本東京接到了周揚同志
托人給我們寫的信，要我們對『國防文學』和『民族革命戰爭的大
眾文學』這兩個口號的爭論表示態度。在這之前，我們處在東京，
不瞭解爭論的情況，連《質文》上也未發表過有關兩個口號論爭的
文章。來信中說，『國防文學』這個口號是黨所提出的，『民族革
命戰爭的大眾文學』這個口號是胡風提出來的。我同魏猛克同志專
程到東京郊外郭沫若同志的寓所去請示。郭沫若同志提《質文》社
召開一個座談會，讓大家發表意見。參加座談會的人一致贊成『國
防文學』這個口號，也有個別人未發表什麼意見。魏猛克同志在編
輯《質文》的時候，建議我寫篇論文，我寫了一篇贊成國防文學
這個口號的文章。郭沫若同志隨即寫了一篇題名《國防‧汙池‧
煉獄》的文章，闡明『國防文學』這一口號的意義，在國內刊物發

表。」[8]知道了創作背景再來看內容，就會對此時的郭沫若有更加準確的認識。在《國防・汙池・煉獄》這篇文章中，郭沫若並沒有對「民族革命戰爭的大眾文學」這一口號提出明白的批評，只是強調文藝家應該團結：「凡是不甘心向帝國主義投降的文藝家，都在這個標幟（按：「國防文學」）之下一致的團結起來，即使暫時不能團結，也不要為著一個小團體或一個小己的利害而作文藝家的『內戰』。——自然，一定要『內戰』的人在這兒也是無法強制的。最好請一邊在這時掛出免戰牌。」為了「擴大反帝戰線」，郭沫若大大地拓展了「國防文學」的內涵：「第一層，我覺得『國防文學』不妨擴張為『國防文藝』，把一切造形藝術，音樂，演劇，電影等都包括在裏面」；「第二層，我覺得國防文藝應該是多樣的統一而不是一色的塗抹。這兒應該包含著各種各樣的文藝作品，由純粹社會主義的以至於狹義愛國主義的，但只要不是賣國的，不是為帝國主義作倀的東西，因而『國防文藝』最好定義為非賣國的文藝，或反帝的文藝」；「第三層，我覺得『國防文藝』應該是作家關係間的旗幟，而不是作品原則上的標幟」。[9]郭沫若的這篇文章發表後，其觀點得到了茅盾和魯迅的贊同：茅盾在《關於引起糾紛的兩個口號》中引用了郭沫若該文中的話，並認為郭沫若對「國防文學」的解釋「最適當」[10]；魯迅在《答徐懋庸並關於抗日統一戰線問題》中

---

[8] 任白戈：《我在「左聯」工作的時候》，中國社會科學院文學研究所《聯回憶》編輯組編：《左聯回憶錄》上冊，中國社會科學出版社，1982年，第384-385頁。

[9] 郭沫若：《集外・國防・汙池・煉獄》，《郭沫若全集》文學編第16卷，人民文學出版社，1989年，第226-227頁。

[10] 茅盾：《中國文論四集・關於引起糾紛的兩個口號》，《茅盾全集》第2卷，人民文學出版社，1991年，第149頁。

也引用了郭沫若的觀點，並說自己很「很同意」這些觀點[11]。所以人們有理由得出這樣的結論：「郭沫若對『國防文學』口號的正確闡述，對於促進當時進步文藝界的內部團結和推動文藝界抗日統一戰線的建立，卻起到了相當重要的作用，這是不容忽視的。」[12]

　　魯迅的《答徐懋庸並關於抗日統一戰線問題》發表後，「讀了那篇文章的朋友，尤其年青的朋友都很憤慨，而且有許多人愈見的悲觀，說情形是愈見的嚴重了。」郭沫若卻「恰恰是相反」，認為魯迅提出「民族革命戰爭的大眾文學」這一口號「是在調遣著我們作模擬戰，他似乎是有意來檢閱我們自己的軍實的。」面對同一篇文章，為什麼一些人「很憤慨」，而郭沫若卻「覺得問題是明朗化了，而且我深切地感覺著，魯迅先生究竟不愧是我們的魯迅先生」呢？這便是人們常說的「仁者見仁，智者見智」——一心希望團結禦侮的郭沫若看見的當然是同了。所以郭沫若在《蒐苗的檢閱》的結尾這樣寫道：「我覺得中國臨到目前這樣危殆的時候，便是鬩牆的兄弟也應該外禦其侮的，那些曾經以強迫手段誣衊自己兄弟的人怕已經自行在悔過而轉向了吧。『從前種種如昨日死，從後種種如今日生』，悔者可以悔其悔，轉者以轉其轉。不把敵人的武器當成武器，是一種武器。」[13]

　　現在有人在評價《蒐苗的檢閱》時，因文中有「民族革命戰爭的大眾文學」這個口號「沒有必要」、「最好是撤回」一類的語

[11] 魯迅：《且介亭雜文末編·答徐懋庸並關於抗日統一戰線問題》，《魯迅全集》第6卷，人民文學出版社，2005年，第551頁。

[12] 鍾林斌：《郭沫若與一九三六年的「兩個口號」論爭》，《遼寧大學學報》，1980年第5期。

[13] 郭沫若：《集外·蒐苗的檢閱》，《郭沫若全集》文學編第16卷，人民文學出版社，1989年，第250-251頁。

句，便認為郭沫若這時創作這樣一篇文章是「雄赳赳打上門來」；認為郭沫若站在「國防文學」一邊，「顯然與派性有著深刻聯繫」。[14]這表明一些人對此時的郭沫若並不瞭解。二二六政變發生不久，郭沫若就在給《宇宙風》編輯的信中如此寫道：「我有一點小小的意見，希望你和XX先生，能夠採納。目前處在國難嚴重的時代，我們執文筆的人都應該捐棄前嫌，和衷共濟，不要劃分畛域。彼此有錯誤，可據理作嚴正的批判，不要憑感情作籠統的謾罵。⋯⋯你們如肯同意，我決心和你們合作到底，無論受怎樣的非難，我都不再中輟。」[15]這便是郭沫若在「兩個口號」論爭中既反覆強調團結，又旗幟鮮明地站在「國防文學」一邊的原因：因為他希望「執文筆的人都應該捐棄前嫌，和衷共濟，不要劃分畛域」，所以反覆強調團結；因為他希望「彼此有錯誤，可據理作嚴正的批判，不要憑感情作籠統的謾罵」，所以旗幟鮮明地站在「國防文學」一邊。在郭沫若看來，「國防文學」這一口號確實比「民族革命戰爭的大眾文學」這一口號更好：「『國防文學』之提出正是要叫作家們跑上抗日的聯合戰線，而提出這口號的都是左翼作家。他們很明白而正確的適應著目前的現實及政治的要求而擴大了向來的組織，他們並沒有所『囿』，因而也似乎用不著再拿新的口號來『推動』。若說『國防文學』『在文學思想的意義上』『不明瞭』而又有『不正確的意見』『注進』，那嗎把『國防文學』嚴密地定義起來是可以『補救』『糾正』的，而這『補救』『糾正』的工夫由許多戰友討論已做了不少，在我是覺得已到完備的地步的，用不

[14] 葉德浴：《郭沫若對魯迅態度劇變之謎》，《魯迅研究月刊》，2004年第7期。
[15] 郭沫若：《致陶亢德》，黃淳浩編：《郭沫若書信集》上冊，中國社會科學出版社，1992年，第410頁。

著要另起爐灶。……『民族革命戰爭的大眾文學』這在文學思想的意義上不是更加不明瞭，更加容易注進不正確的意見麼？我們目前的革命豈只是單純的民族革命？而這革命的表現豈只是戰爭？大眾在革命期中所要求的文學豈只是戰爭文學？把這些問題過細考慮起來，總覺得這個口號是不妥當不正確的一個。」[16]

1936年10月1日，魯迅、郭沫若、茅盾、巴金、冰心等21人聯合發表了《文藝界同人為團結禦侮與言論自由宣言》。夏衍認為，鄭伯奇在郭沫若簽名這件事上起了「決定性的作用」：「鄭伯奇是創造社的『元老』，當時，在文藝界他也是唯一一個能代表創造社和向郭沫若進言的作家（到三五年，在上海的創造社作家彭康、朱鏡我、陽翰笙、李初梨已被捕，李一氓、馮乃超已調離上海）。因此，流亡在日本的郭沫若在這個宣言上簽名，伯奇起了決定性的作用。」[17]根據郭沫若在1936年的言行可以看出，夏衍的這種說法是事後想當然的猜測：團結禦侮，是郭沫若當時最大的心願，在標誌著文藝界同人團結的宣言上簽名，當是郭沫若夢寐以求的事情。

三、魯迅逝世後的郭沫若

在《文藝界同人為團結禦侮與言論自由宣言》上簽名後不到二十天，魯迅逝世了。郭沫若從晚報上看見這一消息時，簡直難以

---

[16] 郭沫若：《集外·蒐苗的檢閱》，《郭沫若全集》文學編第16卷，人民文學出版社，1989年，第246頁。

[17] 夏衍：《兩個口號的論爭》，《懶尋舊夢錄》，生活·讀書·新知三聯書店，1985年，第326-327頁。

相信：「這個消息使我呆了好一會，我自己有點不相信我的眼睛。我疑這個消息不確，冒著雨跑到鄰家去借看別種報，也一樣地記載著這個噩耗。我的眼睛便不知不覺地醞釀起了雨意來」，當晚用毛筆在宣紙上寫了《民族的傑作》。第二天早上，非廠來向郭沫若報告，把文章拿了去，後來登在《質文》上。東京帝國大學的帝大新聞社也打來電話，要郭沫若寫一篇文章，郭於10月22日完成了《墜落了一個巨星》。在《民族的傑作》中，郭沫若對魯迅給予高度評價：「中國文學由魯迅而開闢出了一個新紀元，中國的近代文藝是以魯迅為真實意義的開山，這應該是億萬人的共同認識」，稱讚「魯迅是我們中國民族近代的一個傑作」。[18]在《墜落了一個巨星》中，郭沫若回憶了自己與魯迅的交往過程，對自己的「孩子脾氣」表示懺悔：「這種事，假如我早一些覺悟，或是魯迅能再長生一些時間，我是會負荊請罪的，如今呢，只有深深地自責自己而已。」並要人們用實際行動紀念魯迅：「魯迅已經給我們留下了一個榜樣。拿著劍倒在戰場上吧！以這樣的態度努力工作下去，怕才是紀念魯迅的最好的道路。」[19]10月24日，郭沫若將所作挽聯寄回國內發表，挽辭為：「方懸四月，疊墜雙星，東亞西歐同殞淚；欽誦二心，憾無一面，南天北地遍招魂。」[20]11月1日，郭沫若作《不滅的光輝》，認為魯迅精神的真諦是「不妥協」，魯迅真正的仇敵是「人類的仇敵，尤其是我們民族的仇敵」，紀念魯迅的最佳途徑是

[18] 郭沫若：《集外·民族的傑作——悼唁魯迅先生》，《郭沫若全集》文學編第16卷，人民文學出版社，1989年，第256-258頁。
[19] 郭沫若：《墜落了一個巨星》，王錦厚、伍加侖、肖斌如編：《郭沫若佚文集》上冊，四川大學出版社，1988年，第292-294頁。
[20] 郭沫若：《挽魯迅先生》，王繼權、姚國華、徐培均編注：《郭沫若舊詩詞系年注釋》上冊，黑龍江人民出版社，1982年，第179頁。

「加倍地鼓起我們的敵愾，前仆後繼，繼續奮戰」。[21]11月4日，郭沫若在東京日華學會內舉行的「魯迅追悼大會」上發表演講，高度評價魯迅為「夏殷周以後的偉大的人物」，最後套用古人高度評價孔子的話結束了自己的演講：「嗚呼魯迅，魯迅魯迅！魯迅以前，無一魯迅！魯迅以後，無數魯迅！嗚呼魯迅，魯迅魯迅！」[22]11月10日，郭沫若在《質文》第2卷第2期發表悼念魯迅挽聯：「平生功業尤拉化，曠代文章數阿Q。」[23]

　　從以上言行可以看出，郭沫若對魯迅的逝世是悲痛的，其哀悼是真心的，其評價是崇高的。但是，郭沫若這些文章、挽聯發表後，當時就有人說郭沫若虛情假意：「在逝者生前，而有一類人們詛咒著他死，甚至幫同他的敵人們來壓迫他死……於今也大寫其哀悼文章來了，這也不是我們所需要的。因為他們要利用哀悼死者的眼淚（？）來洗滌自己外在的被人民所唾棄的痰汗，企圖另換一副形容，好繼續著他們罪惡卑鄙的生涯」[24]；現在也有人認為「這個變化實在太大了」[25]。從表面上看這一變化確實很大，但如果瞭解1936年的郭沫若，便會知道這是水到渠成的事情。

[21] 郭沫若：《集外‧不滅的光輝》，《郭沫若全集》文學編第16卷，人民文學出版社，1989年，第259-261頁。

[22] 《在東京「魯迅追悼大會」上郭沫若先生演詞（常情記）》，《留東新聞》第5卷第13期（1936年11月6日）。

[23] 郭沫若：《贊挽魯迅先生》，王繼權、姚國華、徐培均編注：《郭沫若體詩詞系年注釋》上冊，黑龍江人民出版社，1982年，第181頁。

[24] 蕭軍：《散文‧致郭沫若君——關於「不滅的光輝」》，《蕭軍全集》11卷，華夏出版社，2008年，第163-164頁。

[25] 葉德浴：《郭沫若對魯迅態度劇變之謎》，《魯迅研究月刊》，2004年第7期。

　　從上面的三件事可以看出，郭沫若在全面抗戰爆發後回國，實在是順理成章的事情：二二六政變發生時，郭沫若敏感地發現日本的這次政變與中國之間有著非常密切的關係，於是藉歷史小說提醒國人，並以賈誼自比，希望能為國效力；在「兩個口號」中，郭沫若慎重宣佈：「我自己是在現代中國的中國人，我敢於宣稱：我有充分的資格來愛國」[26]；魯迅逝世後，郭沫若認為紀念魯迅的最好方式是：「拿著劍倒在戰場上吧！以這樣的態度努力工作下去，怕才是紀念魯迅的最好的道路。」[27]抗日戰爭全面爆發為郭沫若回國提供了契機：回到祖國，「拿著劍倒在戰場上」，這確實是紀念魯迅的最好方式。

---

[26] 郭沫若：《在國防的旗幟下》，王錦厚、伍加倫、肖斌如編：《郭沫若佚文集》上冊，四川大學出版社，1988年，第273頁。
[27] 郭沫若：《墜落了一個巨星》，王錦厚、伍加倫、肖斌如編：《郭沫若佚文集》上冊，四川大學出版社，1988年，第294頁。

論金錢因素對高魯衝突的影響

　　人們常常喜歡從精神層面分析作家作品，卻較少想到作家也是人，也需要食人間煙火，他們的物質需求常常會對自己造成深刻影響，因此單純的精神層面分析常常是片面的。本文擬從物質層面（主要通過金錢因素）來分析高魯衝突的原因，希望能夠為人們從物質層面研究作家作品提供一個案例，不當之處還望多多指教。

一、高長虹為何辭謝《莽原》編輯責任

　　1925年11月27日，《莽原》週刊出至第32期，「《京報》要停止副刊以外的小幅了，便改為半月刊，由未名社出版」[1]。「《莽原》週刊停刊後，魯迅想改用《莽原》半月刊交給未名社印行並想叫我擔任編輯」[2]，高長虹卻「畏難而退」：「雖經你解釋，然我終於不敢擔任，蓋不特無以應付外界，亦無以應付自己；不特無以應付素園諸君，亦無以應付日夕過從之好友鍾吾。」[3]高長虹的解釋頗

---

[1] 魯迅：《且介亭雜文二集・〈中國新文學大系〉小說二集序》，《魯迅全集》第6卷，人民文學出版社，2005年，第258頁。

[2] 高長虹：《一點回憶——關於魯迅和我》，《高長虹全集》第4卷，中央編譯出版社，2010年，第364頁。

[3] 高長虹：《走到出版界・給魯迅先生》，《高長虹全集》第2卷，中央編譯出版社，2010年，第160頁。

為含糊，有必要進行深入分析。

眾所周知，莽原社主要由狂飆社作家群和安徽作家群（由安徽霍丘葉集的李霽野、韋素園、韋叢蕪、臺靜農構成，他們是小學同班同學）組成，莽原社成立初期，安徽作家群成員就「已在魯迅前攻擊過我同高歌」[4]。由於高長虹「無論有何私事，無論大風濘雨，我沒有一個禮拜不趕編輯前一日送稿子去」[5]，加上沒有生活來源，魯迅決定每月給高長虹十元八元錢。對此，高長虹一方面「感激魯迅」，同時又覺得是「普通視為丟臉的事」：「實則我一月雖拿十元八元錢，然不是我親自去代售處北新書局討要，便是催迫有麟去討要，並不是正當薪水，出納分明。」[6]安徽作家群卻因此一段時間不再來稿。就在這時，五卅慘案發生了，因為安徽作家群不再來稿，「《莽原》的稿件也略感缺乏」，高長虹便在魯迅的要求下，「開始了那個使人討厭的《弦上》」的創作。

高長虹的《弦上》由15篇系列雜文構成，前三篇文章與五卅慘案有關，剩下9篇文章與女師大事件有關、3篇文章與思想革命有關。從這些文章內容可以看出，高長虹在五卅慘案、女師大事件和思想革命中與魯迅取一致的步調。這些雜文在為高長虹贏得較高聲譽的同時，也給高長虹帶來了麻煩：「因此也使我得到不少的反感，即是，一般讀者都不懂得我所說的用意。我曾當面受過很幾次的譏笑，有朋友式的，有路人式的，也有敵人式的……我的批評，

---

[4] 高長虹：《走到出版界‧1925，北京出版界形勢指掌圖》，《高長虹全集》第2卷，中央編譯出版社，2010年，第203頁。

[5] 高長虹：《走到出版界‧給魯迅先生》，《高長虹全集》第2卷，中央編譯出版社，2010年，第160頁。

[6] 高長虹：《走到出版界‧1925，北京出版界形勢指掌圖》，《高長虹全集》第2卷，中央編譯出版社，2010年，第202頁。

無形之間惹來許多人對於我的敵意不算外，它並且自己造作出一種敵意，一種我對於自己的創作的敵意，它無形之間毀滅了我自己的創作！」[7]

　　由於高長虹協助魯迅編輯《莽原》，「關係《莽原》的，有一些人都疑惑是我編輯，連徐旭生都有一次這樣問過我。外面來稿不登的，也有人積怨於我。」另一方面，在外人看來，《莽原》「只是魯迅辦的一個刊物，再不會認識其他」。[8]在這種情況下，高長虹決定自辦《狂飆》月刊，將《莽原》、《語絲》、《猛進》「三種週刊合組而成為一個月刊」，「再有人多做點宣傳的所謂系統的文字，則人們的耳目一定會更為清爽一些」[9]，並請魯迅、徐旭生「擔任稿件」。由於魯迅、徐旭生答應的稿件沒寫，高長虹只好「暫且停止了這個工作，退出北京的出版界，到上海遊逛一次。」於是，高長虹開始寫《生的躍動》，「預備寫六七萬字來上海賣稿」。[10]

　　《生的躍動》後來被收入高長虹的小說集《游離》中，結合高長虹當時情況卻可以看出，這篇小說除「他想像著他做家庭教師的情狀」這部分（第3部分）是高長虹「想像」的外，其餘部分基本可看作是高長虹1925年11月初離開北京前這段時間生活和思想的

[7] 高長虹：《時代的先驅・批評工作的開始》，《高長虹全集》第1卷，中央編譯出版社，2010年，第501-502頁。

[8] 高長虹：《走到出版界・1925，北京出版界形勢指掌圖》，《高長虹全集》第2卷，中央編譯出版社，2010年，第198-207頁。

[9] 高長虹：《走到出版界・今昔》，《高長虹全集》第2卷，中央編譯出版社，2010年，第129頁。

[10] 高長虹：《走到出版界・1925，北京出版界形勢指掌圖》，《高長虹全集》第2卷，中央編譯出版社，2010年，第208頁。

實錄。摘錄其中一段文字便可看出高長虹此時的生活情況:「他想著,又反轉來痛恨起那些報館來了。一首詩只給八分錢,真是氣死人!笑死人!比如,他開一頓客飯,便得兩角錢,客人走了的時候,他便必須做出兩首半詩來了,而他的客飯又那樣多,每天至少也得平均兩頓,他如何有那樣許多詩做呢?」[11]

《閃光》是1925年6月1日至7月23日在《京報》副刊上連載的100首短詩。關於此詩,高長虹曾說:「去年夏天在《莽原》做文字時,我本想多做些文藝的,但時代同輿論卻要我多做論文或批評,我服從了。但有時也想寫詩,卻不能寫長,這便成了《閃光》的來歷。《閃光》,最先是在公園裏寫的,以後有在北河沿寫的,也有在市場寫的,不一。先是想在《莽原》上發表的,編者以其簡短,易於去取,置之報尾。不料第一次便被擠去了。我覺得先兆不好,便轉送《京副》,一共發表了一百段。不料《京副》的記者只給了我八元稿費。所以一首詩等於八分錢,以後寫去便不發表,也不大高興寫了。」[12]

根據高長虹的敘述和他5-8月到魯迅寓次數的變化可以看出,高長虹6月份就打算自辦《狂飆》月刊,並為此忙碌了兩個月:5月10次、6月7次、7月6次、8月11次。從上面的分析可以看出,高長虹自辦《狂飆》除了他已說出的原因外,恐怕還有一個非常重要的原因:錢的問題。由於投稿《莽原》是沒有稿費的,魯迅雖然出於好意每月給高長虹十元八元錢,但拿錢的原因、方式及安徽作家群的

[11] 高長虹:《游離・生的躍動》,《高長虹全集》第2卷,中央編譯出版社,2010年,第388頁。

[12] 高長虹:《走到出版界・關於〈閃光〉的黑暗與光明》,《高長虹全集》第2卷,中央編譯出版社,2010年,第177頁。

不滿很容易讓「驕傲」[13]的高長虹感到這是嗟來之食，即：「這其實是普通視為丟臉的事」。何況身在《莽原》還有那麼多不如意的事情。但是，自辦《狂飆》似乎這些問題都能得到解決：可以按照自己的意願創作並發表、可以不必為他人背黑鍋和做嫁衣裳、拿多少錢都名正言順……兩相比較，自辦《狂飆》很明顯比繼續待在《莽原》好，所以高長虹辭謝《莽原》半月刊編輯責任是很自然的事情。

二、高長虹為何急於拋出《1925，北京出版界形勢指掌圖》

魯迅看見高長虹因「退稿事件」而寫的《給魯迅先生》和《給韋素園先生》後，在給許廣平的信中如此寫道：「長虹和韋素園又鬧起來了，在上海出版的《狂飆》上大罵，又登了一封給我的信，要我說幾句話。他們真是吃得閒空，然而我卻不願意陪著玩了，先前也陪得夠苦了，所以擬置之不理。」[14]由此可知，魯迅明白高長虹的公開信主要是針對韋素園的。加上李霽野、韋素園等不斷來信催稿，魯迅憤怒了：「長虹因為他們壓下（壓下而已）了投稿，和我理論，而他們則時時來信，說沒有稿子，催我作文。我才知道犧牲一部分給人，是不夠的，總非將你磨消完結，不肯放手。我實在有些憤怒了，我想至二十四期止，便將《莽原》停刊，沒有了刊物，

[13] 高長虹：《走到出版界·1925，北京出版界形勢指掌圖》，《高長虹全集》第2卷，中央編譯出版社，2010年，第195頁。
[14] 魯迅：《書信（1904-1926）·261023致許廣平》，《魯迅全集》第11卷，人民文學出版社，2005年，第588頁。

看他們再爭奪什麼。」[15]但在看見高長虹的《1925，北京出版界形勢指掌圖》後，魯迅的憤怒對象由安徽作家群轉向了高長虹：「我先前為北京的少爺們當差，耗去生命不少，自己是知道的。……不過先前利用過我的人，知道現已不能再利用，開始攻擊了。長虹在《狂飆》第五期上盡力攻擊，自稱見過我不下百回，知道得很清楚，並捏造了許多會話（如說我罵郭沫若之類）。其意蓋在推倒《莽原》，一方面則推廣《狂飆》銷路，其實還是利用，不過方法不同。他們專想利用我，我是知道的，但不料他看出活著他不能吸血了，就要殺了煮吃，有如此惡毒。」[16]所以說，《1925，北京出版界形勢指掌圖》的發表才是導致高魯關係破裂的真正原因。

到底是什麼原因使高長虹在魯迅「擬置之不理」的情況下發表這樣一篇文章呢？高長虹1940年在說到這篇文章寫作和發表情況時說：

> 我本想寫三萬六千字來答覆魯迅，因為這恰好可以作滿一版《狂飆》的篇幅。寫到三分之一的時候，想想說：「魯迅老了，何苦這樣呢！」後來我看到他的豈有此理的事時，才想，要是寫滿三萬六千字的時候，也許還要好一點。文章寫好後，給一個朋友看，我還說：「不發表吧！」那個朋友說：「寫了，就發表好了。」我擦乾眼淚，就交給書店付印了。[17]

[15] 魯迅：《書信（1904-1926）·261028致許廣平》，《魯迅全集》第11卷，人民文學出版社，2005年，第590頁。

[16] 魯迅：《書信（1904-1926）·261115致許廣平》，《魯迅全集》第11卷，人民文學出版社，2005年，第614-615頁。

[17] 高長虹：《一點回憶——關於魯迅和我》，《高長虹全集》第4卷，中央編譯出版社，2010年，第366頁。

　　從這段文字可以看出，高長虹寫作《1925，北京出版界形勢指掌圖》時心情是極其複雜的：寫到三分之一就沒寫了；寫好後，本不打算發表；是「朋友」的話促使他「擦乾眼淚，就交給書店付印了」。《1925，北京出版界形勢指掌圖》完稿於10月28日，發表在《狂飆》第5期；《批評工作的開始》完稿於10月19日，卻發表於第6期。高長虹在說到《批評工作的開始》的發表情況時說：「那篇文章，本來是編入第五期的，不料到那一期將付印的時候，我的精神上受了一個大的打擊，因此，那篇文章也便被擠到第六期去了。」[18]從高長虹這段話可以看出，當「朋友」看見高長虹的《1925，北京出版界形勢指掌圖》時是如何急不可耐地將其發表。

　　這「朋友」為什麼如此急於發表高長虹的這篇文章呢？應該與《狂飆》銷路有關。高長虹在10月10日出版的上海《狂飆》週刊第1期上如此寫道：「稿件太多時，則須加以選擇」[19]；第4期的《為投稿〈狂飆〉者略進數言》說得更是豪氣滿懷：「本刊接受投稿的，只有『有話大家說』一欄，但必須『出言真實，事無捏造』」，其他投稿則「概不收受」。[20]《狂飆》週刊第8期發表的《關於〈狂飆〉》卻這樣寫道：「『有話大家說』一欄已經空白到七七四十九天了。外面來稿的一份也沒有，連自己的朋友也都沉默了。這可知中國的說話界之窮也不亞於經濟界。我幾次想一人登場了，然而終於沒有好意思。但是一個福音終於來了，一個不認識的十八歲的朋友終於

---

[18] 高長虹：《走到出版界‧取消批評工作》，《高長虹全集》第2卷，中央編譯出版社，2010年，第301頁。

[19] 高長虹：《〈狂飆〉週刊的開始》，《高長虹全集》第3卷，中央編譯出版社，2010年，第150頁。

[20] 高長虹：《走到出版界‧為投稿〈狂飆〉者略進數言》，《高長虹全集》第2卷，中央編譯出版社，2010年，第183頁。

寄來《為科學作戰》的說話了，我在此真不禁要三呼中國的青年萬歲！科學萬歲！」[21]從這段話可以看出，「有話大家說」一欄設立了「七七四十九天」都沒有人來「說」，由此可知，上海《狂飆》週刊並不如高長虹開始預料的那樣火暴。難怪11月9日魯迅在給韋素園的信中如此寫道：「《狂飆》已經看到四期，逐漸單調起來了。」[22]「逐漸單調起來」的《狂飆》，為了增加銷路，便在第5期登載了高長虹的《1925，北京出版界形勢指掌圖》。為了《狂飆》的銷路，高長虹將自己與魯迅的關係推入絕境，這實在是一件得不償失的買賣。

那麼，這「朋友」又是誰呢？戈風先生說：

> 高長虹的著作大多由泰東、光華、現代這些書局出版。書局的老闆曾企圖在郭沫若等留日青年文學者之外，樹立起高長虹等跑到上海灘的青年文學者的名聲，來撈一筆大財。[23]

曾經訪問過與高長虹有過交往的老同志的張謙說：

> 承印《狂飆》週刊的書局老闆，看見這夥人勁頭很足，《狂飆》週刊的銷路也好，很有發展前途，便鼓勵高長虹說：「你們好好搞下去，將來也能搞到郭沫若他們那個樣子」。[24]

[21] 高長虹：《走到出版·關於〈狂飆〉》，《高長虹全集》第2卷，中央編出版社，2010年，第230頁。文中的「為科學作戰」指鄭效洵翻譯的《什麼是行為主義》，並非文章題目，故不應加書名號。
[22] 魯迅：《書信（1904-1926）·261109致韋素園》，《魯迅全集》第11卷，人民文學出版社，2005年，第610頁。
[23] 戈風：《高長虹的著作》，山西盂縣政協編：《高長虹研究文選》，北嶽文藝出版社，1991年，第25-26頁。
[24] 張謙：《談〈狂飆社〉成員高長虹》，山西盂縣政協編：《高長虹研究文選》，北

由此可知，這所謂的「朋友」，應該就是那些惟利是圖的書局老闆。

說到底，還是因為錢。

三、高長虹為何如此急需錢

到底是什麼原因使高長虹如此急需錢呢？

首先，高長虹離開家庭後，沒有固定的生活來源，只有靠賣稿和辦雜誌為生，以致「貧與病」成了「我們青年的常態生活」[25]。高長虹在說到自己在北京的生活情況時曾說：「一個月賺六七元錢，北京的房飯沒有這樣的便宜，我的肚子也沒有這樣小，編輯先生一翻臉，我便要站在懸崖上了……」[26]其次，高長虹的家庭還望高長虹寄錢回去：「與死掙扎的母親每天需要一元至兩元的藥錢，我能夠向那裏偷去呢？我想賣一部稿子，然而這個倒埋（黴）的北京呵，在賣稿上正等於一個倒埋（黴）的鄉村。」[27]其三，高長虹作為狂飆社盟主，周圍還有一大批人等著他幫助：「如我賃到一間屋子想寫點文字時，那也許一天以內便會住滿四五個人了！」[28]……用錢的地方那麼多，而錢的來源又這麼少，高長虹對錢非常饑渴便在情理之中了。

嶽文藝出版社，1991年，第293頁。

[25] 高長虹：《復皎我》，《高長虹全集》第3卷，中央編譯出版社，2010年，第161頁。

[26] 高長虹：《心的探險・綿袍裏的世界》，《高長虹全集》第1卷，中央編譯出版社，2010年，第139頁。

[27] 高長虹：《睡覺之前》，《高長虹全集》第3卷，中央編譯出版社，2010年，第112頁。

[28] 高長虹：《曙》，《高長虹全集》第2卷，中央編譯出版社，2010年，第55頁。

　　高長虹那麼窮，以致他的不少作品都留下了哭窮叫苦的聲音：「曾有過一個朋友向我的別一個朋友建議：他那樣窮的人，你還不趕快同他絕交了嗎？被人罵為刻毒的我，曾有過一次像這樣刻毒過嗎？」[29]「他於是想起他的窮來，他的過去的和未來的。他尤其樂於去想那未來的，他如何一天比一天窮。債一天比一天多，直到他的屍首在那窮和債的堆積裏。」[30]窮對高長虹來說是一種刻骨銘心的感受，以致高長虹寫小說時也忘不了它，使小說中的主人公幾乎無一例外地染上了窮的色彩，不管職業如何。《春天的人們》中的「我」是一個剛辭去大學校長職務的人，為了籌措150元的路費卻花了一個多月：「我近來是，越發窮了。我簡直沒有一點弄錢的辦法。」[31]讀著這樣的文字，誰能不為高長虹的窮感到心酸？

　　從上面的分析可以看出，高長虹對錢的饑渴確實是導致高魯衝突的重要原因之一。如果有人為此對高長虹提出批評，筆者只想借用魯迅的一段話來回答：「錢這個字很難聽，或者要被高尚的君子們所非笑，但我總覺得人們的議論是不但昨天和今天，即使飯前和飯後，也往往有些差別。凡承認飯需錢買，而以說錢為卑鄙者，倘能按一按他的胃，那裏面怕總還有魚肉沒有消化完，須得餓他一天之後，再來聽他發議論。」記住：「自由固不是錢所能買到的，但

---

[29] 高長虹：《光與熱·反應》，《高長虹全集》第1卷，中央編譯出版社2010年，第191頁。

[30] 高長虹：《游離·生的躍動》，《高長虹全集》第2卷，中央編譯出版社2010年，第388-389頁。

[31] 高長虹：《春天的人們》，《高長虹全集》第1卷，中央編譯出版社，2010年，第571頁。

能夠為錢而賣掉。」[32]另外，筆者想強調的是，高長虹雖然對錢非常饑渴，但並不是為了滿足一己之私欲，而是在滿足自己基本生存需要的同時，幫助家人和周圍人，所以高長虹對錢饑渴的理由是非常正當的。

　　為了減少類似於高魯衝突以至更嚴重的事情發生，為人們提供一個適宜的生存環境吧！

---

[32] 魯迅：《墳‧娜拉走後怎樣》，《魯迅全集》第1卷，人民文學出版社，2005年，第167-168頁。

高長虹與周作人
——從路人到仇人

　　在《高長虹文集》出版前，就高長虹與魯迅的衝突而言，人們還能從魯迅的文章中看見魯迅的一面之詞；就高長虹與周作人的衝突而言，由於周作人論戰中的文章未收入文集，依然保留在最初發表的《語絲》上，對沒看過《語絲》的人來說，連周作人的一面之詞也不知道。《高長虹文集》出版後，人們能夠看見高長虹和魯迅衝突雙方的相關文章，為人們全面瞭解高魯衝突提供了方便。但是，就高長虹與周作人的衝突而言，人們仍然只能看見高長虹的一面之詞。對這一問題展開論述的，筆者到目前為止只看見錢理群先生發表於《魯迅研究月刊》1990年第5期的《從高長虹與二周論爭中看到的……》。在這篇文章中，錢理群先生「不準備複述論爭的具體過程，論爭各方的具體論點、根據」，他只把高長虹與二周論爭「當作一種『典型形象』，從中『看到』更為普遍的『典型』意義」：「我們所看到的，是中國幾千年封建專制主義文化對於中國知識份子心靈的損傷，以及中國現代知識份子要擺脫封建專制主義文化所造成的心理陰影的艱難歷程：事實上，在整個論爭過程中，高長虹與周氏兄弟都表現了追求思想自由、個性獨立與尊嚴的高度自覺。」董大中先生在探討高長虹與魯迅關係的專著《魯迅與高長

---

[1] 錢理群：《從高長虹與二周論爭中看到的……》，山西孟縣政協編：《長虹研究文

虹》中順便論及了高長虹與周作人的衝突，認為周作人創作的《南北》「是周作人對高長虹的宣戰書，表層意思是說歷史上的『南北之爭』和『近來這南北之爭的聲浪又起來了』，深層意思則是指高長虹『挑剔風潮』，引起『南北之爭』」。[2]筆者在考證高長虹與魯迅關係時，發現有必要對高長虹與周作人的衝突作專門考證。搞清楚高長虹與周作人衝突的來龍去脈，不但能讓人們明白高長虹與周作人衝突的真相，而且有助於人們正確理解高長虹與魯迅的衝突，並有利於人們瞭解20世紀20年代中期的周作人。現在，筆者不妨當一次文抄公，將高長虹與周作人的相關文字摘抄下來，讓有興趣的人從中看到自己能看到的。

一、周作人與《南北》

1926年11與6日，《語絲》第104期發表了周作人的《南北》，全文為：

> 鳴山先生：
>
> 　　從前聽過一個故事，有三家村塾師叫學生作論，題目是「問南北之爭起於何時？」學生們翻遍了綱鑑易知錄，終於找不著，一個聰明的學生便下斷語云，「夫南北之爭何時起乎？蓋起於始有南北之時也。」得了九十分的分數。某秀才見了說，這是始於黃帝討蚩尤，但塾師不以為然，他說涿鹿之戰乃

選》，北嶽文藝出版社，1991年，第165-172頁。
[2] 董大中：《魯迅與高長虹》，河北人民出版社，1999年，第323頁。

是討蚩，（一說蚩尤即赤酋之古文，）是在北方戰爭，與南方無涉，於是這個問題終於沒有解決。

近來這南北之爭的聲浪又起來了，其實是同那塾師所研究的是同樣的虛妄，全是不對的。粵軍下漢口後，便有人宣傳說南方仇殺北人，後來又謠傳劉玉春被慘殺，當作南北相仇的證據，到處傳佈，真是盡陰謀之能事。我相信中國人民是完全統一的，地理有南北，人民無南北。歷來因為異族侵略或群雄割據，屢次演出南北分立的怪劇，但是一有機會，隨復併合，雖其間經過百十年的離異，卻仍不見有什麼裂痕，這是歷史上的事實，可以證明中國國民性之統一與強固。我們看各省的朋友，平常感到的只是一點習慣嗜好之不同，例如華伯之好吃蟹（彭越？），品青之不喜吃魚，次鴻之好喝醋，（但這不限於晉人，貴處的「不」先生也是如此，）至於性情思想都沒有多大差異，絕對地沒有什麼睽隔，所以近年來廣東與北京政府立於反對地位，但廣東人仍來到京城，我們京兆人也可以跑到廣州去，很是說得來，腦子裏就壓根兒沒有南北的意見。自然，北京看見南方人要稱他們作蠻子或是豆皮，北方人也被南方稱作傖子，但這只是普通的綽號，如我們稱品老為治安會長，某君為疑威將軍，開點小玩笑罷了。老實說，我們北方人聞道稍晚，對於民國建立事業出的力不很多，多數的弟兄們又多從事於反動戰爭，這似乎也是真的。不過這只是量，而不是質的問題。三一八的通緝，有五分之三是北人，而反動運動的主要人物也有許多是南人，如張勳，段祺瑞，章士釗，康有為，蔣百里等輩皆是。總之，民國以來的混亂，不能找地與人來算賬，應該找思想去算的，這不是兩地方的人的戰爭，乃是思想的戰

爭。南北之戰,應當改稱民主思想與酋長思想之戰才對。現在
河南一帶的酋長主義者硬要把地盤戰爭說是南北人民的戰爭,
種種宣傳,「挑剔風潮」,引起國民相互的仇視,其居心實在
是凶得可憐憫了。我們京兆人民酷愛和平,聽見這種消息,實
在很不願意,只希望黃帝有靈,默佑這一班不肖子孫,叫他們
明白起來,安居樂業,不要再鬧什麼把戲了,豈不懿歟!先生
隱居四川,恐怕未必知道這些不愉快的事情,那倒也是很好
的。何時回平水去乎?不盡。

　　高長虹看見這篇文章後認為是針對他的,11月18日作《晴天
的話》,第二天作《語絲索隱》、《公理和正義的談話》、《請大
家認清界限》(以上文章均發表在上海《狂飆》週刊第10期,1926
年12月12日出版),從而將高魯衝突轉變成高長虹與周氏兄弟的衝
突。董大中先生認為,周作人在這個時候創作《南北》,其目的是
為了「上陣助兄」[3],此說值得商榷。
　　針對高長虹的指摘,周作人後來在《南北釋義》中如此寫道:

　　　　我真抱歉,我的文章竟會這樣難懂,至於使那位自由批
　　評家的長虹先生也看不懂:為此我不得不來破費幾分鐘工夫這
　　一篇無聊的釋義。
　　　　《語絲》一〇四期上我那篇《南北》是針對討賊軍通電
　　宣傳漢口南軍仇殺北人而發的,但是我的壞脾氣是向來不喜歡
　　直說,而且,又是那個年頭兒,所以我只籠統地說河南的酋長

---

[3] 董大中:《魯迅與高長虹》,河北人民出版社,1999年,第181頁。

思想者，豈料長虹先生以為是在罵他，這真不知道從那裏直覺出來的。我又說北方「聞道稍晚，」我是說的革命；無論引什麼南派北派的美術南歐北歐的文學來作證明，直到最近為止，黃河以北地方之沒有加入革命運動總是事實。這個，長虹先生又以為是在罵他。其實，我何至於要罵他呢？「道」「酋長思想」，本來都是一個「隱」，而這回長虹先生又「索」不出：甚矣「自由批評」之不易也。

其實我那篇《南北》文章雖然晦澀，只要頭腦稍為清楚的人，從上下文看來，意思萬不會誤解的。然而長虹先生既看不懂矣，可奈何？有此釋義，後之覽者度可不再蹈覆轍歟？閱《狂飆》十一期後記。[4]

周作人是否在為自己狡辯呢？不妨以事實為證。

1926年6月5日，國民政府在廣州召開會議，通過出師北伐案，頒佈出師北伐的動員令；7月1日，發出「北伐宣言」；7月9日，國民革命軍正式誓師北伐。當時奉、直軍閥張作霖、吳佩孚、孫傳芳等雖有兵力七十萬人，但他們割據稱雄，各不相謀。北伐軍根據這一特點，採取各個擊破的作戰方針，首期作戰時提出打倒吳佩孚、聯絡孫傳芳、不理張作霖的口號。北伐戰爭開始後，吳佩孚部連吃敗仗，退守武昌城。吳佩孚決心戰死也不放棄武昌，吳佩孚對劉玉春有知遇之恩，劉願代吳死守武昌。9月6日，吳佩孚失漢陽，先退孝感，再退廣水，三退信陽，後奔鄭州，這時的吳已沒有抵抗北伐軍的力量。為了抵抗北伐軍的進攻，張作霖希望吳讓出一條路給奉

---

[4] 周作人：《南北釋義》，《語絲》第114期（1927年1月15日）。

軍，並願意把奉軍交給吳指揮，吳擔心因此失掉在河南的地盤及其他原因，對張作霖的要求不理不睬，在革命軍、奉軍夾擊和自己部隊內訌的情況下，吳佩孚最終落得個「淒涼蜀道」的結局。[5]所以，如果非要「索隱」的話，「河南一帶的酋長主義者」當指吳佩孚。

劉玉春是河北省玉田縣人，一副北方人高大魁梧的模樣，原是第八師第十五旅旅長，第八師駐守宜昌，並非吳的基本隊伍。吳東山再起後，左右都是不堪一戰的衰兵懦將，劉不失為燕趙慷慨之士，因此提升劉為第八師師長，繼而又升他為第八軍軍長，吳北上時把劉的三團編為衛隊旅，用為親兵。劉玉春留守武昌後，決定死守，而武昌城內儘是敗兵之將，在劉指揮的守城部隊萬餘人中，他直屬的第八師只有2000人，別人天天要降。因此，當城下炮火震天、軍心離散之際，他一方面要佈置死守，一方面還要分出兵力來監視城內雜牌軍的行動。10月10日武昌城被攻破時，劉玉春登蛇山指揮守軍死戰，戰至全城守兵盡降時才被身邊的於旅長生拉活扯地拉到文華書院，卒被革命軍擒獲，解往第四軍司令部，被俘後劉對新聞記者發表演講，「新聞記者聽了他的話，幾忘其為反革命之戰俘，卻佩服其忠義之氣概和視死如歸的人格」。[6]筆者雖未看見「討賊軍」「宣傳漢口南軍仇殺北人」的通電，但根據時任國民革命軍總政治部副主任郭沫若的回憶可以知道，日本記者對劉玉春被俘這一事件非常感興趣：「南軍佔領了武漢的時候，日本的各個報館、各個通訊社，都派有專門的訪員，勤勉地訪查四面的消息……」[7]我

---

5 丁中江：《北洋軍閥史話》第4冊，中國友誼出版社，1992年，第386-461頁。

6 丁中江：《北洋軍閥史話》第4冊，中國友誼出版社，1992年，第405頁。

7 郭沫若：《革命春秋·北伐途次》，《郭沫若全集》文學編第13卷，人民文學出版社，1992年，第118-119頁。

們知道，北伐戰爭時期日本帝國主義者支持北洋軍閥，這些記者（包括那些持相同立場的中國記者）為了把國民革命軍的北伐戰爭說成是地理上的南北之爭，完全有可能拿劉玉春大做文章。所以「謠傳劉玉春被慘殺，當作南北相仇的證據」是有可能的[8]。

對政治不很熱心的周作人，為什麼要作一篇文章來諷刺北洋軍閥呢？原因很簡單，在北伐戰爭這件事上，周作人是堅定地站在國民革命軍這一邊的，這可從他對自己恩師章太炎的態度看出來。北伐戰爭開始不久，章太炎應五省聯軍總司令孫傳芳、江蘇省長陳陶遺「特聘」到南京任「修訂禮制會會長」，並於8月9日「晚七時復行雅歌投壺禮」。8月13日，又發出通電，反對北伐，內云：

> 今之世雖無劉裕，而曾國藩則為老生逮見之人，非不可勉而企也。師其勤誨，效其節制，有志者何必不成。且以順制逆，以夏攘夷，則名義必可齊於劉裕，而遠視曾國藩為貞正，於是幹蠱之功保民濟國，此則不佞所望於群帥與在野之豪傑也。[9]

周作人見此通電後，作《謝本師》，內云：

> 我在東京新小川町民報社聽章太炎師講學，已經是十八年前的事了。當時先生初從上海西牢放出，避往日本，覺得光復一時不易成功，轉而提倡國學，思假復古之事業，以寄革命之精神，其意甚可悲，亦復可感。國學講習會既於神田大成中

---

[8] 實際上，北伐軍並未殺害劉玉春。劉玉春獲釋後，「回天津貧困無以生，落拓而死。」（丁中江：《北洋軍閥史話》第4冊，中國友誼出版社，1992年，第405頁）

[9] 湯志鈞：《章太炎年譜長編》，中華書局，1979年，第875-879頁。

學校開講，我們幾個人又請先生特別在家講說文，我便在那裏初次見到先生。《民報》時代的先生的文章我都讀過無遺，先生講書時像彌勒佛似的跌坐的姿勢，微笑的臉，常帶詼諧的口調，我至今也還都記得。對於國學及革命事業我不能承了先生的教訓有什麼供獻，但我自己知道受了先生不少的影響，即使在思想與文章上沒有明顯的痕跡，雖然有些先哲做過我思想的導師，但真是授過業，啟發過我的思想，可以稱作我的師者，實在只有先生一人。

民國成立以來，先生在北京時我正在南方，到得六年我來北京，先生又已往南方去了，所以這十幾年中我還沒有見過先生一面。平常與同學舊友談起，有兩三個熟悉先生近狀的人對於先生多表示不滿，因為先生好作不大高明的政治活動。我也知道先生太輕學問而重經濟（經濟特科之經濟，非Economics之謂），自己以為政治是其專長，學問文藝只是失意時的消遣；這種意見固然不對，但這是出於中國謬見之遺傳，有好些學者都是如此，也不能單怪先生。總之先生回國以來不再講學，這實在是很可惜的，因為先生倘若肯移了在上海發電報的工夫與心思來著書，一定可以完成一兩部大著，嘉惠中國的後學。然而性情總是天生的，先生既然要出書齋而赴朝市，雖是舊弟子也沒有力量止得他住，至於空口非難，既是無用，都也可以不必了。

「討赤」軍興，先生又猛烈地作起政治的活動來了。我坐在蕭齋裏，不及盡見先生所發的函電，但是見到一個，見到兩個，總不禁為我們的「老夫子」（這是我同疑古君私下稱他的名字）惜，到得近日看見第三個電報把「剿平發逆」的「曾

文正」「奉作人倫模範」我於是覺得不能不來說一句話了。先
生現在似乎已將四十餘年來所主張的光復大義拋諸腦後了。我
相信我的師不當這樣，這樣的也就不是我的師。先生昔日曾作
《謝本師》一文，對於俞曲園先生表示脫離，不意我現今亦不
得不謝先生，殊非始料所及。此後先生有何言論，本已與我無
復相關，唯本臨別贈言之義，敢進忠告，以盡寸心：先生老
矣，來日無多，願善自愛惜令名。[10]

12月29日，周作人看見孫傳芳對天刺血的通電，懷疑這篇文章
是章太炎寫的，作《妙文》進行諷刺：

文中亂引許多人名，什麼張巡石敬塘丁公之類，末後又有什麼
皇天后土，誅殛我妻子等怪語，我又「直覺」地感到，這可不
是那位老先生的手筆麼？論起文筆來呢，某先生的當然還要古
奧點，至少也要「亨」點，但是，君子惡居下流，他的晚節不
檢。就未免容易招人家之猜疑了。[11]

在章太炎家聽講《說文解字》的，除周作人外，還有魯迅、許
壽裳、錢家治、朱希祖、錢玄同、朱宗萊、龔寶銓[12]，儘管「有兩三

---

[10] 周作人：《謝本師》，《語絲》第94期（1926年8月28日）。高長虹在《〈謝本
師〉》（原載1926年10月9日《北新》週刊第1卷第8期）中曾如此評價周作人的這
篇文章：「至於出書齋而赴朝市，則是很普遍的現象，雖然也有不大高明與或較高
明的分別。這是一個很大的問題，不能以『中國謬見之遺傳』一語決之。」（高長
虹：《走到出版界·讀〈謝本師〉》，《高長虹全集》第2卷，中央編譯出版社，
2010年，第133頁。）
[11] 周作人：《妙文》，《語絲》第113期（1927年1月8日）。
[12] 周作人：《關於魯迅之二》，周作人、周建人：《年少滄桑——兄弟憶魯迅》，河

個熟悉先生近狀的人對於先生多表示不滿」，作文宣告與章太炎脫離師生關係的人卻只有周作人。在寫《謝本師》前不久，周作人曾寫作《兩個鬼》，周作人在這篇文章中說自己身上有「紳士鬼」和「流氓鬼」，每當「流氓鬼」要真正撒野時，聽「紳士鬼」一吆喝「帶住，著即帶住」，「流氓鬼」便「一溜煙地走了」。[13]這次「流氓鬼」撒野時，周作人身上的「紳士鬼」為什麼不喊一聲「帶住」呢？原因只可能是周作人對章太炎的通電太過氣憤。因為自己的恩師站在北洋軍閥一邊，周作人都如此氣憤，現在看見「討賊軍」「宣傳漢口南軍仇殺北人」的通電，周作人是完全可能幽他一默的。所以說，周作人的《南北》很明顯與北伐戰爭有關，如果非要「索隱」的話，南「當」指國民革命軍，「北」當指北洋軍閥，尤指吳佩孚。

　　認為周作人創作《南北》是「上陣助兄」的說法是站不腳的。首先，《南北》創作於1926年10月31日，高長虹給魯迅和韋素園的公開信10月17日才在上海《狂飆》週刊第2期發表，引起魯迅憤怒的《1925，北京出版界形勢指掌圖》（發表於11月7日《狂飆》週刊第5期）尚未發表，魯迅對高長虹的公開信尚「擬置之不理」[14]，安徽作家群也沒有任何表示，還沒有形成「南北之爭」的局面；其二，周作人與魯迅失和後兄弟成為參商，周作人在這種情況下不可能在魯迅「擬置之不理」的情況下「上陣助兄」；其三，周作人與高長虹和安徽作家群之間都沒有什麼深交，作為紳士的周作人，沒必要幫助任何一方。

北教育出版社，2000年，第246頁。

[13] 周作人：《兩個鬼》，《語絲》第91期（1926年8月9日）。

[14] 魯迅：《書信（1904-1926）·261023致許廣平》，《魯迅全集》第11卷，人民文學出版社，2005年，第588頁。

二、高長虹與周作人的論爭文字

（一）「索隱」

儘管周作人的《南北》與高長虹無關，但高長虹仍把它與自己聯繫起來。11月18日，高長虹作《晴天的話》，內云：

> 今天看到第一〇四期的《語絲》，又回頭看了幾期《狂飆》，我悲哀而且失笑了。我是力求鎮靜的一人，然而每苦於不能鎮靜。不鎮靜是不能做出藝術作品。而且也不能做出好的思想文字，更無論乎批評工作。近來精神頹喪，以致《時代的姿勢》終於還沒有動手，若再加別的糾葛，將更無去做的希望了。我實在不願意走這樣逆路。

儘管高長虹在這篇文章中把《南北》與自己聯繫了起來，高長虹在希望得到幫助同時仍在提倡寬容：

> 總之，我所希望於從事思想工作的朋友們者，大家都寬容一些，思想上的衝突自然是免不了的，但總要維持著思想上的德謨克拉西的精神，大家都訴之於自由批評。我們大家的思想總還是有相同點的：如建設科學，建設藝術，乃至反抗傳統思想。在介紹羅蘭思想的現在，我希望大家能夠接受點羅

蘭的精神。在介紹彌愛的現在，我希望大家都保持點駱駝的
精神。

　　冷靜是一件不容易的事，但豈明先生畢竟是一個比較能
夠冷靜的人，而且是主張寬容的人。

　　我們的今年是可以開始一個自由批評的時期了。時代常
在變化著，常在進步著。提倡了好久的科學，我們現在才開始
抱著犧牲的精神去建設，我們希望同時代的人們給與我們幫
助，或給與我們指摘，但不希望給與我們敵視。[15]

　　第二天，高長虹作《語絲索隱》、《公理與正義的談話》、
《請大家認清界限》，這時，高長虹的態度完全變了。

　　高長虹在《語絲索隱》中如此寫道：

　　　第一百〇四期《語絲》有《南北》一文，中有數處，讀
　　者不知其內情。我以最忠誠的態度，為人類計，為中國計，為
　　思想界計，謹為索隱如下。

　　　「疑威將軍」者，豈明之「自畫自贊」也。

　　　「不，先生，」亦豈明自謂，以其好喝醋也。

　　　「挑剔風潮」者，亦豈明之自述，而為酋長思想之表現
　　也。如其我的索隱不對，請豈明先生本其民主思想提出駁論，
　　我必謝罪。以一月為限，過期不候。[16]

[15] 高長虹：《走到出版界・晴天的話》，《高長虹全集》第2卷，中央編譯出版社，
　　2010年，第247-249頁。

[16] 高長虹：《走到出版界・語絲索隱》，《高長虹全集》第2卷，中央編譯出版社，
　　2010年，第250頁。

《公理與正義的談話》全文為：

　　公理：去年彼等曾擁護我等，而被誣為挑別風潮。今年彼等乃排斥我等而將挑別風潮了。

　　正義：唉，唉，唉，又一《現代評論》也！

　　公理：彼等在出版界的歷史上頗有價值，今若墮落，未免可惜。

　　正義：我深望彼等覺悟，但恐不容易吧！

　　公理：我即以其人之道反諸其人之身。

　　正義：我來寫光明日子——

　　不再吃人的老人或者還有？救救老人！！！[17]

《請大家認清界限》全文為：

　　今日思想上的衝突是科學與玄學的衝突，新舊藝術的衝突，是幽默與批評的衝突，並無其他意義。

　　人本來沒有好壞，只因環境不同，時代不同，所以思想也便不同了。如訴之自由批評，則是。如黨同伐異，則必鬧到不可開交。自由批評是思想上的德謨克拉西的精神的表現。

　　大抵舊的思想遇到新的思想時，舊的思想常變為「知其故而不能言其理」，其實已不成其為思想了。到「知其故而不能言其理」時，用了別的方法來排斥新的思想，那便是所謂開

[17] 高長虹：《走到出版界·公理與正義的談話》，《高長虹全集》第2卷，中央編譯出版社，2010年，第251頁。

倒車，如林琴南，章士釗之所為是也。我們希望《新青年》時代的思想家不要再學他們去。[18]

　　針對高長虹的指摘，周作人作《又是「索隱」》，全文照錄了高長虹的《語絲索隱》後如此寫道：

　　　　這一番話我看過只是一笑，本來不疑回答了，因為索隱這件事壓根兒是無聊的，反正一點兒都不能猜中的，譬如蔡子民先生的《石頭記索隱》即是不遠的一個殷鑑。但是又看《晴天的話》，看見長虹先生為了一〇四期的《語絲》而如此悲憤，不禁引起好奇心，找出《語絲》來一查，這才恍然大悟，原來又是那篇《南北》得罪了長虹先生，使他不能鎮靜，更不能去做批評工作，實在是非常抱歉的。讓我先來回答索隱，然後再來聲明誤會吧。

　　　　「疑戚將軍」即是疑古玄同的徽號。

　　　　「不」先生此刻不便發表真姓名，是疑古君的親戚，現在浙江教書。

　　　　「挑剔風潮」原係陳源教授語，我用在這裏是說討赤軍之挑撥南北界限。

　　　　這些毫無意思的問題為什麼值得那樣嚴重地探索，而且至於不能鎮靜呢？這我怕是為了那封信中的這幾句話吧？我談到有人喜歡喝醋，便加上這一句：

---

[18] 高長虹：《走到出版界·請大家認清界限》，《高長虹全集》第2卷，中央編譯出版社，2010年，第252頁。

「但這也不限於晉人，貴處的『不』先生也是如此。」
現在，長虹先生是晉人，或者看了不禁生起氣來，但我當時寫
的時候始終沒有想到長虹先生，自然更沒有想到長虹先生要見
了生氣。長虹先生的文章我大抵看見，但我並不想回罵他，
更何至於以醋呀，晉人呀，不先生呀，疑威將軍呀等的暗箭
（？）去罵他呢？唉，我的文章真太晦澀，晦澀到使人們看成
什麼「隱」，這是我所應當自警的，以後要設法寫得更為明顯
才好。總之，這一點是我錯的。[19]

針對周作人的辯解，高長虹作《寄到八道灣》、《請疑古玄
同先生自己聲明》、《疑威將軍其亦魯迅乎》。在《寄到八道灣》
中，高長虹不相信周作人在《又是「索隱」》中的話：「你真是一
個趣人呢，裝得那麼像！」並說自己由於「同情」周作人的緣故，
所以「很不願意完全把你的戲法揭破」[20]。在《請疑古玄同先生自己
聲明》中，高長虹希望錢玄同投函《狂飆》週刊，聲明自己是否是
「疑威將軍」，並說自己有「真憑實據」，「證明疑威將軍即豈明
先生之自畫自贊，但現在則暫不宣佈」[21]。在《疑威將軍其亦魯迅
乎》中，高長虹說「疑威將軍」是魯迅的「第四頂紙冠」。[22]

---

[19] 周作人：《又是「索隱」》，《語絲》第113期（1927年1月8日）。
[20] 高長虹：《走到出版界・寄到八道灣》，《高長虹全集》第2卷，中央編譯出版
　　社，2010年，第288頁。
[21] 高長虹：《走到出版界・請疑古玄同先生自己聲明》，《高長虹全集》第卷，中央
　　編譯出版社，2010年，第293頁。
[22] 高長虹：《走到出版界・疑威將軍其亦魯迅乎》，《高長虹全集》第2卷中央編譯
　　出版社，2010年，第294頁。

（二）「談道」

在《狂飆》週刊第11期（12月19日）上，高長虹發表《與豈明談道》，內云：

> 我承認周作人是少微聞過些道的，但那是《新青年》時代的啟明，是《語絲》前期的開明，而不是現在的豈明。現在的豈明，已經有些雜毛老道的色彩了。

> 豈明說，南方人聞道在先，北方人是酋長思想。我不知道這是根據什麼邏輯的，這只能說是根據了南北邏輯吧！然而，在中國古代的繪畫上，乃至拳術上，是有南北派之分的，若在邏輯則不能分出這樣派別來。所以南北邏輯者，即非邏輯也。

> 吾人之所謂南北者，猶之乎歐洲之所謂南歐北歐也，除地理上之區別外，別無其他意義。豈明能謂北歐藝術家如易卜生，托爾斯泰，斯特林堡的思想都是酋長思想嗎？豈明能謂俄國人的思想都是酋長思想，而今日的蘇俄換言之亦即酋俄嗎？

> 豈明所謂民主思想者是什麼？凡贊成豈明的便都是民主思想，凡反對豈明的，便都是酋長思想嗎？然則豈明的思想乃真的酋長思想，而豈明的邏輯乃仍然是黨同伐異式的小我邏輯也！豈明所提倡的寬容，現在又存放在那裏去了？這寬容，難道已儘量用之於贊成自己的人們，而且已經用完了嗎？吾人雖不談寬容，然聞道之豈明，能否本其民主思想來同我們一較量寬容否嗎？

　　我亦民主思想者，然非如豈明坐在紳士的書齋裏過著舒服的生活而做和平的空夢之民主思想也。如我今日而處豈明之地位者，則這一點意外的小便宜，我早棄之如遺矣！我的民主思想，是全人類的民主，不是一國的民主，不是一國中人類的民主，不是少數特殊階級的民主，豈明對此，真如小巫之見大巫矣，還談什麼道？

　　豈明去年便常說，如何寬容反叛的孩子。在進化上，在思想上，孩子是人類的父親，我亦曾在《弦上》某期以此言折之矣。豈明不談道則已，則我們都是人類，豈明若一談道，則我以矛刺盾，我委實是老人的爸爸呢！豈明也知道孫文先生，吳稚暉先生，都不是空口談道的人嗎？然此兩人在思想上，在行為上，固都是豈明的爸爸也！豈明亦曾經讚美過孫文先生，難道那只是因為他老了，而且死了，而才讚美他嗎？則這真是秀才人情紙半張，而亦雜毛老道之道也已！

　　豈明空談寬容，而實不能實行寬容，豈明空談民主，而實沒有看見過人類的痛苦，嗚呼！寬容民主之謂何。

　　豈明讚美《十二個》，而意在言外則蔑棄中國之創作。豈明也曾做過批評，難道連藝術是時代的產物都不知道嗎？《十二個》在當時之俄國，已非新時代的作品，特羅斯基亦既言之矣！豈明讚美外國作品，其別一意義，則藉之以否定中國現在之作品，嗚呼，何其器量之小而不聞批評之大道呢？然而我亦曾讚美豈明之《鋼槍趣味》一文矣！嗚呼，誰是真能寬容的人，豈明乎，我者？

　　我看豈明的思想，則通俗的水平線上的思想也。我也曾想批評過，為一般讀者較明白地瞭解故。然而豈明自謂老人，

而無老人之寬大，乃有婢妾之嫉妒，對於我等青年創作，青年思想，則絕口不提，提則又出以言外的譏刺。嗚呼，如使此寬大為老人所有之美德者，則誰是老人，豈明乎，我者？

相對地說今年的《蘭生弟日記》，等於去年的《玉君》。豈明去年為反對《玉君》的一人，對於今年的《玉君》又持什麼態度呢？如不能認識，則贊成我去年之評《玉君》，也便該贊成我今年之評《蘭生弟日記》。如知而不說，則何以對得住為其朋友之徐祖正先生呢？群眾之讚美，有時實足以拉未成功之藝術家下水，是很危險的一事。豈明難道不知道彌愛之平民圖畫是何由而作的嗎？吾人所希望於從事藝術工作之國人者，是希望其能滿足一般人的嗜好便算了事，還是希望其產生一二偉大的作品以為中國人亦為人類進其相當的貢獻呢？嗚呼，豈明不要裝糊塗了吧！

豈明曾謂他人無看中國書之資格，而自己則有之。不，這是傲慢！人類都一樣，豈明也沒有看中國書的資格！豈明思想之不進步，或即其看中國書之為障也！豈明如還想主張寬容嗎？還想發揮其民主思想嗎？那末，我不特不希望豈明少看中國書，而且還得少看十九世紀的外國書，而須看二十世紀的外國書，而且也不妨說，還須看我們青年的出版物，如《沉鍾》，《廣州文學》，《飛霞》，《莽原》，乃至我們的這個《狂飆》！[23]

---

[23] 高長虹：《走到出版界·與豈明談道》，《高長虹全集》第2卷，中央編譯出版社，2010年，第253-255頁。

　　1927年1月22日，周作人在《語絲》第115期發表《老人的苦運》，全文為：

　　　　高長虹在《狂飆》十一期上說：

　　　　「豈明讚美《十二個》，而意在言外則蔑視中國之創作。……豈明讚美外國作品。其別一意義，則藉之以否定中國現在之作品。

　　　　……然而豈明自謂老人，而無老人之寬大，乃有婢妾之嫉妒，對於我等青年創作，青年思想，則絕口不提，提則又出以言外的譏刺。」

　　　　這是所謂自由批評吧，但是這種「深刻」的說法也是「古已有之」的，看雍正乾隆的上諭便知。不過古時皇帝是不准人說他，現代「青年」是不准人不說他，有這一點不同罷了。二十世紀這個年頭兒，世界進化總是進化了吧，但我等老人卻是更苦了；以前以為只要不干涉青年的事就是寬容了，現在才知道寬容須得「提」他們，而且要提得恭敬，否則便是罪大惡極，過於康先生，苦哉苦哉！

　　　　「意在言外」，「別一意義」，「言外」，從言語文字外去尋求意義，定為罪案，這不是又有點像古時的什麼「腹誹」之律麼？嗚呼，自由批評家乎，君自言是民主思想，然此非莫索利尼之棒喝主義而何？君自言反對英雄，然此非吳佩孚之酋長思想而何？嗚呼長虹乎，我者？（末二字意不甚明白，故仿為之，亦有興趣，猶今人之仿尼采也。）

在同一期上，周作人還發表了《素樸一下子——呈常燕生君
——》，這篇文章主要是針對常燕生的，第三節「論高長虹之罵
人」與高長虹有關：

> 高長虹是什麼人，我不很知道，因為我只見過他一次，通過
> 三五次信，我還記得一回是寄《弦上》的目錄來，最後一回是
> 來借什麼書。我沒有幫助也沒有受幫助過，也沒有參加他的什
> 麼運動，所以可以說簡直是等於路人，一點兒都沒有關係。但
> 是他罵我的原因我是明白的，就是因為我沒有恭維他。我對於
> 他的罵毫不為怪，只是覺得罵的原因太離奇了。我既不是自稱
> 什麼批評家，我要看或說，或不看不說，都是我個人的自由，
> 為什麼對於長虹便非「提」不可，不提便要算有罪？長虹中了
> 聽人家談尼采之能，自己以為是天才，別人都應該恭維他：這
> 正是酋長思想之表現，或者從前敷衍他的人們也應當分一點責
> 任。長虹恨人家不去理他，又看不懂文章，所以斷章取義地來
> 尋釁，如罵我那篇《南北》是最明白確實的證據。看長虹的文
> 章，覺得他的神經有點過敏或是什麼，那種焦急胡說，也有
> 幾分可以原諒；但我不相信這可以算得「少年的精神」，能夠
> 比舊時代的浮誇傲慢的名士氣好得多少。不過長虹之罵人的確
> 比燕生正要「直截直爽」一點，比燕生卑劣的程度也要稍差一
> 點了。

看見周作人發表在《語絲》第115期上的文章後，高長虹作
《「天才」一下子》，全文由「一鼻孔出氣的人有兩張嘴」、「我
原來是天才」、「兩面等於一面曰所謂一面之辭也」、「大魚與小

魚」、「魯迅夢為皇太子」五個部分組成，在對周作人的觀點進行
駁斥的同時對魯迅進行攻擊。

　　除上面所引文章外，高長虹攻擊周作人的文章還有：《名字
的退化或進化》（雜文，《狂飆》週刊第15期）、《贈小老頭及其
傻瓜》（詩歌，《狂飆》週刊第16期）、《再寄八道灣》（雜文，
《狂飆》週刊第17期）、《多數是對的》、《答周作人》（以上二
篇雜文在收入《走到出版界》之前未在刊物上發表）。周作人在與
高長虹「索隱」與「談道」的同時，把更多的精力放在了對國家主
義者常燕生的批判上，除《素樸一下子──呈常燕生君──》外，
還發表了《國旗頌》（《語絲》第112期）、《國旗之擁護》（《語
絲》第113期）、《徒勞的傳單》（《語絲》第116期）、《〈挽
狂飆〉書後》（《語絲》第116期）、《關於非宗教》（《語絲》
第117期）、《何必》（《語絲》第118期）、《馬太神甫》（《語
絲》第119期）、《北京的好思想》（《語絲》第120期）、《討赤
救國》（《語絲》第124期）等。在周作人的這些文章中，除《〈挽
狂飆〉書後》和《何必》涉及高長虹外，其餘文章都在批判支持北
洋軍閥的國家主義者常燕生。從行文可以看出，周作人表面上是在
批判常燕生，實際上是在藉批判常燕生批判北洋軍閥。從周作人對
常燕生的批判也可看出，在北伐戰爭這件事上，周作人是堅定地站
在國民革命軍這一邊的。由此也可證明，周作人說《南北》「是針
對討賊軍通電宣傳漢口南軍仇殺北人而發」的說法是屬實的。

三、高長虹為何向周作人開戰

（一）「用新的思想批評舊的思想」

通過梳理論爭文字可以知道，高長虹與周作人的衝突起因於高長虹誤認為周作人的《南北》是在影射自己。按道理，高長虹要周作人解釋清楚「南」、「北」的真實意思即「索隱」即可，用不著節外生枝去「談道」。高長虹為何如此「小題大做」呢？下面一段文字為我們提供了線索：

> 我們尊崇科學，尊崇藝術。我們以為藝術表現人類的行為，科學指導人類的行為。我們以為文化只是科學與藝術。我們以為中國只有兩條路可走：有科學與藝術便生存，沒有科學藝術便滅亡。我們以為人類只有兩條路可走：有新的科學藝術便和平，沒有新的科學藝術便戰爭。我們傾向和平，然而我們也尊崇戰爭，我們要為科學藝術而作戰！
>
> 我們不以為思想是真實，因為沒有更好的科學，所以才需要思想。人類對於自己的生活的科學的研究太冷淡了。思想也有新的與舊的，十九世紀的思想不能應用於現在的中國，《新青年》時期的思想，不能應用於現在的中國，我們對於人類的生活的科學研究太幼稚了，以致我們不能夠毅然拋棄思想。

　　　我們的重要的工作在建設科學藝術，在用科學批評思想。因為目前不得已的緣故，我們次要的工作在用新的思想批評舊的思想，在介紹歐洲較進步的科學藝術到中國來。

　　　我們尊崇現在，尊崇勇敢，尊崇貧窮，尊崇犧牲，因為這些都是我們從事我們的工作所必備的條件。我們尊崇朋友，尊崇同我們從事同樣工作的朋友。[24]

　　這段文字引自《〈狂飆〉週刊的開始》，發表在1926年10月10日出版的上海《狂飆》週刊第1期，是該刊的發刊詞，它宣告了狂飆社在上海開展狂飆運動的宗旨。該發刊詞告訴我們，除「建設科學藝術」外，「用新的思想批評舊的思想」也是狂飆運動的任務之一。根據「《新青年》時期的思想，不能應用於現在的中國」可以知道，在以高長虹為首的狂飆社成員心目中，「《新青年》時期的思想」已經屬於「舊的思想」了。

　　何謂「《新青年》時期」，高長虹有非常明確的界定：

　　　我這裏所用的「新青年時期」是包含從《新青年》到《語絲》的這一個時期的。這不但《語絲》的主要做文字的人是曾在《新青年》做過文字的，而且《語絲》的思想也仍然同《新青年》的思想大致一樣。《少年中國》正是同《新青年》是同時的刊物，思想上的色彩也差不多。《創造週報》似乎是另具色彩的，然而在思想上看，仍然是屬於這一個時期的。而且，

――――――――――
[24] 高長虹：《〈狂飆〉週刊的開始》，《高長虹全集》第3卷，中央編譯出版社，2010年，第149-150頁。

連標榜無政府主義的，以至極端相反的依傍政府的《現代評論》，也都不是例外。[25]

在高長虹看來，從《新青年》到《語絲》這一時期都屬於「新青年時期」，既然如此，先後為《新青年》、《語絲》同人的周作人（包括魯迅）毫無疑問屬於「新青年時期」的人，他們的思想當然屬於「舊的思想」了。

高長虹到底什麼時候開始認為周作人的思想屬於「舊的思想」呢？下面一段文字為我們提供了線索：

> 大家想來知道當時引人注意的週刊可以說有四個，即：《莽原》，《語絲》，《猛進》，《現代評論》。《莽原》是最後出版的，暫且不說。最先，那三個週刊並沒有顯明的界限，如《語絲》第二期有胡適的文字，第三期有徐志摩的文字，《現代評論》有張定璜的《魯迅先生》一文，孫伏園又在《京副》說這三種刊物是姊妹週刊，都是例證。徐旭生給魯迅的信說，思想革命也以《語絲》，《現代評論》，《猛進》三種列舉，而辦文學思想的月刊又商之於胡適之。雖然內部的同異是有的，然大體上卻仍然是虛與委蛇。最先對於當時的刊物提出抗議的人卻仍然是狂飆社的人物，我們攻擊胡適，攻擊周作人，而漠視《現代評論》與《猛進》。我們同魯迅談話時也時常說《語絲》不好，周作人無聊，錢玄同沒有思想，非攻擊不可。魯迅是贊成我們的意見的。而魯迅也在那時才提出思想革命的

---

[25] 高長虹：《走到出版界‧思想上的〈新青年〉時期》，《高長虹全集》第2卷，中央編譯出版社，2010年，第233頁。

問題。但這個是沒有什麼結果的，因為並沒有怎麼實行。思想運動倒是從別一方面才表現出來，從實際的事件。至於思想上的戰線，則始終沒有分清，所以到霉江寫《聯合戰線》一文時，終於碰到了《語絲》的壁而撕碎了。而魯迅則說，他對於《語絲》的責任，只有投稿。但大體上的界限卻是很顯明了：《莽原》，《語絲》，《猛進》對《現代評論》；《京副》，《民副》對《晨副》。但孫伏園以後在《京副》以《語絲》，《猛進》，《現代評論》並舉的時候也還有過。[26]

　　根據「《莽原》是最後出版的，暫且不說」、「魯迅也在那時才提出思想革命的問題」可以知道，早在1925年3月高長虹便認為「《語絲》不好，周作人無聊，錢玄同沒有思想，非攻擊不可」了：《莽原》週刊創刊於1925年4月24日、魯迅1925年3月12日在給徐旭生信中提出再次進行「思想革命」[27]。

　　儘管高長虹1925年3月便認為「《語絲》不好，周作人無聊，錢玄同沒有思想，非攻擊不可」，周作人令高長虹哀歎「中國民族之心死」卻與一篇文章有關：

　　　　我們再回頭看一看霉江的那封信，再看信中徵引的豈明「而新的還沒練好」那一句話，我們又當作何感想呢？他使

---

[26] 高長虹：《走到出版界・1925，北京出版界形勢指掌圖》，《高長虹全集》第2卷，中央編譯出版社，2010年，第199頁。

[27] 「我想，現在的辦法，首先還得用那幾年以前《新青年》上已經說過『思想革命』。」（魯迅：《華蓋集・通訊》，《魯迅全集》第3卷，人民文學出版社，2005年，第23頁）

「新的」撕碎了「聯合戰線」而不自知，他卻知道說「新的還沒練好」！對於自己何其寬容，對於他人何其誇大！我們如再看了他關於國民文學的那兩句話「要切開民族昏憒的癰疽，要閹割民族自大的瘋狂」時，又當作何感想呢？我當時看了此文，便老大地不滿意，真不知豈明何以自處，又何以處人！豈明年紀至多不過四十以上，以古例之，正在不惑的時候，以新例之，則托爾斯泰未著其《懺悔》也。乃自己不努力，而把責任推在青年身上，而獨不自知，乃敢謂在訓練新兵！試問豈明不知科學，何以訓練科學的新兵？不敢批評，無創作力，何以訓練藝術的新兵？左顧孺人，右對稚子，身不履險，足不行遠，茶餘酒後，偶作一二率直短文，便以為功不再世，此何以能訓練實行的新兵？若夫當時的所謂新兵者，亦大抵是二十以上的人，力量卻是大得多，即魯迅所謂富有生力者也。他們所缺乏的倒只是地位與聲望，這倒正需要有人幫助，如蔡子民昔日之幫助《新青年》者。我寫到這裏真不免有懷古之感而有如魯迅之怕敢想下去者！不料當事諸人無蔡子民之雅量，不重視青年思想之自覺，而視為若為彼等私人爭氣，而獨不知感激，反妄以主帥自詡，我當時真歎中國民族之心死矣！[28]

　　你曾經「輕飄飄地」說過：「《新青年》時期的老兵有的退伍了，有的投降了，而新的還沒有練好。」我當時懶得駁回你，因為我知道你總有一天你自己打你的嘴。可惜這一天來得太快了，這個，我很為你悲哀，我又很為中國慶倖！你

---

[28] 高長虹：《走到出版界‧1925，北京出版界形勢指掌圖》，《高長虹全集》第2卷，中央編譯出版社，2010年，第201-202頁。

一九二五年聯合戰線上的老兵呵，你現在是退伍了呢，還是投
降了呢？[29]

　　這兩段文字告訴我們，高長虹非常不滿意周作人在一篇文章中
說「新的還沒練好」這句話。筆者想盡辦法也未查出該句話出自
周作人哪篇文章，僅從一封信中查到了霽江（韋叢蕪）引用的相關
文字：

　　如今「新青年的老同志有的投降了，有的退伍了，而新的還沒
　　練好」，而且「勢力太散漫了。」我今天上午著手草《聯合
　　戰線》一文，致猛進社，語絲社，莽原社同人及全國的叛徒
　　們的，目的是將三社同人及其他同志聯合起來，印行一種刊
　　物，注全力進攻我們本階級的惡勢力的代表：一系反動派的
　　章士釗的《甲寅》，一系與反動派朋比為奸的《現代評論》。
　　我正在寫那篇文章的時候，N君拿著一份新出來的《語絲》，
　　指給我看這位充滿「阿Q精神」兼「推敲大教育家」江紹原的
　　「小雜種」，裏面說道，「至於民報副刊，有人說是共產黨辦
　　的。」……我於是立刻將我的《聯合戰線》一文撕得粉碎；我
　　萬沒想到這《現代評論》上的好文章，竟會在《語絲》上刊出
　　來。實在，在這個世界上誰是誰的夥伴或仇敵呢？我們永遠感
　　受著胡亂握手與胡亂刺殺的悲哀。[30]

---

[29] 高長虹：《走到出版界・寄到八道灣》，《高長虹全集》第2卷，中央編譯出版
社，2010年，第289頁。
[30] 霽江：《通信》，《莽原》週刊第20期（1925年9月4日）。

　　根據霉江信發表在1925年9月4日出版的《莽原》週刊第20期上可以推斷，至遲在1925年9月初，周作人的言行就令高長虹痛心疾首地哀歎「中國民族之心死」了。

　　為了更好地瞭解高長虹對「新的還沒練好」這句話如此反感的原因，不妨看看魯迅令高長虹哀歎「中國民族的心死」的原因：

> 於是「思想界權威者」的大廣告便在《民報》上登出來了[31]。我看了真覺得「瘟臭」，痛惋而且嘔吐。試問，中國所需要的正是自由思想的發展，豈明也這樣說，魯迅也不是不這樣說，然則要權威者何用？為魯迅計，則擁此空名，無裨實際，反增自己的怠慢，引他人的反感，利害又如何者？反對者說：青年是奴僕！自「訓練」見於文字；於是思想界說：青年是奴僕！自此「權威」見於文字；於是青年自己來宣告說：我們是奴僕！我真不能不歎中國民族的心死了！[32]

　　從周作人的「新的還沒練好」和一則廣告將魯迅稱作「權威」都令高長虹哀歎「中國民族的心死」可以知道，深受進化論思想影響的高長虹對進化論思想有著多麼片面的認識：在高長虹看來，老年（權威）一定落伍，並且一定會阻礙青年發展。

---

[31] 1925年8月5日，擔任《民報》副刊編輯的韋素園在《京報》刊登《〈民報〉十二大特色》，內云：「現本報自八月五日起增加副刊一張，專登載學術思想及文藝等，並特約中國思想界之權威者如魯迅、錢玄同、周作人、徐旭生、李玄伯諸先生隨時為副刊撰著，實學術界大好消息也。」1925年8月7日、14日、21日，《莽原》週刊第16、17、18期刊登了類似廣告。

[32] 高長虹：《走到出版界·1925，北京出版界形勢指掌圖》，《高長虹全集》第2卷，中央編譯出版社，2010年，第204頁。

　　在高長虹看來，「如想再來一次思想革命，我以為非得由幾個青年來做這件工作不可」：

> 如想再來一次思想革命，我以為非得由幾個青年來做這件工作不可：他們的思想是新的，他們是沒有什麼顧忌的，他們是不妥協的，他們的小環境是單純而沒有什麼糾葛的。已經成名的人，我想能夠得到他們的幫助便是最好的了。魯迅當初提議辦《莽原》的時候，我以為他便是這樣態度。但以後的事實卻不能證明他是這樣態度。這事實只證明他想得到一個「思想界的權威者」的空名便夠了！同他反對的話都不要說，我想找一些人來替他說話，說他自己所想說的話，而他還不以為他是受了人的幫助，有時還反疑惑是別人在利用他呢！然而他卻是得到了「思想界的權威者」，「青年叛徒的領袖」的榮譽！[33]

　　由於高長虹1925年3月就認為對周作人「非攻擊不可」了，所以在「退稿事件」發生後、周作人的《南北》發表前，高長虹就在批判魯迅時捎帶著批判了周作人：

> 須知年齡尊卑，是乃父乃祖們的因襲思想，在新的時代是最大的阻礙物。魯迅去年不過四十五歲，豈明也大抵在四十上下，如自謂老人，是精神的墮落！思想呢，則個人只是個人的思想，用之於反抗，則都有餘，用之於壓迫，則都不足！如大家

---

[33] 高長虹：《走到出版界・1925，北京出版界形勢指掌圖》，《高長虹全集》第2卷，中央編譯出版社，2010年，第200頁。

都不拿人當人,則一批倒下,一批起來;一批起來,一批也仍
然要倒下,猴子耍把戲,沒有了局。所以有當年的康梁;也有
今日的康梁;有當年的章太炎,也有今日的章太炎;有當年的
胡適,也有今日的胡適;有當年的章士釗,也有今日的章士
釗。所謂周氏兄弟者,當有以善自處了![34]

正因為高長虹自認為是在對周作人的思想進行批判,所以在看
見周作人發表在《語絲》第113期的《又是「索隱」》後寫作了《寄
到八道灣》,該文不但寫得痛心疾首,甚至將自己批判周作人的原
因解釋為「給老牛抽一鞭子,並喂它一把草」[35]。

(二)未能得到希望得到的「同情與幫助」

高長虹在《晴天的話》中如此寫道:

> 過著較舒服的生活的人對於較困苦的,較犧牲的人們總
> 可以表示些同情與幫助,這總該是有思想者所能做到的事吧。
> 然而何以連這一點都也成為華美的好夢呢?何以也時常遇到相
> 反的事實呢?何以這遇到的又常是使人悽苦,使人幾乎絕望的
> 事實呢?

---

[34] 高長虹:《走到出版界・1925,北京出版界形勢指掌圖》,《高長虹全集》第2
卷,中央編譯出版社,2010年,第204頁。

[35] 高長虹:《走到出版界・寄到八道灣》,《高長虹全集》第2卷,中央編譯出版社,
2010年,第290頁。高長虹解釋自己攻擊魯迅的原因是:「我所以開始攻擊他者,正
是想預先給他一種警告。」(高長虹:《走到出版界・我走進了化石的世界,待我
吹送些溫熱進來》,《高長虹全集》第2卷,中央編譯出版社,2010年,第277頁)

　　中國提倡文學的人，大抵都偏愛俄國文學，這自然是極好的事，然而陀斯妥夫基的同情何以又每難於表現在作品上呢？這怕不是幾個作者所能負的責任吧？這怕是大家都有錯吧！[36]

高長虹在《與豈明談道》中如此寫道：

　　豈明讚美《十二個》，而意在言外則蔑棄中國之創作。豈明也曾做過批評，難道連藝術是時代的產物都不知道嗎？《十二個》在當時之俄國，已非新時代的作品，特羅斯基亦既言之矣！豈明讚美外國作品，其別一意義，則藉之以否定中國現在之作品，嗚呼，何其器量之小而不聞批評之大道呢？然而我亦曾讚美豈明之《鋼槍趣味》一文矣！嗚呼，誰是真能寬容的人，豈明乎，我者？[37]

高長虹在《寄到八道灣》中如此寫道：

　　托爾斯泰對於一個不相識的所謂異國的青年尚那樣嚴重的寫三十六頁的長信，為什麼我們反而不能夠希求於我們同國的人，而只得到譏笑呢？[38]

---

[36] 高長虹：《走到出版界‧晴天的話》，《高長虹全集》第2卷，中央編譯出版社，2010年，第248頁。

[37] 高長虹：《走到出版界‧與豈明談道》，《高長虹全集》第2卷，中央編譯出版社，2010年，第254頁。

[38] 高長虹：《走到出版界‧寄到八道灣》，《高長虹全集》第2卷，中央編譯出版社，2010年，第291頁。

　　將這三段話聯繫起來不難看出，高長虹之所以攻擊周作人，一個很重要的原因是高長虹未能從周作人那兒得到他希望得到的「同情與幫助」。

　　早在莽原改組的1925年10月，高長虹就在《反應》中表達了對周作人等人的不滿：

> 我們中國不少是平民起家的人，這在社會上還被視為最高榮譽呢！我們一看那些過去的俄國人，那些從貴族之家跑出來而把生命投在危險中，而去為平民作戰的人們時，我們當起一種什麼感想呵？[39]

　　這段文字雖沒指名道姓，但結合高長虹後來寫給周作人的文字可以看出，這兒所說的「平民起家的人」，很明顯包括周作人在內。

　　高長虹剛到北京時，對周作人的期望是很大的，因為「周作人在當時的北京是唯一的批評家」，「直到《語絲》初出版的時候，魯迅被人的理解還是在周作人之次」[40]。高長虹1924年10月到北京後，送了兩份《狂飆》月刊給孫伏園，孫把其中一份給了周作人，周作人看了「但沒有說什麼」[41]。一直到高魯衝突爆發前的1926年10月，高長虹與周作人只是「見過兩面的朋友」[42]。據現有資料，高

---

[39] 高長虹：《光與熱‧反應》，《高長虹全集》第1卷，中央編譯出版社，2010年，第192頁。

[40] 高長虹：《一點回憶——關於魯迅和我》，《高長虹全集》第4卷，中央編譯出版社，2010年，第353-355頁。

[41] 高長虹：《走到出版界‧1925，北京出版界形勢指掌圖》，《高長虹全集》第2卷，中央編譯出版社，2010年，第193頁。

[42] 高長虹：《每日評論‧留別魯迅》，《高長虹全集》第3卷，中央編譯出版社，

長虹與周作人的交往情況如下：一、1924年12月22日，高長虹拜訪了周作人，《周作人日記》有記載：「下午高長虹來。」[43]二、高長虹的《假話》發表後，得到了周作人的賞識：「後來聽說豈明很稱讚這篇文字，他當面也同我說過一次，說是把《玉君》的壞處說盡了。」[44]在這兩次見面中的一次，他們還談到了尼采：「說到尼采，我同你倒正當面談過一次，也許你已經忘了嗎？你說，尼采的哲學其實也沒有什麼新的東西。我說，我讀尼采的書也只當是藝術作品。你笑了你忘記了也說不定。」[45]

在談到與高長虹的交往時，周作人說：

> 高長虹是什麼人，我不很知道，因為我只見過他一次，通過三五次信，我還記得一回是寄《弦上》的目錄來，最後一回是來借什麼書。我沒有幫助也沒有受幫助過，也沒有參加他的什麼運動，所以可以說簡直是等於路人，一點兒都沒有關係。[46]

根據高長虹和周作人的敘述可以看出，儘管高長虹與周作人「見過兩面」，並且還「通過三五次信」，周作人卻確實沒有幫助

2010年，第223頁；另見《走到出版界・「天才」一下子》，《高長虹全集》第2卷，中央編譯出版社，2010年，第296頁。

[43] 周作人：《周作人日記》中冊，大象出版社，1996年，第414頁。

[44] 高長虹：《時代的先驅・批評工作的開始》，《高長虹全集》第1卷，中央編譯出版社，2010年，第501頁。

[45] 高長虹：《走到出版界・答周作人》，《高長虹全集》第2卷，中央編譯出版社，2010年，第311頁。

[46] 周作人：《素樸一下子——呈常燕生君——》，《語絲》第115期（1927年1月22日）。

過高長虹，也沒得到高長虹的幫助，所以他們之間的關係幾乎可以說是「路人」。

孫伏園把《狂飆》月刊給周作人後，周作人看了卻「沒有說什麼」；高長虹雖然「得到郁達夫的兩信」，與郁達夫的交往卻是「僅一次往來，遂成路人」[47]；對魯迅的初次拜訪雖然給高長虹留下了很好印象，持續時間卻很短：「我與魯迅，會面不只百次，然他所給與我的印象，實以此一短促的時期為最清醒，彼此時實在為真正的藝術家的面目。過此以往，則遞降而至一不很高明而卻奮勇的戰士的面目，再遞降而為一世故老人的面目，除世故外，幾不知其他矣」[48]。正因為如此，高長虹在《反應》中如此寫道：

> 我讀過書上的話，在實人生上一點也找不到什麼。我讀過理想的書，描寫人類的愛的書，但我一翻開人生的活頁時，便一齊都變了顏色。我不能夠從實人生的接觸中遇見我所要見的東西。我所看見的常是令我失望的。當我寫文章時，我很想寫出些同情的東西，然觸到筆尖的只是憤怒，憤怒。我知道有人在那裏罵我目空一切，罵我刻毒，然我豈不知道尊視人，寬容是好的呢？當我窮起來的時候，社會向我致意了：討吃子，無聊。當我接受到這些禮物而沒有欣然色喜的能力的時候，我將如何把我的同情寫在紙上呢？[49]

---

[47] 高長虹：《走到出版界·給魯迅先生》，《高長虹全集》第2卷，中央編譯出版社，2010年，第159頁。

[48] 高長虹：《走到出版界·1925，北京出版界形勢指掌圖》，《高長虹集》第2卷，中央編譯出版社，2010年，第195頁。

[49] 高長虹：《光與熱·反應》，《高長虹全集》第1卷，中央編譯出版社，2010年，第191頁。該段引文發表在1925年10月20日出版的《京報副刊》第303號上。

正因為高長虹在「實人生」的接觸中——包括從周作人那兒——沒有遇見他「所要見的東西」，所以寫文章時「觸到筆尖的只是憤怒，憤怒」。周作人的《南北》發表之前，由於周作人與高長虹的關係幾乎可以說是「路人」，所以高長虹有火也無處發洩；周作人的《南北》發表後，高長虹懷疑此文與自己有關，潛伏已久的不滿終於爆發了。

（三）疑神疑鬼

在分析高魯衝突原因時，言行先生認為是「一場誤會」[50]，這雖有大事化小之嫌，但也不能說沒有這方面的因素。從《周作人與〈南北〉》一部分可以看出，高長虹與周作人衝突的爆發，與高長虹誤會了周作人的《南北》不無關係。高長虹《走到出版界》的最初幾篇文章在《北新週刊》上發表後，高長虹認為《北新週刊》上的一些文章是針對他而放的「冷箭」，在杭州作《謹防冷箭》進行還擊。回到上海後，「面見春臺田間兩君，我亦疑事出誤會，深悔冒失」[51]。從這些事實可以看出，高長虹確如他自己所說：「有時真是一個懷疑太過的人」[52]。除此之外，還可從下面這件事看出高長虹確確實實是「一個懷疑太過的人」。

---

[50] 言行：《一生落寞，一生輝煌——高長虹評傳》，百花文藝出版社，1996年，第167頁。

[51] 高長虹：《走到出版界·謹防冷箭》，《高長虹全集》第2卷，中央編譯出版社，2010年，第191頁。

[52] 高長虹：《光與熱·反應》，《高長虹全集》第1卷，中央編譯出版社，2010年，第197頁。

1928年11月3日出版的《長虹週刊》第4期發表了高長虹的一篇題為《關於演劇的文字上的答辯》，內云：

> 有些沒要緊的人們，沒有事幹，知道我不好說閒話，便拿嘴巴子四處遊行了給我說壞話，吵得空氣污濁，我不知道受了多少這些小人們的害。更不知道有多少人上惡當，還來埋怨我，鑽在悶葫蘆裏沒出路。我也常招呼：「好漢們，寫在紙面上，公來公道，別儘管放冷箭！」唉，唉，沒得迴響！不須解釋，聰明的人們如何會不知道我的筆頭豈止比十萬狼牙強？所以，我看了明君在《戲劇週刊》上《讀了〈長虹週刊〉》一文，無論論調如何（，敢在文人的門前來買文，已經是一位勇士了！所以我，也無論論調如何），終高興在這裏答辯答辯！[53]

看見高長虹的這篇文章，左明作《好潑皮的長虹》，內云：

> 這才是「好心作了牛肝肺。」
>
> 我在十一期劇刊[54]上作了一篇雜感，題目是《讀了〈長虹週刊〉》，我寫這篇東西的目的，一方面是介紹狂飆的戲劇運動，一方面是表示聯絡，準備將來有合作的機會，因為戲劇這東西她是需要多數的勞力與智慧。個人英雄主義在她面前是用

---

[53] 高長虹：《關於演劇的文字上的答辯》，《高長虹全集》第3卷，中央編譯出版社，2010年，第267頁。括弧中的文字為原刊上有的文字。

[54] 《高長虹研究文選》說是「戲劇週刊12期」（第365頁），兩說不知誰對。

不上的。不料想長虹先生在他的週刊第四期上板起面孔臭罵我一頓。好！好！，我沒有什麼說的。我只叫一聲「活該」。[55]

回過頭來看看左明的《讀了〈長虹週刊〉》，不難看出左明的話並不是在為自己狡辯，在這篇文章中，左明願做高長虹的同志，「只要不嫌我的微細與淺薄」，並且希望攜起手來，「實際作演劇運動」。[56]

在分析高長虹之所以把自己的「好心作了牛肝肺」時，左明如此寫道：

> 長虹先生，你也許受夠了小人們的害，上夠了惡人們的當，滿腹牢騷沒處發洩吧！可是你為什麼又找到牢騷還是過於你的我呢！發洩吧！大家發洩了就沒事了，不過在這一點上我可以看出來你有些膽怯了，風聲鶴唳草木皆兵，所以我向你表示好感與親近的文字，你都當成了你的敵人而加以攻擊，長虹先生，你怯了，因為怯，所以你才有這樣可笑的滑稽劇呢！[57]

---

[55] 左明：《好潑皮的長虹》，山西盂縣政協編：《高長虹研究文選》，北嶽文藝出版社，1991年，第376頁。

[56] 左明：《讀了長虹週刊》，山西盂縣政協編：《高長虹研究文選》，北嶽文藝出版社，1991年，第362—363頁。

[57] 左明：《好潑皮的長虹》，山西盂縣政協編：《高長虹研究文選》，北嶽文藝出版社，1991年，第379頁。

高長虹與閻宗臨

——親如兄弟

　　上世紀二十年代，一群貧窮而不安於現狀的孩子離開家鄉闖蕩社會，為了在冷酷的現實面前生存發展他們只能抱團取暖，從而結下了兄弟般的友誼，這是狂飆社成員的主要情況，高長虹與閻宗臨的友誼便是其代表。

一、大將與副將

　　山西盂縣人高長虹是狂飆社的發起人和主要負責人，當他被父親趕出家門後，發現周圍的人是那麼冷漠：「我出來便遇見了朋友。當他們和我很客氣地握手的時候，我聽見他們的肚子裏在冷笑了。我想找到什麼呢？在這些同我一樣一無所有的化子中間？我這樣問著時，我看見我已經棄絕了他們走了。／女人，人類，都給我以同樣的拒絕。」[1]

　　也許正因為高長虹有過這麼一段不堪回首的經歷，所以在認識窮學生閻宗臨（山西五臺人）後便格外熱情，不但於1925年2月8

---

[1]　高長虹：《心的探險・幻想與做夢・生命在什麼地方》，《高長虹全集》第1卷，中央編譯出版社，2010年，第82頁。

日、3月9日、6月16日、9月5日（見《魯迅日記》）帶閻宗臨去見魯迅，還經常在一起散步談心。高長虹和閻宗臨的作品分別留下了他們散步談心的文字：

　　想起去年夏天的一夜，同小弟弟坐在河沿的樹上，談論未來的軍國大事，我做大將，小弟弟做副將。於是，大將副將要吃煙了，沒有洋火。對面門裏出來個小女孩子，驚異地看著我們。我們開始說話了：向她討火。她知道我們也是人，便答說「不敢」，跑回去了。我們在絕望中看見她二次又跑了出來，並且拿了火來，說是偷的。於是，大將同副將感謝地笑了。[2]

　　在1925年1月16日，我同虹哥出西直門外。那時候，我們裝上一盒紅獅子煙，做野外的旅行。他走著，用腳把田間的土沙無意的一踢，笑的向我說：「假如我們有錢時，《長虹週刊》馬上便出來了。」因為有錢便可出週刊。這是個事實。我這麼悶的想。[3]

　　高長虹的文字出自《步月》，發表在1926年3月7日的《弦上》週刊第4期上。高長虹在《弦上》發表的文章大多是隨寫隨發，3月1日《魯迅日記》如此寫道：「以一法國來信轉寄長虹」[4]，由此可知《步月》當是在得到閻宗臨來信後所寫。

---

[2] 高長虹：《步月》，《高長虹全集》第3卷，中央編譯出版社，2010年，第88頁。

[3] 已燃：《讀了〈長虹週刊〉之後》，《長虹週刊》第18期（1929年2月9日）。

[4] 魯迅：《日記（1912-1926）》，《魯迅全集》第15卷，人民文學出版社，2005年，第611頁。

　　查《魯迅日記》，高長虹出現在1924年12月24日日記後再次出現在日記中的時間是1925年2月8日：「午後長虹、春臺、閣宗臨來。」[5]在這段時間裏，高長虹曾回家過年。高長虹曾如此敘述他最初幾次拜訪魯迅的情況：「在一個大風的晚上我帶了幾份《狂飆》，初次去訪魯迅。這次魯迅的精神特別奮發，態度特別誠懇，言談特別坦率，雖思想不同，然使我想像到亞拉籍夫與綏惠略夫會面時情形之彷彿。我走時，魯迅謂我可常來談談，我問以每日何時在家而去。此後大概有三四次會面，魯迅都還是同樣好的態度，我那時以為已走入一新的世界，即向來所沒有看見過的實際世界了。」[6]由此可以推斷，高長虹回到北京後會立即拜訪魯迅。閣宗臨在文章中說自己與高長虹出西直門外的時間是1925年1月16日，意味著高長虹此時已回北京，《魯迅日記》記載高長虹與閣宗臨一道前往魯迅寓所的時間卻是2月8日。可以肯定的是，高長虹1月16日回到北京後不可能直到2月8日才去拜訪魯迅。剩下的可能便是，高長虹回到北京後的前幾次拜訪沒有記入魯迅日記。不過，相對於這種可能，筆者更願意相信以下可能：閣宗臨所說的「1925年1月16日」是農曆——這天正好是該年西曆2月8日。

　　1925年12月5日，閣宗臨孤身一人從上海前往法國。在這之前的11月上旬，高長虹陪同閣宗臨回到太原。他們在太原住了兩三天後，高長虹送走了閣宗臨。在閣宗臨走的那一天，保定開火打傷南下的火車，次日保定又開火。高長虹本來以為閣宗臨到了石家莊後

5　魯迅：《日記（1912-1926）》，《魯迅全集》第15卷，人民文學出版社，2005年，第551頁。

6　高長虹：《走到出版界·1925，北京出版界形勢指掌圖》，《高長虹全集》第2卷，中央編譯出版社，2010年，第195頁。

便會給自己寫信，8天後仍未接到來信，高長虹為此非常擔心：「他
被人誤認做偵探抓去了嗎？他觸在不知何處來的飛彈上了嗎？他死
在他的憤怒中了嗎？」高長虹本計畫在太原住兩個禮拜，由於火車
不通，只得繼續住下去。在這期間，百無聊賴的高長虹寫作了《游
離》，「直抒他的所見所聞，所思所想」[7]。在這部「筆記」中，高
長虹非常真實地記下了與閻宗臨分別時的感人情景：

> 我看見他在車上流出眼淚來。我連忙又跳上車去，握住
> 他的手。他放聲哭了。眼淚在我的眼中跳躍著，我強制著竭力
> 安慰他。他說：「你趕快回北京去吧！並且你趕快到法國去
> 吧！」那不正像是剛才所看見的景象嗎？
>
> 車開行了，我才跳下來。在那些送行者中，我遲疑地退
> 在後面，我讓我的眼淚自由地流淌。走著，走著，出了車站，
> 我再也不能夠往回走了。我遲疑地向著旁邊的曠場中走去，我
> 的眼淚自由地流淌著，我聽見Z在後面叫我的聲音。突然有人
> 抱住了我，是F，我放聲哭了，正像我在車上所看見的景象。
>
> 我回到Z的屋裏，他給我買了酒來，我喝了。我不知道我
> 喝了多少，到我知道我在睡著時，是下午三點多鍾。
>
> 於是小弟弟又走上京奉車了，於是他不願意他們送他行。

閻宗臨回北京後，與向培良、鄭效洵及另一人一起共同給高長
虹寫了一封信，勸高長虹趕快回北京。為此，高長虹在《游離》中如
此寫道：「小弟弟，去吧！回來時給我們帶回一點禮物來，好奉送那

---

[7] 董大中：《魯迅與高長虹》，河北人民出版社，1999年，第210頁。

賜福於我們的祖國！太西洋上有我的遊蹤在浮浪著時，那便是我們聚會的時候呵！」

高長虹在《游離》中還抄錄了一封他給閻宗臨的信，現將與閻宗臨有關的部分摘抄如下：

> 親愛的弟弟：
>
> 接到P（按：向培良）和H（按：鄭效洵）的信，知道你已經從北京走了。現在也許你已經坐在太平洋的船上，因為他們的來信路上耽誤得很久，我應該寄信給你到那裏去呢？
>
> 我的照片，你偷去了，這在我很幸福，我幻想也許我的生命也一併被你偷去，帶他到那我所久欲去而不得的一塊迷戀人的地方。
>
> 你已經看見過V了嗎？他還是那樣的精神，他說話的時候還是常把他那拇指要挑起的嗎？他得到愛人了沒有，還是明年決定走了再到法國去呢？
>
> 你的旅行生活如何？自然你現在所儲蓄的痛苦已經很多，你自然不會有忘掉的時候，可是在旅行中，你至少還不能得到一些爽氣嗎？況且，太平洋的水，尤其可以把所有一切都形容得像芥子一樣的微小的呵！
>
> H說你走時，不讓他們知道，他因為沒有能夠送你行，很苦，你還要到天津給他寄信呢！你的不安定的心，你的這種反常的行動，我聽得已經戰慄了。可是你終不應該這樣對待H，我怕他是不能夠經受太多的打擊的呢！他來信說，東安樓自我走後，他們只去了一次，三層樓已關門了！這在他便有無限的悲哀，我也覺著有什麼秘意在裏邊似的——我又知道，你到北

京後，也沒有同他們惠顧我們的東安樓一次！

......

可是，小弟弟，前面的世界是很敞亮的，你也不要太悲哀吧！到了你的目的地後，你只可用全力於你的工作，我明年也決意要去了，讓我放開大聲說一句話吧：十年後的時代是我們的！

你帶去的那一點可憐的旅費，怕只夠三個月用。你把那邊的情形告訴我好了，這是不會阻止你的興致的！[8]

二、天涯若比鄰

閻宗臨到法國後，雖然與仍在中國的高長虹遠隔萬里，他們的心卻是連在一起的。

高長虹回到北京後，1926年2月8日在與朋友閒談時決定出版《弦上》週刊，當天便給向培良寫信報告《弦上》週刊誕生過程。在這封信中，高長虹還談到了閻宗臨的巴黎來信：「小弟弟已從巴黎有信來，我特別報告你：小弟弟已到巴黎了。他問你同你的棍，我希望你能夠回答他！」[9]第二天高長虹專門給閻宗臨去信，內云：「我們的《弦上》並且放大了，寄到巴黎伴你的孤寂的心！／勿流淚，勿灰心，前進呵！」[10]在這封信中，高長虹稱閻宗臨為「愛讀

---

[8] 高長虹：《游離·游離》，《高長虹全集》第2卷，中央編譯出版社，2010年，第398-420頁。

[9] 高長虹：《寄到西城》，《高長虹全集》第3卷，中央編譯出版社，2010年，第77頁。

[10] 高長虹：《寄到巴黎》，《高長虹全集》第3卷，中央編譯出版社，2010年，第78頁。

《弦上》的小弟弟」，由此可知閻宗臨十分「愛讀」高長虹發表在
《莽原》週刊上的系列雜文《弦上》。3月1日，魯迅將閻宗臨從法
國寄來的信轉寄高長虹：「以一法國來信轉寄長虹。」[11]3月7日，
高長虹作散文《步月》，回憶1925年夏天與小弟弟閻宗臨相聚的情
景。4月上旬，從來信中得知閻宗臨買到了一本英譯《蘇菲亞傳》並
且自己8日後可以收到的第二天，高長虹作《關於蘇菲亞》，敘述自
己對蘇菲亞的瞭解過程。6月，高長虹作《給K》，其中談到了給閻
宗臨寄款事：「燃款寄起，甚好。B（按：高沐鴻）怕我受窮，囑賣
稿供我嚼咬，錢到手時，可再寄燃一部去。」[12]在目前能夠看見的最
後一期《弦上》週刊上，發表了黃鵬基署名Q的文章，其中談到了閻
宗臨在巴黎的情況：「小弟弟，恐怕是最愛讀《弦上》而在最遠的
人了，他近有信來，說近來在Paris又認識了marie TaTa。」[13]

　　儘管接下來的上海《狂飆》週刊第1-17期（1926年10月10日-
1927年1月30日）和《世界》週刊第2-9期（1928年1月1日出版的第
1期和1928年3月4日出版的第10期已佚）等狂飆刊物上沒有出現與閻
宗臨有關的資訊，根據閻宗臨發表在《長虹週刊》上的兩篇文章和
一則通信卻可以知道，閻宗臨與高長虹一直保持著友好關係，哪怕
在高長虹與魯迅發生衝突以後。1928年1月，高長虹的詩集《獻給自
然的女兒》出版；3月27日，閻宗臨完工後在實驗室作《關於〈獻給
自然的女兒〉》。在這篇文章中，閻宗臨高度評價「虹哥」的《獻
給自然的女兒》「是一個穿破一切神秘的匕首」，以最高的誠意對

[11] 魯迅：《日記（1912-1926）》，《魯迅全集》第15卷，人民文學出版社，2005年，
第611頁。

[12] 高長虹：《給K》，《高長虹全集》第3卷，中央編譯出版社，2010年，第141頁。

[13] Q：《我們的消息》，《弦上》第24期（1926年8月1日）。

「人類生活的態度」做一個歸根結底的說明；認為高長虹在見識上「有兩個很重要的觀念」：「1，要使人類是動的；2，要人類有行為的自由」。閻宗臨在這篇文章中還如此寫道：「如其，我們承認寫的東西是作者很忠實的自白，再如其承認他不是聽人談尼采而偷竊來的，則他的這本書，在我看來，自然也是很平常的了。」[14]看看周作人在《素樸一下子──呈常燕生君──》和高長虹在《天才一下子》的相關文字便會知道，閻宗臨這句話是針對一年多前周作人將高長虹與尼采聯繫起來這件事的：「長虹中了聽人家談尼采之毒，自己以為是天才，別人都應該恭維他：這正是酋長思想之表現，或者從前敷衍他的人們（按：指魯迅）也應當分一點責任」[15]；「且不管這些，無論如何，我自己不自命天才，是可以證明的事。不料有豈明者，偏說我自命天才，證據則是我『聽人談過尼采』，而且是從文字上看來的」[16]。由此可知，在高長虹與周氏兄弟衝突這件事上，閻宗臨是站在「虹哥」這一邊的。

　　1928年10月13日，高長虹計畫4年多的個人刊物《長虹週刊》終於出版；12月29日，閻宗臨讀過5期《長虹週刊》後寫作《讀了〈長虹週刊〉之後》。在這篇文章中，閻宗臨對《長虹週刊》及其作品的評價之高令人咂舌：「在國內，如有幾個人很能瞭解那篇《母親的故事》，那《長虹週刊》在當時，還不會遭Rouge et Noir（按：《紅與黑》）的命運．讓我說句狂飆的話罷：這一篇文章確是啟示出人類的福音，一切，都裝在裏邊。／不要坐在公園的凳子上，思索你們的未

---

[14] 已燃（閻宗臨），《關於〈獻給自然的女兒〉》，《長虹週刊》第4期（1928年11月3日）

[15] 周作人：《素樸一下子──呈常燕生君──》，《語絲》第115期（19271月22日）。

[16] 高長虹：《走到出版界．「天才」一下子》，《高長虹全集》第2卷，中央編譯出版社，2010年，第295頁。

來，還是多睜開你的眼才好，睜開些，再睜開些！有誰不感覺到周身的空氣是多麼沉悶啊，他窒息了我們的呼吸，在過去，在現在，怕的還在未來！我又不說《長虹週刊》便是修身，齊家，治國，平天下的經典，我是說在你們走著這條不平而又無盡的路上，敢不敢整起你們的力量，勁力地改變改變你們周身的悶氣？」[17]第二天閻宗臨還給高長虹寫信一封，在簡要評價《長虹週刊》前5期作品同時介紹了自己的寫作情況：「我也存的些詩和小說。近來寫了一節《曼納夫》，我自己以為比較好一點。」[18]1929年2月16日，高長虹在回信開頭如此寫道：「你的詩和小說，可選幾篇最好的寄我看看。你是有生活的，你缺乏的只是文字。近來看你的信，文字上還不很熟練，所以你仍須努力。一般的青年作者，初出來時，發表便是一個難關。這在你是沒有的。不過，我卻總有些標準高，所以，仍須你寫出好的作品。」[19]在現存的22期《長虹週刊》中，我們未能看見閻宗臨作品。既有可能是閻宗臨未寄，更有可能是高長虹未收到──高長虹回信後一個月左右便離開上海，直到1930年2月離開中國前都行蹤不定。

三、情寄《大霧》

《大霧》是一部中篇小說，考察一下它的寫作原因、內容和保管出版情況便會發現，這一切都凝聚著閻宗臨對高長虹的深情。

---

[17] 已燃（閻宗臨），〈讀了〈長虹週刊〉之後〉，《長虹週刊》第18期（1929年2月9日）。

[18] 《通信十一則》，《長虹週刊》第18期（1929年2月9日）。

[19] 高長虹：《通訊九則》，《高長虹全集》第3卷，中央編譯出版社，2010年，第467-468頁。

關於《大霧》的寫作原因，閻宗臨1942年1月26日在《後記》中如此寫道：

> 十八年前，寄寓在北平一個報社，認識了幾位研究文學的朋友，看他們的創作，讀翻譯的著述，使我感到深厚的興趣，那時候，我以為文學是黑暗社會的匕首，它能使不安者寧靜，煩惱者快樂，因而跟著他們，我也來研究文學。
>
> 繼後在里昂做工三年，受了許多事實的教訓，逐漸發現自己沒有創作的能力。這並不是自餒，實因一個作家，須要有嚴肅的生活，淵博的學問，以及穎脫的資質。我既不能具備這些條件，遂決心拋棄了文學，研究歷史，不覺已快十三年了。
>
> 但是，我永遠懷念著這一段幻夢的生活，他具有一種魔力，要我不斷地回想與分析，由分析而煩悶，因煩悶而眷戀。我眷戀他，因為眷戀我自己已逝的生命！總想找一個寧靜的機會，把他記錄出來，分別贈給幾位朋友。在九年前，與佩雲在海程上時，居然實現了我的這個願望。[20]

這些滿懷深情的文字告訴我們，閻宗臨寫作《大霧》是為了記錄自己18年前的「一段幻夢的生活」。現在我們便來考證閻宗臨寄寓在北平報社時認識的「幾位研究文學的朋友」到底有哪些人？

首先看看閻宗臨的經歷。閻宗臨1924年從崞縣中學畢業後到北京，曾到梁漱溟在曹州辦的重華書院（亦稱曲阜大學預科），不久

---

[20] 閻宗臨：《大霧·後記》，任茂棠、行龍、李書吉編：《閻宗臨先生誕辰百周年紀念文集》，山西人民出版社，2004年，第211頁。

便回北京到朝陽大學就讀;景梅九辦的《國風日報》復刊後到報社做校對,與「給《學彙》負著一點責任」[21]的高長虹相識;1924年12月初搬到宣外魏染胡同國風日報社;1925年2月8日首次出現在《魯迅日記》中:「午後長虹、春臺、閻宗臨來」[22];1925年7月帶著華林的信到河南彰德府找到景梅九希望出國勤工儉學並得到熱心人士資助;1925年11月上旬在高長虹陪同下回到太原,兩三天後離開太原;回北京後不久前往上海,1925年12月5日前往法國。[23]

其次看看這段時間閻宗臨可能與哪些狂飆社成員有過交往。1924－1925年為狂飆社的太原時期和北京前期,太原時期的成員有高長虹、高沐鴻(劣者)、高歌、段復生(沸聲)、籍雨農、蔭雨(蔭宇、宇)等,北京前期的成員有向培良、閻宗臨(已燃)、高遠征、王緒琴(欲擒)、呂蘊儒、雲塢等。[24]由於閻宗臨是從崞縣到北京的,所以在太原時期的狂飆社成員中,閻宗臨只可能與此時已到北京的高長虹、高歌有過交往;在北京時期的狂飆社成員中,高遠征在太原,王緒琴在開封,閻宗臨不可能與他們交往。由此可知,閻宗臨所說的「幾位研究文學的朋友」應為狂飆社成員高長虹、高歌、向培良、呂蘊儒、雲塢等以及國風日報社的其他成員。

現在來考證閻宗臨與哪些「朋友」的關係最密切。除高長虹外,高歌應該是閻宗臨最早結識的狂飆社成員——他們相識於國風

---

[21] 高長虹:《我的悲哀》,《高長虹全集》第3卷,中央編譯出版社,2010年,第39頁。

[22] 魯迅:《日記(1912-1926)》,《魯迅全集》第15卷,人民文學出版社,2005年,第551頁。

[23] 肖飛:《從山村走出來的學者——閻宗臨》,任茂棠、行龍、李書吉編:《閻宗臨先生誕辰百周年紀念文集》,山西人民出版社,2004年,第113-114頁;廖久明:《一群被驚醒的人——狂飆社研究》,武漢出版社,2011年,第84頁。

[24] 廖久明:《一群被驚醒的人——狂飆社研究》,武漢出版社,2011年,第3頁。

日報社，不過沒有多久他們便分別了：「1925年初與呂蘊儒、向培良到河南開封籌辦《豫報副刊》（5月18日創刊）。1925年8月《豫報副刊》停刊後回老家照顧病重的母親。高長虹到上海開展狂飆運動後，於1926年5月初到北京接編《弦上》週刊。」[25]向培良的情況為：「1925年2月與高長虹長談後加入狂飆社……4月14日，『晚培良以赴汴來別，贈以《山野掇拾》一本及一支鉛筆』（《魯迅日記》）。《豫報副刊》停刊前後離開開封，10月中旬回到北京，與高長虹等人籌辦《狂飆》不定期刊。」呂蘊儒的情況為：「在北京《狂飆》週刊發表《愛神戰勝了》（第14期）、《某君日記》（第16期）兩篇文章；第14期起週刊的發行處為『北京中老胡同十五號呂蘊儒轉』。曾與高歌、向培良等到河南創辦《豫報副刊》，4月22日：『上午得呂琦信，附高歌及培良箋，十八日開封發』（《魯迅日記》），魯迅4月23日給三人的回信發表在1925年5月6日《豫報副刊》。」雲塢的情況為：「《魯迅日記》1924年12月20日載：『午後雲五、長虹、高歌來。』雲五，《全集》注『未詳』。按，此人為『貧民藝術團』最早成員（按：當為『平民藝術團』），名叫張蘊吾，1924年冬到京，跟高長虹等人住在一起，曾有小說《村人李成》（按：第3期）、《往那兒逃走》（按：第4期）在《狂飆》發表，署名『雲塢』。1926年夏仍在北京。其餘不詳。」[26]除這些狂飆社成員外，閻宗臨還應該與國風日報社的其他成員有過交往，不過僅為《國風日報》校對的閻宗臨，不可能與那些有名望的人成為「朋友」，與他身份類似的人則不多。綜合以上分析可以知道，在閻宗臨所說的「幾位研究文學的朋友」中，最親密的朋友應該是高長虹。

[25] 廖久明：《一群被驚醒的人──狂飆社研究》，武漢出版社，2011年，55-56頁。
[26] 廖久明：《一群被驚醒的人──狂飆社研究》，武漢出版社，2011年，第80-87頁。

　　閻宗臨的《大霧》寫作於1934年秋，此時他正與結識不久的戀人梁佩雲乘船前往瑞士，熱戀中的閻宗臨卻念念不忘以高長虹為主的「幾位研究文學的朋友」當與他前一段時間的經歷有關。1933年夏天，閻宗臨以優異成績取得了瑞士國家文學碩士學位。這年適逢恩師岱梧教授當選為伏利堡大學校長，學校要開設中國文化講座，岱梧教授遂聘閻宗臨擔任講席，並給予一年休假期和往返船票，讓他回國探親。9月，閻宗臨回到闊別10年的故鄉山西五臺，探親之後返回北京。1934年受聘於北京中法大學服爾德學院任教授，講課一學期，並在《中法大學月刊》上發表了《巴斯加爾的生活》、《關於波特賴爾的研究》等論文。這年閻宗臨剛滿30歲，已經是年輕的教授了。1934年秋天，閻宗臨重返伏利堡大學任中國近代思想史教授，同時準備博士學位的考試。[27]就在閻宗臨回國探親那一年，國內已經有兩年沒有任何消息的高長虹突然在張申府（曾加入狂飆社）主辦的《大公報》副刊《世界思潮》第36期（1933年5月4日）發表了《民自為戰》的通訊，提倡在日本進襲熱河正急的情況下「民自為戰」[28]。閻宗臨回國後，熟悉狂飆社歷史的人難免會在這位「小弟弟」面前談起曾經名噪一時的高長虹。高長虹1932年在德國研究馬克思主義期間，曾到瑞士找在那裏讀大學的閻宗臨資助他治病。[29]在人們談起高長虹時，閻宗臨難免會想起高長虹當時落魄潦倒的情景並進而想起狂飆社時期的情景。

[27] 肖飛：《從山村走出來的學者——閻宗臨》，任茂棠、行龍、李書吉編：《閻宗臨先生誕辰百周年紀念文集》，山西人民出版社，2004年，第113-114頁。
[28] 高長虹：《民自為戰》，《高長虹全集》第3卷，中央編譯出版社，2010年，第563頁。
[29] 廖久明：《高長虹年譜》，人民出版社，2011年，第291頁。

關於狂飆社成員的情況，筆者曾有如下概括：「狂飆社成員中除常燕生、張申府等少數幾人在五四時期便已成名外，多數是在五四新文學直接哺育下走上文學道路的，他們可以看作是被五四新文化運動『驚醒』的人。」在他們被「驚醒」後，卻發現周圍是「絕無窗戶而萬難破毀」的「鐵屋子」，但是他們「沒有睜著眼睛等死，而是呼喚著同伴，用自己的血肉之軀一次又一次地向『鐵屋子』撞去」[30]。「鐵屋子」是那麼萬難破毀，他們想出去的心情又那麼迫切，所以他們焦躁萬分，於是不斷攻擊社會，攻擊他人，最終在將「鐵屋子」撞出一些印痕同時更將自己撞得傷痕累累。對這些情況閻宗臨是熟悉的，所以他1934年11月3日在為《大霧》寫的《自識》中如此寫道：「書中數人的生活，當時輾轉在大霧之中，沒有光，沒有熱，時時在陰暗中掙扎。他們憂積愁心，終身羈絆在生活的鐵柱之上，絕不求人們的同情與太息，因為生活原是如此，何能責之過苛，而望之太奢哩？」[31]可以肯定地說，如果生活不是那麼嚴酷，高長虹取得的成就不會比閻宗臨差。

儘管閻宗臨在《大霧》中希望寫出「幾個熟習的面孔」，並且閻宗臨的求學經歷「與書中所寫鄧五成的求學經歷完全吻合」[32]，石君與高長虹或者其他狂飆社成員的經歷卻有很大不同。很明顯，閻宗臨並不打算一一對應地寫出那「幾個熟習的面孔」，而是對他

[30] 廖久明：《一群被驚醒的人——狂飆社研究》，武漢出版社，2011年，第37-38頁。
[31] 閻宗臨：《大霧·自識》，任茂棠、行龍、李書吉編：《閻宗臨先生誕辰百周年紀念文集》，山西人民出版社，2004年，第161頁。
[32] 韓石山：《大霧中的人生——讀〈大霧〉》，任茂棠、行龍、李書吉編：《閻宗臨先生誕辰百周年紀念文集》，山西人民出版社，2004年，第67頁。

們進行綜合加工，以便描寫一群年輕人如何在冷酷的現實面前抱團取暖。不過根據以下文字可以知道，石君確實有高長虹的影子：

> 正在沉思各種神秘問題時，有人放在他面前一個紙包。他打開，內邊是幾本新書和雜誌，係他朋友石君寄來的。自從放假以來，生活的刑具，使他失了孩子的天真，他不敢向他朋友說知，他自己咬住牙的忍受。這幾本書，像是枯禾得雨，他覺著又回到學校內，他看到石君的微笑，石青的溫厚，他覺有這樣的朋友，也便夠了。
>
> 無心中翻開一頁，正碰到這幾句話：
>
> 「我是一隻駱駝，我的使命是負重，走那千里無草的莽原。」他像得了至寶，他覺著一切都在狂動，從這幾句話上，去建設他的生活，長大，成熟，奉獻給期待他的人們。[33]

儘管石君和鄧五成的交往情況與高長虹和閻宗臨不同，石君對鄧五成的鼓勵、幫助等友誼則很容易讓人將高長虹與閻宗臨聯繫起來；「我是一隻駱駝，我的使命是負重，走那千里無草的莽原」則有可能來自高長虹的「我是一隻駱駝，我的快樂只有負重」[34]。

《大霧》完成於1934年11月，出版於1942年，這其間的經歷也可看出閻宗臨對該書稿的重視並進而看出他對該段「文藝生活」的重視。抗戰爆發後，閻宗臨決定回國，他將自己在歐洲多年收集的

---

[33] 閻宗臨：《大霧》，任茂棠、行龍、李書吉編：《閻宗臨先生誕辰百周年紀念文集》，山西人民出版社，2004年，第176頁。

[34] 高長虹：《精神與愛的女神·精神的宣言》，《高長虹全集》第1卷，中央編譯出版社，2010年，第3頁。

圖書資料裝成五大箱運往上海，這批資料後來毀於戰火。《大霧》沒有被毀，說明它是隨身帶回祖國的。回國後，閻宗臨輾轉於太原、漢口、桂林等地，在那朝不保夕的戰時，有多少重要的東西需要帶在身邊，閻宗臨卻始終將《大霧》書稿帶在身邊，由此可知他對該書稿的重視程度。在說到《大霧》出版原因時，閻宗臨如此寫道：「將九年前寫的《大霧》印行，不敢存絲毫的奢望，只是紀念已經結束了的一段文藝生活。」[35]讀著這樣的文字，不得不承認閻宗臨確實非常懷念這段「文藝生活」。

　　高長虹於1954年春離我們遠去了，閻宗臨於1978年10月5日也離我們遠去了，他們不但給我們留下了相濡以沫的故事，並且給我們留下了很大遺憾：要是閻宗臨能活到改革開放以後，憑藉他與高長虹的關係，他一定願意寫出自己與高長虹之間的感人故事，我們不但能夠據此瞭解北京前期狂飆社的情況，還能對當時的文壇有更多瞭解。遺憾的是，這一切僅僅是假設。

[35] 閻宗臨：《大霧·後記》，任茂棠、行龍、李書吉編：《閻宗臨先生誕辰百周年紀念文集》，山西人民出版社，2004年，第211頁。

狂飆社成立時間考證

　　關於狂飆社的成立時間目前主要有三種說法：得到多數人認同的是《所謂「思想界先驅者」魯迅啟事》和1927年10月14日魯迅致臺靜農、李霽野信後對狂飆社的注釋中出現的說法：「高長虹、向培良等所組織的文學團體。1924年11月，曾在北京《國風日報》上出過《狂飆》週刊」，1981年版、2005年版的《魯迅全集》均持此觀點，注釋者持此種觀點的原因也許是目前所見的最早的狂飆刊物《狂飆》月刊第2－3期合刊的出版時間是1924年11月；第二種說法是根據太原《狂飆》月刊的出版時間為1924年9月1日而認為是1924年8、9月份，對狂飆社及其成員研究較多的人多持這種觀點，他們是：言行（已仙逝）、董大中、郝雨、趙潤生等先生；第三種說法是根據魯迅的「莽原社內部衝突了，長虹一流，便在上海成立了狂飆社」[1]這句話認為「狂飆社，是一九二六年成立於上海的一個文學團體」，代表人物是對魯迅研究較多的林辰、陳漱渝等先生。筆者在《狂飆社與第二次思想革命》[2]、《關於2005年版〈魯迅全集〉與狂飆社有關的部分注釋》[3]等文章中認同第二種觀點，認為成立時間

[1] 魯迅：《且介亭雜文二集・〈中國新文學大系〉小說二集序》，《魯迅全集》第6卷，人民文學出版社，2005年，第259頁。

[2] 廖久明：《狂飆社與第二次思想革命》，《山西大學學報》，2006年第2期。

[3] 廖久明：《關於2005年版〈魯迅全集〉與狂飆社有關的部分注釋》，《魯迅研究月刊》，2006年第4期。

為1924年8月。在編撰《高長虹年譜》第一稿過程中，我發現該成立時間有問題，但由於材料不足，只好存疑；在編撰《高長虹年譜》第二稿過程中，我便注意收集相關資料，並最終得出結論，狂飆社的成立時間當為1923年暑期。

一、高長虹的相關文字

　　高長虹在1926年10月28日完稿的一篇文章中如此寫道：「在三年以前，我對於出版界的情形是什麼也不知道。我當時曾聽人說過，魯迅即周建人的別字，我便信以為真。……那時狂飆社雖已成立，然潛聲默影，初無表示。我個人為生活所苦，日惟解決出國問題，他無所顧。沐鴻爾時已有詩稿不少，我亟稱之，而彼不信，要我就正於北京負時望之作者。」[4]

　　高長虹在1928年11月10日寫的一篇文章中又如此寫道：「光就狂飆藝術運動來說，已有五年的歷史了。狂飆初生的時候，純潔清新，如不說他是雲中的天使，他也是人間的嬰兒。半年之後，一年之後，之後之後，他入世既久，他惡化了，他已不像初生時候的《狂飆》。」[5]

　　從上面兩段文字可以推知，狂飆社成立時間應當在1923年10月左右。

---

[4]　高長虹：《走到出版界・1925，北京出版界形勢指掌圖》，《高長虹全集》第2卷，中央編譯出版社，2010年，第193頁。

[5]　高長虹：《出了那股毒氣便好了》，《高長虹全集》第3卷，中央編譯出版社，2010年，第317頁。

二、高沐鴻的相關文字

高沐鴻是狂飆社的重要成員，在筆者看見的文章中，沒看見他直接談狂飆社成立時間的文字。不過一篇採訪文字中的一段話為我們考證狂飆社成立時間提供了間接證據：「在師範學校讀書時，我在第12班，我的一位叔伯哥哥叫高雋夫，比我高一班，在第11班。和我哥哥同班的有個叫高仰慈的同學，筆名叫高歌，是山西省盂縣人，和我哥哥很要好，通過我哥哥的關係，我也和高仰慈很快熟慣了。高歌有個哥哥叫高仰愈，也叫高長虹，出身於破落的書香門第，因而，他也曾用過『高殘紅』的名字。在我們上學期間，高長虹在盂縣老家，由於從小舞文弄墨，又受『五四』運動的影響，在1925年前後，就在茅盾主編的《小說月報》上，用『殘紅』的筆名發表短詩。1923年，我師範畢業，被正式分配到太原師範附屬小學當教師，校址就在太原市三橋街。由於高歌的引薦，我和高長虹在太原見了面。他吃苦耐勞、能個人奮鬥的事兒，我早有所聞，所以對他很崇拜。特別是由於文字的姻緣，我便和高長虹成了好朋友。在文學創作上，我倆互學共勉，在他的影響下，我開始以極大的熱情從事文學創作活動。」[6]

這段文字雖然沒談到狂飆社成立時間，卻談到他1923年暑假在高歌引薦下與高長虹見面並在文學創作上「互學共勉」的事情。

---

[6] 曹平安：《高沐鴻憶長虹》，山西盂縣政協編：《高長虹研究文選》，北嶽文藝出版社，1991年，第49-50頁。

他們的見面情況為：「1923年暑假期間，分配在盂縣『一高』教書的高歌，來太原看望長虹和高沐鴻，沐鴻就向他提出了想認識長虹的願望。高歌說好辦，明天我就領你去找他。第二天，沐鴻沐浴更衣，正等著高歌來約他，不料高歌卻領著長虹來了」[7]。高長虹、高沐鴻1923年暑期見面，無疑為狂飆社成立創造了條件。

三、岡夫的相關文字

岡夫在一篇回憶狂飆社重要成員高沐鴻的文章中如此寫道：「沐鴻是作為五四新文化運動時期山西最早的一批積極的參加者並開始進行文學創作活動的。當時他在太原省立第一師範讀書時便和同校的張友漁、張磐石等組成『共進學社』，辦起《共鳴》雜誌[8]。在1922年山西《教育雜誌》上發表了他最初的白話體新詩多首和提倡新文學的論文。稍後又和磐石、雨農等在太原組織起『貧民藝術

---

[7] 言行：《一生落寞，一生輝煌——高長虹評傳》，百花文藝出版社，1996年，第68頁。

[8] 張友漁在《我解放前的鬥爭生活》中曾如此說：「在『五‧四』運動間，山西成立了全省學生聯合會，我是執行委員，侯外廬也是執行委員。當時組織了講演團，開展了檢查日貨的活動。這時第一師範成立了一個『共進學社』，成員中有信共產主義的，有信三民主義的，也有胡適派、康梁派。『共進學社』出版一種刊物叫《共鳴》，在當時還算是進步的。高沐鴻（原名高成均）、張磐石（原名潘敬業），都先後參加過這個組織。」（張友漁：《報人生涯三十年》，重慶出版社，1982年，第80頁）另在《報人生涯三十年》中也有類似說法，只不過在說到成員時更簡略：「我在學校還和同學高沐鴻等成立了共進學社，出了個叫《共鳴》的刊物。」（張友漁：《報人生涯三十年》，重慶出版社，1982年，第4頁）

團』。接著又參加了高長虹倡導的狂飆文藝運動，於1924年9月間創刊了《狂飆》月刊。」[9]

岡夫，原名王玉堂，曾為「狂飆社的小夥計」[10]，與高沐鴻長期保持著友好關係：1926年與高沐鴻等「實際接觸和認識」；1927年春季高沐鴻幫助岡夫、張青萍、郭子明等在《晉陽日報》上創辦了小型文藝刊物《SD》（SturmunDrang的縮寫，意為「狂飆」）；1930年4月高沐鴻、岡夫等一起在《山西日報》上創辦了《前線上》；1937年10月，岡夫任武鄉縣臨時工委書記、高沐鴻任宣傳委員；解放戰爭初期，高沐鴻任太行文聯主任，岡夫任副主任……從上面的交往可以看出，岡夫與高沐鴻的關係確實非常密切，岡夫對高沐鴻的情況非常熟悉是完全可能的。岡夫的回憶文章寫於1991年11月，距與高沐鴻「實際接觸和認識」的時間已相距65年，岡夫的回憶會不會有誤呢？從該文的其他內容來看，幾乎沒有錯誤的地方；岡夫甚至記得高沐鴻1926年左右寫的一首詩歌中的詩句——該詩「因還待修改沒有出版過」[11]，由此可見岡夫超常的記憶力。從以上的事實可以斷定，岡夫的回憶應該是準確的，故狂飆社的成立時間當為1922年至1924年之間。結合高長虹、高沐鴻的相關文字可以斷定，狂飆社的成立時間當為1923年暑期。

9　岡夫：《嚴正寬厚，立己立人——憶念高沐鴻同志》，《高沐鴻詩文集下冊》，北嶽文藝出版社，1992年，第652-653頁。
10　張磐石：《我與高長虹》，山西盂縣政協編：《高長虹研究文選》，北嶽文藝出版社，1991年，第41頁。
11　岡夫：《嚴正寬厚，立己立人——憶念高沐鴻同志》，《高沐鴻詩文集下冊》，北嶽文藝出版社，1992年，第653-654頁。

四、高沐鴻願意加入狂飆社的原因

　　從岡夫的回憶文字可以看出，在參加「高長虹倡導的狂飆文藝運動」之前，高沐鴻已與人先後成立了「共進學社」和「貧民藝術團」，現在又為什麼願意參加「狂飆文藝運動」呢？

　　儘管高沐鴻1922年5月就在山西《教育雜誌》第8卷第1－2期合刊上發表了內含42首詩歌的《新詩集》、短篇小說《夢裏的愛》和《寡婦語》、文學評論《文學略談》，數量遠比高長虹多，但高沐鴻發表文章的刊物畢竟是地方性的，影響有限。而高長虹發表文章的刊物是有全國影響的報刊：《譯惠特曼小詩五首》（署名殘紅）發表在1921年5月20日的《晨報》上、詩歌《紅葉》和給沈雁冰的信發表在1922年5月10日出版的《小說月報》第13卷第5期上、詩歌《永久的青年》發表在1922年10月10日出版的《小說月報》第13卷第10期上、《反詩》（已佚）發表在1922年12月4日出版的《國風日報》副刊《學彙》第55期上……並且，高長虹從山西省立第一中學「逃出來」[12]後，曾到北京「偏爾在一個大學校聽講」[13]近一年，閱歷也比未出過娘子關的高沐鴻豐富。正如高沐鴻自己所說：「他吃苦耐勞、能個人奮鬥的事兒，我早有所聞，所以對他很崇拜。」

[12] 高長虹：《走到出版界‧答周作人》，《高長虹全集》第2卷，中央編譯出版社，2010年，第310頁。

[13] 高長虹：《走到出版界‧讀〈謝本師〉》，《高長虹全集》第2卷，中央編譯出版社，2010年，第132頁。

　　高沐鴻願意「參加」高長虹倡導的狂飆文藝運動，除對高長虹很「崇拜」外，還與高沐鴻希望高長虹能夠將自己的詩歌「就正於北京負時望之作者」[14]有關：高長虹曾到過北京、在北京的刊物上發表過並正在發表著文章、《國風日報》的負責人景梅九「很愛」[15]高長虹。

五、平（貧）民藝術團與狂飆社的關係

　　董大中先生認為「平民藝術團」是「『狂飆社』最初的名字」[16]，理由當為：1924年11月太原《狂飆》月刊第2－3期合刊和1924年11月9日北京《狂飆》週刊都注明編輯者為「平民藝術團」、高長虹1925年3月1日出版的《精神與愛的女神》和1925年秋出版的《閃光》均注明由「北京貧民藝術團編」。在筆者看來，此說法值得商榷：按岡夫的說法，是「貧民藝術團」的成員「參加了高長虹倡導的狂飆文藝運動」，而不是高長虹加入了「貧民藝術團」。「退稿事件」發生後，高長虹要韋素園搞清楚的四件事中的第三件事是：「三請先生或先生等認清這幾件事的性質，則《未名叢刊》是一事，《未名叢刊》經售處又是一事。《莽原》又是一事，《莽原》編輯又是一事，《未名叢刊》經售處發行《莽原》又是一事。」[17]從

[14] 高長虹：《走到出版界・1925，北京出版界形勢指掌圖》，《高長虹全集》第2卷，中央編譯出版社，2010年，第193頁。

[15] 高長虹：《心的探險・土儀・伯父的教訓及其他》，《高長虹全集》第1卷，中央編譯出版社，2010年，第127頁。

[16] 董大中：《狂飆社編年紀事》，《新文學史料》，2002年第3期。

[17] 高長虹：《走到出版界・給韋素園先生》，《高長虹全集》第2卷，中央編譯出版

高長虹如此細緻區分可以看出，「《莽原》編輯」與「《莽原》」之間並不能劃等號。以此為標準，如果要在「平（貧）民藝術團」和狂飆社之間劃等號，必須有其他證據。在找不到其他證據的情況下，筆者只能相信岡夫的說法，並認為狂飆出版物一度使用「平（貧）民藝術團編」這樣的字樣，只不過是藉「平（貧）民藝術團」這塊牌子，而不能說「平（貧）民藝術團」是「『狂飆社』最初的名字」。

六、太原《狂飆》月刊的創刊

至於1924年8、9月，那已是《狂飆》月刊出版的時間了。《狂飆》月刊的創刊則與高君宇有關：「我有一個朋友叫『君宇』的，曾做《嚮導》記者，在思想上我們可以說是互相反對的，但是卻聽說過他很希望我辦一個刊物出來說話。也正在這年暑假中，我在一個地方遇到他了。談話當然是沒有結果的，所以他又說希望我出來辦一刊物。但到我們辦起刊物不久，他卻死了。我雖然以為他思想淺薄，然而他的這種態度是我始終喜歡的。而他的死，也更減少了我從事某種批評的一個機緣，我在這裏不得不又想念這一個朋友。」[18]

社，2010年，第162頁。

[18] 高長虹：《走到出版界·1925，北京出版界形勢指掌圖》，《高長虹全集》第2卷，中央編譯出版社，2010年，第194-195頁。

莽原社・狂飆社・未名社述考

對莽原社成員包括部分狂飆社成員，筆者至今未見異議；但對莽原社成員是否包括未名社成員卻存在很大爭議。未名社成員李霽野在《記未名社》（1952年6月27日寫，1956年8月10日修改）、《未名社出版的書籍和期刊》（1976年5月23日）、《魯迅先生談未名社》（1976年6月12日）、《魯迅先生與「安徽幫」》（1981年）等文章中都極力否認未名社成員與《莽原》週刊之間的關係：「未名社的幾個成員確實同高長虹等『互不相識』，他們只有一二人向《莽原》週刊編者魯迅先生投寄過少數幾篇短稿」[1]。董大中則堅持認為：「大家都是莽原社成員」，只不過狂飆社作家群屬「第一集團軍」，安徽作家群（未名社主要成員）屬「第二集團軍」。[2]那麼實際情況如何呢？筆者在此談談自己的粗淺看法，希望有資格成為引玉之磚。

一、北京《狂飆》週刊的停刊與莽原社的成立

1924年9月1日，太原《狂飆》月刊創刊；9月底，高長虹將刊物交給高沐鴻、籍雨農等，獨自赴京；11月1日，《狂飆》月刊第2—3

---

[1] 李霽野：《未名社出版的書籍和期刊》，《魯迅先生與未名社》，人民文學出版社，1984年，第78頁。
[2] 董大中：《魯迅與高長虹》，河北人民出版社，1999年，第76頁。

期合刊在太原出版後停刊；11月9日，高長虹在北京創辦《狂飆》週刊，附屬於《國風日報》發行。

高長虹在北京聽說魯迅對《狂飆》週刊的誇獎後，於1924年12月10日夜拜訪魯迅：「夜風。長虹來並贈《狂飆》及《世界語週刊》。」[3]為了支持《狂飆》週刊，魯迅譯了日本伊東幹夫的《我獨自遠行》一詩發表在《狂飆》週刊第16期（1925年3月15日）上，並且還「時常說想法給《狂飆》推廣銷路」。[4]

由於以下原因，《狂飆》週刊出至第17期於1925年3月22日停刊：「這時，狂飆社內部發生問題。這時，《狂飆》的銷路逐期遞減。這時，辦日報的老朋友也走了，印刷方面也發生問題。終於，《狂飆》週刊到十七期受了報館的壓迫便停刊了。」[5]

在說到莽原社成立時，高長虹說：

> 當由兄弟週刊而變成朋友週刊的《狂飆》停刊之後，便是快入於《莽原》時期的時候了。但中間也還又有一點牽連，頗有一述的必要。當時有一個朋友願意介紹《狂飆》到《京報》做一附屬物，條件卻是要他加入狂飆社。培良是偏於主張這樣辦的。聽說那時魯迅也贊成這樣。我同高歌是反對這樣辦法。因為這個朋友，我們知道是不能合得來的，再則我們吃盡了附屬的苦，而且連自己的朋友都隔膜太多。《狂飆》遂不得再出。

---

[3] 魯迅：《日記（1912-1926）》，《魯迅全集》第15卷，人民文學出版社，2005年，第538頁。

[4] 高長虹：《走到出版界・1925，北京出版界形勢指掌圖》，《高長虹全集》第2卷，中央編譯出版社，2010年，第197-198頁。

[5] 高長虹：《走到出版界・1925，北京出版界形勢指掌圖》，《高長虹全集》第2卷，中央編譯出版社，2010年，第197頁。

過了幾天，我便聽說魯迅要編輯一個週刊了。最先提議的，大概是魯迅，有麟，培良吧。我也被邀入夥，又加了衣萍，這便組成了那一次五人的吃酒。這便是《莽原》的來歷。[6]

據荊有麟回憶，《京報》的七種附刊是由他為邵飄萍「計畫」的，出面約請魯迅為《京報》編一種副刊的人也是他[7]。由此可推斷，高長虹所說的「願意介紹《狂飆》到《京報》做一附屬物」的「朋友」很可能是荊有麟。荊有麟跟景梅九是同鄉，且已有往來，而高長虹的《狂飆》週刊辦在景梅九的《國風日報》上。高長虹晚年回憶自己與魯迅交往時說，他最初是通過「一個在世界語學校裏做了魯迅的學生」瞭解魯迅的[8]，而荊有麟是魯迅在北京世界語專門學校教書時的學生。由此可推斷，莽原社成立經過應當是這樣的：邵飄萍請荊有麟為《京報》「計畫」七種附刊，附屬於《國風日報》的《狂飆》週刊已於3月22日停刊，荊有麟首先「願意介紹《狂飆》到京報做一附屬物」，條件是自己要「加入狂飆社」，由於高長虹和高歌反對，荊有麟便去找魯迅，魯迅「很贊成」，「第二天晚上，我們便聚集在魯迅先生家裏吃晚飯」[9]，於是莽原社成立。

[6] 高長虹：《走到出版界‧1925，北京出版界形勢指掌圖》，《高長虹全集》第2卷，中央編譯出版社，2010年，第198頁。

[7] 荊有麟：《〈莽原〉時代》，孫伏園、許欽文等：《魯迅先生二三事——前期弟子憶魯迅》，河北教育出版社，2000年，第252頁。

[8] 高長虹：《一點回憶——關於魯迅和我》，《高長虹全集》第4卷，中央編譯出版社，2010年，第351頁。

[9] 荊有麟：《〈莽原〉時代》，孫伏園、許欽文等：《魯迅先生二三事——前期弟子憶魯迅》，河北教育出版社，2000年，第252頁。

二、《莽原》週刊時期的狂飆社成員

　　1925年4月11日，「夜買酒並邀長虹、培良、有麟共飲，大醉。」[10]此次吃酒，標誌著莽原社成立。高長虹加入莽原社後，「曾以生命赴莽原」：「無論有何私事，無論大風潯雨，我沒有一個禮拜不趕編輯前一日送稿子去。」[11]從1925年4月11日《莽原》籌辦到11月6日高長虹拜訪魯迅後離京回太原這近7個月時間裏，《魯迅日記》記載高長虹到魯迅寓次數多達52次。高長虹加入莽原社後，把自己的朋友也帶入了莽原社，「在《莽原》週刊實際發表的259篇文章中，這些人共計發表文章78篇：高長虹35篇、尚鉞22篇、常燕生6篇、高沐鴻15篇。」[12]

　　高長虹的系列雜文《弦上》發表後，在受到一些人歡迎的同時，也引起一些人「反感」，並且影響到高長虹的其他創作：「我的批評，無形之間惹來許多人對於我的敵意不算外，它並且自己造作出一種敵意，一種對於我自己的創作的敵意，它無形之間毀滅了我自己的創作！」[13]高長虹為《莽原》做了大量費力不討好的工作，但在外人看來，《莽原》「只是魯迅辦的一個刊物，再不會認識其他」。並

---

[10] 魯迅：《日記（1912-1926）》，《魯迅全集》第15卷，人民文學出版社，2005年，第560頁。

[11] 高長虹：《走到出版界‧給魯迅先生》，《高長虹全集》第2卷，中央編譯出版社，2010年，第160頁。

[12] 廖久明：《高長虹與魯迅及許廣平（修訂本）》，東方出版社，2009年，第19頁。

[13] 高長虹：《時代的先驅‧批評工作的開始》，《高長虹全集》第1卷，中央編譯出版社，2010年，第501-502頁。

且，安徽作家群成員「在《莽原》初辦時已在魯迅前攻擊過我同高歌」。在這種情況下，高長虹決定自辦刊物：「到暑假中，我覺得《狂飆》月刊不可以不進行了。也已經約魯迅、徐旭生擔任稿件，但後來卻都沒有做。」[14]高長虹計畫中的《狂飆》月刊流產了。

　　就在高長虹為計畫中的《狂飆》月刊奔忙的同時，開始了短詩《閃光》的創作。對此詩，魯迅頗為欣賞：「當這些短詩交給魯迅在報紙上發表的時候，魯迅是很喜歡他們的。我時常試探著想叫他說出那幾首不好來，可是他總是說很好。」[15]魯迅本準備將《閃光》收在《心的探險》裏出版，但由於「書局同我作了對」，不能在「暑假中出版」，高便自己「湊了幾個臭錢」，以狂飆社的名義於9月份「單行出版了」[16]。此書的出版，高長虹認為在他和魯迅之間「造成了初次的裂痕」[17]。

　　高長虹計畫中的《狂飆》月刊未能變成現實，便「想暫且停止了這個工作，退出北京的出版界，到上海遊逛一次。我開始寫《生的躍動》，預備寫六七萬字來上海賣稿。但又有朋友提議先出一期不定期刊，於是我把《生的躍動》寫了五分之一的樣子便收縮住留給不定期刊用了。培良，高歌也正在這時回到北京。培良寫了一篇批評《現代評論》前二十六期的小說的文字，我本來想寫一篇文字

---

[14] 高長虹：《走到出版界‧1925，北京出版界形勢指掌圖》，《高長虹全集》第2卷，中央編譯出版社，2010年，第198-208頁。

[15] 高長虹：《一點回憶——關於魯迅和我》，《高長虹全集》第4卷，中央編譯出版社，2010年，第363頁。

[16] 高長虹：《走到出版界‧關於〈閃光〉的黑暗與光明》，《高長虹全集》第2卷，中央編譯出版社，2010年，第177頁。

[17] 高長虹：《一點回憶——關於魯迅和我》，《高長虹全集》第4卷，中央編譯出版社，2010年，第363頁。

批評《現代評論》的思想，但又沒有做起。到《狂飆不定期刊》中經顛連困頓出現到北京出版界的時候，我已不在北京了。」[18]高長虹在《反應》中說：「《狂飆》的廣告登出去快有一個月了」[19]，這兒的「《狂飆》」即《狂飆不定期刊》，有這部分文字的《反應》發表在11月3日的《京報副刊》上。由此可知，《狂飆不定期刊》廣告登出的時間是10月初，那時莽原尚未改組。

　　從上面分析可以看出，就是在高長虹自認為「以生命赴莽原」的時候，也並未忘懷他的狂飆運動，所以魯迅在說到「莽原社內部衝突」時說：「但不久這莽原社內部衝突了，長虹一流，便在上海設立了狂飆社。所謂『狂飆運動』，那草案其實是早藏在長虹的衣袋裏面的，常要乘機而出」[20]。

三、安徽作家群屬莽原社成員嗎

　　儘管安徽作家群沒人參加標誌著莽原社成立的「五人吃酒」，卻在《莽原》週刊第1期上發表了兩篇文章（共七篇），並且都很靠前，這七篇文章依次為：《馬賽曲（譯文）》（霽野）、《綿袍裏的世界》（長虹）、《春末閒談》（冥昭）、《門檻（譯詩）》（素園）、《檳榔集》（培良）、《走向十字街頭》（有麟）、

[18] 高長虹：《走到出版界·1925，北京出版界形勢指掌圖》，《高長虹全集》第2卷，中央編譯出版社，2010年，第208頁。
[19] 高長虹：《光與熱·反應》，《高長虹全集》第1卷，中央編譯出版社，2010年，第200頁。
[20] 魯迅：《且介亭雜文二集·〈中國新文學大系〉小說二集序》，《魯迅全集》第6卷，人民文學出版社，2005年，第259頁。

《雜語》（魯迅）。在這些人中，韋素園、李霽野是安徽作家群成員。安徽作家群由韋素園、韋叢蕪、李霽野、臺靜農四人構成，他們都是安徽霍丘葉集人，不但是小學同班同學，而且韋氏兄弟的母親與李霽野的母親「往來頻繁，親如姊妹，經常在一起打牌」[21]，故高長虹在《給魯迅先生》中稱他們為「安徽幫」[22]。

先來看看狂飆社成員和安徽作家群成員之間的交往：莽原成立初期，安徽作家群就有成員在魯迅面前「攻擊」過高長虹和高歌；為了韋素園能成為《民報副刊》編輯，高長虹曾受魯迅之托找過徐旭生；韋素園成為《民報副刊》編輯後，曾請高長虹為之寫稿；《民報副刊》於8月19日停刊後，韋素園給高長虹送稿費，「且多送一元」[23]；安徽作家群在《莽原》週刊發表文章22篇……這一系列事實說明，李霽野的下列說法是站不住腳的：「未名社的幾個成員確實同高長虹等『互不相識』，他們只有一二人向《莽原》週刊編者魯迅先生投寄過少數幾篇短稿。」[24]

我們再來分析一下安徽作家群為什麼沒人參加標誌著莽原社成立的「五人吃酒」。因為荊有麟將邵飄萍請魯迅為《京報副刊》編一週刊的消息告訴魯迅後，「第二天晚上，我們便聚集在魯迅先生家裏吃晚飯」[25]。這次吃飯是魯迅邀請的。該段時間，《魯迅日

[21] 吳騰凰：《葉集調查記》，《魯迅研究》第9冊，中國社會科學出版社，1985年，第344-352頁。

[22] 高長虹：《走到出版界‧給魯迅先生》，《高長虹全集》第2卷，中央編譯出版社，2010年，第160頁。

[23] 高長虹：《走到出版界‧給韋素園先生》，《高長虹全集》第2卷，中央編譯出版社，2010年，第162頁。

[24] 李霽野：《未名社出版的書籍和期刊》，《魯迅先生與未名社》，人民文學出版社，1984年，第78頁。

[25] 荊有麟：《〈莽原〉時代》，孫伏園、許欽文等：《魯迅先生二三事——前期弟子

記》上經常有高長虹、向培良到自己寓所的記載，所以邀請到高長虹、向培良是很正常的。查《魯迅日記》，3、4月安徽作家群只分別拜訪過魯迅一次：3月22日，「目寒，霽野來」；4月27日，「夜目寒、靜衣來，即以欽文小說各一本贈之。」整個3、4月份，安徽作家群只拜訪過魯迅兩次，魯迅想邀請他們也來不及聯繫。李霽野、韋素園發表在《莽原》週刊創刊號上的兩篇譯文，當是在莽原社成立前交到魯迅手上的。

對安徽作家群成員是否屬莽原社成員，筆者贊同朱金順先生的觀點：

> 魯迅在其他文章和書信中，也說過類似的話。例如，在《憶韋素園君》中，說是「社內也發生了衝突」，這個『社』，當然是指莽原社。又說：「一個團體，雖是小小的文學社團罷，每當光景艱難時，內部是一定有人起來搗亂的，這也並不希罕。」所指就是高長虹「搗亂」一事，稱為內部，足見是莽原內部衝突，與上邊所引文字是一致的。……足見，魯迅認為這是社內的矛盾衝突，誠想，如果韋素園、李霽野、韋叢蕪、臺靜農四人，不是莽原社成員，那怎能稱為內部問題呢！[26]

需要說明的是，未名社的另一重要成員曹靖華當不屬莽原社成員。曹靖華是河南盧氏人，未名社成立時在開封國民革命軍第二軍

憶魯迅》，河北教育出版社，2000年，第252頁。

[26] 朱金順：《莽原社、未名社述考》，《新文學考據舉隅》，中國文史出版社，1990年，第218頁。

工作，因「從韋素園的信知道成立未名社」[27]的消息，便從開封寄來五十元作為入社基金。在週刊時期，曹靖華未在《莽原》上發表作品；莽原社解體前，只在半月刊第13期發表過1篇譯文《兩個朋友》。所以說，如果說未名社成員屬於莽原社成員是不準確的，但如果說安徽作家群屬莽原社成員則是符合事實的。

四、莽原社的內部矛盾

由於莽原社主要由狂飆社作家群和安徽作家群構成，而狂飆社作家群以創作為主，安徽作家群以翻譯為主，就像當時的創作界與翻譯界經常發生衝突一樣，莽原社成立初期，安徽作家群成員就「已在魯迅前攻擊過我同高歌」[28]。《莽原》創辦不久，由於高長虹「無論有何私事，無論大風潯雨，我沒有一個禮拜不趕編輯前一日送稿子去」[29]，加上高長虹沒有生活來源，魯迅決定每月給高「十元八元錢」，為此，安徽作家群一段時間不再來稿[30]。

「稿費問題」剛剛過去，更嚴重的「民副事件」又發生了：

---

[27] 李霽野：《魯迅先生對於文藝嫩苗的愛護與培育》，《魯迅先生與未名社》，人民文學出版社，1984年，第8頁。

[28] 高長虹：《走到出版界·1925，北京出版界形勢指掌圖》，《高長虹全集》第2卷，中央編譯出版社，2010年，第203頁。

[29] 高長虹：《走到出版界·給魯迅先生》，《高長虹全集》第2卷，中央編譯出版社，2010年，第160頁。

[30] 高長虹：《走到出版界·1925，北京出版界形勢指掌圖》，《高長虹全集》第2卷，中央編譯出版社，2010年，第202頁

現在我再一說《民副》事件，此關係較大，也是我視為最痛心的一事。內情魯迅知道，素園知道，不足為外人道。是我當時看見靜農態度不好，然我不願意說出。靜農去後，魯迅也說出同樣懷疑，我於是也說出。魯迅托我次日到徐旭生處打聽一下。我次日沒有打聽去，卻又到了魯迅家裏。魯迅又提起此事，又托我去打聽。我再次日去打聽時，則誠如我等所懷疑者。魯迅當下同我商量，說要給徐旭生去說明真相。我說：「為思想計，則多一刊物總比少一刊物好，為刊物計則素園編輯總比孫伏園好，其他都可犧牲。」魯迅說：「只是態度太不好──但那樣又近於破壞了！」於是魯迅沒有寫信，而《民副》產生。這些本來與我無關，無須多管閒事。但不料此後我再見徐旭生時，則看我為賊人矣！此真令我歎中國民族之心死也！不料不久以後則魯迅亦以我為太好管閒事矣！此真令我歎中國民族之心死也！

　　為韋素園做編輯事，高長虹出過力，並且受了委屈。韋素園擔任《民報》副刊編輯後，卻用這樣的態度對待高長虹：

當《民副》定議出版前，素園來找我要稿，此素園之無伏園編輯臭架子也！素園又謂聽魯彥說，衣萍對魯迅說他們用手段，事出誤會。不知果否傳聞之誤，然我當時則以為素園之不坦白也，故未致一辭。又素園要我做稿，態度大似，「魯迅做稿，周作人做稿，某某人做稿，所以你也可以做稿」，這又是使我很不滿意的。我以為既是來要我做稿，則只這要我做稿好了。然而萍水相逢，我留他吃飯，我對於朋友，也並不怠慢！而且

我也做稿。雖然他們把自己的稿子放在前面，拿我的稿子掉尾巴，然而我終還做稿，為所謂「聯合戰線」也！[31]

韋素園擔任《民報》副刊編輯後，1925年8月5日在《京報》上登《〈民報〉十二大特色》，內云：

現本報自八月五日起增加副刊一張，專登載學術思想及文藝等，並特約中國思想界之權威者魯迅，錢玄同，周作人，徐旭生，李玄伯，諸先生隨時為副刊撰著，實學術界大好消息也。

看見廣告後，高長虹「真覺『瘟臭』，痛惋而且嘔吐」，並「不能不歎中國民族的心死」[32]，認為韋素園是在「以權威獻人」[33]。為了「為韋素園開脫，並消除高長虹與韋素園之間的隔閡」[34]，魯迅對高長虹說：「有人——，就說權威者一語，在外國其實是很平常的！」聽說這話後，高長虹當時就「默然了」，「此後，我們便再沒有能坦白的話」[35]。

---

[31] 高長虹：《走到出版界·1925，北京出版界形勢指掌圖》，《高長虹全集》第2卷，中央編譯出版社，2010年，第203-204頁。

[32] 高長虹：《走到出版界·1925，北京出版界形勢指掌圖》，《高長虹全集》第2卷，中央編譯出版社，2010年，第204頁。

[33] 高長虹：《走到出版界·給魯迅先生》，《高長虹全集》第2卷，中央編譯出版社，2010年，第159頁。

[34] 韓石山：《高長虹與魯迅的反目》，《山西文學》，1993年第10期。

[35] 高長虹：《走到出版界·1925，北京出版界形勢指掌圖》，《高長虹全集》第2卷，中央編譯出版社，2010年，第204-205頁。

五、未名社成立時間

未名社成立時間現在多說是8月：《中國大百科全書‧中國文學》卷「未名社」條、2005年版《魯迅全集》第15卷第626頁注[7]等[36]。董大中先生卻根據韋叢蕪《未名社始末記》的敘述說：「《魯迅全集》第11卷第493頁注[3]說『一九二五年秋成立於北京』是對的。」[37]那麼，未名社成立的時間到底是什麼時候呢？

李霽野在《記未名社》中如此寫道：

> 一九二五年夏季的一個晚上，素園、青君和我在魯迅先生那裏談天，他說起日本的丸善書店，起始規模很小，全是幾個大學生慢慢經營起來的。以後又談起我們譯稿的出版困難。慢慢我們覺得自己來嘗試著出版一點期刊和書籍，也不是十分困難的事情，於是就開始計畫起來了。我們當晚也就決定了先籌起能出四次半月刊和一本書籍的資本，估計約需六百元。我們三人和叢蕪、靖華，決定各籌五十，其餘的由他負責任。我們只說定了賣前書，印後稿，這樣繼續下去，既沒有什麼章程，也沒什麼名目，只在以後對外必得有名，這才以已出版的叢書來名社了。[38]

---

[36] 2005年版《魯迅全集》注釋中未名社的成立時間不統一。另外還有兩種說法：「1925年成立於北京」——見第2卷356頁注[6]，「1925年秋成立於北京」——見第6卷70頁注[2]、第11卷247頁注[3]、第11卷594頁注[3]。

[37] 董大中：《魯迅與高長虹》，河北人民出版社，1999年，第83頁。董先生當時使用的是1981年版《魯迅全集》。

[38] 李霽野：《記未名社》，《魯迅先生與未名社》，人民文學出版社，1984年，

8月30日，「夜霽野、韋素園、叢蕪、臺靜農、趙赤坪來」[39]，李霽野所說的「一九二五年夏季的一個晚上」很可能就是這天晚上。8月19日，韋素園編輯的《民報副刊》終刊，韋素園、李霽野等8月30日到魯迅寓所時，「談起我們譯稿的出版困難」有很大可能。

魯迅在《憶韋素園君》中說：

> 那時我正在編印兩種小叢書，一種是《烏合叢書》，專收創作，一種是《未名叢刊》，專收翻譯，都由北新書局出版。出版者和讀者的不喜歡翻譯書，那時和現在也並不兩樣，所以《未名叢刊》是特別冷落的。恰巧，素園他們願意紹介外國文學到中國來，便和李小峰商量，要將《未名叢刊》移出，由幾個同人自辦。小峰一口答應了，於是這一種叢書便和北新書局脫離。稿子是我們自己的，另籌了一筆印費，就算開始。因這叢書的名目，連社名也就叫了「未名」——但並非「沒有名目」的意思，是「還沒有名目」的意思，恰如孩子的「還未成丁」似的。[40]

許欽文在說到他的小說集《故鄉》的出版情況時說：「這時北新書局已成立了些時候，魯迅先生應得的《吶喊》版稅暫不領用，叫北

第212-213頁。此處的回憶當有誤：李霽野在《魯迅先生對於文藝嫩苗的愛護與培育》中說曹靖華「從韋素園的信知道成立未名社」的消息後，從開封寄來五十元作為入社基金。由於曹靖華當時在河南，所以，在商量未名社成立的人員中應當沒有曹靖華。

[39] 魯迅：《日記（1912-1926）》，《魯迅全集》第15卷，人民文學出版社，2005年，第578頁。

[40] 魯迅：《且介亭雜文·憶韋素園君》，《魯迅全集》第6卷，人民文學出版社，2005年，第65-66頁。

新書局用這筆錢印我的《故鄉》，我這處女作這才與世見面了。」[41]
北新書局出版《吶喊》的時間為「1925年10月初」[42]。1925年9月26
日，魯迅「午後訪小峰」；28日，「得欽文信並書畫面一枚」；29
日，「寄欽文信」。[43]魯迅在29日給許欽文的信中說：「現在我已
與小峰分家，《烏合叢書》歸他印但仍加嚴重的監督，《未名叢刊》則分
出自立門戶；雖云自立，而仍交李霽野等經理。《烏合》中之《故
鄉》已交去；《未名》中之《出了象牙之塔》已付印，大約一月半可
成。」[44]由此可推斷，與李小峰「分家」的時間為9月26日。

另外，韋叢蕪在《未名社始末記》中如此寫道：「七月十三日
夜，青君和霽野去請先生寫信給徐旭生先生，托介紹素園作《民報
副刊》編輯，這時就開始醞釀組織出版社了。」[45]

歸納起來，未名社成立的經過當是：7月13日，「醞釀組織出
版社」；8月30日，「決定了先籌起能出四次半月刊和一本書籍的
資本，估計約需六百元」；9月26日，《未名叢刊》和「北新書局脫
離」；10月18日，「另籌了一筆印費，就算開始」。所以，未名社
成立時間，若以魯迅的話為標準當為10月18日：「夜素園、靜農、
霽野來，付以印費二百」[46]，若說是其他三個時間也都有道理。

[41] 許欽文：《〈魯迅日記〉中的我》，《〈魯迅日記〉中的我》，浙江人民出版社，
1979年，第5頁。
[42] 廖久明：《關於魯迅書信的幾則注釋》，《魯迅研究月刊》，2003年第4期。
[43] 魯迅：《日記（1912-1926）》，《魯迅全集》第15卷，人民文學出版社，2005年，
第584頁。
[44] 魯迅：《書信（1904-1926）·250926致許欽文》，《魯迅全集》第11卷，人民文學
出版社，2005年，第514頁。
[45] 韋叢蕪：《未名社始末記》，趙家璧等：《編輯生涯憶魯迅》，河北教育出版社，
2000年，第229頁。
[46] 魯迅：《日記（1912-1926）》，《魯迅全集》第15卷，人民文學出版社，2005年，

六、改組後的莽原社

　　1925年11月27日，《莽原》週刊出至第32期。「《京報》要停止副刊以外的小幅了，便改為半月刊，由未名社出版」[47]。「《莽原》週刊停刊後，魯迅想改用《莽原》半月刊交給未名社印行並想叫我擔任編輯」[48]，高長虹卻「畏難而退」：「雖經你解釋，然我終於不敢擔任，蓋不特無以應付外界，亦無以應付自己；不特無以應付素園諸君，亦無以應付日夕過從之好友鍾吾」，「後來半月刊出現，發行歸之霽野，編輯仍由你自任。」[49]

　　11月初，高長虹陪同狂飆社的「小弟弟」閻宗臨回到太原，為閻赴法勤工儉學籌集資金。1926年1月底，高長虹回到北京，2月14日，《弦上》週刊創刊。《弦上》週刊創刊後，高長虹的主要精力放在了《弦上》週刊上，一直到1926年4月25日出版的《莽原》半月刊第7-8期合刊，高長虹只在第5期發表一篇文章《詩人》。狂飆社其他成員共在半月刊上發表文章6篇：向培良3篇，黃鵬基、高成均（沐鴻）、柯仲平各1篇。

第588頁。

[47] 魯迅：《且介亭雜文二集·〈中國新文學大系〉小說二集序》，《魯迅全集》第6卷，人民文學出版社，2005年，第258頁。

[48] 高長虹：《一點回憶——關於魯迅和我》，《高長虹全集》第4卷，中央編譯出版社，2010年，第364頁。

[49] 高長虹：《走到出版界·給魯迅先生》，《高長虹全集》第2卷，中央編譯出版社，2010年，第160頁。

　　1926年4月16日，高長虹偕鄭效洵赴上海，狂飆運動中心南移。「高長虹到上海以後，已經看到狂飆社的前途並不美妙。」[50]6月14日，「晚得長虹信並稿，八日杭州發。」[51]很可能從這封信上魯迅知道高長虹的狂飆運動開展得並不理想，於是叫狂飆社成員將稿件拿到《莽原》半月刊上發表。5、6月份，只收到狂飆社成員1篇稿子的魯迅──6月14日收到高長虹1篇稿子，7月份突然收到狂飆社成員10篇稿件，用5篇，未用3篇，「因出《狂飆》，高歌取回了兩篇」[52]。9到14期，狂飆社成員在半月刊上還發表了4篇作品，這些作品當是莽原改組後、狂飆運動中心南移前交到魯迅手中的。所以說，莽原改組後，魯迅「依然關懷著狂飆社作家群」[53]的說法是符合事實的。

　　「退稿事件」發生前，未名社成員在半月刊上發表作品29篇（不含魯迅的22篇）：韋叢蕪16篇（40首《君山》分12次發表，算12篇）、韋素園8篇、李霽野2篇、臺靜農2篇、從未在週刊上發表過作品的曹靖華也在第13期上發表了譯文《兩個朋友》。與只在半月刊上發表了16篇作品的狂飆社成員相比，這時的未名社成員很明顯已成了莽原社中的「第一集團軍」。

[50] 姜德明：《關於〈弦上〉週刊》，山西盂縣政協編：《高長虹研究文選》，北嶽文藝出版社，1991年，第158-159頁。

[51] 魯迅：《日記（1912-1926）》，《魯迅全集》第15卷，人民文學出版社，2005年，第624頁。

[52] 向培良：《為什麼和魯迅鬧得這麼凶》，山西盂縣政協編：《高長虹研究文選》，北嶽文藝出版社，1991年，第354頁。

[53] 董大中：《魯迅與高長虹》，河北人民出版社，1999年，第131頁。

七、狂飆社成員退出莽原社後

　　1926年8月26日，魯迅離開北京前往廈門，「因叢蕪生病，霽野回家」，臺靜農又不在北京，魯迅便將《莽原》半月刊交給「韋素園維持」。9月中旬，韋素園、韋叢蕪與從老家回到北京的李霽野商量後決定，將高歌的《剃刀》、向培良的《冬天》退回。向培良「憤怒而淒苦」[54]地將這一情況告訴了遠在上海的高長虹，高長虹在10月17日出版的上海《狂飆》週刊上發表了《給魯迅先生》和《給韋素園先生》，潛伏已久的矛盾由此爆發。狂飆社成員退出了莽原社，再未在《莽原》半月刊上發表文章，這時的莽原社與未名社已經合二為一了。

　　「退稿事件」發生後，面對高長虹的質問和韋素園、李霽野的不斷催稿，魯迅非常氣憤，打算將《莽原》停刊：「稿子既然這樣少，長虹又在搗亂 見上海出版的《狂飆》，我想：不如至廿四期止，就停刊，未名社就專印書籍。……據長虹說，似乎《莽原》便是《狂飆》的化身，這事我卻到他說後才知道。我並不希罕『莽原』這兩個字，此後就廢棄它。」[55]但在得到韋素園「敘述著詳情」[56]的信後，魯迅改變了注意：「我想《莽原》只要稿，款兩樣不缺，便管

---

[54] 高長虹：《走到出版界·給魯迅先生》，《高長虹全集》第2卷，中央編譯出版社，2010年，第159頁。

[55] 魯迅：《書信（1904-1926）·261029致李霽野》，《魯迅全集》第11卷，人民文學出版社，2005年，第594-595頁。

[56] 魯迅：《且介亭雜文·憶韋素園君》，《魯迅全集》第6卷，人民文學出版社，2005年，第67頁。

自己辦下去。對於長虹,印一張夾在裏面也好,索性置之不理也好,不成什麼問題。」[57]

1927年10月17日,魯迅在給李霽野的信中如此寫道:

> 《莽原》這名稱,先前因為賭氣,沒有改。據我的意思,從明年一月起,可以改稱《未名》了,因為《狂飆》已銷聲匿跡。而且《莽原》開初,和長虹輩有關係,現在也犯不上再用。長虹輩此地有許多人尚稱他們為「莽原小鬼」,所以《莽原》之名也不甚有趣。但這是我個人的意思,請大家決定。[58]

1927年11月25日出版的《莽原》半月刊第2卷第21－22期合刊上發表《關於莽原的結束與未名的開始》,莽原社徹底結束。

1929年6月21日,魯迅在給陳君涵的信中如此寫道:「上海出期刊的,有一種是一個團體包辦,那自然就不收外稿。有一種是幾個人發起的,並無界限。《奔流》即屬於後一種。不過創刊時,沒有稿子,必須豫約幾個作者來做基礎,這幾個便自然而然,變做有些優先權的人。」[59]很明顯,《莽原》與《奔流》一樣是一個「並無界限」的期刊:單就改組前的《莽原》週刊而言,即使按董大中先生的演算法,總數244篇,其中魯迅19篇、狂飆社成員88篇、安

---

[57] 魯迅:《書信(1904-1926)‧261109致韋素園》,《魯迅全集》第11卷,人民文學出版社,2005年,第610頁。

[58] 魯迅:《書信(1927-1933)‧271027致李霽野》,《魯迅全集》第12卷,人民文學出版社,2005年,第79頁。

[59] 魯迅:《書信(1927-1933)‧290621致陳君涵》,《魯迅全集》第12卷,人民文學出版社,2005年,第188頁。

徽作家群22篇，莽原社成員在上面發表的文章也只有129篇，只占總數的一半多一點。[60]由此可知，莽原社是一個很鬆散的團體——就連高長虹自己也說「《莽原》的結合也很散漫，絲毫不像一個團體」[61]。至於莽原社成員的構成變化，則可表述如下：週刊時期以狂飆社作家群和安徽作家群為主，以狂飆社作家群為「第一集團軍」，安徽作家群為「第二集團軍」；莽原改組後，「退稿事件」發生前，狂飆社成員仍屬莽原社成員，只不過由「第一集團軍」變成了「第二集團軍」，以安徽作家群為主的未名社成員則成了「第一集團軍」；「退稿事件」發生後，狂飆社成員再未在半月刊上發表作品，這時的莽原社已名存實亡，《莽原》半月刊成了未名社的機關刊物。

[60] 董大中：《魯迅與高長虹》，河北人民出版社，1999年，第71-74頁。
[61] 高長虹：《一點回憶——關於魯迅和我》，《高長虹全集》第4卷，中央編譯出版社，2010年，第363頁。

主要參考文獻

丁東編：《反思郭沫若》，作家出版社，1999年

丁中江著：《北洋軍閥史話》，中國友誼出版社，1992年

山西盂縣政協編：《高長虹研究文選》，北嶽文藝出版社，1991年

王繼權、姚國華、徐培均編注：《郭沫若舊體詩詞系年注釋》，黑龍江人民
出版社，1982年

王錦厚、伍加倫、肖斌如編：《郭沫若佚文集》，四川大學出版社，1988年

王蒙、袁鷹主編：《憶周揚》，內蒙古人民出版社，1998年

方敏著：《「五四」後三十年民主思想研究》，商務印書館，2004年

中國社會科學院外國文學研究所編：《後現代主義》，社會科學文獻出版
社，1993年

中國社會科學院文學研究所魯迅研究室編：《1913-1983魯迅研究學術論著資
料彙編》，中國文聯出版公司，1985年

中國社會科學院文學研究所《左聯回憶》編輯組編：《左聯回憶錄》，中國
社會科學出版社，1982年

中央檔案館編：《中共中央檔選集》，中共中央黨校出版社，1989-1992年

白吉庵著：《胡適傳》，人民出版社，1993年

左玉河著：《張東蓀傳》，山東人民出版社，1998年

任茂棠、行龍、李書吉編：《閻宗臨先生誕辰百周年紀念文集》，山西人民
出版社，2004年

朱金順著：《新文學考據舉隅》，中國文史出版社，1990年

朱正著：《魯迅回憶錄正誤》，湖南人民出版社，1979年；人民文學出版
社，1986年；浙江人民出版社，1999年；人民文學出版社，2006年

何乃英著：《泰戈爾傳略》，天津人民出版社，1993年

克柔編：《張東蓀學術文化隨筆》，中國青年出版社，2000年

言行著：《一生落寞，一生輝煌—高長虹評傳》，百花文藝出版社，1996年

言行著：《造神的祭品—高長虹冤案探秘》，中國文史出版社，2003年

肖鳳著：《冰心傳》，北京十月文藝出版社，1987年

李霽野著：《魯迅先生與未名社》，人民文學出版社，1984年

李喜所、元青著：《梁啟超傳》，人民出版社，1994年

李澤厚著：《中國現代思想史論》，生活‧讀書‧新知三聯書店，2008年

艾克恩編：《延安文藝運動紀盛》，文化藝術出版社，1987年

林志浩著：《魯迅傳》，北京出版社，1981年

周海嬰著：《魯迅與我七十年》，南海出版公司，2001年

周作人著：《周作人日記》，大象出版社，1996年

周作人、周建人著：《書裏人生》，河北教育出版社，2000年

周作人、周建人著：《年少滄桑——兄弟憶魯迅》，河北教育出版社，2000年

汪暉著：《現代中國思想的興起》，生活‧讀書‧新知三聯書店，2004年

季羨林主編：《胡適全集》，安徽教育出版社，2003年

胡風著：《胡風回憶錄》，人民文學出版社，2005年

吳宏聰、范伯群主編：《中國現代文學史》，武漢大學出版社，2002年

吳曉東著：《象徵主義與中國現代文學》，安徽教育出版社，2000年

夏曉虹編：《梁啟超文選》，中國廣播電視出版社，1992年

夏衍著：《懶尋舊夢錄》，生活‧讀書‧新知三聯書店，1985年

孫伏園、許欽文等著：《魯迅先生二三事—前期弟子憶魯迅》，河北教育出
    版社，2000年

高軍、李慎兆等編：《中國現代政治思想史資料選輯》，四川人民出版社，
    1983年

高沐鴻詩文集編委會編：《高沐鴻詩文集》，北嶽文藝出版社，1992年

秦川著：《郭沫若評傳》，重慶出版社，1995年

徐慶全著：《周揚與馮雪峰》，湖北人民出版社，2005年

許欽文著：《〈魯迅日記〉中的我》，浙江人民出版社，1979年

許壽裳著：《摯友的懷念》，河北教育出版社，2000年

殷克琪著：《尼采與中國現代文學》，南京大學出版社，2000年

曹萬生主編：《中國現代漢語文學文學史（第二版）》，中國人民大學出版社，2010年

曾慶瑞著：《魯迅評傳》，四川人民出版社，1981年

郭沫若著：《〈女神〉及佚詩》，人民文學出版社，2008年

郭沫若著作編輯出版委員會編：《郭沫若全集》文學編，人民文學出版社，1982-1992年

郭沫若著作編輯出版委員會編：《郭沫若全集》歷史編，人民出版社，1982-1985年

郭緒印、陳興唐著：《愛國將軍馮玉祥》，河南人民出版社，1991年

陳早春、萬家驥著：《馮雪峰評傳》，重慶出版社，1995年

湯志鈞著：《章太炎年譜長編》，中華書局，1979年

傅道慧著：《五卅運動》，復旦大學出版社，1985年

黃淳浩編：《郭沫若書信集》，中國社會科學出版社，1992年

黃淳浩著：《創造社：別求新聲於異邦》，社會科學文獻出版社，1995年

黃克劍、王欣編：《梁漱溟集》，群言山版社，1993年

黃克劍、吳小龍編：《張君勱集》，群言出版社，1993年

黃子平、陳平原、錢理群著：《二十世紀中國文學三人談》，人民文學出版社，1988年

張君勱、丁文江等著：《科學與人生觀》，山東人民出版社，1997年

張朋園著：《梁啟超與國民政治》，吉林出版集團有限責任公司，2007年

張首映著：《西方二十世紀文論史》，北京大學出版社，1999年

張友漁著：《報人生涯三十年》，重慶出版社，1982年

程光煒、吳曉東等主編：《中國現代文學史》，中國人民大學出版社，2000年

湘潭師專中文科編印：《郭沫若同志談毛主席詩詞》，1978年

趙家璧等著：《編輯生涯憶魯迅》，河北教育出版社，2000年

馮雪峰著：《雪峰文集》，人民文學出版社，1985年

鄭大華著：《張君勱傳》，中華書局，1997年

董大中著：《魯迅與高長虹》，河北人民出版社，1999年

華崗著：《中國大革命史：1925-1927》，文史資料出版社，1982年

廖久明著：《高長虹與魯迅及許廣平（修訂本）》，東方出版社，2009年

廖久明著：《一群被驚醒的人—狂飆社研究》，武漢出版社，2011年

廖久明著：《高長虹年譜》，人民出版社，2011年

劉運峰編：《魯迅佚文全集》，群言出版社，2001年

劉運峰編：《魯迅全集補遺》，天津人民出版社，2006年

錢理群、溫儒敏、吳福輝著：《中國現代文學三十年（修訂本）》，北京大
　　學出版社，1998年

顧潮著：《歷劫終教志不灰・我的父親顧頡剛》，華東師範大學出版社，
　　1997年

蕭耘、王建中主編：《蕭軍全集》，華夏出版社，2008年

《毛澤東選集》，人民出版社，1991年

《高長虹全集》，中央編譯出版社，2010年

《許廣平文集》，江蘇文藝出版社，1998年

《茅盾全集》，人民文學出版社，1984-2006年

《魯迅景宋通信集》，湖南人民出版社，1984年

《魯迅全集》，人民文學出版社，2005年

《魯迅年譜》編寫組：《魯迅年譜》，安徽人民出版社，1979年

伽達默爾著：《真理與方法》，上海譯文出版社，1999年

詹明信著：《晚期資本主義的文化邏輯》，生活・讀書・新知三聯書店、牛
　　津大學出版社，1997年

傑姆遜（詹明信）著：《後現代主義與文化理論》，北京大學出版社，1997年

[美]約翰・托蘭著：《日本帝國的衰亡》，新華出版社，1989年

[美]費正清編：《劍橋中華民國史》，中國社會科學出版社，1993年

後記

　　本書收錄的文章選自筆者近十年的研究成果，在即將付梓之際，回顧一下這十餘年來走過的道路應該是一件有意義的事情。

　　我是以同等學歷考上碩士研究生的，並且我的專科文憑是通過自考獲得的，所以剛讀研究生時，聽見同學們嘴裏冒出那麼多新名詞我實在是佩服得五體投地。我暗暗發誓，自己要大量閱讀西方文藝理論書籍，並用最新的理論闡釋中國現代文學作品。當時，後現代主義理論在中國風靡一時，我寫作並發表了《〈故事新編〉的後現代主義特徵》（《成都大學學報》2002年第3期）。該文是我目前為止影響最大的論文，被《2002年魯迅研究年鑑》全文收錄，名列「10年來中國大陸地區魯迅研究論文排行榜」第7位。我的觀點也得到越來越多的人認可，不但不少人引用了我的文章，並且有兩篇以此為題的碩士畢業論文（李敏霞：《〈故事新編〉的後現代主義研究》，內蒙古師範大學，2007年；盧興華：《論〈故事新編〉的後現代主義研究》，青島大學，2011）。就是這樣一篇文章，卻使我對用西方文藝理論闡釋中國現代文學作品這一做法的意義感到了懷疑：豬毫無疑問具有狗的特徵，我們費力去證明這一特徵又有多大意義呢？於是我決定將自己的研究方法轉向注重史料。在閱讀魯迅《奔月》時，我從注釋中知道了高長虹，覺得這個人很有意思，於是決定研究高長虹。在寫作碩士畢業論文《被現實粉碎了的夢——論高長虹的創作》過程中，我閱讀了能夠找到的相關研究成果——

它們大多集中在高魯衝突上，發現人們對魯迅的研究存在拔高或貶低的現象，於是決定自己研究的宗旨為：「撕掉魯迅身上的金箔，洗去魯迅身上的唾沫，還魯迅以本來面目。」我為自己設定了一個計畫：以魯迅為中心研究相關的人和事。儘管山西省作協的董大中先生已經出版了《魯迅與高長虹》，我覺得仍有必要研究，所以決定寫《高長虹與魯迅——反目成仇始末考》（2005年以《高長虹與魯迅及許廣平》為題出版）。從此我與高長虹研究結下了不解之緣，直到現在都沒有完全放棄。碩士研究生畢業後我來到樂山師範學院，想到樂山是郭沫若的家鄉，於是決定在郭沫若研究方面下一些功夫。2005年11月四川郭沫若研究中心成立時，我很自然地進了中心。2006年考博面試時，我認識了早就景仰的陳思和先生，並且知道他在主持教育部哲學社會科學重大研究課題「中國現代文學社團史研究」。面試結束回到四川後我給陳先生髮了一封電子郵件，談了一下自己研究高長虹和狂飆社的情況，希望能夠加入他主持的「中國現代文學社團史研究」課題組。陳先生在4月2日的回信中如此寫道：「我主持的項目已經結項，湊了七部著作出版，但無狂飆，只是在語絲社裏帶了一下，我正準備申請第二批項目。如果能夠申請下來的話，願意請兄來加盟。」2007年3、4月我果然得到了邀請「加盟」的消息。當時我正在為博士畢業論文選題糾結，得到「加盟」消息後立即決定以狂飆社研究作為自己的博士畢業論文選題。博士畢業後我回到了樂山師範學院，想到自己是四川郭沫若研究中心專職研究人員，並且一直認為個人發展有必要與集體發展結合起來，所以決定將自己的研究重點又轉向郭沫若。2003年以來，儘管我的研究對象在魯迅、郭沫若、高長虹及相關領域之間不斷轉換，我的研究方法卻一直沒有改變。自從轉向史料研究後，我發現

自己文章發表的難度加大了，並且再也沒有一篇文章有《〈故事新編〉的後現代主義特徵》那麼大的影響，但是我無怨無悔，並且會一直堅持下去。

正因為史料文章很難發表，所以我要對發表了我那些史料文章的以下報刊和它們的編輯說一聲非常感謝：《新文學史料》、《中國現代文學研究叢刊》、《山西大學學報》、《魯迅研究月刊》、《上海魯迅研究》、《魯迅世界》、《郭沫若學刊》、《現代中國文化與文學》、《湖南人文科技學院學報》、《二十一世紀》、《重慶社會科學》、《中國雅俗文學研究》、《書屋》、《鄭州師範教育》、《中華讀書報》等。在學術書籍出版需要掏錢的今天，我當然要感謝願意免費出版拙著的秀威資訊科技股份有限公司和為拙著出版付出辛勤勞動的奕文編輯，同時要感謝將拙著推薦給秀威的龔明德先生。

最後，我要對所有關懷過我、幫助過我的老師、領導、同事、朋友等說一聲非常感謝！沒有大家的關懷和幫助，我是不可能在九年多時間裏從一個自考專科畢業生變成教授的。

新銳文叢17　PG0813

新銳文創
INDEPENDENT & UNIQUE

中國現代文學史料研究舉隅
——魯迅、郭沫若、高長虹

作　　者	廖久明
責任編輯	王奕文
圖文排版	姚宜婷
封面設計	陳佩蓉

出版策劃	新銳文創
製作發行	秀威資訊科技股份有限公司
	114 台北市內湖區瑞光路76巷65號1樓
	電話：+886-2-2796-3638　傳真：+886-2-2796-1377
	服務信箱：service@showwe.com.tw
	http://www.showwe.com.tw
郵政劃撥	19563868　戶名：秀威資訊科技股份有限公司
展售門市	國家書店【松江門市】
	104 台北市中山區松江路209號1樓
	電話：+886-2-2518-0207　傳真：+886-2-2518-0778
網路訂購	秀威網路書店：http://www.bodbooks.com.tw
	國家網路書店：http://www.govbooks.com.tw
法律顧問	毛國樑　律師
圖書經銷	貿騰發賣股份有限公司
	235 新北市中和區中正路880號14樓
	電話：+886-2-8227-5988　傳真：+886-2-8227-5989

出版日期	2012年10月　初版
定　　價	410元

國家圖書館出版品預行編目

中國現代文學史料研究舉隅：魯迅、郭沫若、高長虹 /
廖久明著. --初版. -- 臺北市：新鋭文創, 2012. 10
　　面； 公分
　ISBN 978-986-5915-08-7 (平裝)

　1. 中國當代文學　2. 文學史料學

820.908　　　　　　　　　　　　101015409

讀者回函卡

感謝您購買本書，為提升服務品質，請填妥以下資料，將讀者回函卡直接寄回或傳真本公司，收到您的寶貴意見後，我們會收藏記錄及檢討，謝謝！如您需要了解本公司最新出版書目、購書優惠或企劃活動，歡迎您上網查詢或下載相關資料：http:// www.showwe.com.tw

您購買的書名：＿＿＿＿＿＿＿＿＿＿＿＿＿＿＿＿＿＿＿＿＿＿＿＿

出生日期：＿＿＿＿＿年＿＿＿＿＿月＿＿＿＿＿日

學歷：□高中 (含) 以下　　□大專　　□研究所 (含) 以上

職業：□製造業　□金融業　□資訊業　□軍警　□傳播業　□自由業
　　　□服務業　□公務員　□教職　　□學生　□家管　□其它＿＿＿

購書地點：□網路書店　□實體書店　□書展　□郵購　□贈閱　□其他

您從何得知本書的消息？

　　□網路書店　□實體書店　□網路搜尋　□電子報　□書訊　□雜誌
　　□傳播媒體　□親友推薦　□網站推薦　□部落格　□其他＿＿＿＿＿

您對本書的評價：(請填代號　1.非常滿意　2.滿意　3.尚可　4.再改進)

　　封面設計＿＿＿　版面編排＿＿＿　內容＿＿＿　文／譯筆＿＿＿　價格＿＿＿

讀完書後您覺得：

□很有收穫　□有收穫　□收穫不多　□沒收穫

對我們的建議：＿＿＿＿＿＿＿＿＿＿＿＿＿＿＿＿＿＿＿＿＿＿＿＿

＿＿＿＿＿＿＿＿＿＿＿＿＿＿＿＿＿＿＿＿＿＿＿＿＿＿＿＿＿＿＿＿

＿＿＿＿＿＿＿＿＿＿＿＿＿＿＿＿＿＿＿＿＿＿＿＿＿＿＿＿＿＿＿＿

＿＿＿＿＿＿＿＿＿＿＿＿＿＿＿＿＿＿＿＿＿＿＿＿＿＿＿＿＿＿＿＿

11466
台北市內湖區瑞光路 76 巷 65 號 1 樓

秀威資訊科技股份有限公司　　　收

BOD 數位出版事業部

....

（請沿線對折寄回，謝謝！）

姓　　名：＿＿＿＿＿＿＿＿　年齡：＿＿＿＿　性別：□女　□男

郵遞區號：□□□□□

地　　址：＿＿＿＿＿＿＿＿＿＿＿＿＿＿＿＿＿＿＿＿＿＿

聯絡電話：(日)＿＿＿＿＿＿＿＿　(夜)＿＿＿＿＿＿＿＿＿

E-mail：＿＿＿＿＿＿＿＿＿＿＿＿＿＿＿＿＿＿＿＿＿＿